HISTOIRE

DES COMTES D'EU.

Ayant satisfait au Dépôt exigé par la Loi, je ne reconnaîtrai que les exemplaires revêtus de ma signature.

ROUEN. IMP. DE MÉGARD PÈRE.

HISTOIRE
DES COMTES D'EU,

Par L. Estancelin,

Membre de l'Académie de Rouen et de la Société des
Antiquaires de Normandie;

Avec Vues Lithographiques.

A DIEPPE,

CHEZ MARAIS FILS, LIBRAIRE DE S. A. R. MADAME,
DUCHESSE DE BERRY;

A PARIS,

CHEZ DELAUNAY, LIBRAIRE DE S. A. R. MADAME LA
DUCHESSE D'ORLÉANS, AU PALAIS-ROYAL.

1828.

AVERTISSEMENT.

—————

Patriá nihil dulcius, nihil carius
in vitá esse debet. **Cic.**

La Société des Antiquaires de Normandie, ayant conçu l'heureuse idée de former
un corps spécialement voué à l'étude de
l'histoire de cette province, a appelé
chacun de ses membres à concourir à
l'accomplissement de son utile projet,
et à apporter au centre commun le résultat de ses travaux.

C'est dans l'intention de répondre aux
vues patriotiques de cette savante Compagnie, que j'ai écrit l'Histoire des Comtes
d'Eu.

Persuadé que c'est demeurer étranger
dans son propre pays, que d'en ignorer
les annales, j'avais, depuis long-temps,
consacré mes loisirs à rechercher et à recueillir des matériaux épars, qui, réunis
et coordonnés, doivent éclaircir les obs-

curités qui couvrent la première période
de notre histoire, et rendre peut-être à
ma ville natale ses titres à la considération qu'inspirent d'intéressants souvenirs.

Après avoir étudié quel était l'état de
cette contrée, au moment de l'invasion
des Romains, j'ai exposé, dans un premier
Mémoire, mes conjectures sur le peuple
qui l'habitait. La découverte de nombreux
monuments me conduisit à constater l'existence d'une ville importante, édifiée dans
les deux premiers siècles, et détruite au
sixième siècle de notre ère. Le nom que
portait cette ville, à cette époque, fut révélé.

Le succès de ces premières recherches
m'inspira le dessein de poursuivre mes investigations. Je dus étudier ce que la cité
qui s'était élevée, après la ruine d'*Augusta*,
était au moyen âge. Je trouvai que les annales de la ville et du comté d'Eu se con-
fondaient, à cette époque, avec celles des
seigneurs auxquels la conquête en avait
donné la souveraineté ; dès-lors le plan de

mon ouvrage fut déterminé, et je ne pensai plus à séparer les fastes d'Eu de ceux de ses comtes.

J'ai indiqué quelques-unes des sources où j'ai puisé mes documents, mais je n'ai pas cru nécessaire de charger mes pages de la citation des nombreux auteurs que j'ai consultés.

Je paierai à la mémoire des écrivains laborieux qui m'ont précédé dans le même genre d'études, le tribut de ma gratitude. J'ai trouvé dans les manuscrits de mon père, et dans ceux de M. Desmarets, curé de la Bellière, de M. Capperon, doyen de Saint-Maixent, et de M. Charles, bailli du comté d'Eu, des renseignements utiles, dont j'ai profité. Je dirai aussi que Monsieur le Maire de la ville d'Eu, m'a procuré toutes les facilités que je pouvais désirer pour compulser les archives de l'hôtel-de-ville.

Je dirai toutes les obligations que j'ai à deux de mes honorables confrères de l'Académie de Rouen, et de la Société des Antiquaires.

M. Aug. Leprevost, dont on trouve toujours le nom en tête de toutes les entreprises qui ont pour objet le bien public et l'honneur du pays, a bien voulu m'accorder ses conseils et me communiquer, avec une rare obligeance, tous les renseignements que je lui ai demandés; il a ainsi ajouté aux obligations que j'ai au savant commentateur du *Roman de Rou*.

M. Feret, bibliothécaire-archiviste de la ville de Dieppe, dont les laborieuses et intéressantes recherches ont jeté un si grand jour sur l'histoire de sa noble cité, n'est pas resté indifférent à une entreprise qui a tant de rapports avec l'objet spécial de ses utiles études. J'ai obtenu dans mes entretiens avec ce savant, aussi recommandable par sa modestie que par ses talents, des documents utiles.

Mes honorables confrères trouveront ici l'expression de ma reconnaissance.

INTRODUCTION.

LES régions du centre et du nord de la Gaule étaient peu connues des Romains, avant que ces vainqueurs du monde eussent poussé leurs conquêtes jusqu'au Rhin. Jules-César a décrit le premier les principales divisions de ces vastes contrées; mais parmi les divers peuples qu'il nomme, il en est plusieurs dont la position est incertaine, et quelques-uns dont la situation est tout-à-fait inconnue.

Cette incertitude et cette confusion doivent être attribuées aux changements successifs opérés par la division des provinces. Ces changements politiques ont nécessairement produit une refonte générale, dans laquelle les *cités* les moins importantes ont été fondues dans celles qui avaient occupé, à raison de leur puissance, un rang plus élevé : en s'unissant ainsi, le nom des premières à disparu. Aussi ne voit-on figurer dans les notices de l'état politique de la Gaule, sous Auguste et sous Constantin, que les peuples principaux. Dans les quatre-vingt-neuf connus, plusieurs, dont parle César, et après lui Pline l'ancien, ne sont point nommés.

Parmi les peuples dont la situation est restée ignorée, celui que César (lib. 5) nomme *Essui*, et que Pline, dans le dénombrement qu'il fait des cités de la Gaule-Belgique, appelle *Hessi* ou *Hassi*, qu'il place entre les Ambiani et les Bellovaci, a été l'objet de recherches et d'opinions étrangement diverses. Une dissertation étendue, dans laquelle on prétend, avec plusieurs savants étrangers et nationaux, démontrer que les *Essui* de César, les mêmes que les *Hessi* de Pline, habitaient le pays situé entre les Ambiani, les Bellovaci et les Caletes, c'est-à-dire le comté d'Eu, fut soumise, il y a quelques années,

au jugement des académies de Rouen et
de Caen. Le savant auteur du rapport
adressé, sur ce mémoire, à la classe de
de littérature ancienne de l'Institut, a
combattu ce systême avec autant d'urbanité que de talent, mais n'a point résolu
la question principale. La situation des
Essui ou Hessi est demeurée indécise.
Nous pourrions, sans faire revivre et
défendre de nouveau notre opinion, prétendre que ce peuple ne peut être placé
ailleurs que dans le comté d'Eu, c'est-à-
dire, dans cette contrée où les géographes
et les commentateurs ont toujours été fort
embarrassés de remplir la lacune qu'on
remarque dans la chorographie de cette
partie de la Gaule entre l'Amiénois, le
Beauvoisis et le pays de Caux ; lacune qui,
au huitième siècle, formait le canton appelé, sans qu'on ait pu connaître l'étymologie de ces expressions, Vimou et Talou.
Mais ce n'est pas ici le lieu de traiter cette
question, qui nous entraînerait dans une

dissertation qui exigerait des citations et des développements étrangers à l'objet de cet ouvrage.

Si l'origine et le nom du peuple qui, avant et au moment de l'invasion de la Gaule par César, habitait le comté d'Eu, ne sont pas dégagés de toute incertitude, il est du moins incontestable que les Romains avaient formé, dans cette contrée, de nombreux et importants établissements. Les plaines, les vallées, les forêts et le rivage de la mer présentent encore, de toute part, des vestiges des ouvrages, et des preuves du long séjour de ces maîtres du monde. Mais le territoire compris dans le ressort du gouvernement municipal d'Eu, est le lieu qui offre à présent le plus de témoignages d'une antique illustration. La découverte d'un temple, d'un amphithéâtre et d'un grand nombre de constructions éparses sur une surface de plus de cent hectares de terrain, ne permet pas de douter que la terre, en cet endroit, ne couvre les débris d'une ancienne ville, détruite vers le cinquième siècle, lors des premières incursions des barbares de la Germanie. La description des monuments qu'ont exhumés les fouilles opérées en 1820 et 1821 (1), ne peut laisser aucun doute à cet égard, et la classe de littérature ancienne de l'Institut a accueilli déjà les conjectures qui nous ont conduit à constater l'antiquité de la ville d'Eu, et le nom qu'elle portait dans les premiers siècles de notre ère. Adrien de Valois, au mot *Augusta*, cite un passage de la vie de Saint-Sauve, évêque d'Amiens, où il est question d'*Augusta villa Ambianorum*, *in pago Vinemaco posita*, que Théoderick, roi des Francs, donne à Saint-Sauve. Le commentateur n'hésite pas à dire que cette ville d'*Augusta*, située dans le *Vimeu*, est le *bourg d'Ault*, et il s'appuie sur ce que, au chapitre 22 de la

_____

(1) V. la note 1ere, à la fin de l'Ouvrage.

vie de Saint-Waleri, il est parlé d'un lieu nommé *Augusta juxta Augæ* ou *Aucæ fluvium*. Ce témoignage, dont s'appuie Valois, démontre exactement et évidemment le contraire ale ce qu'il veut prouver; en effet, *Augusta*, située sur (*juxtà, joignant à*) la rivière d'Eu, ne peut être le bourg d'Ault, situé sur la mer, et éloigné de la rivière d'Eu de près de deux lieues. Plus heureux que le savant commentateur, nous avons trouvé *Augusta* sur le bord de la rivière, où la place l'auteur de la vie de Saint-Waleri. Précisément en face des lieux où existent les vestiges de la ville importante que nous avons découverte, est un village dont le nom latin est *Augusta*, et le nom moderne *Aouste*; dépravation qui se retrouve dans le mot *Augustus* dont on a fait *Août*. Ainsi il aura été de notre *Augusta* ce qui en est de l'Augusta Veromanduorum (Saint-Quentin), où Danville remarque que le plus ancien quartier de cette ville se nomme encore *Aouste*. Le village actuel d'*Aouste*, quoique séparé de notre ancienne cité par la vallée de Bresle, devait être un faubourg élevé à la tête de la chaussée qui, pratiquée à l'entrée du marais, allait joindre la chaussée romaine, dite chaussée *Brunehaut*, dont on trouve des vestiges dans la plaine qui domine Aouste. Il était naturel que le village qui s'éleva en ce lieu, après la destruction de la ville, en conservât le nom.

La découverte d'*Augusta*, dont l'emplacement, de temps immémorial, a toujours dépendu du territoire d'Eu, quoiqu'à cinq kilomètres de distance, nous a révélé à la fois l'époque de la destruction de la ville ancienne, et celle de l'érection de la ville moderne qui lui succéda. Les annalistes du moyen âge s'accordent tous à faire le plus épouvantable tableau des ravages commis par les hordes de barbares sortis des forêts de la Germanie, de toutes parts se précipitant sur la Gaule, pour s'enrichir de ses dépouilles et se venger de leurs oppresseurs. *Universas Gallias pervagatur*, dit Grégoire de Tours, (cap. 32.) en parlant de l'invasion de Chrocus, *cunctasque œdes quœ antiquitùs fabricatœ fuerant, à fundamentis subvertit.* Ces fatales incursions, commencées à la fin du quatrième siècle, continuèrent pendant toute la durée du cinquième, et ne cessèrent pour le nord de la France, qu'au moment où le chef de la tribu Franke Hlodewig (Clovis) ayant renversé les institutions gallo-romaines, régnait sur les provinces Belges et Celtiques. C'est donc du cinquième au sixième siècle que l'on peut fixer la destruction d'*Augusta.* Ceux de ses habitants, échappés à la mort, seront revenus, après le passage des barbares, et ne retrouvant, au lieu de leurs pénates, que des monceaux de ruines, ils auront édifié de nouvelles demeures dans une si-

tuation voisine, qui leur offrait plus de
moyens de résister à de nouvelles agres-
sions. Ils abandonnèrent donc le lieu élevé
et le coteau sur le penchant duquel était
leur patrie, pour s'établir dans une situation où l'approche de leurs murailles
pourrait être défendue par de larges fossés remplis d'eau : cette conjecture acquiert plus de vraisemblance, quand on
recherche l'étymologie du nom que cette
ville portait dans le moyen âge : l'on
peut, sans crainte d'être accusé de tor-
turer l'étymologie, trouver celle d'*Auga*
dans *Augusta* ; il était naturel qu'en abandonnant le lieu où fut leur malheureuse
patrie, les habitants conservassent, aux
murs qu'ils édifiaient, le nom de la cité
dont ils déploraient la ruine. La dégéné-
rescence de la dénomination dut suivre
celle du langage ; le dialecte gallo-romain
dans lequel notre langue a ses racines,
se déprava lui-même par le mélange des
peuples Germaniques et Scandinaves ; et

dès le dixième siècle, le mois toujours nommé en latin *Augustus* était le mois d'*Out* : *Augusta* dénommée encore en latin rustique *Auga*, était appelée en langage vulgaire *Ou.*

Ou part Vimou è Normendie
Un paiz d'Altre avoerie
Ou est ewe, Ou est chastel
Ki siet sor l'ewe d'Ou mult bel.

Rob. Wace, vers 11,500.

Il semble donc que l'on peut, sans encourir l'accusation d'aspirer, sans titres suffisants, à une illustration antique, prétendre qu'Eu, honorée par les Romains du nom d'*Augusta*, est l'une des plus anciennes villes de cette partie de la France.

HISTOIRE

DES COMTES D'EU.

LE premier auteur du moyen âge qui parle d'Eu est Flodoard (1); il rapporte qu'en 925, *Héribert*, comte de Vermandois, à la tête des troupes de l'église de Rheims, assisté du comte *Arnulfe*, et d'autres français des pays maritimes, attaqua une place qui était défendue par mille Normands, que Rollon avait envoyés du Roumois, et par les habitants.

Cette forteresse (*castrum*), située près de la mer, s'appelait *Auga*. Les Français l'ayant investie, franchissent le fossé qui l'entoure, renversent la muraille, et, montés à l'assaut, passent

Le Comté d'Eu au moyen âge.

---

(1) *Idem verò castrum secùs mare situm vocabatur Auga. Quod circumdantes Franci, vallum quo pro antemurali cingebatur, irrumpunt, murumque infringentes conscendunt; et oppido pugnando potiti, mares cunctos interimunt, munitionem succendunt.*

au fil de l'épée tous les hommes, et livrent aux flammes tous les ouvrages de défense. Peu après, le même Héribert conduisit au château d'Eu Charles-le-Simple, et là, ce malheureux prince reçut le dernier et stérile hommage des seigneurs normands.

Ainsi, il est bien établi, par ces deux faits, que la ville d'Eu et son château existaient et avaient déjà une certaine importance, treize ans après le traité de Saint-Clair-sur-Epte.

D'après le tableau désastreux que Guillaume de Jumiéges et Ordéric Vital ont tracé de l'état de la Neustrie, au moment de l'occupation de cette partie du royaume par Rollon, on est fondé à présumer que les établissements qui avaient existé à Eu, avaient partagé le sort de tous ceux du littoral. » Ce territoire maritime, dit Guillaume » de Jumiéges, que l'on appelle maintenant Nor-» mandie, depuis long-temps en proie aux incur-» sions des païens, était alors tout couvert de » grands bois, et languissait inculte, sans que la » serpe ni la charrue le fissent valoir. «

Dans le laps de temps qui s'était écoulé depuis les premières incursions des Normands jusqu'au traité de Saint-Clair, en 912, il est aisé de conjecturer ce qu'était devenu le territoire d'Eu, plus exposé que tout autre aux débarquements des pirates Scandinaves, à raison de la baie de la Bresle et de son rapprochement des vastes plages situées à l'embouchure de la Somme. C'est dans son voisinage, entre les villages de *Franleu* (*Francorum locus*) et *Saucourt*, en Vimeu, que Louis-d'Outremer remporta, en 881, une victoire éclatante sur les Normands.

Aussitôt que Rollon se trouva souverain de la Neustrie, son premier soin fut de rappeler la population, de civiliser ses farouches compagnons, et de créer des institutions qui assurassent le succès et le maintien de son entreprise. Il éleva de toutes parts de nouvelles constructions; il couvrit les frontières de ses états de châteaux forts, pour les mettre à l'abri des incursions de ses voisins; il dut alors, s'il ne l'édifia pas, relever le château d'Eu, situé sur l'extrême limite de la Normandie, près de la mer, protégeant une baie qui offre l'un des meilleurs ancrages de la côte. Ce château devint, par cette circonstance, le premier et le plus important de tous ceux qui furent construits à la même époque sur la rive gauche de la rivière, devenue la séparation de la Normandie et du domaine de la couronne.

Rollon avait distribué le territoire de ses nouveaux états entre ses compagnons d'armes; mais

2

l'on est fondé à croire qu'il réserva pour lui, ou sa famille, la région septentrionale dans laquelle est comprise la contrée qui forme le comté d'Eu. Cette région est le *Talou (pagus Talogiensis)* qui s'étendait depuis la Bresle jusqu'au-delà de la rivière de Scie, et qui, comme le prouve un capitulaire de Charles-le-Chauve, était situé entre le pagus Rotmensis et le Vitnau. Le Vitnau *(le Vimeu)* était entre la Somme et la Bresle :

> Some part pontif e *Vimou*
> E *Vimou* dure tresque *Ou.*
>
> Rob. *Wace*, vers 11,498.

Le *Talou*, suivant la chronique de Fontenelle, est contigu au *Vimou*, ainsi, il comprenait nécessairement le comté d'*Ou*.

Le *Talou* dut faire partie de l'apanage de la maison régnante, puisque l'on voit Richard Ier, qui mourut en 996, en distraire une partie que, suivant Guillaume de Jumiéges, il érigea en comté d'*Ou*, en faveur de Godefroi, son fils naturel, à qui succéda Guillaume, comte d'Hiesmes, frère puîné de celui-ci (vers 1000), qu'on considère comme le premier comte d'Eu. Le comté d'*Ou* n'était donc qu'une partie du Talou ; la portion qui resta devint plus tard le comté d'Arques, que Guillaume-le-Bâtard, *parvenu à l'âge de l'adolescence*, *selon Guillaume de Jumieges*, donna à Guillaume son oncle, fils naturel de Richard II et de Poppa, sa concubine. Le comté d'Arques fut ainsi appelé le comté de *Talou*, parce qu'il était naturel que la dénomination primitive de tout le *pagus* se conservât à la portion demeurée à la couronne, après le premier démembrement.

S'il est difficile de déterminer positivement les limites respectives des deux comtés, on peut du moins les conjecturer.

La limite des lieux qui formaient le corps ou le domaine non fieffé du comté d'Eu, est un vallon très-profond, situé à l'ouest du village de *Penly*, sur le bord de la mer. Ce vallon s'appelle encore le *Val des Comtes*. (V. la carte de l'archevêché de Rouen.) De ce point, en tirant une ligne à peu près droite vers l'extrémité de la basse forêt d'Eu, la plus grande partie de ce qui se trouve compris dans cette enclave, relevait directement, ou par mouvance, du comté d'Eu. Mais cette ligne se rapprochant de la vallée d'Eaulne, dans laquelle sont deux ou trois communes qui dépendaient du bailliage d'Eu, on pourrait, avec quelque raison, présumer que la limite des deux comtés fut originairement la rivière d'Eaulne; au midi, vers *Sainte-Beuve*, au-dessus de *Mortemer-en-Bray*, on trouve dans un assez long espace, les restes et les vestiges d'un très-large fossé, qui s'appelle encore le *Fossé-Roi*, et qui est cité dans la charte de Henri, roi d'Angleterre, confirmative des dons faits à l'abbaye de Foucarmont; il approuve le don fait par le Sire Guillaume de Fretiaco de son domaine de *Fretil*, et d'une quantité de terres, situées *ad Fossatum Regis* : il approuve de même la donation faite par *Hugone de Bosco*, de douze acres, *ad Fossatum Regis*. N'est-on point autorisé à considérer cette limite artificielle, au midi de laquelle le comté d'Eu n'avait point de mouvance, et qui, au contraire, enveloppe tous les lieux qui en relevaient directement, tels que le *Caule* et le *Mesnil-David*, comme la séparation faite, lors du démembrement du Talou, en prolongement de la vallée d'Eaulne qui ne commence qu'à Mortemer ?

Le comté d'Arques ou de Talou, donné à Guillaume, ne demeura pas long-temps entre ses mains, puisqu'après sa rébellion contre son suzerain, il en fut dépouillé, et ce domaine revint au duc, qui paraît avoir disposé d'une partie en faveur de Gauthier Giffard, à qui il donna le comté de Longueville. La ville de Dieppe, Bouteilles et toute la forêt d'Alihermont furent donnés,

en 1196, par Richard-Cœur-de-Lion, à l'archevêque de Rouen, en échange d'Andelys et du
château Gaillard. C'est à ces donations successives, et à l'abrogation du titre, qu'on doit attribuer la disparition, dans l'histoire, du comté de
Talou, et les incertitudes que n'éclaircissent pas
complètement les capitulaires de Charles-le-
Chauve et la lettre de Pepin-le-Bref, dans les
dénominations de certains lieux compris dans
cette contrée, qu'on ne retrouve plus actuellement.

Guillaume de Jumièges, liv. 4, chap. 18, »dit
»que Richard Ier eut de ses concubines deux fils
»et deux filles. L'un de ces deux fils s'appelait
»Godefroi et l'autre Guillaume : le premier fut
»comte d'Eu. Celui-ci étant mort, son frère reçut
»le même comté, et ses héritiers, ajoute l'auteur,
»le possèdent encore aujourd'hui par droit de
»succession. Cependant le comte Gilbert, fils
»du comte Godefroi, occupa quelque temps ce
»comté, avant d'avoir été assassiné.«

1er Comte d'Eu.

Ce passage de l'annaliste n'est point d'accord
avec la tradition. Selon lui, l'érection du comté
d'Eu aurait eu lieu long-temps avant la mort de
Richard Ier, puisque Gilbert, fils de Godefroi,
aurait succédé à son père. Cependant les chartres
de l'église et de l'abbaye de Notre-Dame d'Eu,

fondée par Guillaume, en 1002, le citent comme
le premier comte, et le comté ne fut donné à celui-ci
que par Richard II, son frère utérin, qui lui avait
précédemment donné le comté d'Hiesmes.

> Richart out freres è sururs
> Boens chevaliers è biax plusurs :
> Asquanz fist cuntes et baruns,
> Lur duna terres è mansiuns,
> Ad Willealme ad Vismes dunè,
> Et il l'en jura féalté.

Rob. Wace, vers 6,119.

Guillaume, oubliant ses devoirs de sujet et les
obligations qu'il avait à son frère, prit part aux
révoltes qui éclatèrent au commencement de son
règne. » Après que le duc, dit Guillaume de Ju-
» miéges, lui en eut fait plusieurs fois des re-
» proches par ses messagers, comme il ne voulait
» pas se désister de son audacieuse rébellion, il
» fut fait prisonnier, de l'avis et par l'aide du
» comte Raoul, enfermé à Rouen dans la tour de
» la ville, et expia sa témérité par une détention
» de cinq années. Quelques-uns de ses compa-
» gnons qui persistèrent dans ses projets séditieux,
» furent vaincus par le duc dans de fréquents com-
» bats ; les uns perdirent la vie, les autres furent
» exilés de leur pays. «

Cinc anz fu Willame en la tur
K'unkes n'en pout issir nul jur ;
Quant par cunseil d'un chevalier,
Ki si ont fet appareillier
Une corde ke il muça
Par cele corde dévala
D'une feinestre fors issi
È par la corde descendi.

Rob. *Wace*, vers 6,146.

Guillaume, échappé de sa prison, se trouva dans le plus grand embarras pour avoir un asile. Le roi de France, en paix avec le duc de Normandie, n'aurait pas reçu un vassal félon; il en était de même du côté de la Bretagne et du Poitou. Le malheureux fugitif était donc réduit à se cacher dans l'épaisseur des forêts,

Li jour dormeit, la noit veillout.

Désespéré de cette affreuse situation, il se résigna à aller solliciter lui-même son pardon de son frère, en se livrant à sa générosité. » Tandis que, » dans une telle disposition d'esprit, il suivait un » certain jour son chemin, il rencontra le duc qui » chassait dans la forêt de Vernei, dans le Bessin. » Aussitôt, tombant à ses pieds, il lui demanda » le pardon de ses fautes. Le duc touché de com- » passion, et de l'avis du comte Raoul, le releva.

»de terre , et lorsqu'il eut appris , par son récit,
»les détails de son évasion, non-seulement il
»lui remit ses fautes, mais en outre, et dès ce
»moment, il l'aima avec beaucoup de bienveil-
»lance et comme un frère très-chéri. Peu après,
»il lui donna le comté d'Eu, et une très-belle
»jeune fille, nommée Lesceline, fille d'un certain
»homme très-noble, nommé Turquetil.« Guillaume eut d'elle trois fils, savoir Robert, qui fut,
après sa mort, héritier de son comté ;

Cil fu d'*Ou* cunte emprès sun pere ;

Rob. Wace, vers 6,210.

Guillaume, dit Busac , comte de Soissons, et
Hugues, évêque de Lisieux.

Guillaume fonda l'église et l'abbaye de Notre-
Dame dans l'intérieur de son château d'Eu ; il
y établit d'abord des chanoines qui ne furent ré-
gularisés que vers 1119. Lesceline, avec le secours
de ses fils Robert et Hugues , fonda le monastère
de Saint-Pierre-sur-Dives et un couvent de religieuses en dehors de la ville de Lisieux.

Guillaume mourut en 1022 ; il eut pour successeur son fils aîné Robert.

Robert,
2ᵉ Comte.

Guillaume dit Busac, prenant part à la révolte
des seigneurs mécontents de l'avénement de
Guillaume-le-Bâtard, aspira à usurper le duché.

Mais le duc rassembla une armée, assiégea le château d'Eu, et força le rebelle à s'exiler. Celui-ci se rendit auprès de Henri, roi de France, qui l'accueillit avec bonté, comme un chevalier noble par sa naissance et par sa beauté, et, prenant pitié de ses malheurs, lui donna le comté de Soissons, ainsi qu'une noble épouse. »Heureux »exilé, dit Guillaume de Jumiéges, il eut de »cette femme une belle famille, qui maintenant »gouverne noblement l'honorable héritage de »son père.«

Robert resta étranger aux factions qui se déclarèrent contre le duc Guillaume, après la mort de Richard II ; il s'attacha à la cause de son suzerain et le servit avec la fidélité et le dévouement du meilleur sujet et du meilleur parent. Ce fut en son château d'Eu que se conclut le mariage du duc Guillaume. »Ayant appris, dit l'annaliste »de Jumiéges, que Baudouin, comte de Flandre, »avait une fille nommée Mathilde, issue d'une »famille royale, très-belle de corps et géné- »reuse de cœur, le duc, après avoir pris l'avis »des siens, envoya des députés à son père, et »la demanda en mariage. Le prince Baudouin, »infiniment joyeux de cette proposition, non- »seulement résolut d'accorder sa fille au duc, »mais la conduisit lui-même jusqu'au château

»d'Eu , portant avec lui d'innombrables présents.
»Le duc y arriva aussi, accompagné des esca-
»drons de ses chevaliers, s'unit avec elle par les
»liens du mariage , et la ramena ensuite dans la
»ville de Rouen, au milieu des réjouissances
»et des plus grands honneurs. « L'on ne peut
douter que ce mariage n'ait été consacré dans
l'église actuelle, dont les premiers fondements
avaient été posés dès 1002.

Le roi de France, qui avait excité la révolte
des seigneurs Normands contre leur souverain,
fut battu et obligé de fuir honteusement, à la
vue du château d'*Arques*, qu'il venait ravitailler.
Le résultat humiliant de cette expédition accrut
son acharnement contre le duc qui avait déployé,
en cette circonstance, une intrépidité héroïque.
En conséquence, le roi Henri rassemble deux
armées formidables, dont l'une doit entrer par
le Beauvoisis, et l'autre du côté d'Evreux.

Le duc, de son côté, réunit ses troupes et il
en forme deux corps, dont l'un placé au débou-
ché du Beauvoisis, couvrant les approches du
pays de Caux, est confié au commandement
de Robert, comte d'Eu, et de Gauthier Giffart;
l'autre, qu'il commande lui-même, défend la vallée
d'Eure.

Le comte d'Eu jugea qu'en cette circonstance

il obtiendrait de plus sûrs résultats en temporisant, qu'en tombant d'estoc et de taille sur un ennemi plus nombreux que les forces qu'il pouvait lui opposer. Au lieu de le repousser, il l'attira en faisant évacuer dans les forêts, dont le pays était alors tout couvert, les bestiaux et les vivres de toute espèce. Posté lui-même dans les bois, où il était renforcé de toute la population qui s'y était réfugiée, il se contentait d'observer l'ennemi qui, plein d'audace, s'avançait témérairement, en suivant la route la plus commode, mais non pas la plus sûre pour une retraite. En effet, l'armée française, suivant le chemin qui du Beauvoisis se dirige vers la mer, s'enfonçait à chaque pas dans une sorte de défilé, ayant à sa gauche les fondrières et la forêt marécageuse du pays de Bray, et à sa droite les monticules et les gorges boisées, situées près des sources de la Bresle.

Ainsi le comte d'Eu avait mené l'ennemi dans une véritable embuscade, en ne cherchant pas à incommoder sa marche; il prévoyait qu'il s'arrêterait à *Mortemer,* où il trouverait des ressources. C'était aussi en ce lieu qu'il se promettait de le surprendre. Lorsqu'il voit les Français, après s'être livrés à la débauche, dispersés en désordre, s'abandonner au sommeil, il sort de

la forêt voisine, et tombant aussitôt sur la ville,
il y pénètre, égorgeant tout ce qu'il rencontre,
et mettant le feu à toutes les maisons. Un combat
sanglant est engagé de toute part ; ceux qui veulent
fuir sont atteints et égorgés par les habitants
sortis de leurs retraites ; des deux côtés la fureur
est à son comble ; mais les Français qui ne sont
pas tués sur le champ de bataille, sont presque
tous faits prisonniers. Le duc en apprenant cette
nouvelle, la fait connaître au roi de France, en
faisant crier à portée de son camp :

> Franceiz, Franceiz, levez, levez,
> Allez vos amis enterrer
> Ki sunt occis à Mortemer ;

Rob. Wace, vers 10,079.

à l'instant la douleur et l'effroi s'emparent des
esprits, et l'armée royale se retire du territoire
Normand dans le plus grand désordre.

Après cette sanglante affaire qui (selon le
savant M. Aug. Leprevost) eut lieu à la fin de
l'hiver de 1054, l'histoire ne fait plus de mention
particulière du comte Robert, jusqu'à l'époque de
l'expédition d'Angleterre. On doit néanmoins,
malgré ce silence, présumer que ce prince, dévoué à son suzerain, dut partager ses exploits
ou l'aider de ses conseils.

Ce fut au château d'Eu, où se trouvait probablement alors le comte Robert, qu'eut lieu
l'entrevue d'Harold avec le duc Guillaume.
Harold avait été envoyé par le roi d'Angleterre
Edouard, pour assurer au duc sa succession.
Harold, que la tempête avait jeté sur la côte
du Ponthieu, avait été arrêté par le comte Gui,
qui le mit en prison au château de Beaurain,
sur *la Canche*, afin d'en tirer une bonne rançon.
»L'avarice ingénieuse, dit Guillaume de Poitiers,
»a inventé chez quelques nations de la Gaule
»cette coutume exécrable, barbare et contraire
»à toute justice, d'arrêter et retenir les puis-
»sants et les riches pour les vendre au plus
»offrant.« Le duc Guillaume, soit par prières,
soit par menaces, fit délivrer Harold, qu'il reçut
avec les plus grands honneurs, et qu'il conduisit
à Rouen.

Le château d'Eu n'était pas la seule demeure
du comte Robert. Il habitait souvent un autre
château, situé à la distance d'un demi-quart de
lieue, dans le vallon du bois du Parc; c'est-
là que ce prince perdit Béatrix, son épouse bienaimée, le quatrième des ides d'Avril 1060. Un
monument retrace encore de nos jours cet événement; Robert accompagnait le convoi de Béatrix
à l'abbaye du Tréport, fondée en 1059. C'était-

là qu'il avait marqué sa sépulture ; le convoi
s'étant arrêté au carrefour des chemins d'Eu et
de Tréport, Robert vivement ému à la vue des
lieux qui ne reverraient plus celle à qui ils avaient
dû leur splendeur, et de la dernière demeure
où elle allait pour jamais être ravie à ses yeux,
fit le vœu d'ériger en cet endroit un prieuré dépendant de l'abbaye du Tréport, où chaque jour
des prières seraient adressées au ciel pour l'objet
de ses regrets. Telle a été la cause de l'établissement du prieuré de Sainte-Croix, dont
l'antique chapelle est pieusement conservée par
son propriétaire actuel.

Le comte Robert habitait son château quand
le service de son suzerain n'employait pas sa
valeur : lorsque Guillaume conçut le projet de
son expédition en Angleterre, Robert fut le
premier qu'il manda pour prendre son conseil.

> Pur conseil prendre de ceste ovre
> Ainz k'il a altre s'en descovre
> Manda Robert li cunte d'Ou.
>
> *Rob. Wace, vers* 11,120.

Robert répondit par sa vaillance et son dévouement à ce qu'attendait de lui le conquérant ;
il se distingua à la bataille d'Hastings ; plus
tard, en 1069, Guillaume, à son retour de

Lindisfarnay, chargea Robert de contenir les pirates Danois, qu'il battit et repoussa jusqu'à leurs vaisseaux.

Ce comte eut une forte part dans le partage des dépouilles des vaincus ; il possédait des domaines très-considérables dans les comtés de Sussex et de Kent, on en trouve le détail au doomsday book. Il avait entr'autres le manoir de How, qui fut donné, en 1106, au prieuré de Saint-Martin-au-Bosc, près d'Eu, dépendant de l'abbaye du Bec. Sous le règne de Guillaume-le-Roux, il fut au nombre des seigneurs qui s'attachèrent à sa cause ; il assistait à l'allocution que ce monarque fit à ses barons, en 1089, à Winchester, et il fut un des premiers à faire fortifier ses places d'armes de Normandie, et à y mettre garnisons pour le roi d'Angleterre.

Le roi Guillaume étant passé en Normandie, en 1091, avec une grande flotte, s'établit au château d'Eu, d'où il fit ses dispositions pour en imposer à son frère, et l'amener à conclure la paix. En effet, ces deux princes se réconcilièrent, et en témoignage de satisfaction, parmi les dons qui cimentèrent cette réconciliation, le comté d'Eu qui, depuis 1089, dépendait de la couronne d'Angleterre, fut rendu au duché.

L'on ne connaît pas la date précise de la mort

du comte Robert, dont le corps fut inhumé à l'abbaye du Tréport, et déposé près de celui de Béatrix, sa femme, mais on doit présumer que ce fut avant 1093, parce que ce fut en cette année que mourut son successeur.

Guillaume II, 3ᵉ Comte. Guillaume, fils aîné de Robert, succéda à son père, mais il fut loin de suivre ses honorables exemples de fidélité à son souverain. Ce prince entra dans la conjuration formée contre le roi, et arma avec Robert de Mowbray : il fut, comme lui, vaincu et arrêté ; quoique Guillaume usât de clémence envers un grand nombre de conjurés, il jugea nécessaire aussi de faire de grands exemples. Sa sévérité s'appesantit sur le comte d'Eu : convaincu du crime de conspiration, le roi lui fit crever les yeux, et enlever les attributs de la virilité *(amputatis testiculis eviravit)*. Ce supplice, dit Ordéric Vital, lui fut infligé à l'instigation de Hugues, comte de Chester, dont il avait épousé la sœur, mais à qui il n'avait pas conservé la fidélité conjugale, ayant trois enfants d'une concubine.

Henri Iᵉʳ, 4ᵉ Comte. Henri, fils aîné de l'infortuné Guillaume, succéda à son père.

Ce prince figure au nombre des seigneurs qui suivirent Robert, duc de Normandie, à la première croisade. Il partagea les exploits qui couvrirent

de gloire le nom normand dans cette expédition. Le comte d'Eu dut revenir avec son suzerain, quand celui-ci, à la nouvelle de la mort
de Guillaume-le-Roux, quitta la Palestine pour
faire valoir ses droits à la couronne d'Angleterre,
usurpée déjà par Henri, son frère. De retour en
Normandie, Robert reprit possession du duché
qu'il avait, avant son départ pour la croisade,
engagé pour cinq ans au roi d'Angleterre, et se
disposa à conquérir le trône qui lui était ravi.
Pour cet effet, il leva une armée nombreuse.
Il établit des intelligences avec un grand nombre
de seigneurs avides de changements, et qui espéraient accroître leurs richesses, en prenant part
aux prodigalités du nouveau souverain. Vers
l'automne de 1101, Robert partit du port du
Tréport (1), et vint débarquer à Portsmouth,
ayant rallié à son parti la flotte envoyée à sa
rencontre, pour s'opposer à son débarquement.
Le duc de Normandie, à la tête de son armée,
renforcée des mécontents qui venaient se réunir à
lui, assit son camp dans la province de Middlesex.
Henri, ayant fait un généreux appel à la nation
anglaise, réunit bientôt une armée nombreuse,

(1) V. la note 3ᵉᵐᵉ, à la fin de l'Ouvrage.

à la tête de laquelle il se porta contre celle de
son frère ; celui-ci, sommé par un hérault d'expli-
quer les motifs qu'il avait pour entreprendre
l'invasion de l'Angleterre, répondit qu'il était
venu à la tête de sa noblesse pour reconquérir
le royaume de son père , que lui assurait son droit
de primogéniture. Les seigneurs qui, après avoir
abandonné le parti du roi Henri, s'étaient rangés
sous les bannières de Robert, employaient tous
les moyens de prévenir un accommodement,
et l'incitaient à combattre. Mais leurs desseins
furent déjoués ; au milieu des deux armées
rangées en bataille, les deux frères se rendent
l'un vers l'autre, ils s'expliquent et conviennent de la paix, qu'ils jurent dans un em-
brassement cordial. Mais cette paix ne dura
pas long-temps ; Robert, toujours dupe et victime des ambitieux qui l'entouraient, oublia bientôt la foi jurée ; sa cour devint l'asile des mécontents et des traîtres qui conspiraient contre
leur souverain ; le duc les accueillait, et, ne se
contentant pas de prodiguer pour eux ses revenus
et ses domaines, il n'hésita pas à se déclarer
hautement leur protecteur. Assez imprévoyant
pour ne pas craindre la juste indignation qu'une
telle conduite devait provoquer, et abusant à
l'excès de la longanimité du roi son frère, il

passa en Angleterre dans l'intention d'imposer des conditions plutôt que de solliciter des grâces. Henri, dans le premier abord, irrité de la démarche du duc, délibéra si, pour éteindre les brandons de la discorde, il ne convenait pas d'arrêter et de détenir celui qui, si témérairement, les avait allumés et les entretenait encore. Mais, pour cette fois, la seule vengeance qu'il crut devoir en tirer, fut d'abandonner Robert aux remords de sa conscience, et à la honte que sa démarche devait lui attirer de la part de ses vassaux. Revenu en Normandie, l'imprudent Robert n'y trouva pour lui-même que le mépris; et il vit, sans avoir les moyens d'y apporter remède, l'accroissement des désordres qui plongèrent le duché dans la plus déplorable anarchie. Pendant ce temps, les seigneurs les plus puissants se détachaient journellement de sa cause, et appelaient le roi d'Angleterre, le conjurant d'arriver pour sauver la patrie. Parmi les seigneurs qui se déclarèrent en cette circonstance, l'histoire cite Henri, comte d'Eu. Le roi d'Angleterre, arrivé en Normandie (1104), vit avec douleur l'état de cette malheureuse province, mais il ne perdit pourtant pas tout espoir d'y ramener le bon ordre, et de sauver encore la couronne à l'imprudent qui avait tout fait pour la perdre. Après lui avoir représenté ses fautes, et les torts irrémissibles qu'il s'était donnés à son égard, il lui pardonna de nouveau : ayant cimenté une franche réconciliation, il repassa la mer.

A peine le roi était-il rentré dans ses états, que l'incendie étouffé un moment éclata de nouveau ; les conventions faites pour assurer le maintien de la paix et prévenir le retour des excès, furent violées ouvertement ; les perfides conseillers du prince, qu'Ordéric Vital nomme si justement *prædones vesani,* recommencèrent la guerre.

A cette nouvelle, le roi d'Angleterre reconnut qu'il n'y avait plus à temporiser, et que toute considération fraternelle devait désormais céder à la plus impérieuse des lois, celle du salut du pays. Revenu en Normandie avec une armée puissante, il se décida à ne garder aucun ménagement, et à tirer la plus éclatante vengeance des parjures. Il s'empara de Caen ; mais la ville de Bayeux, qui avait refusé de se rendre, fut livrée aux flammes ; tous les châteaux qui n'ouvrirent pas leurs portes, furent attaqués, emportés et détruits ; enfin, le roi poussant les confédérés avec la plus grande vigueur, les battit complettement devant Tinchebray, le 27 Septembre 1106. Jamais victoire ne fut plus complète et

ne fut moins sanglante, puisqu'elle eut pour ré--
sultat la prise ou la réduction de tous les chefs,
et qu'elle ne coûta, selon Guillaume de Jumiéges,
que soixante hommes à l'armée normande : celle
du roi d'Angleterre n'y perdit pas un soldat. Le
duc Robert implora encore le pardon de son frère ;
mais il avait lassé sa patience, et, pour cette fois,
voulant anéantir toute cause et tout ferment de
révolte, le roi prononça la confiscation du duché
et sa réunion à la couronne. Le duc Robert et
ses principaux partisans amenés en Angleterre,
y terminèrent leur vie dans la captivité.

La réunion de la Normandie ne produisit
pas l'effet que s'en était promis Henri. Le
mauvais gouvernement et la conduite imprudente
de Robert avaient fait beaucoup de mécontents, mais tous les mécontents n'étaient pas
des traîtres. Les seigneurs du premier ordre,
qui avaient invoqué le secours du roi d'Angleterre, ne voulaient pas le renversement du trône
ducal, mais ils voulaient le châtiment et l'expulsion de lâches et perfides courtisans élevés du
néant, qui, abusant de la faiblesse de Robert,
portaient ce malheureux prince à violer sans
cesse les engagements les plus sacrés et à ruiner
ses états, quoique réduit souvent lui-même à
un dénûment qui inspirait la pitié. Au lieu

d'un allié , au lieu d'un sauveur, ils furent indignés
de trouver un maître dans un souverain étranger.
Dès-lors prévalut dans leurs âmes un sentiment
de patriotisme qui réveilla l'intérêt pour l'infortuné Robert; ils ne pouvaient l'arracher à
la captivité, mais ils pouvaient faire valoir et
défendre ses droits dans la personne de Guillaume
Clynton, son fils unique : c'est ce qu'ils entre-
prirent. Parmi ceux qui figurèrent dans cette
conjuration patriotique, le comte d'Eu fut au
premier rang, et malheureusement aussi, il fut
le premier que le roi fit arrêter, dès qu'il eut
connaissance de ce qui se tramait. Conduit en
prison à Rouen, et chargé de fers, il fut obligé de
souscrire la remise des places qu'il avait armées.

Pendant sa captivité, Beaudouin, comte de
Flandre, était entré dans la haute Normandie,
à la tête d'une armée considérable; il avait
ravagé les campagnes du Talou, et ne s'était
arrêté que sous les murs d'Arques, d'où il s'était
porté, par la vallée d'Eaulne, sur Bures. Ayant
été blessé à l'attaque de cette place, le comte
de Flandre fut transporté à Aumale, auprès du
comte Etienne, et de la comtesse Hadvise, qui
étaient dévoués à son parti. Les plaisirs *de plus
d'un genre*, auxquels il se livra avec trop peu
de retenue, aggravèrent sa blessure, et il trouva

dans les délices de cette cour, la cause du mal
qui, quelques mois après, le conduisit au
tombeau.

Il paraît que la mort du comte de Flandre fut
funeste au succès de la coalition formée en faveur
du fils de Robert, et que, dès-lors, la plupart
des seigneurs qui, comme le comte d'Eu, étaient
entrés dans cette ligue, rentrèrent en grâce auprès du roi. Le comte d'Eu est cité, par Ordéric
Vital, comme l'un des trois lieutenants de Henri,
à la bataille de Brenneville, en 1119. Le dernier des grands feudataires qui fit sa paix, fut
Etienne comte d'Aumale; le roi ayant réuni son
armée au vieux Rouen (aujourd'hui village du
duché d'Aumale), y avait fait commencer un
fort que, par une grossière dérision, on qualifia
d'une expression injurieuse pour la comtesse
Hadvise, accusée d'avoir fomenté la guerre, et
d'avoir entretenu la coalition par un genre de
séduction, *où elle jouait un rôle très-actif.*

Le comte d'Eu, depuis sa réconciliation avec
le roi d'Angleterre, ne paraît pas parmi les seigneurs qui, à l'instigation de Louis-le-Gros,
et sous le prétexte de soutenir les justes droits
de Guillaume Clynton, s'insurgèrent de nouveau en 1123. On a lieu de croire qu'il n'avait
abandonné qu'à regret la cause de la légitimité

et de la justice, mais qu'engagé par de nouveaux
sermens, il ne dévia plus de la fidélité qu'il avait
jurée. Guillaume de Grandcourt, son frère
puîné, combattit valeureusement à la bataille
de Bourgtheroulde, en 1127. Ce loyal chevalier,
dit Ordéric Vital, poursuivit et fit prisonnier
Amalric de Montfort, comte d'Evreux. Mais touché de compassion à la vue du sort funeste
qui attendait un homme aussi distingué, et convaincu que s'il le livrait au roi, c'était le con-
damner à d'odieux traitements et à une captivité
perpétuelle, il se décida généreusement à le
sauver, en se sacrifiant pour lui ; renonçant donc
à jamais à son souverain et à ses propres domaines, il s'exila en France, où sa noble générosité trouva d'honorables récompenses.

Le comte d'Eu, suivant l'usage de son temps,
fonda plusieurs établissemens religieux ; il avait,
dès 1106, établi, au milieu de la forêt d'Eu,
le prieuré de Saint-Martin-au-Bosc, qui relevait de l'Abbaye du Bec-Helluin, et dans la
dotation de ce prieuré, était compris le manoir
de How, en Angleterre.

Le 25 Juillet 1130, il fonda l'abbaye de Foucarmont.

Henri avait épousé Marguerite, fille de Guillaume de Sulli, fils aîné d'Etienne, comte de Blois,

et d'Adèle, fille de Guillaume-le-Conquérant,
quoique, comme l'observe Guillaume de Jumiéges, ils fussent très-proches parents : il naquit
de ce mariage trois fils et une fille.

Henri se retira à l'abbaye qu'il venait d'établir, il renonça au monde et prit l'habit monastique sous lequel il mourut, en 1139. Sa femme,
qui avait également adopté la vie religieuse,
fut inhumée près de son époux.

Jean, fils aîné de Henri, succéda à son père. Jean,

L'histoire n'a rien transmis sur la part qu'il 5° Comte.
prit dans la guerre entre Etienne, et ceux de
ses vassaux maintenus par la France en révolte continuelle contre leur suzerain ; l'on ignore
également la conduite qu'il tint dans les contes-
tations sanglantes dont le résultat fut de porter au trône Henri II ; mais si son nom n'est
pas inscrit aux fastes de la gloire, il est insé-
parable du premier monument des libertés de
la métropole de son comté. Jean *octroya* à la
ville d'Eu, une charte de commune (1), ou, pour
mieux dire, reconnut, confirma les libertés et
priviléges que les habitants de cette ville s'étaient
déjà garantis mutuellement, et qu'avant lui avait

_____

(1) V. la note 2ᵉᵐᵉ, à la fin de l'Ouvrage.

respectés son père. »Car, dit Augustin Thierry »(lettres sur l'histoire), les chartes royales ou »seigneuriales ne firent que sanctionner des révo- »lutions opérées d'avance, et sur lesquelles il »était désormais impossible de revenir. « Si nous ne pouvons fixer l'époque où la population d'Eu fut assez forte pour entrer en lutte avec la puis- sance féodale, il est du moins facile de la con- jecturer.

L'invasion de l'Angleterre dut être pour les places littorales de Normandie, une cause de prospérité ; la ville d'Eu, plus rapprochée qu'au- cune autre du rivage britannique, possédée par un prince proche parent et ami du conqué- rant, dut nécessairement profiter de ces heu- reuses circonstances. En outre, la puissance de Guillaume et ses alliances étaient devenues la sauve-garde des frontières, qui, avant lui, étaient continuellement menacées et ravagées. La sécu- rité avait donc succédé aux alarmes, les besoins réciproques avaient établi et entretenu des re- lations continuelles d'un bord à l'autre de la Manche ; le commerce et l'industrie faisaient donc chaque jour des progrès, et produisaient leur effet ordinaire ; ils augmentaient, ils civilisaient, ils éclairaient la population ; dès-lors Eu, qui, avant cette brillante époque, n'était qu'une place d'armes habitée par un haut et puissant seigneur, par sa cour et par des serfs, *ou vilains taillables et corvéables*, se peupla d'artisans et de commerçants ; dès-lors, ici, comme par-tout ailleurs, les marchands et les artisans indignés d'une servitude qui les livrait aux caprices de l'arbitraire et aux exactions d'un maître, ne restèrent pas étrangers au grand mouvement qui, à cette époque, avait déjà valu à plusieurs cités de la Flandre et de la Picardie, l'abolition légale de la servitude, la reconnaissance et *l'octroi* des libertés qu'elles s'étaient conquises et qu'on ne pouvait plus leur reprendre. La commune de Cambrai s'était établie par insurrection, en 1076 ; la commune de Saint-Quentin avait été reconnue et consacrée par la charte du comte de Vermandois, Raoul, en 1102. De tels exemples durent produire de semblables effets sur les habitants d'Eu. Henri, qui mourut en 1139, s'était vu contraint à reconnaître des libertés que Jean, son fils, étendit et conforma à celles de la commune de Saint-Quentin. La charte octroyée par ce prince, est de 1151. Il y a donc lieu de conjecturer que l'époque où la ville d'Eu, à l'instar des autres cités, aura fait valoir des droits *imprescriptibles* à son affranchissement, est celle où les folies, les prodigalités et les exactions de Robert excitaient les justes plaintes et les insurrections de ses vassaux;

> Li dus n'avait gaires deniers
> Kar il despendeit volentiers
> Et quant il nes pont paier
> *Ses borgeiz faiseit amener*
> E faiseit soldiers livrer.
>
> Rob. *Wace.*

La charte de Jean fut confirmée par ses successeurs; et Philippe Auguste, après avoir envahi la Normandie, ajouta aux priviléges des habitants d'Eu, celui d'ordonner qu'ils ne pourraient être arrêtés ou troublés pour quelque créance que ce fut, dont ils ne seraient pas directement ou personnellement débiteurs ou cautions.

L'on ne peut douter, d'après ce monument historique, qu'une ville qui, dès la première moitié du douzième siècle, obtient une constitution qui assure les droits et l'indépendance de ses habitants, ne fut alors d'une certaine importance. A cette époque le port du Tréport, qui n'était réellement que le port ultérieur de la ville d'Eu, où abordaient alors des navires, était l'un des principaux débouchés du commerce. L'on peut juger à raison de son rapprochement du comté de Sussex, que c'était par-là que se faisaient la

plupart des expéditions dans la Grande-Bretagne : l'on a vu que Robert-Courteheuse s'y
était embarqué lorsqu'à son retour de la Palestine, il alla pour disputer à son frère le trône
que celui-ci venait d'usurper : l'on a vu que
c'était au château d'Eu que Guillaume-le-Roux
vint tenir sa cour, et qu'il y était entouré, selon
l'annaliste de Jumièges, d'une immense armée
d'Anglais et de Normands, qu'il opposait à son
frère, alors soutenu par le roi de France. D'après
des faits aussi bien constatés, les conjectures
sur l'importance de cette ville au douzième siècle,
deviennent des certitudes. Nous verrons dans la
suite les causes qui, à partir du treizième siècle,
ont concouru à sa ruine.

Le comte Jean s'occupa de fonder, de doter
et d'accroître des établissements religieux. Les
abbayes de Tréport, de Foucarmont et d'Eu
eurent part à sa munificence. Une charte de
1152 prouve qu'il augmenta, aux dépens de
sa propre demeure, les bâtiments de l'abbaye
érigée dans l'intérieur de son château. Je donne,
dit-il, pour le salut de mon âme, aux chanoines
servant Dieu en cette maison, toute la cour qui
joint à l'église, où sont les appartements que
j'occupais, afin qu'ils y construisent *leurs cuisines*. Malgré de tels sacrifices, il ne paraît pas

que la reconnaissance fut la vertu de tels hôtes,
puisque, se révoltant contre lui, à cause du projet qu'il avait eu de substituer à la règle de Saint-
Victor, celle d'Arouaise, ils entraînèrent dans
leur rébellion tout le clergé et la noblesse. Le
bon prince se plaint avec amertume de leurs
excès : *graviter et asperè*, dit-il, *et quasi in-
festantes barones mei in me insurgentes totus-
que clerus meus.* Et il ajoute qu'il ne veut plus
supporter davantage les sentences d'excommunication *qui sont fulminées contre lui, tous les
dimanches.*

Parmi les dotations que Jean fit à ses abbayes,
il en est une sur la bière fabriquée et vendue
à Eu et à Blangy ; que nul, dit le comte, ne
fasse de la bière à Eu et à Blangy, sans avoir
acquitté aux religieux de Foucarmont et d'Eu
leur droit, sous peine de saisie et de punition.
Ainsi, dès-lors, l'unique boisson dont usaient
les habitants, puisqu'ils ne connurent l'usage
du cidre que long-temps après, était soumise à
un impôt au profit des moines.

Jean se retira à l'abbaye de Foucarmont après
la mort de sa femme, et, comme son père, il
y prit l'habit monastique, sous lequel il mourut en 1170.

Il avait épousé Alix de Albinis (ou d'Aubigny), fille de Guillaume de Albinis, comte d'Arundel, et d'Alix de Louvain, reine d'Angleterre, veuve du roi Henri Ier.

Jean fut inhumé auprès de son père; la pierre tumulaire portait l'inscription suivante :

Sub hoc tumulo dormiunt
Henricus primus Augi Comes
Et filius ejus Joannes pietatis æque
Ac dignitatis paternæ hæres,
Hujus monasterii fundatores
Ac postea in eodem monachi
Et fratres piïssimi. Animæ eorum
Requiescant in pace. Amen.

Sua funda dedêre.

Est pater Henricus primus gregis hujus amicus
Ejus erat natus Johannes jure vocatus
Filius Henrici fuit hic sed postea frater
Hos monachos genuit domus hæc pia mater
Qui legis absque morá pro tantis fratribus ora.

Jean eut de son mariage trois fils, Henri, Robert et Jean, seigneur de Billington, et une fille.

Henri, deuxième du nom, lui succéda. Ce prince épousa Mahaut, fille de Guillaume de Glocester, dont il eut deux fils, Raoul et Gui, morts jeunes, et inhumés à Foucarmont, et

Henri II,
6e Comte.

une fille, Alix, qui fut l'unique héritière de son père (1).

La tradition n'a rien rapporté de ses faits d'armes : il accompagna à la troisième croisade Richard-Cœur-de-Lion, son suzerain. Un manuscrit de l'abbaye de Foucarmont dit qu'il mourut au siége de Ptolémaïs, qui finit par la reddition de la place, le 12 Juillet 1191. Cependant on trouve qu'il vivait encore en 1194.

Comme ses prédécesseurs, il fit beaucoup de fondations en faveur des abbayes de son comté : il donna la partie de la forêt, dite le Bois-l'Abbé, à l'abbaye d'Eu. La charte de cette donation est sans date ; mais elle contient une disposition qui sert à en fixer l'époque. Outre les considérations

---

(1) L'église et l'abbaye de Foucarmont ayant été détruites de fond en comble, dès 1791, Monseigneur le Duc de Penthièvre fit réclamer les restes de Henri et Jean, comtes d'Eu, pour les faire déposer dans une autre sépulture : l'exhumation fut faite et constatée par un procès-verbal du juge-de-paix de Foucarmont, en date des 4 et 5 Janvier 1792 ; mais la translation fut différée. Personne n'a su, depuis 1792, ce que la caisse où étaient les ossements est devenue. L'on présume qu'elle fut envoyée à Monseigneur le duc de Penthièvre, qui les aura fait déposer dans la chapelle de Bisy.

ordinaires de la donation faite pour l'amour de Dieu et pour son âme, il énonce aussi que c'est pour l'âme de son père, de sa mère, de son frère Robert et du roi Henri le jeune (Henri II). Or, ce monarque n'étant mort qu'en 1189, la donation est postérieure à cette année, et doit être de 1190, avant le départ du donateur pour la croisade.

Ce fut pendant la vie de Henri, que Saint-Laurent, archevêque de Dublin, arriva à Eu, où il mourut le 14 Novembre 1181.

Ce prélat était né en Irlande, au diocèse de Glandelac, uni depuis à celui de Dublin. Consacré dès l'âge de dix ans au service des autels, il fut à vingt-cinq ans élu abbé d'un riche monastère fondé par Saint-Coëngin. L'archevêché de Dublin étant devenu vacant, il fut unanimement choisi pour l'occuper, quoiqu'il se fut présenté des compétiteurs puissants par leurs richesses et leur naissance.

Ce prélat prit le gouvernement de son église dans des circonstances bien orageuses. La partie orientale de l'Irlande était envahie par les aventuriers Anglo-Normands, appelés du pays de Galles par Dermot Fitz-Murrugh, chef ou roi du Linster, qui aspirait à conquérir le Connaught et l'Ulster. Il avait à cet effet marié sa

4

fille avec Strongbow, l'un des chefs de ces aventuriers. »Cet appel des étrangers dans les que-
»relles intérieures du pays, dit Aug. Thierry,
»et sur-tout l'établissement de ces étrangers en
»colonies permanentes, dans les villes et sur le
»territoire du roi de Leinster, alluma toutes les
»provinces voisines, et l'inimitié particulière
»contre Dermot se transforma en hostilité na-
»tionale. « Ces aventuriers étendirent leurs conquêtes et s'emparèrent de Dublin : Laurent,
au milieu de cette guerre civile, fit tout ce que
l'esprit évangélique et le patriotisme lui inspiraient pour le salut de son pays et celui de son
troupeau. Aucune démarche, aucun sacrifice ne
lui coûtèrent, et quoique, depuis le meurtre de
Thomas Becket, commis le 30 Décembre 1170,
le roi et l'église d'Angleterre fussent en inter-
dit, il crut devoir, pour le bien de ses ouailles
et pour l'avantage de la religion, oublier l'excommunication, et se rendre auprès du roi
Henri II, arrivé en Irlande avec une flotte de
400 voiles pour y faire reconnaître son autorité, et arrêter l'ambition et les conquêtes de
Richard, comte de Pembroke, chef des aventuriers, dont les succès augmentaient chaque jour
le nombre. Le saint prélat se présenta au monarque, à Waterford, le 18 Octobre 1171, et

fit serment de fidélité *à celui qui tenait son pouvoir de Dieu et de son épée*. Laurent assista
au concile de Cashel, que le roi fit rassembler
aussitôt, pour aviser non moins aux réformes
religieuses, qu'aux moyens d'établir une véritable civilisation dans une contrée presque barbare. On en peut juger par l'un des canons qui
défend aux Irlandais de prendre autant de femmes
qu'ils étaient dans l'usage d'en avoir, et d'épouser leurs plus proches parentes : un autre canon
leur ordonna le paiement de la dixme, dont
l'établissement date de cette époque.

L'archevêque de Dublin fut appelé par le pape
au concile de Latran, en 1179 ; il en revint avec
le titre de légat de sa sainteté. » Il se servit de son
» autorité, dit Fleury, pour retrancher les abus
» qui régnaient dans l'église d'Irlande. Il signala
» principalement son zèle contre l'incontinence
» des clercs, et quoiqu'il eut bien pu absoudre
» les coupables, il les renvoyait au pape ; en sorte
» qu'une fois, il envoya à Rome pour ce sujet
» jusqu'à cent quarante prêtres. «

La réforme des abus et la création de bonnes
institutions devaient susciter au saint archevêque
des embarras et des persécutions. Les seigneurs
Anglo-Normands considérant l'Irlande comme
un domaine qui leur appartenait par le droit

de conquête, accablaient les habitants de tous les genres d'oppression : vainement Laurent intercédait pour son troupeau ; vainement il cherchait à user sur ses ouailles de l'influence de son caractère sacré, pour calmer leur effervescence et prévenir leur insurrection contre leurs oppresseurs. Il se vit plusieurs fois placé entre les victimes et les bourreaux. Son amour pour son pays l'exposa à l'accusation de n'être pas resté toujours étranger aux insurrections patriotiques qui éclatèrent; et d'ami des étrangers, il devint l'objet de leur haine et de leurs persécutions. Amèrement affligé du spectacle de désordres qu'il ne pouvait arrêter, il résolut d'aller trouver le roi, pour l'implorer en faveur de sa malheureuse patrie. Arrivé en Angleterre, le monarque refusa durement de le voir et de l'entendre, et défendit même de laisser le prélat retourner en Irlande. Celui-ci, inspiré par son zèle et son dévouement patriotique, suit le roi qui s'était rendu en Normandie, espérant le fléchir. Il s'embarque à Douvres; mais arrivé à Wissant, il est saisi de la fièvre; il s'achemine néanmoins vers la Normandie : arrivé sur la hauteur qui domine la ville d'Eu, s'arrêtant à l'endroit où, après sa mort, fut érigée une chapelle, encore en vénération de nos jours, il dit, à la vue de l'abbaye : *Hæc requies mea in seculum seculi, hìc habitabo quoniam elegi eam.* Le saint prélat fut reçu à l'abbaye, où il mourut le 14 Novembre 1181, pleurant sur les malheurs de son pays, et bénissant la terre hospitalière qui devait l'invoquer bientôt comme son protecteur céleste.

La ligne masculine des comtes d'Eu de la maison de Normandie s'éteignit en la personne de Henri II.

Alix, sa fille, son unique héritière, après la mort de ses deux frères Raoul et Gui, ayant épousé Raoul de Lezignan ou Lusignan, porta le comté d'Eu dans cette illustre maison. *Alix et Raoul de Lusignan, 7e Comte.*

Raoul de Lusignan était le sixième fils de Hugues et de Jeanne de Bourgogne, et frère de Gui de Lusignan, roi de Jérusalem et de Chypre.

L'époque du mariage d'Alix est incertaine ; mais elle est sûrement antérieure à la conquête de la Normandie par Philippe-Auguste. Un manuscrit de l'abbaye de Foucarmont le fixe à l'an 1200.

Alix et son époux firent de nombreuses fondations en faveur des établissements monastiques de leur comté. Ils établirent à l'ancien château du bois du parc une léproserie pour les femmes.

Cet établissement, qui était convenablement doté,
fut aboli par Philippe-Auguste : on voit dans la
charte de ce monaque , datée du Pont-de-l'Arche,
l'an 1218, quarantième de son règne, que le
dessein des fondateurs ne fut jamais accompli,
et qu'il n'entra jamais de malades dans cette
maison.

Le comté d'Eu partagea le sort du reste de
la Normandie dans la guerre opiniâtre que
Philippe-Auguste fit à Richard quatrième, dit
Cœur-de-Lion , et à Jean-Sans-Terre. Ayant
été compris dans la portion du duché que Jean-
Sans-Terre abandonna à Philippe-Auguste, vers
1192, cette première occupation s'opéra paci-
fiquement ; mais Richard-Cœur-de-Lion, rentré
dans ses états, protesta contre le traité fait par
son frère avec le roi de France , et arma pour
ressaisir ses droits. Après avoir porté la
guerre dans le comté de Blois, il vint, en 1195,
avec une armée levée à la hâte, assiéger le
château d'Arques ; Philippe de son côté accourut et mit en fuite l'armée anglaise. C'est alors
que fut commis l'un des actes les plus atroces
de ces sanglants débats. La ville de Dieppe,
quoiqu'elle ne comptât que deux siècles d'existence, était déjà la place la plus florissante par son
commerce et par sa nombreuse et riche popu-

lation. Alors cette cité fidelle avait méconnu les engagements pris par Jean-Sans-Terre, pendant l'absence du roi Richard, et ne s'était pas crue dispensée de ce qu'elle devait à son légitime souverain ; elle avait protesté contre l'usurpation de Philippe-Auguste, qui en tira la plus horrible vengeance (1). Livrée au pillage, elle fut rasée et réduite en cendres, sa population fut traînée en captivité et ses vaisseaux furent incendiés par le feu grégeois, funeste acquisition faite dans la Palestine. Le vainqueur chargé de ses abondantes et précieuses dépouilles se retira vers la Seine. Le comté d'Eu échappa donc en cette circonstance à l'invasion, et par la paix éphémère conclue à *Louviers*, en 1195, il rentra avec une partie de la Haute-Normandie sous la puissance de l'Angleterre. Il ne paraît pas que depuis cette époque, au milieu des hostilités interrompues par des traités et des trèves sans cesse violées, le comté d'Eu ait été occupé par les troupes françaises. Ce ne fut donc qu'en 1204, après la reddition de Rouen, qu'il rentra, avec

---

(1) *Villam, quæ Deppa vocatur, destruxit, et homines abduxit, et naves eorum combussit.*

Rig. de gestis Phil. Aug.

le reste de la Normandie, à la France, dont il était séparé depuis 292 ans. Une circonstance porte à présumer qu'avant le complément de sa conquête, Philippe-Auguste ne voyait déjà plus dans Raoul de Lusignan un sujet du roi d'Angleterre, et dans le comté d'Eu un fief mouvant directement de cette couronne. En 1201, le roi d'Angleterre ordonna au sénéchal de Normandie de s'emparer du château de Driencourt, donné par Richard-Cœur-de-Lion à Raoul d'Issouldun. Celui-ci, mécontent de cette spoliation, en appela au roi de France, souverain seigneur de son suzerain direct. Quoiqu'en bon droit cet appel fut irrégulier, Philippe se saisit de cette occasion pour reprendre les hostilités, qui ne cessèrent que par la conquête du duché. On peut donc conjecturer par-là que, dès cette époque, Raoul d'Issouldun entretenait des relations avec le roi de France : ces soupçons acquièrent d'autant plus de crédibilité, que, dès l'année 1209, selon un manuscrit de Foucarmont, Philippe avait réintégré le comte d'Eu dans tous ses biens, honneurs et prérogatives. Cependant ce seigneur est cité par Dumoulin comme n'étant pas, après la conquête, venu prêter foi et hommage. On voit dans le *Peerage* d'Angleterre, au rang des *barons by tenure*, Raoul d'Issouldun, comte d'Ewe, mort en 1218, et Guillaume d'Issouldun, son fils, dont il est dit: *Adhering to the french, the barony became forfeited* (1). Alors on demande comment un

---

(1) Guillaume, après sa conquête, établit en Angleterre le systême féodal qui existait en Normandie. Ayant distribué le territoire entre ses principaux capitaines, les possessions de ceux-ci furent érigées en grands fiefs relevant directement du roi. Les seigneurs (*barones majores*) étaient désignés comme *barons by tenure*, parce que ce titre était alors l'expression de la dignité la plus éminente, après celle du souverain. Le tableau de la pairie anglaise contient les noms des sept comtes d'Eu qui possédèrent en Angleterre le grand fief (*fundum nobile*) créé par le conquérant.

EWE.

Barons by tenure.

1	Will. I.	Robert de Ewe, Earl of Ewe in Normandy.
2	Will. II.	William de Ewe, Earl of Ewe son and heir.
3	Steph.	Henri de Ewe, Earl of Ewe son and H. ob 1139.
4	Henri II.	John de Ewe, Earl of Ewe son and H. ob 1170.
5	Henri II.	Henri de Ewe, Earl of Ewe son and H. living 1194.
6	John.	Ralph de Issoudun, husband of Alice,

vassal qui a forfait à son souverain naturel, en reconnaissant un souverain étranger, qui a usurpé son fief, a pu conserver ses droits de pairie. Ce fait s'explique aisément : la possession de la Normandie n'en pouvait être assurée au conquérant, que par une reconnaissance authentique ; dès-lors étaient rompus les devoirs de l'homme lige à l'égard de son suzerain ; jusque-là l'exercice n'en était qu'interrompu. La réhabilitation de Raoul dans son comté, en 1209, pouvait n'être pas assez authentique, pour avoir entraîné l'accusation de forfaiture ; d'ailleurs on voit le même Raoul et son frère, le comte de la Marche, se réconcilier, en 1213, avec le roi Jean, venu dans son duché d'Aquitaine. De

---

dangter and heir of the last baron, Earl of Ewe ob 1218.
7 Henri III. William de Issoudun son and H. Earl of Ewe ; but adhering to the french, the Barony became forfeited.

La forfaiture entraîna la perte de la dignité, et la confiscation de tous les biens qui composaient la baronnie. Le titre de comte d'Eu, donné à William Bourchier, pendant l'occupation de la Normandie, sous le règne de Charles VI, ne conféra pas à ce seigneur le titre et les biens de la baronnie d'Ewe, en Angleterre.

1213 à 1217, époque de la mort de Jean, la noblesse anglaise, qui avait appelé au trône le fils du roi de France, ne pouvait demander l'expulsion d'un seigneur français. Ce ne fut donc qu'après la renonciation formelle de Louis VIII à toute prétention à la couronne d'Angleterre, en faveur de Henri III, fils de Jean-Sans-Terre, que la forfaiture fut prononcée, et que le comte d'Eu fut effacé du tableau de la pairie anglaise.

Si l'année, dans laquelle Raoul d'Issouldun passa en Palestine, n'est pas connue, il est certain que ce fut après 1214 : le manuscrit de Foucarmont dit qu'il mourut près d'Acre, et que son corps, rapporté en France, fut, par les soins d'Alix, inhumé en l'abbaye de Foucarmont, en 1218.

Alix survécut long-temps à son mari; nous avons deux chartes de cette princesse, qualifiée du seul titre de comtesse d'Eu, datées de Février et de Novembre 1243. On croit qu'elle vécut jusqu'en 1246. Elle avait ordonné par son testament que son corps fût placé à côté de celui de son mari, dans l'abbaye qu'elle avait enrichie de ses libéralités. Sa volonté fut accomplie.

Le silence de l'histoire sur Raoul d'Issouldun, fils et héritier d'Alix, fait présumer que

Raoul II, d'Issoul-

ce prince ne prit qu'une part secondaire dans
les grands événements politiques et militaires de
son temps. Il est cependant difficile qu'il ait
pu rester étranger d'abord aux intrigues, ensuite à la rébellion ouverte de son oncle Hugues
de Lusignan, comte de la Marche, époux d'Isabelle, reine d'Angleterre, veuve de Jean et mère
de Henri III, au moment où ce seigneur, à la
tête des autres grands vassaux de la couronne,
s'insurgea contre l'autorité royale, au temps de
la régence de Blanche de Castille, mère de Saint-
Louis. Les domaines qu'il possédait dans l'Aquitaine, le mettaient en rapport continuel avec
la branche aînée de sa maison; il n'est donc
pas vraisemblable que, ne figurant pas dans le
nombre des seigneurs fidelles à la cause royale,
il se soit dispensé d'embrasser la cause du parti
opposé. Cette induction est fortifiée d'ailleurs par
ses alliances. Après avoir perdu, peu de temps
après son mariage (en 1222), sa première femme,
Jeanne de Bourgogne, fille d'Eudes III et d'Alix
de Vergy, il avait épousé Iolande de Dreux,
fille de Robert II de Dreux et de Iolande de
Coucy, et sœur de Pierre de Dreux, dit *Mau-
clerc*, duc de Bretagne, qui fut toujours l'âme
des conspirations tramées contre l'autorité souveraine; sa troisième femme fut Philippe de

Ponthieu, fille de Simon de Dammartin, comte
d'Aumale et de Ponthieu. Il n'eut de ses trois
mariages qu'une seule fille, Marie de Lusignan,
issue d'Iolande de Dreux.

Il ne survécut que de quatre ans à Alix, sa
mère, et mourut le 2 Septembre 1250. Il est
inhumé à Foucarmont.

Marie de Lusignan, seule héritière des biens
de son père, porta le comté d'Eu dans la maison
de Brienne, en épousant Alphonse de Brienne,
fils de Jean de Brienne, roi de Jérusalem et empereur de Constantinople. Jean de Brienne était
fils d'Evrard II, comte de Brienne, et d'Agnès de
Montbelliard. Choisi par Philippe-Auguste pour
époux de Marie, héritière du royaume de Jérusalem, il devint roi par ce mariage, et fut
sacré dans la ville de Tyr. Il eut de ce premier hymen une fille *Iolande,* qui épousa Frédéric II, roi de Sicile, en 1223. Etant devenu
veuf, Jean de Brienne épousa, en 1223, Béran-
gère de Castille, sœur de la reine Blanche. De
ce mariage sont issus Alphonse de Brienne, comte
d'Eu, et Marie, qui épousa Baudouin, empereur
de Constantinople. Alphonse était donc fils
d'empereur, beau-frère de Frédéric II, empereur
d'Allemagne, et de Baudouin, empereur de Constantinople, et cousin germain du roi de France.

Alphonse
de
Brienne,
9e Comte.

Allié aux plus puissants princes de la chrétienté, il s'attacha par sentiment, autant que par devoir, au service de Saint-Louis, dont il était grand-chambrier. Il paraît qu'il ne quitta jamais ce monarque, et qu'il l'accompagna dans ses différentes expéditions. Il mourut le même jour que ce prince, sous les murs de Tunis, le 25 Août 1270. Son corps, rapporté en France avec celui de son maître, reposait à Saint-Denis, où son épitaphe se voyait dans la chapelle de Saint-Martin.

Marie de Lusignan, morte le 1er Octobre 1260, était inhumée à l'abbaye de Foucarmont.

Nous avons une charte du mois de Mars 1251, par laquelle Alphonse, s'intitulant roi de Jérusalem, et Marie d'Issouldun, sa femme, confirment la donation faite à l'abbaye d'Eu, de la partie de la forêt nommée le Bois-l'Abbé.

Jean de Brienne I, 10e Comte. Le successeur d'Alphonse de Brienne fut Jean son fils, qui ajouta à l'illustration de sa maison, par son mariage avec Béatrix, fille de Guy de Chatillon, comte de Saint-Paul, et de Marie de Brabant. Béatrix était la plus belle femme de son temps, et si l'on en croit (dit un manuscrit que nous avons sous les yeux) une vieille chronique, Philippe-le-Bel avait témoigné l'intention de l'épouser. Cette alliance devint d'autant plus honorable que le roi Philippe-le-Hardi épousa, en 1274, la fille aînée du duc de Brabant, cousine germaine de la comtesse d'Eu.

Jean de Brienne remplit auprès du roi les charges qu'avait occupées son père. Il dut le suivre dans ses diverses expéditions; mais l'histoire ne transmet pas de faits intéressants sur les actions de sa vie. Après la mort de Philippe-le-Hardi et le sacre de son successeur, il vint plusieurs fois dans son comté, et selon l'usage du temps, il y marqua sa présence par de pieuses fondations. Il donna, en 1288, la terre de Ruffigny à l'abbaye du Lieu-Dieu. Jean de Brienne mourut à Clermont, en Beauvoisis, en 1294, et son corps fut déposé à l'abbaye de Foucarmont : Beatrix sa femme lui survécut, et ne mourut qu'en 1304.

Jean de Brienne, deuxième comte d'Eu de son nom, succéda à son père. Il prit possession de son comté dans le moment où une guerre maritime, à laquelle les souverains de France et d'Angleterre étaient encore étrangers, venait d'éclater entre leurs sujets, et se poursuivait avec le caractère de la plus atroce férocité. L'origine de cette guerre provenait d'une cause peu importante en elle-même. Un vaisseau normand et un vaisseau anglais mouillaient près de

Jean de Brienne, 2e du nom, 11e Comte.

Bayonne ; l'un et l'autre ayant besoin de faire de
l'eau envoyèrent en même temps leurs canots
à terre ; les deux équipages se trouvèrent ensemble à la même source : là s'éleva une querelle entre ces équipages ; un Normand tirant sa
dague menace d'en frapper un Anglais ; celui-ci
se jette sur son adversaire, qui dans la lutte est
renversé, tombe sur son arme et reste mort
sur la place. Cette querelle entre deux obscurs
matelots fut l'origine de la guerre sanglante qui
éclata plus tard entre les deux nations, et entraîna l'Europe dans leur différend. Les Normands jurent de tirer vengeance de l'injure qui
leur a été faite ; ils arment dans tous leurs ports,
et courent sur tous les navires anglais, se portant à tous les excès qu'inspirent la fureur et
la vengeance. Un navire dont ils s'emparent
est relâché avec un nombre d'hommes suffisants
pour le conduire ; le reste de l'équipage est
pendu aux vergues avec des chiens : telle est,
dirent-ils, l'expiation du sang normand traîtreusement répandu. A cette vue un cri d'horreur et de vengance s'élève dans les *cinq ports*
d'où sortent des armements considérables ; la
mer britannique devient une scène de carnage,
et le littoral français n'est point à l'abri des incursions de l'ennemi. Dès avant la déclaration

de guerre des souverains, les Anglais débarqués au Tréport, incendient une partie du bourg et du village de Mers, et égorgent ceux qui tombent sous leur fer.

Les souverains ne peuvent long-temps demeurer indifférents aux sanglantes querelles de leurs sujets; la guerre fut déclarée, et à la fois deux armées se portèrent, l'une sur la Flandre, l'autre sur la Guienne : le comte d'Eu suivit le roi à la première; il combattit vaillamment à Furnes, et prit part à toutes les autres actions de cette campagne.

Jean de Brienne n'était pas resté étranger à l'esprit d'indépendance qu'avait manifesté Philippe-le-Bel à l'égard de la cour de Rome; il trouva, comme son souverain, qu'il était juste que le clergé, propriétaire de la plus grande partie du territoire, contribuât aux frais qu'entraînait sa défense, et que la noblesse et le peuple ne supportassent pas seuls les charges qu'il fallait imposer sur le pays. En conséquence, au lieu d'enrichir, à l'exemple de ses prédécesseurs, les abbayes de son comté, il en exigea des contributions onéreuses. Il les perçut et ne les restitua pas, quoique plus tard, croyant en devoir montrer un repentir, il s'excusa dans une charte de l'abbaye du Tréport.

5

Tam gravari quod gravaminum vices
Numerare non possum.

Jean de Brienne périt au funeste combat de
Courtrai, le 11 Juillet 1302. Son corps fut apporté à l'abbaye de Foucarmont. Ce prince avait
épousé Jeanne de Guines, dame de Coucy et
de Nesle, dont les domaines, unis à ceux de
Chatillon, accrurent considérablement la puissance de la maison de Brienne.

Il eut pour successeur Raoul, premier du nom
des comtes d'Eu de sa maison.

Raoul Ier,
de
Brienne,
12eComte.

Raoul de Brienne donna de bonne heure des
témoignages de sa valeur. Après avoir combattu
à la bataille de Courtrai, il se distingua à *Mons-
en-Puelle*, où il vengea glorieusement la mort
de son père. Il y eut peu d'actions militaires,
sous les règnes de Louis X, de Philippe V
et de Charles-le-Bel, où il ne prit une part
distinguée. Il contribua à la victoire de Cassel,
le 23 Août 1328, victoire d'autant plus sensible à
Philippe de Valois, qu'elle marqua d'une manière glorieuse l'ouverture de son règne, et qu'elle
apprit, par la destruction de Cassel, aux séditieux Flamands, à respecter et redouter un roi
qu'ils avaient bravé par d'indécentes insultes.

Philippe de Valois appréciant les services de

Raoul de Brienne, lui donna l'épée de connétable, après la mort de Gaucher de Chatillon, en 1329. Dans cette même année, ce monarque voulut honorer le comte d'Eu d'un nouveau témoignage de faveur, en séjournant avec sa nombreuse suite au château d'Eu, lorsqu'il se rendait à Amiens pour recevoir l'hommage du roi d'Angleterre, pour ses duchés d'Aquitaine, de Guienne, et pour le comté de Ponthieu. L'hommage rendu par le roi d'Angleterre, suivi d'un traité qui paraissait garantir les intérêts réciproques, faisait espérer qu'il ne naîtrait pas de sitôt de motifs pour rallumer la guerre ; si les deux monarques ne s'aimaient point encore, ils s'estimaient du moins, et ce sentiment est puissant sur des hommes du caractère de Philippe et d'Edouard. Une cause aussi extraordinaire qu'inattendue, vint troubler leur harmonie, et fut le principe des malheurs qui accablèrent la France pendant plus d'un siècle.

Robert d'Artois, arrière petit-fils de Robert, frère de Saint-Louis, jusque-là estimé par son esprit, sa valeur et son habileté, s'était rendu coupable d'un lâche artifice, dont la bassesse le couvrait d'une honte qu'il ne pouvait supporter en France, et qu'il alla cacher d'abord chez le duc de Brabant, et plus tard en An-

gleterre, auprès d'Edouard III. Ce monarque,
au lieu de partager l'indignation que l'action de
Robert devait lui inspirer, l'accueillit avec une
distinction qui révolta Philippe. Vainement
celui-ci se plaint-il de ce qu'a d'hostile un pa-
reil procédé ; vainement il somme Edouard de
lui remettre ou de renvoyer de ses états son ré-
fugié. Révolté des refus réitérés qu'il éprouve,
Philippe recourt à la voie des armes. Ce n'était
pas un motif d'intérêt ou d'ambition, c'était une
injure personnelle faite au souverain, c'était un
outrage fait à l'honneur : la France entière s'en
indigne. De toute part, le souverain voit s'élever
des vengeurs ; le duché de Normandie, dans une
déclaration à la tête de laquelle est le nom du
comte d'Eu, offre au roi quarante mille hommes,
et promet en outre de n'épargner aucun sacrifice pour l'invasion de l'Angleterre. Sur ces entrefaites, Edouard passe la mer, et fond sur la place
de Cambrai, qu'il espère surprendre : aussitôt
Philippe ordonne au comte d'Eu de se porter
à la tête d'un fort détachement sur Saint-Quentin,
afin d'attirer l'attention de l'ennemi, et de l'arrêter jusqu'à ce qu'il arrive lui-même à la tête de
forces suffisantes pour lui livrer bataille. Le
comte d'Eu exécuta les ordres et remplit les
intentions du roi, qui arriva à la tête d'une

armée dont la supériorité numérique détermina l'ennemi à lever le siége de Cambrai, et à se retirer dans les Pays-Bas.

Pendant que les armées s'observaient et se menaçaient sans combattre, que les opérations militaires se bornaient à dévaster les campagnes, à brûler les villes dont les habitants se déclaraient pour le parti contraire, la mer était un champ de bataille plus sanglant ; les succès étaient balancés, mais c'était plutôt des actes de piraterie que des expéditions militaires. D'un côté, les Anglais brûlaient encore le Tréport et le faubourg de Boulogne ; d'autre côté, les Français incendiaient les bateaux et les maisons de Portsmouth. Chaque parti courait sur les navires et les bateaux pêcheurs de son ennemi ; le droit des gens était méconnu : des deux côtés, le commerce était ruiné , toutes les relations sociales étaient rompues : l'humanité avait perdu tous ses droits. La marine à cette époque n'avait aucune organisation régulière ; les vaisseaux de guerre n'étaient que des navires du commerce, plus ou moins forts, qu'on armait à la hâte, et sur lesquels on embarquait un grand nombre de soldats. Toute la tactique se bornait à se rallier et à marcher en masse ; mais la langue des signaux était inconnue. Pour pourvoir à l'incapacité et à l'ignorance des marins français, il fallait avoir recours aux Génois, que leurs jaloux et continuels débats avec les Vénitiens, avaient aguerris depuis long-temps : ces deux républiques, à cette époque, avaient non-seulement l'empire de la Méditerranée, mais ne s'étaient pas encore laissé enlever la suprématie sur l'Océan ; les Génois vendaient leurs services et louaient leurs vaisseaux aux puissances qui les pouvaient payer. Philippe de Valois leur demanda et en obtint une flotte, qui, réunie à celle qu'il avait levée à la hâte, composa une armée de cent vingt gros vaisseaux, sans y comprendre une multitude d'autres plus petits, sur lesquels furent embarqués quarante mille Normands, Picards et Génois. Instruits que le roi d'Angleterre projetait une descente à l'embouchure de l'Escaut, les trois amiraux se décident à mouiller devant le fort de l'Ecluse, et à y attendre l'ennemi. Le 23 Juin 1340, les deux flottes sont en présence. Le roi d'Angleterre suppléa à l'infériorité de ses forces par une manœuvre qui depuis fut, dans de semblables occurrences, souvent favorable à cette puissance. Ayant formé trois corps de bataille , il manœuvra de manière à gagner et conserver le vent : avec cet avantage, il tombe sur la ligne française qui, enfoncée et

coupée de toute part, ne peut plus se rallier.
Alors le combat le plus acharné commence bord
à bord ; des deux côtés, le courage est le même,
mais la fortune se décide bientôt pour le plus
habile ; les vaisseaux français et alliés sont tous
dispersés, pris ou jetés à la côte. Le résultat
de cette désastreuse affaire fut pour la France
une perte de plus de dix mille hommes, et la
destruction de ses forces navales.

Philippe de Valois, après ce grand désastre,
ne pensa plus qu'à couvrir ses frontières pour
les garantir d'une invasion imminente. Il confia la défense de Tournai à ses plus braves chevaliers, à la tête desquels il plaça le comte d'Eu,
et le comte de Guines, son fils. Cette place, investie à la fin de Juillet 1340, fut assiégée aussitôt par une armée de plus de cent vingt mille
hommes. Le comte d'Eu se défendit avec la plus
grande intrépidité, et prit les mesures les plus
sages pour s'assurer les moyens de garder la place
le plus long-temps possible, en en renvoyant
tous les individus qui ne pouvaient concourir
à sa défense. Après deux mois et demi, Philippe de Valois voyant que les assiégés étaient
très-pressés, se porta sur l'armée anglaise, avec
l'intention de lui livrer bataille dans les plaines
de Bouvines, illustrées deux siècles avant par

la victoire de Philippe-Auguste. Les armées se trouvant en présence, une entrevue eut lieu entre les deux monarques, et sauva pour cette fois à l'humanité de nouveaux et cruels sacrifices. La trève devait être suivie d'un traité, pour lequel des conférences auraient lieu à Arras. L'armée anglo-flamande leva aussitôt le siége, et Philippe entrant dans Tournai, félicita son connétable et les braves défenseurs, dont le dévouement avait sauvé cette intéressante place.

Les préliminaires de la paix étaient arrêtés, Edouard était repassé en Angleterre, où ses différends avec l'Ecosse exigeaient sa présence; on pouvait espérer quelque repos, quand un nouvel incendie éclata en Bretagne. La succession du duc Jean III était disputée par Charles de Blois, et par le comte de Montfort : le premier était soutenu par la France, le second demanda et obtint l'appui de l'Angleterre. Philippe de Valois envoie aussitôt une armée sous le commandement du duc de Normandie, assisté du comte d'Eu, connétable, qui, avec les troupes combinées de Charles de Blois, assiége et prend en peu de temps la ville de Nantes. Le comte de Montfort qui était dans la place est trahi, fait prisonnier et envoyé à Paris, où il doit terminer ses jours dans les fers. Cet événement de-

vait abattre et disperser son parti ; mais Jeanne
de Flandre , comtesse de Montfort, montra dans
cette circonstance un héroïsme dont l'histoire
offre peu d'exemples. Non moins vaillante
dans les combats qu'inébranlable dans les résolutions les plus périlleuses, elle prend le commandement des troupes et marche à leur tête ;
elle organise des corps de partisans dans la
Basse-Bretagne ; elle place des garnisons dans
les châteaux et les villes dont l'occupation lui
est nécessaire, et elle se renferme elle-même
dans Hennebon, alors l'un des principaux ports
de la province , avec la résolution de s'y défendre
à outrance, jusqu'à l'arrivée des secours que le
roi d'Angleterre doit lui envoyer. Cette femme
exalte par sa bravoure et son intrépidité le dévouement de ses soldats ; les remparts sont attaqués, elle est la première sur la brèche ; se
fait-il une sortie, c'est elle qui, à la tête de ses
chevaliers, la dirige, et, nouvelle Camille, va
porter le fer et le feu dans le camp ennemi. Une
fois sa troupe est repoussée, la retraite sur la place
est coupée ; la comtesse n'hésite pas ; elle ordonne à ses soldats de se disperser , et pour
s'échapper avec plus de sûreté, elle ne conserve
avec elle que quelques cavaliers avec lesquels
elle gagne Brest. Cinq jours après , elle revient

avec quelques centaines d'hommes, passe sur
le ventre de l'ennemi, et rentre en triomphe
dans la place où l'on désespérait de la revoir.
Les assiégeants sentaient combien la prise d'Hennebon était essentielle à leur cause ; aussi re-
doublèrent-ils d'efforts pour en hâter la reddition. De nouvelles machines sont dressées pour
agrandir et rendre la brèche praticable ; un nouvel assaut peut et doit avoir plus de succès que
celui où les assiégés viennent de repousser l'ennemi ; le découragement qui se manisfeste fait
des progrès, dont s'allarme, mais qu'est loin
de partager l'intrépide comtesse ; dans son désespoir, elle médite sur les moyens de tout braver, la mort même, pour éviter le sort de son
malheureux époux, quand l'œil fixé sur la mer,
d'où lui doit venir son salut, elle aperçoit à
l'horison la flotte anglaise qui bientôt entre dans
la rivière d'Hennebon. A l'arrivée de ce secours,
le courage de la garnison se relève ; une sortie
faite à propos contraint les assiégeants à battre
en retraite et à abandonner leurs machines.
Hennebon était délivrée, mais le parti de Charles
de Blois se fortifiait de jour en jour. La comtesse de Montfort ne pouvant mettre en campagne des forces suffisantes pour se mesurer en
bataille rangée, jugea sagement qu'elle devait

temporiser. Elle se retrancha dans la Basse-
Bretagne pour être toujours à portée de recevoir les secours de l'Angleterre ; et par de nombreux partis habilement dirigés, elle inquiétait,
fatiguait l'ennemi, sans que celui-ci pût la dé-
busquer de ses positions, et malgré la supériorité du nombre, remportât jamais aucun avantage marquant. Pendant ce temps, la comtesse
de Montfort entretenait habilement par les
partisans secrets qu'elle avait chez l'ennemi,
le dégoût, le découragement qu'une guerre de
blocus inspirent à des milices indisciplinées,
retenues trop long-temps loin de leurs foyers.
Des propositions de trève insinuées avec adresse
furent accueillies par Charles de Blois ; les
hostilités furent donc suspendues : c'est ce que
désirait la comtesse, qui, partant à l'instant pour
l'Angleterre, obtint tous les secours qui lui
étaient nécessaires. Robert d'Artois, chargé par
Edouard du commandement de ses troupes,
partit bientôt avec l'héroïne, qui, dans le combat qu'il fallut soutenir contre la flotte française, se montra et paya de sa personne comme
le plus brave chevalier. La comtesse et son valeureux compagnon reprennent aussitôt les hostilités ; mais cette fois, ne se bornant pas à la
défense, ils se portent sur l'ennemi, lui en-

lèvent plusieurs places , et s'emparent de Vannes. Robert d'Artois jugeant combien l'acquisition de cette place était importante, s'y renferma pour la défendre ; bientôt elle est investie, et les Français vengent la honte de sa reddition en s'en emparant après le plus terrible assaut. Robert d'Artois, grièvement blessé, parvient à échapper, et il va en Angleterre pour y expier par sa mort son crime envers son pays. La guerre qui continue avec des succès divers, est suspendue par une trève, dont le résultat loin de conduire à la paix est d'annuler pour la France les sacrifices qu'elles a faits, de perdre les avantages de cette campagne, et de sauver l'ennemi de la position critique où il se trouvait déjà.

Pendant cette trève, Philippe de Valois maria son second fils, le duc d'Orléans; dans le tournoi qui eut lieu à cette occasion, le comte d'Eu, échappé à tant de dangers dans les combats, reçut la mort sous les yeux de son souverain, le 19 Janvier 1344.

Raoul de Brienne avait épousé Jeanne de Mello, dont il eut un fils et une fille.

Sa mère, Jeanne de Guines, dame de Coucy et de Nesle, morte en 1531, fut inhumée à Foucarmont.

Raoul II,   Raoul II, de Brienne, nommé d'abord comte

de Guines, et plus tard connétable de Nesle, succéda à son père dans ses biens et dans sa charge
de connétable. L'on voit, dès sa tendre jeunesse, le comte de Guines, toujours auprès du
connétable, partageant ses exploits et sa gloire
dans les campagnes de Flandre, de Guyenne et
de Bretagne.

de
Brienne,
13ᵉComte.

La trève conclue à la fin de 1343, ne tarda
pas à être rompue. Le comte de Montfort ayant
recouvré la liberté, reprit les armes; le roi
d'Angleterre entra en même temps en campagne,
mais il ne se borna pas à concentrer ses troupes
en Bretagne; il attaqua en même temps du côté
de la Guyenne, et menaça la Normandie, où
il descendit peu après, avec une armée qui, di-
visée en trois corps, envahit toute la presqu'île
du Cotentin. Le roi de France se hâta d'envoyer le comte d'Eu, son connétable, pour défendre la ville de Caen; le comte d'Eu parvint
à y entrer avec quelques gens d'armes avant
son investissement. La défense de cette place,
imparfaitement fortifiée, présentait de grandes
difficultés; sa population était nombreuse, mais
riche, commerçante et peu aguerrie. La garnison composée de troupes de nouvelle levée,
était brave, mais mal disciplinée. Le connétable voulait se borner à défendre le corps de

la place, après avoir abandonné les faubourgs ; mais les habitants se refusaient à ce sacrifice : aveuglés par leur intérêt et emportés par leur ardeur, ils demandaient à sortir pour combattre. Raoul, enlevé lui-même par cet élan, renonce à son premier dessein ; il se met à la tête de cette troupe pleine de bravoure, mais sans nulle expérience ; il advint en cette occasion ce qui arrive toujours quand l'impétuosité française n'est pas modérée par la prudence. La sortie fut repoussée avec une perte considérable ; la garnison, poursuivie l'épée dans les reins, rentra dans la ville pêle-mêle avec l'ennemi ; les bourgeois barricadés et retranchés dans leurs maisons irritaient la fureur des assaillants par l'opiniâtreté de leur défense ; le soldat abandonné à lui-même, n'entendant plus la voix de ses chefs, se livrait à tous les excès qu'inspirent la vengeance et les passions les plus brutales ; le meurtre, le viol, le pillage, l'incendie n'eurent un terme, que quand le roi d'Angleterre l'imposa, pour sauver cette intéressante cité d'une ruine totale.

Le comte d'Eu, combattant avec une poignée de braves, environné de toutes parts par l'ennemi, sans moyen de retraite, rendit son épée à Geoffroy d'Harcourt, odieux transfuge, qui, à l'exemple de Robert d'Artois, s'était vendu au roi d'Angleterre, et avait provoqué et dirigé cette funeste expédition contre sa patrie.

Après la prise de Caen, Edouard se porta incontinent sur la Seine, et fit mine de mettre le siége devant Rouen, mais le pont de cette ville était rompu, et le roi de France occupait en personne la rive droite du fleuve. Edouard alors remontant la rive gauche, brûle les faubourgs du Pont-de-l'Arche, de Vernon et de Meulan, pille Louviers et fait des courses jusque dans la Beauce. Avancé jusqu'à Poissy, il fait passer la Seine à un corps de partisans qui vont brûler le château royal de Saint-Germain, Nanterre, Ruelle et d'autres bourgs et villages jusqu'au Pont-de-Neuilly. Cette expédition avait pour Edouard un double but, celui de braver son ennemi jusqu'aux portes de sa capitale, et de distraire son attention des points où il projetait de passer la Seine : ce dernier objet fut rempli. Edouard ayant franchi cet obstacle, gagna par le Beauvoisis deux marches sur le roi de France, et arriva sur la Somme deux jours à l'avance ; mais il trouva tous les ponts de cette rivière défendus ou coupés ; la position de l'armée anglaise devenait critique, puisque, pressée par l'armée que conduisait Philippe de Valois,

elle allait se trouver acculée à la mer, et enveloppée de toute part. Son sort et peut être celui
de l'Anglettere allaient dépendre d'une bataille,
où il fallait triompher ou périr. Ainsi Edouard,
qui venait de faire trembler Paris par son audacieuse incursion, se trouvait quelques jours après
jeté sur les plages stériles de l'embouchure de
la Somme, resserré entre cette rivière, la mer
et l'immense armée que conduisait son rival. Mais
à quoi tiennent les destins des états! Un traître
obscur se trouve qui, dans ce moment fatal, sauve
l'armée anglaise et perd son pays. Il indique un
gué, celui de Blanquetaque, où, à marée basse,
il sera facile de faire passer douze hommes de
front, et tous les équipages. Edouard fait à l'instant ses dispositions; déjà ses troupes commençaient à entrer dans la rivière, quand *Godemar
Dufay*, à la tête des milices du Ponthieu, se montre sur la rive droite; Geoffroy d'Harcourt se
précipite à sa rencontre, et chargeant avec impétuosité la cavalerie qui dispute le passage, il
passe sur le ventre de tous ceux qui se présentent, et parvient à gagner assez de terrain
pour que les troupes anglaises puissent se développer, et prendre position à leur sortie de
la rivière. Le camp de Dufay, composé de soldats sans discipline et sans expérience, est repoussé

et mis en fuite. L'armée anglaise n'éprouva dans ce passage, qui devait lui être si funeste, que la perte des hommes et des voitures de son arrière-garde, que quelques escadrons français atteignirent avant qu'ils eussent passé le gué. Le roi de France, arrivé sur ces entrefaites, voulait se précipiter sur les pas de l'ennemi, mais en ce moment la marée montant, rendit le passage impraticable. Il se résolut donc à rétrograder pour passer la Somme sur le pont d'Abbeville, ce qui devait donner à l'armée anglaise plus d'une marche sur lui. Il a paru extraordinaire que Philippe de Valois se soit retiré sur Abbeville, sans laisser au gué de Blanquetaque des forces qui, six heures après le passage, eussent été à portée de poursuivre et d'inquiéter la retraite des Anglais, et eussent donné à l'armée passée par Abbeville, le temps de les atteindre dans leur marche. Il n'en fut pas ainsi; Edouard désormais rassuré sur une rencontre trop prochaine, se porte sur le *Crotoi*, qu'il livre au pillage, et va prendre position derrière la forêt de Créci, qui se trouve ainsi entre lui et les Français; il place son armée sur le revers d'un coteau au-dessus du village de Créci. Prévoyant le cas où ses lignes, enfoncées par une attaque impétueuse, seraient obligées de recu-

6

ler devant l'ennemi, il forme, en arrière de la position où il a rangé son armée en bataille, une vaste redoute retranchée par un large fossé, dans laquelle il fait entrer tous ses bagages. C'est-là que ses troupes se rallieront, si elles sont repoussées. Ces prudentes dispositions assurées, Edouard parcourt les rangs, il fait partager à ses soldats le courage et la confiance dont il paraît lui-même animé. Il leur rappelle dans une allocution pleine d'énergie, que les troupes qui s'approchent sont celles qu'ils ont l'habitude de battre depuis plusieurs mois; que pour être plus nombreuses, elles ne sont ni plus disciplinées, ni plus expérimentées, ni plus redoutables; qu'aujourd'hui ce n'est pas seulement pour la gloire, mais que c'est pour leur salut et celui de la patrie qu'ils doivent vaincre ou périr : son armée est sur trois lignes; la première est commandée par le prince de Galles; Edouard se charge de la troisième, qu'il tient en réserve: de la position où il se place, il découvre tout le champ de bataille, et pourvoira par ses ordres à tout ce que les circonstances exigeront.

L'armée anglaise avait passé la nuit dans l'ordre de bataille prescrit par le monarque. Le 26 Août 1346, à la vue des coureurs de l'armée française, envoyés en reconnaissance, Edouard prévoit une attaque prochaine ; il réitère l'ordre d'attendre avec impassibilité dans le poste qu'il a assigné à chacun, et de se tenir prêt à agir, quand il jugera le moment opportun. Les colonnes françaises arrivent successivement, elles se déploient en désordre ; les premiers corps composés de soldats mercenaires poussés par ceux qui les suivent, sont portés sur la première ligne anglaise, qui, sans s'ébranler, reçoit leur charge avec un tel succès, qu'elle met dans leurs rangs la plus grande confusion. Ils lâchent pied et se jettent sur les corps qu'ils précèdent ; le duc d'Orléans ordonne de faire main-basse sur ces lâches pour les obliger d'aller en avant. Le prince de Galles s'aperçoit de ce désordre ; il en profite en chargeant, à la tête de sa gendarmerie, cette masse ainsi entamée, et qui désormais est hors d'état de se rallier. Vainement Philippe de Valois fait des efforts héroïques pour réparer cet échec ; il lui est impossible de se faire entendre. Aucune disposition n'avait été prise à l'avance. Les corps arrivant les uns après les autres sur le champ de bataille, se précipitaient successivement dans la mêlée : les Français combattaient avec fureur, mais sans aucun ensemble, contre un ennemi qui, dirigé dans tous ses mouvements par une seule et même impulsion, se trouvait par-tout singulièrement supérieur, par cette identité d'action, aux attaques isolées qui venaient se briser contre sa masse. Le roi de France eut son cheval tué sous lui ; et sans le dévouement de quelques-uns de ses chevaliers, qui l'entraînèrent malgré lui, il eût péri, ne voulant pas survivre à cet affreux désastre.

Trente mille hommes restèrent sur le champ de bataille ; jamais la France n'avait reçu un coup plus funeste, et ne se fût trouvée dans une situation plus critique, si le roi d'Angleterre eût été en mesure de rentrer à l'instant dans le cœur du royaume. Mais il n'était pas en état de tenter pour le moment une si grande entreprise, et il n'eût pas livré une bataille s'il n'eût pas été arrêté dans sa retraite. En attaquant, il fut dans la nécessité de vaincre ou de périr ; cette circonstance prouva qu'il est toujours dangereux d'exciter dans son ennemi le courage de la nécessité et du désespoir. Malheureusement, dix ans après, la même faute eut les mêmes résultats, ce qui démontre combien les leçons du passé servent à l'avenir ! La bataille de Créci fut l'origine des malheurs qui accablèrent la France pendant le reste du règne de Philippe de Valois et celui de son successeur.

Le comte d'Eu, prisonnier en Angleterre, depuis la prise de Caen, y resta jusqu'à la fin du règne de Philippe de Valois. Il paraît qu'au lieu de se montrer sensible aux malheurs de son pays, il profita, à la cour de Londres, de plaisirs que sa situation devait lui interdire; il s'y maria même, ce qui ne fit que confirmer les soupçons de son intelligence avec les Anglais. A l'avènement du roi Jean, il demanda et il obtint la permission de venir en France; il est arrêté le 15 Novembre 1350, interrogé et décapité le 18, sans forme de procès, dans son hôtel de Nesle à Paris : cette violence au commencement d'un règne, dit le président Hénault, aliéna tous les esprits, et fut cause en partie des malheurs du roi Jean. Les Anglais y virent une violation du sauf-conduit accordé à leur prisonnier; la France y vit ce qu'elle devait attendre d'un maître qui foulait aux pieds les lois les plus saintes. Tous les biens du malheureux connétable furent confisqués au profit du souverain.

Le roi Jean donna le comté d'Eu à son cousin Jean d'Artois, seigneur de Saint-Valery, Ault, Cayeux, comte de Ponthieu, appelé Jean-Sans-Terre, parce que son père, Robert d'Artois, comte de Beaumont-le-Roger, avait été banni du

Jean d'Artois, 14ᵉ Comte.

royaume, et avait perdu tous ses biens par confiscation. Ce prince descendait en droite ligne
de Robert d'Artois, frère de Saint-Louis, mort
sous le cimeterre des Mameluks, avec l'élite de
l'armée française, le 12 Février 1249, à la bataille
de Mansoura.

Jean d'Artois est donc le premier des comtes
d'Eu, de son nom. Dévoué au roi, il paraît s'être
attaché à sa bonne et à sa mauvaise fortune,
et avoir partagé ses exploits et ses fautes. Il
était auprès de ce prince lorsqu'il fit arrêter
le roi de Navarre, à Rouen, le 5 Avril 1355,
et qu'il fit pendre, en sa présence, ceux qu'il considérait comme ses adhérents. Il partagea son sort
à la fatale bataille de Poitiers, livrée le 19 Septembre 1356, et fut conduit prisonnier en Angleterre.

Pendant sa captivité et celle du roi, Jeanne
d'Eu, sœur de Raoul de Nesle, fit valoir ses
droits à l'héritage de son frère ; Charles de France,
duc de Normandie, régent du royaume, incité
par le roi de Navarre, dont Jeanne de Brienne
avait épousé le parent, Louis d'Evreux, la remit
en possession du comté d'Eu, dont il invalida
la confiscation et la concession faite par le roi
son père.

Isabelle de Melun, épouse de Jean d'Artois,

s'opposa à cette usurpation de ses droits ; ayant payé la rançon de son mari, celui-ci vint réclamer à force ouverte son domaine. La ville d'Eu fut occupée par les troupes de Jean d'Artois, et le château fut assiégé. Ces troubles domestiques ne furent totalement apaisés qu'après le traité de Brétigny, en 1360. Le roi de retour à Calais, ordonna à son grand bailli de Caux, de saisir, en son nom, le comté d'Eu, sauf aux contendants à se pourvoir devant Sa Majesté. De retour à Paris, le roi rendit le comté à Jean d'Artois, à l'exclusion de qui que ce pût être.

Jean d'Artois paraît avoir profité du loisir que lui procura l'interruption des hostilités, pour habiter son château d'Eu. Il y célébra le mariage de sa fille Hélène, avec Simon, vicomte de Thouars, fils de Louis, comte de Dreux, le 28 Août 1365. Cet hymen fut, le même jour, couvert de crêpes funèbres ; Simon de Thouars fut tué sous les yeux de sa jeune épouse, dans le tournoi où il disputait le prix de la prouesse. Près de son corps, inhumé dans l'église du château, fut placé, en 1408, celui de son épouse.

En 1367, les Anglais débarqués au Tréport, brûlèrent l'abbaye, en égorgèrent tous les moines, pillèrent l'église et réduisirent le bourg en cendres.

Le 15 avril 1368, Jean d'Artois perdit, au château d'Eu, l'un de ses fils, âgé de sept ans. Cet enfant fut inhumé dans l'église.

Ce prince ne paraît pas avoir eu d'autre résidence que son château d'Eu. Malheureusement il n'y était pas quand les Anglais, renouvelant leurs incursions en Normandie, en 1376, ravagèrent le comté d'Eu, brûlèrent la ville et pillèrent l'abbaye.

En 1379, le 26 Juin, mourut au château d'Eu Isabelle d'Artois, âgée de dix-huit ans.

Ce prince, dont la vie fut toute consacrée aux armes, commandait l'arrière-garde à la bataille de Rosbecq. Après cette campagne, il paraît, par les diverses fondations faites dans ce laps de temps, qu'il se reposa dans son château des fatigues de la guerre, depuis 1382 jusqu'en 1386. Blessé au siége de Valognes, il revint à Eu et y mourut le 6 Avril 1386. Son épitaphe et son effigie existent encore dans l'église, ainsi que le tombeau d'Isabelle de Melun, son épouse, morte trois ans après lui.

Philippe d'Artois, 15ᵉ Comte. Philippe d'Artois succéda à son père, et reçut, après la mort de celui-ci, l'épée de connétable. D'un caractère aventureux, il avait cherché de bonne heure les occasions de se distinguer; il avait fait ses premières armes avec son père et s'était signalé au siége de Bourbourg. C'était alors la plus brillante époque de la chevalerie. Compagnon de Boucicaut et de Jean de Bourbon, il alla, avec eux, chercher de glorieuses aventures dans diverses parties de l'Europe; il conduisit cinq cents lances au secours du roi de Hongrie. Ayant épousé, en 1392, Marie de Berry, fille de Charles de Berry, oncle de Charles VI, il habita avec elle son château d'Eu, pendant les quatre années que dura cet hymen. On a une preuve certaine de sa résidence, dans une autorisation signée de sa main, en date du 13 Mars 1395, par laquelle il permet aux religieux d'édifier un nouveau bâtiment dans leur enceinte.

En 1396, des envoyés du roi de Hongrie vinrent de la part de leur maître implorer l'assistance de la France contre Bajazet, qui, après avoir ravagé ses états, l'avait menacé d'une nouvelle et prochaine invasion, se vantant qu'il irait jusqu'à Rome, pour y faire manger l'avoine à son cheval sur le maître-autel de Saint-Pierre. Le récit des ambassadeurs exalta le courage et l'indignation de tous les chevaliers français : ce fut à qui obtiendrait la permission de voler sous les bannières de la croix, pour combattre les infidelles. Philippe d'Artois et son vaillant compagnon Boucicaut étaient les premiers à dire que le devoir de tout vaillant homme était d'aller combattre les mécréants. Le plus puissant protecteur des envoyés de Hongrie, dit M. de Barante, était le duc de Bourgogne; nul n'avait autant de zèle que ce prince pour illustrer la foi chrétienne. Il persuada à son neveu, le roi de France, de ne point trahir l'espérance du roi de Hongrie, qui avait compté sur l'assistance des princes de la noble fleur des lis.

Le jeune comte de Nevers, fils aîné du duc de Bourgogne, animé du même dévouement que son père, demanda et obtint de lui l'honneur de faire partie de cette expédition. Le roi, approuvant des intentions aussi nobles, confia le commandement de l'armée au comte d'Eu, sous le nom du jeune comte de Nevers, son neveu. Toute la fleur de la chevalerie française parut sous la bannière du connétable; rien n'était comparable à la bouillante ardeur de ces nouveaux croisés. Arrivés en Hongrie, et voyant que malgré ses menaces, Bajazet n'était point encore entré dans ce royaume, ils regardèrent ce retard comme l'effet de la crainte qu'ils lui inspiraient. Malgré les sages observations du roi de

Hongrie, malgré celles de tous les vieux chevaliers mûris par l'expérience, le parti qui voulait aller en avant, à la tête duquel était le connétable, fit décider qu'on irait chercher l'ennemi par-tout où il serait, fût-ce même en Asie. On partit donc ; aucun obstacle n'arrêta la marche de cette nombreuse et brillante chevalerie : on eût dit autant de rois, tant ils avaient de train, tant ils faisaient de dépense. Le chef de l'armée était jeune, il s'entourait des seigneurs de son âge, de sorte qu'on vivait au milieu des délices d'une cour, et non dans la bonne discipline d'un camp. Ce n'était que festins et réjouissances. L'armée marcha sur Nicopolis, et, chemin faisant, elle s'empara d'assaut de quelques places que les infidelles défendirent vaillamment : mais ceux-ci furent tous massacrés impitoyablement. Le sire de Coucy, l'un des plus vaillants chevaliers, remporta un avantage signalé contre la garnison de Nicopolis, qui était sortie dans la campagne. Cette ville très-forte ne pouvant être emportée d'un coup de main, fut assiégée. L'armée était rangée sous ses murs, lorsqu'on apprit l'approche de Bajazet, marchant en personne, à la tête d'une force immense. On délibère sur le parti qu'il convient de prendre ; le roi de Hongrie propose de mar-

cher avec ses Hongrois au-devant des Turcs,
afin d'escarmoucher avec les troupes légères,
dont ils ont l'usage de couvrir leur corps de
bataille, et supporter ainsi le premier choc; que
les Français étant plus fermes et plus aguerris,
seraient en réserve pour combattre les meilleures
troupes. Le parti des jeunes chevaliers, à la
tête desquels était le comte d'Eu, s'indigne d'une
telle proposition, qu'il regarde comme un outrage fait à leur valeur. »Où la vérité et la raison
»ne peuvent se faire entendre, dit le vieil amiral
»Jean de Vienne, il faut laisser régner l'orgueil
»et la présomption; puisque le comte d'Eu veut
»marcher aux ennemis et les combattre, nous
»devons le suivre.« On n'avance pas, on vole,
on se précipite sur l'ennemi; aucun obstacle
ne résiste au premier choc; tout est renversé
devant l'impétuosité française. L'infanterie turque
est enfoncée, massacrée; un gros corps de cavalerie se présente, il est mis en désordre; mais se
livrant à sa poursuite, les Français se sont livrés
aux dispositions habiles de Bajazet, qui, ayant
étendu ses ailes, les fait resserrer à l'instant.
Il enveloppe les chrétiens, qui reconnurent,
mais trop tard, le résultat de leur fatale im-
prudence. Entourés de toutes parts par d'innombrables ennemis, les chevaliers français se

défendent avec le courage du désespoir, et font un horrible carnage des infidelles. Nul quartier de part ni d'autre (1). Enfin, ils n'ont plus d'autre objet en vue que de vendre chèrement leur vie. Bajazet arrête le massacre, et ordonne qu'on amène devant lui les prisonniers. Trois cents Français lui furent conduits, dépouillés, tout nus, les mains liées derrière le dos. Le barbare ordonne de ne réserver que les princes et les grands seigneurs, dont il attend une grosse rançon, et les ayant fait asseoir par terre devant lui, il fait égorger tous les autres sous leurs yeux. Parmi les princes, le comte de Nevers, le comte d'Eu, le comte de la Marche eurent ainsi la vie sauve; ils furent tous envoyés en Asie, plusieurs y périrent, accablés par le poids de leurs souffrances et de leurs chagrins. Le vaillant comte d'Eu fut de ce nombre : il mourut à Mikalitza, en Anatolie, en 1397. L'auteur des Faits de Boucicaut, parle ainsi de cette mort, »dont ses compagnons due-»ment furent dolents et moult le plaignirent et

***

(1) Le vaillant comte d'Eu ne s'y faignait mie, **ains** déportait les grands presses avant et arrière.

Faits du Maréchal Boucicaut.

»à plaindre fallait car de grande vaillance et
»bonté estait. Si ensevelirent le corps au plus
»honorablement qu'ils peurent, et après fut porté
»en France. « Il fut déposé dans le tombeau de
sa famille, en l'église d'Eu.

Sur ce tombeau, qui fut détruit pendant la révolution, était l'effigie de Philippe d'Artois, en
marbre blanc. Il était vêtu d'une cuirasse, sans
casque, ses gantelets à côté de lui, ayant deux
petits chiens à ses pieds. L'effigie était enveloppée
par une grille de fer (1).

Charles d'Artois, 16ᵉ Comte. Charles d'Artois n'avait que quatre ans lorsqu'il
perdit son père, et qu'il devint héritier de ses
biens et de ses titres. Marie de Berry, sa mère,
ayant épousé, en 1400, Jean Iᵉʳ, comte de Cler-

---

(1) Olivier de la Marche observe que les petits chiens
placés aux pieds des personnes représentées sur les tom-
beaux, signifiaient qu'elles étaient mortes dans leur lit;
si c'étaient des seigneurs morts dans les combats, ils étaient
représentés armés de toutes pièces; s'ils étaient morts des
suites de blessures ou maladies, on les représentait armés
de cuirasses, mais non de casques, et sans gantelets aux
mains.

On doit ajouter que quand ils étaient morts prisonniers, la grille de fer qui les enfermait était une figure
parlante.

mont, duc de Bourbon , Hélène de Melun , tante
du jeune prince, se chargea du soin de son enfance, et de l'éducation de ses sœurs Bonne et
Catherine.

Charles d'Artois passa ses premières années
dans le château d'Eu et dans celui de Monchaux , alors une des plus fortes places du comté.
Il s'y formait à tous les exercices qui devaient
le disposer à parcourir, avec la même distinction,
la carrière illustrée par ses pères. Dès l'âge de
quinze ans, il fit ses premières armes au siége
d'Arras, où il fut créé chevalier par le duc de
Bourbon, son beau-père. Il assista au mariage
de sa sœur Bonne d'Artois, avec Philippe de
Bourgogne, duc de Nevers, qui se fit à Eu ,
en 1413; et, bientôt après, il se rendit à la cour,
où il devait recevoir la direction à prendre,
selon les mouvements de l'ennemi. Henri V,
ayant débarqué à l'embouchure de la Seine avec
une armée de quarante mille hommes, s'empara d'Harfleur. Charles VI réunit ses troupes
et se porta en toute hâte au secours de la province; l'ennemi, après avoir éprouvé des pertes
considérables par des combats partiels, et plus
encore par des maladies, se vit obligé d'évacuer Harfleur , et battant en retraite à travers
le pays de Caux et le comté d'Eu, qu'il ravagea ,

il se porta sur la Somme, poursuivi et harcelé par l'armée française qui le joignit près du village d'Azincourt, où fut livrée, le 25 Octobre 1415, la funeste bataille de ce nom, où les Français renouvelèrent les fautes qui leur avaient fait perdre celles de Crécy et de Poitiers. Charles d'Artois, après des prodiges de valeur, fut fait prisonnier, ainsi que son beau-frère Philippe, comte de Nevers. Conduit en Angleterre, ce prince, malgré l'offre de la plus forte rançon, ne put obtenir sa liberté, et resta prisonnier pendant vingt-trois ans. Pendant ce temps, Henri V profitant de sa victoire, s'empara de toute la province de Normandie, et usant de la plénitude de la souveraineté, il en distribua les principaux fiefs à ses capitaines.

Le comté d'Eu fut donné à *William Bourchier* (baron Bourchier), qui prit le titre de comte d'Eu. William Bourchier avait épousé Anne, fille et seule héritière de Thomas Plantagenet, dit de Woodstock, comte d'Essex, le dernier des fils d'Edouard III. William Bourchier conserva ce titre jusqu'à sa mort, en 1435, et profita probablement des revenus de son comté d'Eu, pendant tout le temps de l'occupation. L'on trouve aux archives de la chambre des comptes du parlement de Paris, un aveu rendu au Roi, le 13 Avril 1420, par William Bourchier, en qualité de comte d'Eu.

Ce titre imaginaire passa, en 1435, de William à Henri Bourchier, son fils et son héritier, créé comte d'Essex, en 1461 ; et de celui-ci, en 1483, à Henri Bourchier, deuxième du nom, comte d'Essex, qui figura au nombre des grands officiers, au baptême de la reine Elisabeth, en 1533, sous le titre de comte d'Eu : il mourut en 1539.

Il est présumable que ce titre, auquel la maison Bourchier attachait une haute importance, resta annexé à la baronnie de Bourchier, qui, passée par héritage dans la maison de Ferrers of Chartley, est considérée comme éteinte en 1646; en sorte que le vain titre de comte d'Eu ne peut plus, avec quelque apparence de raison, être porté par aucun seigneur anglais.

La tradition n'a rien transmis sur les événements qui se passèrent au château d'Eu pendant l'occupation, et l'on ne voit pas si Guillaume Bourchier, après en avoir pris possession, y fit quelque séjour. On est seulement fondé à croire que, pendant ce temps (1431), l'infortunée Jeanne d'Arc, qui, du château de Crotoi, fut conduite à Rouen, dut passer par Eu, et séjourner dans la prison du château, qui était située à l'angle nord du bâtiment actuel, nommé encore la fosse-aux-lions.

Le château d'Eu, chef-lieu du comté, devait être conservé, tant à cause de la résidence du seigneur, que pour la défense de ce point important. Il échappa donc à la destruction; mais il n'en fut pas de même des autres forteresses qui existaient dans les baronnies mouvantes du comté; c'est à cette dernière époque que tous ces châteaux, dont il n'existe que des ruines informes, furent rasés.

Depuis la mort de Charles VI et de Henri V (1422), et d'après les exploits qui signalaient l'avènement de Charles VII, les peuples de Normandie s'efforçaient de secouer le joug des Anglais, et, appelant de tous leurs vœux la délivrance de leur pays, préparaient à Charles VII les succès qu'il obtint. Cependant le comté d'Eu ne fut délivré du joug de l'étranger, que lorsqu'il eut été chassé du reste de la province.

La mort presque simultanée de Charles VI et de Henri V, fut l'époque où les succès des Anglais s'arrêtèrent, et où, malgré un début malheureux, Charles VII ranima dans ses peuples l'espoir de leur affranchissement. Ils n'attendaient de toutes parts qu'un moment favorable pour s'insurger contre leurs oppresseurs; il suffisait de la vue de la bannière des lis pour exciter un soulèvement dans le pays : la partie de Normandie la plus voisine des côtes, et particulièrement le pays de Caux, ne put éclater qu'au moment où la Basse-Normandie, les plaines du Vexin et le Ponthieu furent reconquis ou affranchis par la révolte des habitants. Une insurrection générale se déclara en 1434. Son résultat fut l'expulsion momentanée des Anglais des villes de Dieppe et d'Eu. En 1435, ils en furent encore chassés par le maréchal de Rieux, et quoique le duc d'York, à la fin de l'année suivante, se fût jeté dans le pays de Caux, il n'y tint pas, et l'on peut dater de cette époque l'affranchissement du comté d'Eu.

Charles d'Artois obtint sa liberté au moment des conférences infructueuses qui eurent lieu pour la paix, vers la fin de 1438. Il était prisonnier depuis la bataille d'Azincourt; rentré en France, il reprit sa place dans le conseil et à la tête de l'armée; en 1439, il contribua par sa sagesse et son influence à obtenir au Dauphin le pardon de son père; en 1440, il se signala par son intrépidité devant Harfleur, que l'ennemi obtint néanmoins par capitulation; en 1441, il figura au siége de Pontoise, où, par une circonstance bizarre, Henri Bourchier, pré-

tendu comte d'Eu, se trouvait dans la place,
de sorte que deux comtes d'Eu étaient en présence. L'on ne sait si, pendant le siége de Dieppe,
en 1442 et 1443, par Talbot, Eu fut occupé
par l'ennemi; à cet égard il n'est point resté
de souvenirs, parce que les archives de cette
ville, enlevées par un parti de gens de guerre
qui s'en empara momentanément, en 1431, ne
furent restituées qu'après l'expulsion totale des
Anglais, en 1450. Aussi existe-t-il dans les mémoires une lacune de vingt-trois ans (de 1431
à 1454).

Ce prince, immédiatement après la libération
de son comté, s'occupa de divers établissements
qui y devaient faire fleurir le commerce et l'industrie. Il fit creuser un canal dans la vallée
de Bresle, allant d'Eu à Tréport; il octroya
à Antoine de Brossard, son écuyer, un privilége pour fonder une verrerie (1).

Le roi érigea, en faveur de Charles d'Artois,
le comté d'Eu en pairie, en 1458; et, pour
la première fois, ce prince convoqua les grands
jours, qu'il tint solennellement à son château,
le 15 Octobre de cette année.

---

(1) Voir la note 5me, à la fin de l'Ouvrage.

Charles d'Artois avait joui de la confiance de Charles VII, et il posséda celle de Louis XI, à qui il donna des preuves de son dévouement, en ne s'unissant pas aux confédérés de la ligue du bien public; le roi l'en récompensa par le gouvernement de Paris, au mois d'Août 1465. Il le chargea, en 1469, avec Dunois, du traité entre lui et le duc de Bretagne, qui fut signé, en cette même année, à Saumur.

Charles d'Artois, qui avait perdu sa première femme, Jeanne de Saveuse, le 2 Janvier 1448, épousa Hélène de Melun, dame d'Abbeville, dont il n'eut pas d'enfants. L'érection du comté en pairie enlevait ce domaine à la juridiction de l'échiquier de Normandie, et dès-lors, nonobstant des réclamations réitérées du parlement de Rouen, il ne cessa de ressortir du parlement de Paris.

Charles d'Artois se rendant à Eu, tomba malade près de Beauvais; étant venu jusqu'à Blangy, il y mourut le 17 Juillet 1471, âgé de soixante-dix-huit ans : son corps, rapporté à Eu, fut placé près de celui de Jeanne de Saveuse, sa première femme. Hélène de Melun, sa deuxième femme, ne lui survécut que d'une année.

Charles d'Artois n'ayant pas laissé d'héritiers directs, le comté d'Eu devait échoir au survivant des fils de sa sœur Bonne d'Artois, qui avait épousé, le 20 Juin 1413, Philippe de Bourgogne, comte de Nevers et de Rhetel, troisième fils de Philippe-le-Hardi ; mais ce domaine avait été donné par le roi Louis XI, en 1466, au connétable de Saint-Paul, au cas où Charles d'Artois mourrait sans postérité. Cette disposition injuste ravissait aux enfants de Bonne d'Artois l'héritage de leur oncle ; mais les considérations politiques prévalaient chez Louis XI sur les droits de l'équité. Ces mêmes considérations le ramenèrent dans la voie de la justice. Soupçonnant déjà la trahison du connétable, il révoqua la donation conditionnelle qu'il lui avait faite, et reconnut à Jean de Bourgogne, fils puîné de Bonne d'Artois, ses droits sur l'héritage de sa mère, par lettres-patentes du mois de Juin 1473.

Jean de Bourgogne, 17ᵉ Comte.

Jean de Bourgogne, né à Clameci, le 25 Octobre 1315, à la même heure où son père Philippe de Nevers périssait à Azincourt, était gouverneur pour le roi, de la province de Picardie, quand le comte de Charolais, obligé de lever le siége de Beauvais, à la fin de Juin 1472, se jeta sur la Normandie et ravagea le pays de Brai, le comté d'Eu et le Vimeu ; il s'empara de Neufchâtel, se porta sur Longueville et Dieppe, dont il fut repoussé, brûla les villes et châteaux de Blangy et de Monchaux, pilla Saint-Valery, Gamaches et Eu, où il laissa garnison. Pendant cette expédition, les troupes royales, commandées par Joachim de Rouhant et Robert d'Estouteville, se présentèrent devant Eu, et sommèrent la garnison bourguignonne de se rendre sans capitulation, sous peine d'être passée au fil de l'épée. La place fut en effet rendue, les soldats en sortirent, le bâton blanc à la main, abandonnant chevaux et équipages, et payèrent dix mille écus de rançon.

Le comte Jean de Bourgogne, profitant de la trève conclue à Bouvines entre le comte de Charolais et les troupes royales, vint à Eu, le 1er Mai 1474. »Comme il arrivait par Dieppe, Robert »Leroi, maire, assisté de ses échevins, montés »en bon ordre, avec toute la bourgeoisie sous »les armes, distribuée en plusieurs compagnies, »accompagnant le clergé qui portait procession- »nellement la fierte de *monsieur* Saint-Laurent »d'Eu, son chef et son bras, se rendit à deux »lieues de la ville, à l'encontre duquel reli- »quaire, dit le livre rouge, mondit seigneur le duc »descendit à pied, et vint à genoux adorer en »grande révérence et humilité lesdites reliques, »et dit en pleurant qu'il n'était pas digne que »lesdites reliques vinssent et fussent appor-

»tées contre lui, et, les oraisons faites, icelui
»monsieur le duc se remonta sur son cheval et
»entra moult honorablement en icelle ville d'Eu.
»Il y avait des feux par les rues et tables dréchiées
»en pieux, pain et vin à tous qui en voulaient
»prendre, et outre toutes les cloches sonnaient,
»et le peuple criait Noël tellement que pour le
»bruit, à peine entendait-on l'un l'autre parler.
»Le lendemain on alla saluer monsieur le duc
»au château, et on lui demanda et on obtint
»confirmation des priviléges de la ville, qu'il pro-
»mit même d'augmenter.«

Jean de Bourgogne et ses vassaux étaient alors
loin de prévoir, au milieu de ces acclamations
de joie, qu'une cruelle politique allait rendre
contre cette ville un arrêt de destruction complète, qui serait exécuté l'année suivante.

Edouard, roi d'Angleterre, confédéré avec le
duc de Bourgogne et le connétable de Saint-
Paul, qui trahissait son roi, se résolut, sur leurs
instances, à débarquer en France une armée qui
réunie aux Bourguignons, envahirait la Champagne et la Picardie, pour se porter ensuite sur
Paris. Edouard arrivé à Calais, ne trouva point les
forces que le duc de Bourgogne lui avait pro-
mises, parce qu'il ne restait à ce prince que
les tristes débris de la belle armée qui venait

de trouver son tombeau sous les murs de Neuss.
Le connétable n'avait point osé lever le masque
et faire éclater sa trahison : privé de l'appui du
duc de Bourgogne, sur lequel il avait compté, il
manœuvrait de manière à profiter de l'occurrence,
c'est-à-dire, à se déclarer ouvertement contre
Louis XI, si ses ennemis étaient les plus forts,
et à abandonner ceux-ci, si le roi était plus habile
ou plus heureux. En attendant, il cherchait à
tromper les deux partis.

Louis XI avait prévu tous les dangers, il avait
couvert les approches de la Normandie par des
forces habilement distribuées sur la frontière de
cette province; il s'était placé lui-même vers Neufchâtel; il avait mis de fortes garnisons à Dieppe
et à Eu, pour observer et défendre la côte. Pendant ce temps, il envoya un corps qui, ayant
passé la Somme au pont de Remi, ravagea tout
le pays jusqu'à la mer, afin de priver les confédérés de toute ressource, s'ils se portaient dans
cette partie.

Le roi d'Angleterre, trompé et abandonné par
son allié le duc de Bourgogne, voyant les forces
du roi de France s'accroître chaque jour, ne pouvant compter sur le connétable qui, déjà cherchait à se réconcilier avec son souverain, ou
à prendre vis-à-vis de lui des précautions pour

sa sûreté, prêta l'oreille aux propositions d'accommodement qui lui furent adroitement présentées; les préliminaires de la paix furent bientôt convenus. Le connétable, craignant avec raison que si Edouard se rembarquait, le roi n'eût plus d'intérêt à le ménager lui-même, traitait d'un côté avec le duc de Bourgogne pour l'amener à adhérer à la paix, afin de s'en faire un mérite auprès du roi; d'un autre côté, il remontrait à Edouard qu'il devait exiger pour gage du traité, quelques-unes des places du littoral, telles que Saint-Valery et Eu, lui faisant envisager qu'ayant ainsi un pied en France, il pouvait plus tard s'y étendre davantage.

Ces intrigues ne pouvaient échapper à la sagacité de Louis XI, qui, voulant à tout prix parvenir à la conclusion de la paix, et craignant que le roi d'Angleterre, adoptant l'insidieux projet du connétable, n'en fît une condition du traité, résolut d'en anéantir les causes par un coup décisif. En conséquence, il ordonna immédiatement et simultanément l'incendie et la destruction complète de Saint-Valery et d'Eu.

Nicolas-Joachim de Rouhant, sire de Gamaches, maréchal de France, ayant sous ses ordres son neveu Jean de Bellay, mestre-de-camp, Charles de Briquebec, François de la Sauvagère et Charles d'Abouville-des-Alleux, arrivèrent en poste à Eu, le Mardi 18 Juillet 1475. Ayant assemblé la bourgeoisie, ils lui notifièrent les ordres du roi, et leur volonté de les mettre sur-le-champ à exécution; ils laissèrent pour cet effet quelques officiers, et ils se rendirent aussi-tôt pour accomplir la même mission à Cayeux et à Saint-Valery.

Entre huit et neuf heures du matin, le tam-bour réunit les habitants, et leur annonce le fatal arrêt de la puissance souveraine; à l'ins-tant le feu va être mis aux quatre coins de la cité, ses édifices et ses fortifications vont être rasés, et bientôt ses débris épars annonceront la place qu'elle occupa. »Un morne silence, dit »un mémoire de ce temps, régna dans la ville; »déjà la flamme s'élevait dans différentes rues, »et les malheureux habitants oubliant dans leur »trouble ce qu'il leur fallait laisser ou empor-»ter, ne savaient quel parti prendre ; ils ne pou-»vaient se résoudre à abandonner leurs maisons, »et ils ne s'en éloignaient que quand les flammes »les en chassaient; on vit alors une *longue filée* »*d'hommes, de femmes, d'enfants* pleurants, »gémissants, chargés des effets qu'ils pouvaient »transporter, abandonner leur triste patrie.« Ainsi fut traitée, ajoute l'historien, cette ville si souvent éprouvée par sa fidélité à ses maîtres !

Toutes les maisons, sans en excepter une seule, furent incendiées ; tous les bâtiments du château furent détruits, et il ne resta debout que les cinq églises paroissiales et les hôpitaux Picard et Normand. Ainsi fut consommée l'œuvre d'une politique barbare ! Le résultat de ce sacrifice fut atteint par la prompte conclusion du traité convenu à Amiens, le 29 Août, et confirmé à Pequigny trois mois après.

Le duc Jean de Bourgogne venait ainsi d'éprouver la perte de son château et de la ville, chef-lieu de son comté. L'on ne sait si le roi l'indemnisa personnellement, mais il obtint pour ses vassaux diverses immunités qui prévinrent la ruine complète d'un pays qui ne se releva jamais d'un événement aussi terrible.

Jean de Bourgogne fit commencer le rétablissement de son château, en bâtissant sur les anciennes fortifications la partie où était l'intendance.

Ce prince étant mort à Nevers, le 25 Septembre 1491, sa succession donna lieu à des débats entre les maisons de Clèves et d'Albret. Engilbert de Clèves, fils puîné de Jean duc de Clèves et d'Elisabeth de Bourgogne, prétendit hériter du comté d'Eu à l'exclusion de Charlotte de Bourgogne, mariée à Jean d'Albret, sire d'Orval, qui n'avait point d'enfants mâles. Le différend fut très-grave, et ne fut terminé que par le roi Louis XII, parent des parties contendantes par Marie de Clèves, sa mère. Le roi, par règlement du 4 Octobre 1504, prononça les conditions du partage de la succession; et pour rétablir et cimenter la bonne harmonie, les fils d'Engilbert de Clèves, Charles et Louis, furent fiancés à Marie et Hélène d'Albret.

Engilbert de Clèves fut par ce règlement reconnu comte d'Eu, et prit possession de ce domaine, qui devait échoir à ses fils par ordre de primogéniture. Ce prince mourut à Nevers, le 21 Novembre 1506.

Engilbert de Clèves, 18ᵉ Comte.

Sa veuve, Charlotte de Bourbon, deuxième fille de Jean de Bourbon, comte de Vendôme, et d'Anne de Beaujeu, vint au château d'Eu, en 1511, et y marqua son séjour par plusieurs fondations en faveur des églises et des pauvres.

Les enfants d'Engilbert de Clèves étant mineurs, Louis XII prit leur tutelle, et envoya dans le comté d'Eu maître Jean Fraguier, maître des comptes, comme son commissaire, pour informer sur les revenus et charges de ce domaine. Cette opération fut faite en 1508. L'acte qui en a été dressé, sous la dénomination d'évaluation du comté d'Eu, contient des détails d'un inté-

rêt réellement historique, par les connaissances
qu'il donne des revenus et charges de ce domaine,
de la variété et de la bizarrerie de certains droits
féodaux, et plus particulièrement par la description du château d'Eu à cette époque : »Y a eu
»chatel, est-il dit, et forte place, de présent dé-
»moli, appelé le chatel d'Eu, clos de murailles
»et de fossés, joignants à ladite ville d'Eu, de-
»dans l'enclos duquel chatel est assise l'église et
»l'abbaye de Notre-Dame-d'Eu, et à présent y
»a au lieu où était ledit chatel, une maison plate
»seulement. «

Tel était l'état dans lequel le duc Jean de
Bourgogne avait laissé ce château, car on ne
peut présumer que pendant les débats de sa
succession, et pendant le peu de temps qu'Engilbert de Clèves l'avait possédé, il y ait été
rien changé. Mais le détail très-circonstancié des
réparations évaluées au procès-verbal de 1508,
ne laisse pas de doute que Charlotte de Bourbon n'ait, pendant la tutelle de ses enfants,
augmenté les bâtiments.

Charles
de Clèves,
19ᵉComte.

Charles de Clèves, né en 1490, époux de
Marie d'Albret, succéda à son père. Ce prince
suivit le roi Louis XII, en Italie ; il l'accompagna
à la prise de Gênes, en 1507, et combattit sous
ses yeux à la bataille d'Agnadel, le 14 Mars 1509.

On ignore pour quelle cause ce prince fut
arrêté, peu de temps avant la mort du roi
Louis XII. Conduit au Louvre, il y mourut de
chagrin, le 27 Août 1521.

François de Clèves n'étant âgé que de cinq
ans, à la mort de son père, le roi, par lettres-
patentes du 11 Octobre 1521, enregistrées au
parlement de Paris, le 5 Février 1522, confia
sa garde et tutelle à sa mère Marie d'Albret.
» Ce prince, dit Vigenère, qui fut la vertu et
» la bonté même, dut ses perfections à sa mère,
» qui était aussi accomplie entre les femmes,
» qu'il le fut entre les hommes de son temps. «

François
de Clèves,
20e Comte

Marie d'Albret vint à Eu, le 2 Juin 1527,
accompagnée de son fils, alors âgé de près de
douze ans; elle y fut reçue avec tous les honneurs que cette ville pouvait lui rendre; elle
fit son entrée sous un riche dais, à la couleur
de sa livrée, qui était portée par quatre des principaux bourgeois, et le maire lui présenta, au nom
de la ville, une coupe d'or gravée de ses armes.
Cette princesse ne fit pas alors, à son château,
un long séjour, et elle emporta un souvenir très-
favorable de ses vassaux.

Le roi Francois Ier étant venu à Abbeville,
Marie d'Albret obtint de ce monarque l'honneur de le recevoir au château d'Eu. Le roi y

arriva le 16 Juin 1535. Les habitants de la ville, formés en cinq compagnies, vêtus des couleurs du prince, eurent l'honneur de faire le service auprès de Sa Majesté. Les détails de cette réception sont consignés aux archives de l'hôtel-de-ville.

Le roi était accompagné, dans ce voyage, par la reine, par François, duc de Vendôme, Marguerite de Bourbon, duchesse de Vendôme, et beaucoup d'autres seigneurs. De là, Sa Majesté se rendit à Dieppe, où elle fut reçue avec la plus grande magnificence par le fameux armateur, Angot.

François de Clèves figura, dès ses plus jeunes années, dans diverses expéditions militaires, mais il se couvrit de gloire, en 1544, à la bataille de Cérizolles, où, commandant en second, avec François, duc de Vendôme, comte d'Enghien, l'armée de l'empereur sous les ordres du marquis *du Guast* fut battue, après la résistance la plus opiniâtre.

Le roi d'Angleterre, Henri VIII, qui venait de s'emparer de Boulogne, s'étant confédéré avec l'empereur, chercha à inquiéter les côtes de France par des descentes partielles. Le 2 Septembre 1545, une expédition, dirigée par un Dieppois qui connaissait parfaitement le pays, descendit au Tréport, qu'elle surprit. Une partie du bourg était incendiée quand la milice bourgeoise d'Eu et des campagnes, accourut pour repousser l'ennemi, qui regagna en toute hâte ses vaisseaux.

François de Clèves ayant rendu compte au roi de cette insulte, obtint la permission de faire construire une tour, qui, placée à l'entrée du port, en défendait les approches et celles du bourg, qu'elle couvrait du côté de la plage : cette tour en grès qui subsiste encore, et qui a conservé le nom de François Ier, non à cause du roi, mais parce que François de Clèves était aussi premier de son nom, est aujourd'hui fort éloignée de l'entrée du port, et ne peut plus servir à sa défense, les galets qui s'accumulent reculant chaque jour la ligne du flot, qui en est distante d'une portée de canon.

François de Clèves avait été créé, en 1546, gouverneur de Champagne, Brie et Luxembourg. Il assista, comme pair de France, en 1547, au sacre d'Henri II. Il perdit, le 27 Octobre 1547, Marie d'Albret, sa mère.

Ce prince, dont la vie se passa toute entière à la tête des armées, ou dans les conseils du roi, revint d'Italie, en 1553, et partagea, avec François de Lorraine, duc de Guise, les honneurs de la brillante défense de Metz : il commanda, en 1554 et 1555, l'armée chargée de couvrir

8

les frontières de la Champagne ; il prit aux ennemis plusieurs places, défendit et ravitailla celles
qui étaient attaquées ; il commandait, sous les
ordres du connétable de Montmorency, l'aile
gauche de l'armée, à la bataille de Saint-Quentin, en 1557 ; il fit, en cette funeste occasion,
des prodiges de valeur, et seul des princes, échappé à la mort ou à la captivité, il ne désespéra
point du salut de la patrie : ayant réuni les débris
de l'armée, il parvint à neutraliser les avantages que l'ennemi pouvait retirer de sa victoire,
et il donna le temps au duc de Guise d'accourir
d'Italie, pour effacer par ses exploits et la gloire
de la campagne de 1558, les désastres de l'année précédente. Il facilita, par d'habiles manœuvres, la prise de Calais, qui, possédée par
les Anglais depuis 1347, rentra, après deux cent
onze ans, en la possession de la France.

Après cette conquête, le duc de Nevers se
rendit à Paris pour présider, dans l'assemblée
des notables, l'ordre de la noblesse. A la suite de
cette assemblée, dont la durée fut de peu de jours,
il retourna à son armée ; il assiégea et prit Char-
lemont ; il se porta sur Thionville, et seconda
le duc de Guise dans la prise de cette importante place. Il paraît que la carrière militaire du duc de Nevers se termina après la paix de

Cateau-Cambresis, signée le 3 Avril 1559. Depuis cette époque, son nom ne figure plus dans l'histoire que par une action qui témoigne que ses vertus privées n'étaient pas inférieures à ses vertus guerrières. Chargé de reconduire jusqu'à la frontière les mercenaires allemands, il faisait d'inutiles efforts pour arrêter les excès auxquels ils se livraient, en traversant les provinces ; mécontents d'un général qui avait voulu les réprimer, ils commettaient sur ses terres plus de désordres qu'ailleurs ; *au moins,* disait le duc de Nevers, *voilà du mal que j'ai sauvé à mes voisins !* une telle action, de telles paroles valent les plus beaux exploits militaires.

Il paraît que ce prince accompli voulut être étranger aux persécutions politiques, qui, sous le masque de la religion, désolaient le royaume depuis un demi-siècle, et qui s'aggravèrent encore sous le règne de François II, par l'ambition des Guise.

Henri II, par une déclaration du 19 Mars 1551, vérifiée au parlement, le 3 Mai suivant, prononça que le comte d'Eu, pair de France, ses hommes, sujets et vassaux ressortiraient au parlement de Paris, avec défense au parlement de Normandie d'en prendre connaissance, *attendu,* porte cette déclaration, *que lesdits pairs, pour*

leurs droits et priviléges, ne doivent se porter
ailleurs que par-devant notre cour de parlement
de Paris, et pour ce est notre dite cour appelée
Cour des Pairs.

Le duc de Nevers mourut le 13 Février 1562.
Il avait épousé, en premières noces, Marguerite de Bourbon, fille de Charles de Bourbon,
duc de Vendôme, dont il eut cinq enfants, François et Jacques, Henriette, Catherine et Marie.
Sa deuxième femme, dont il n'eut pas d'enfants,
fut Marie de Bourbon, comtesse de Saint-Paul
et duchesse d'Estouteville.

François
II, duc de
Clèves,
21ᵉ Comte.
Le comté d'Eu échut à François II, duc de
Clèves et de Nevers, né le 3 Mars 1539. Ce
prince fit ses premières armes, dès l'âge de seize
ans, avec son père et le duc de Guise.

Il fut envoyé à la cour d'Espagne par Catherine de Médicis, pour annoncer la mort de
Henri II, et l'avènement au trône de son successeur. Il fut blessé devant Rouen, le 26 Octobre 1562, au deuxième assaut qui détermina la
prise de cette ville. Il combattit vaillamment
à la bataille de Dreux, le 19 Décembre 1562 :
blessé mortellement d'un coup de feu, il mourut un mois après. Il avait épousé, en 1561,
Anne de Bourbon, fille de Louis de Bourbon,
comte de Montpensier, dauphin d'Auvergne,

prince de Dombes et de la Roche-sur-Yon, dont il n'eut pas d'enfants.

Le successeur de François II fut Jacques, son frère, né le 1er Octobre 1540, marié à Diane de la Mark, quatrième fille de Robert IV, comte de la Mark, duc de Bouillon, prince de Sédan.

Jacques,
duc
de Clèves,
22e Comte

Au moment où le jeune comte d'Eu recueillait les derniers soupirs de son prédécesseur, le domaine qui venait de lui échoir était menacé d'une prochaine invasion. Montgomery, l'un des chefs du parti calviniste, occupait Dieppe avec un corps anglais; il avait déjà fait des incursions dans les campagnes voisines d'Eu, et il annonçait hautement l'intention de se rendre maître de cette place. Les habitants, instruits de son dessein, armèrent leurs remparts et firent une garde assidue; ils fermèrent toute communication du côté de Dieppe, et ils se trouvèrent réduits aux ressources qu'ils pouvaient tirer de la Picardie. Ils s'adressèrent alors au Rhingrave qui commandait les forces royales dans le pays de Caux, lui demandant de prompts secours. Le Rhingrave, dont les troupes employées au blocus du Hâvre, où l'ennemi avait une garnison de six mille hommes, ne suffisaient pas pour le contenir, ne put détacher que cent hommes, qui, sous la conduite du capitaine Canuel, arrivèrent

à Eu, le 24 Janvier 1563. Ce renfort parvint
à propos, car le Mardi 4 Février, à cinq heures
du matin, le comte de Montgomery, à la tête
de quinze cents hommes, arriva devant la ville.
Il s'était emparé, sur son passage, du château
d'Assigny, où il laissa un faible détachement.
Montgomery ayant reconnu les abords de la
place, envoya un parti de cavalerie s'emparer de Pont, à une lieue au-dessus d'Eu, afin
d'être maître du passage le plus rapproché de
la Bresle. Il posta ses troupes et son artillerie
sur les hauteurs, à l'ouest de la ville; de cette
position, il dominait le château et la partie la
plus faible des fortifications. Les assiégés défen-
daient les approches de leurs murs, en tirant
leurs arquebuses et fauconneaux par les meur-
trières, et opposaient à l'artillerie ennemie
quelques pièces, qu'ils braquèrent sur la tour
Rouge et sur celle de l'église Saint-Jean.

Surpris de cette résistance inattendue, Montgomery fit battre la chamade, pour faire parvenir ses sommations, et tenter des propositions
d'accommodement. Les assiégés y répondirent
en redoublant leur feu, et en annonçant qu'ils
se défendraient jusqu'à la dernière extrémité.
Il y a cependant lieu de craindre que cette belle
résolution ne leur eût été funeste, si un corps

des milices de Picardie, rassemblé à la hâte par le sire d'Allenay, n'eût paru sur les hauteurs qui dominent la ville, à la droite de la Bresle. A la vue de ces forces, Montgomery jugea prudent de lever le siége; il abandonna, dans sa retraite, un gros canon en fer, dont les assiégés s'emparèrent, et qu'ils rentrèrent dans leurs murs.

Le roi Charles IX, par lettres datées du bois de Vincennes, le 8 Juin 1563, donne ce canon à la ville. »Chers et bien amés et féaux sujets de »la ville d'Eu, dit le monarque, ayant entendu »que vous avez une grosse pièce d'artillerie que »vous avez gagnée sur le sieur de Montgomery, »de laquelle vous désirez tirer quelques-unes »plus petites pour la défense de votre ville, »nous vous permettons de la faire fondre en »telles formes et grosseurs que vous aviserez, »et vous et vos successeurs aurez soin de les »bien garder. «

Les désordres de tout genre dont la Normandie venait d'être le théâtre et la victime, laissèrent de déplorables résultats, que n'effaça point l'édit de pacification du 19 Mars. Le comté d'Eu en ressentit les effets; la misère y était à son comble, et les magistrats, pour la diminuer, crurent devoir exécuter à la rigueur un

règlement qu'ils avaient fait en 1558, en expul-
sant de l'intérieur de leurs murs, tous les in-
digents qui y étaient étrangers : ceux de la ville
furent employés à réparer les fortifications.

Ce fut sur ces entrefaites que le jeune comte
d'Eu, se décida à venir visiter son nouveau domaine. Ce prince, après le siége du Hâvre, ayant
accompagné le roi et la reine-mère à Rouen,
obtint de Leurs Majestés, permission de se
rendre à Eu, où l'avait précédé de plusieurs
jours, Diane de la Mark, son épouse. Il fit son
entrée dans cette ville, le 9 Août 1563. Il témoigna aux habitants le plus vif intérêt, et leur
donna des preuves de sa munificence. Son séjour
n'y fut que de peu de temps.

Le duc de Nevers suivit le roi Charles IX
dans le voyage que ce monarque et la reine-
mère faisaient à travers les provinces du royaume.
Il fut une des nombreuses victimes des maladies
contagieuses, que le désordre et la dissolution
qui régnaient dans la nombreuse suite de la cour,
répandaient sur son passage. Il mourut à Monti-
gny, le 1er Octobre 1564, ne laissant point
d'enfants. En lui finit la ligne masculine de la
maison de Clèves-Nevers.

Sa succession fut partagée entre ses trois sœurs,
Henriette, Marie et Catherine, que Brantome

appelle *les trois grâces de jadis, tant elles en avaient de ressemblance, et comme de vrai, ajoute-t-il, je les ai vues très-belles, très-bonnes et très-aimables.* Henriette, duchesse de Clèves et de Nevers, née le 31 Octobre 1542, épousa, le 4 Mars 1565, le prince Louis IV, de Gonzague, duc de Mantoue et de Montferrat, qui devint le chef de la nouvelle maison de Nevers; Marie de Clèves, duchesse de Rhetel, marquise d'Isle, née en 1544, épousa, en 1572, Henri Ier de Bourbon, prince de Condé, marquis de Conti, duc d'Enghien, né en 1552.

Catherine de Clèves, née en 1548, eut pour sa part, dans la succession de son père, le comté d'Eu; elle épousa, en 1565, Antoine de Croï, prince de château Porcien, marquis de Renty, l'un des chefs les plus ardents du parti calviniste : il était fils de Charles II, sire de Croï, prince de Porcien, et de Françoise d'Amboise, comtesse de Senighem. Ce mariage se fit par les conseils et les vives sollicitations de Louis de Bourbon, prince de Condé, oncle de la jeune princesse.

Antoine de Croï, prince de Porcien, par Catherine de Clèves, 23e Comte

Le prince de Porcien s'était signalé à la bataille de Dreux; il avait partagé les excès commis à la prise et au pillage de la ville de Caen; il avait figuré à l'assemblée de Vendôme avec Coligny, et les princes de Bourbon, ligués contre les Guise; enfin, il avait pris constamment la plus grande part aux troubles du royaume.

Ce prince, devenu, par son mariage, comte d'Eu, prêta au roi serment de fidélité, comme pair du royaume, et lui rendit, le 10 Août 1565, hommage de son comté. En cette circonstance, le prince de Porcien fit valoir et usa du droit de préséance que lui donnait l'ancienneté de sa pairie sur Louis II de Bourbon, prince de Montpensier.

Le prince de Porcien vint, en 1565, visiter son comté d'Eu. La différence entre les opinions politiques et religieuses que professaient et que venaient de défendre énergiquement les habitants de cette contrée, et celles que suivait leur nouveau seigneur, dut influer sur la réception qu'ils lui firent. Il paraît pourtant que ce prince excusa la froideur de leur accueil, et qu'il ne donna aux habitants aucun sujet de se plaindre. Il devait revenir l'année suivante, et n'effectua pas ce projet; il mourut à Paris, le 5 Mai 1567, âgé de vingt-six ou vingt-sept ans, ne laissant pas de postérité.

Un écrivain contemporain prétend que dans sa dernière maladie, le prince de Porcien sentant approcher sa dernière heure, déclara à sa

femme, que de tous les partis qui se présente-
raient pour l'épouser, il n'exceptait que le duc
de Guise, soit que cette recommandation lui fût
inspirée par l'esprit de parti, soit, comme on
le croyait aussi, par la jalousie qu'il avait des
rapports qu'il soupçonnait entre ce personnage
et sa femme. Au reste, il paraît que Catherine
de Clèves ne garda pas long-temps le souvenir
de cette dernière volonté, puisqu'elle épousa,
en 1570, ce même Henri de Lorraine, duc de
Guise, fils aîné de l'illustre François de Lorraine.
Ainsi le comté d'Eu passa dans la maison de
Lorraine.

Henri de Lorraine, duc de Guise, était né
le 31 Décembre 1550. Élevé à la cour de
Henri II, il porta d'abord le titre de prince de
Joinville : dès l'âge de treize ans, il accompagna
son père, et il se trouvait près de lui, lorsque ce grand homme fut lâchement assassiné
par Poltrot de Merey, au siége d'Orléans. C'est
de cette fatale époque qu'Henri de Lorraine
conçut la haine la plus profonde et la soif d'une
vengeance inextinguible contre l'amiral de
Coligny, qu'il regardait comme l'instigateur de
ce forfait. Il suivit son aïeule Antoinette de Bourbon, et sa mère Anne d'Est, lorsque ces princesses, accompagnées de leurs enfants, tous en

Henri de
Lorraine,
duc
de Guise,
par
Catherine
de Clèves,
24e Comte

habits de deuil, vinrent demander vengeance de celui qui avait dirigé le bras de l'assassin.

Après la pacification éphémère des troubles civils, Henri de Lorraine se rendit en Hongrie, pour se former au métier des armes, en faisant la guerre contre les Turcs. Il en revint deux ans après, et se rendit aussitôt à l'armée opposée au prince de Condé. Il montra la plus brillante valeur à la bataille de Jarnac; et après cette sanglante affaire, qui coûta si cher aux deux partis, il se renferma dans Poitiers, avec la résolution de défendre cette mauvaise place, comme son valeureux père avait défendu Metz. Déterminé à s'ensevelir sous les ruines de cette ville, plutôt que de la rendre, ses efforts héroïques furent couronnés de succès, puisque Coligny, dont l'armée souffrit beaucoup dans ce siége, et qui faillit lui-même succomber à une grave maladie, fut obligé de le lever. Il combattit à Montcontour, le 3 Octobre 1569; et après la paix conclue à Saint-Germain, en Août 1570, il revint à la cour.

Ce fut alors que, sans qu'on eût eu jusques-là de raison de le prévoir, le duc de Guise épousa Catherine de Clèves. On prétend que cet hymen improvisé, fut un acte de politique de la reine-mère, qui, voyant l'inclination trop marquée de

Marguerite de Valois, sa fille, pour le duc de
Guise, et redoutant les effets d'une telle alliance,
résolut de l'empêcher. Elle en prévint le roi : indigné de l'audace d'une telle prétention, Charles
menaça de faire assassiner le duc, s'il ne rom-
pait pas une liaison qui, entretenue et facilitée
par son propre frère, *avait peut-être été trop
loin.* Guise, en cette circonstance, n'hésita point
à faire le sacrifice que commandait l'impérieuse
nécessité ; il vit que c'était par une autre voie
qu'il devait prétendre au but que déjà lui montrait son ambition. Son mariage avec la veuve
du prince de Porcien, détruisit tout-à-coup
les préventions, et désarma la colère du monarque.

Pendant les premiers temps de son mariage,
Guise parut s'écarter de la cour ; il n'y paraissait plus que clandestinement. Partageant l'atroce
dissimulation qui préparait la perte des calvinistes, il voulait, comme tous les chefs de son
parti, faire croire qu'il était tombé dans la disgrâce du roi et de la reine-mère. Par cette
odieuse tactique, il augmentait la fatale confiance
qui, aveuglant Coligny et ses braves compagnons, allait les précipiter dans l'abîme, si per-
fidement creusé sous leurs pas ; d'un autre côté,
cette feinte disgrâce le rendait plus intéressant

et plus cher au peuple, qui voyait en sa personne la réunion de ces rares et éminentes qualités qui lui rendaient si chers tous ces princes
de Lorraine, qu'il considérait comme ses plus
intrépides défenseurs. *Alors*, selon l'expression
d'un historien, *la France était folle de cet
homme là, car c'est trop peu dire amoureuse.*
Il préparait donc à la fois l'exécution des for-
faits médités par la reine-mère, et il cultivait
à son profit cette popularité dont il allait bientôt faire un si déplorable usage.

Le duc de Guise n'aurait pas vu sans allar-
mes les effets que devait produire la paix de
Saint-Germain, si les intentions qui l'avaient
dictée eussent été sincères. Les calvinistes y
trouvaient d'assez grands avantages pour qu'ils
dussent s'en contenter. Coligny avait pris en
horreur les guerres civiles; il avait obtenu pour
lui et pour ses compagnons d'armes, toutes les
garanties qu'il désirait; il reparaissait à leur tête,
auprès d'un monarque qu'ils avaient toujours
prétendu servir, en combattant le parti dont
ils le voyaient l'esclave. Tous les hommes de
bien se ralliaient, toute différence de culte et
d'opinion pouvait se confondre dans l'oubli du
passé. Leurs armes, unies à celles des catholiques,
allaient frapper le tyran des Pays-Bas : après

un demi-siècle de malheurs, la France allait
se relever plus puissante et plus prospère.

Ce n'était pas cet avenir qui pouvait plaire
à celui qu'un criminel traité venait d'unir à
Philippe II; ce n'était pas cet oubli du passé
qui pouvait calmer cette âme brûlante d'une
soif immodérée d'ambition et de vengeance. Principal complice, s'il n'était l'auteur de l'horrible
conjuration formée dans cet infâme cabinet,
arsenal de tous les genres de corruptions et de
crimes, Guise dissimulait, comme le lâche et
cruel monarque, ses projets sanguinaires; il
jouissait, par avance, du résultat qu'allait bientôt avoir l'aveugle confiance des loyales victimes,
qui venaient, elles-mêmes, présenter leurs têtes
au fer des assassins. Enfin, le moment venu,
il requiert et obtient pour lui, les prémices
du sang qu'on va répandre. Maurevel est
chargé d'assassiner Coligny; celui-ci reçoit deux
blessures graves, mais ses jours ne sont point
en danger; cet attentat doit alarmer les protestants et leur annoncer le sort qu'on leur ap-
prête; il faut hâter l'exécution qu'on médite.
La reine-mère, dans le conseil qu'elle réunit,
rappelle tous les torts que se sont donnés les
protestants depuis la mort de Henri II; elle
les montre comme continuant leurs entreprises

pour l'abolition du culte catholique, comme
aspirant au renversement du trône ; elle fait sentir combien il est avantageux de profiter de l'heureuse occasion qui livre tous leurs chefs, réunis
dans la capitale, à une prompte exécution. Le
roi hésita d'abord à adopter l'horrible proposition de sa mère ; mais, habitué à une soumission aveugle à toutes ses volontés, il finit par
consentir, non-seulement à la mort de Coligny,
mais à celle de tous les huguenots, *afin*, dit-
il, *qu'aucun d'eux ne pût jamais lui faire de
reproches.* »Monseigneur de Guise, dit Tavanes,
»est envoyé quérir, sous prétexte duquel est ré-
»solue l'exécution ; il lui est permis d'aller tuer
»l'admiral, venger la mort de son père ; il y
»court, il y arrive avant le jour, enfonce les
»portes avec les gardes de Sa Majesté, l'admi-
»ral cognut sa mort : adverti que c'estaient les
»gardes du roi qui l'attaquaient, admoneste ses
»amis de se sauver, qui montent sur les toits.
»Besmes, Haultefort touvent l'admiral sur pied,
»en l'appréhension de la mort ; se sentant leurs
»espées se glascer dans son corps, il prolonge
»sa vie, embrasse la fenestre pour n'être jetté
»en bas, où tombé, il assouvit les yeux du fils
»dont il avait fait tuer le père.«

Ce n'est pas assez pour Guise d'avoir assouvi

sa vengeance, et de repaître ses yeux du cadavre de l'illustre victime qu'il foule sous ses pieds; la tête de Coligny, qu'il envoie à la reine-mère, va faire partager à cette abominable femme l'horrible jouissance qu'il savoure : tel est le sanglant trophée dont il lui fait un digne hommage. Ce premier crime n'est que le début des assassinats qu'il fait exécuter par les gardes du roi qui le suivent, et par la populace qu'il ameute et qu'il encourage : *C'est le roi qui l'ordonne,* dit-il, *n'épargnez aucun des huguenots, le roi le veut ainsi.* Il n'est que trop bien secondé par cette tourbe en fureur, dirigée par les Montpensier, les Gondi, les Tavanes, dont la cruauté fait valoir la *modération* de leur chef. Plus de trois mille cadavres étendus dans les rues de la capitale, sont précipités dans la Seine. *Ce sont les Guise, disait-on, qui commettent ces attentats : tout s'est fait par mes ordres, dit le farouche et cruel monarque,* au parlement auquel il ordonne d'instruire contre la mémoire de Coligny; *vous connaissez vos devoirs,* ajouta-t-il, *je vous charge de faire le procès à la mémoire du chef des rebelles, à tous ses adhérents et complices.* Guise est donc disculpé, il n'est plus le moteur et le chef de ces horribles assassinats; c'est un sujet

9

zélé qui a obéi aux ordres de son souverain.

Cette sanglante exécution, qui s'étendit par tout le royaume, ne détruisit pas le calvinisme, parce que ce n'est pas dans le sang des martyrs, que s'éteignent les erreurs religieuses. En divisant les Français en deux partis, celui des assassins et celui des victimes, le duc de Guise se trouva placé à la tête du plus nombreux, du plus puissant; un peuple fanatique tout dégouttant de meurtres le proclamait son chef, et Rome voyait en lui le sauveur de la religion; le cruel monarque, désormais livré aux remords de sa conscience, cherchait dans son complice un appui à sa faiblesse. Guise, soutenu par le fanatisme, dominait donc à la fois le roi et le peuple; jamais son crédit ne s'était élevé si haut; lui seul recueillait ainsi les fruits de l'horrible victoire qu'il venait de remporter sur ses ennemis. Les massacres de la Saint-Barthélemi avaient renversé les obstacles que pouvait rencontrer son insatiable ambition; il pouvait dèslors marcher droit à son but.

La reine-mère, en voyant les développements de cette puissance, en calculait trop bien les effets pour ne pas s'efforcer de les prévenir. C'est par tous les moyens de corruption, qui lui sont si familiers, qu'elle s'efforce, en s'attachant aux

» Guise, de les circonvenir et de les envelop-
» per dans les trames qu'elle ourdit. » Le grand
» crédit que le duc de Guise s'était acquis dans
» le parti catholique, dit Daniel, l'estime qu'il
» avait parmi le peuple, et le grand nombre de
» noblesse qui s'était attachée à lui, étaient une
» ressource assurée pour elle contre les mau-
» vais desseins des rebelles et des autres mé-
» contents. «

Cette union de la reine avec ces princes,
fit naître un autre parti qu'on appela les mal-
contents ou les politiques, à la tête duquel étaient
le duc d'Alençon, les Montmorency, Cossé,
Biron; ceux-ci n'ayant point pris part aux persécutions et aux massacres, contre lesquels ils
avaient hautement manifesté leur horreur, ne
voulaient point fléchir sous les Lorrains, dont
l'autorité toujours croissante, n'avait pour base
que ces crimes. Ce parti prit plus de consistance, après le départ du duc d'Anjou, élu roi
de Pologne. Le duc d'Alençon, prévoyant la fin
prochaine de Charles IX, se préparait à disputer le trône à son frère, qui ne pourrait peut-
être se séparer facilement de ses nouveaux sujets.
Il réunit donc les mécontents, et profitant des
dispositions favorables que sa conduite lui avait
méritées de la part des protestants, il s'en forme

un parti, avec lequel il se dispose à renverser les
Guise, et à se soustraire à l'empire de sa mère.
Mais, soit par lâcheté, soit par fourberie (car
l'une et l'autre supposition peut être admise de
la part de celui dont on a dit que, *si toute l'infi-
délité était bannie de la terre, il la pourrait repeu-
pler*), les projets du parti sont déjoués, les
chefs sont arrêtés ; ceux qui parviennent à s'échapper vont se rallier aux protestants, qui se sont
levés en masse par toute la France. Le prince
de Condé qui s'était retiré en Allemagne, où
il avait abjuré le catholicisme, y lève des troupes
que renforcent les calvinistes qui viennent le
rejoindre, et celles que lui fournissent les princes
d'Outre-Rhin.

Le royaume était à la fois livré aux horreurs
de la guerre intestine, et menacé d'une invasion étrangère. Pendant ce temps, Charles IX,
attaqué d'une affreuse maladie, qu'on ne peut
considérer que comme un châtiment du ciel,
invoquait la mort, gissant dans un lit tout baigné
de son sang ; autour de lui, se formaient des conjurations, s'ourdissaient de nouveaux crimes, se
prononçaient des arrêts de vengeance, comme
si, avec les inexprimables souffrances auxquelles
il était en proie, son âme eût dû éprouver toutes
les anxiétés et tous les tourments. Enfin la mort

mit fin à son supplice, mais elle épargna la furie qui devait exercer encore long-temps sa funeste influence sur le royaume. Catherine de Médicis, ou plutôt les Guise conservaient les rênes de l'état jusqu'à l'avènement de Henri III.

Le duc de Guise ayant pris le commandement de l'armée opposée à celle que le prince de Condé conduisait au sein du royaume, laissa Montmorency-Thoré, qui était à la tête d'une forte avant-garde, s'avancer imprudemment dans l'intérieur de la Champagne. Il l'atteignit à Dormans, près de Château-Thierry, le 10 Octobre 1575. Après un furieux combat, dans lequel les troupes allemandes furent taillées en pièces, Montmorency parvint à se faire jour, et à rejoindre, après beaucoup de périls et la perte de presque tout son corps, le prince de Condé. Le duc de Guise se livrant avec acharnement à sa poursuite, fut blessé d'un coup de feu à la joue gauche, au-dessous de l'œil : cette blessure, dont la cicatrice subsista toujours, lui valut le surnom de Balafré, et ajouta encore, par une ressemblance de plus avec son valeureux père, à l'idolatrie du peuple, qui, en le considérant, *disait que la destinée des princes de cette maison était d'être non-seulement les protecteurs, mais encore les martyrs de la véritable religion, pour laquelle ils prodiguaient leur sang en toutes rencontres.*

La blessure du duc de Guise l'obligea de s'éloigner de l'armée, et de ne prendre aucune part à la suite de la campagne de 1575; pendant ce temps, il fortifia son crédit à la cour, et augmenta dans le peuple le nombre de ses partisans; les événements concoururent à ses succès, et il sut bientôt en tirer un habile parti. La confédération du duc d'Alençon, du roi de Navarre et du prince de Condé inspirait de justes alarmes à la cour. La reine-mère, qui avait sur Henri III le même ascendant que sur son prédécesseur, jugea qu'à tout prix, même à celui de l'honneur, il fallait rompre l'union des princes, sauf à trahir plus tard toutes ses promesses, tous ses engagements : la paix fut signée à l'abbaye de Beaulieu, près de Loches, et l'édit de pacification accordant aux protestants au-delà de leurs espérances, fut enregistré au parlement de Paris, le 14 Mai 1576. Cet édit, loin de pacifier, ne fit qu'aigrir de plus en plus les esprits : ce qui satisfaisait les protestants, irritait les catholiques, qui prétendaient que cet acte était la ruine de la religion dans le royaume. Il fallait donc, en cette occurrence, comme naguère à la pacification de Saint-Germain, entretenir et accroître l'agitation des esprits, et aigrir de plus

en plus les inimitiés. C'est ce que fit habilement le duc de Guise, qui, profitant du mécconten-
tement des catholiques, voulut donner à ce parti
une consistance qu'il n'avait pas eu jusqu'alors,
en en formant cette confédération qu'on appela
dès-lors la sainte ligue, dont le but spécieux
était d'empêcher que la religion catholique ne
succombât sous les efforts de l'hérésie ; mais dont
le but réel fut, pour celui qui en était le pro-
moteur et le chef, le renversement des Valois,
la destruction des Bourbons, et l'élévation au
trône de la maison de Guise. Des associations
se forment dans différentes parties du royaume,
sous des dénominations mystiques de confré-
ries, de sainte union ; les affiliés prêtent des
serments, ont des signes de ralliement, et cor-
respondent entr'eux par les divers moyens qu'em-
ploient toujours des conspirations formées sous
le masque de la religion. La noblesse de Picardie
et les magistrats de Péronne signent et publient
un manifeste contre les hérétiques ; par-tout le
feu de la guerre civile se rallume ; par-tout les protestants sont insultés, poursuivis, assassinés. Ce
même duc d'Alençon, naguère chef des forces
combinées avec lesquelles on venait de traiter,
se déclare contre l'édit de pacification qu'il venait d'obtenir. Le monarque qui l'avait rendu

le foule aux pieds, et n'hésite pas à attacher son nom au manifeste de l'insurrection, qui l'avilit et le confond, sous la bure du flagellant, dans la tourbe qu'il prétendait diriger et que domine le génie de Guise. Le duc connut aux états de Blois que le temps n'était pas encore venu de dévoiler ses projets, aussi, dans l'avis qu'il fut appelé à donner, son écrit très-court n'offrait-il qu'incertitudes et ambiguités. Il fallait se masquer plus que jamais, au moment où le chef du royaume lui ravissait la conduite de la ligue. Mais constant dans la marche qu'il avait adoptée, au moment où il semblait fléchir, il usait des moyens les plus insidieux pour avilir le monarque, en faisant connaître la dissolution de ses mœurs, et ses scandaleuses extravagances, qui devaient l'accabler du mépris de ses sujets. C'est ainsi qu'aux acclamations de vive la noblesse, vive le duc de Guise, il suscite et anime un duel dont les suites fatales firent éclater au grand jour les honteuses faiblesses auxquelles on refusait encore de croire. Le roi avait menacé de punir celui qui venait de tuer ses favoris; attaquer d'Entragues, c'est m'attaquer moi-même, dit Guise, et il n'en fut plus parlé. Peu de temps après, Saint-Mégrin paya de sa vie un outrageant propos proféré contre les princes de Lor-

traine. Le peuple, indigné des débauches, et révolté des concussions de ces indignes favoris, répondait par ses applaudissements à la douleur du
lâche monarque, et voyait, dans l'auteur de
leur mort, un vengeur des bonnes mœurs et un
défenseur de la fortune publique. C'est ainsi
que chaque jour le duc de Guise faisait des progrès dans la faveur populaire, et se préparait
les voies vers le trône, en rendant méprisable
et odieux celui qui l'occupait. Pendant que
Guise fortifiait ainsi son parti, il continuait ses
intrigues à Rome et à la cour de Philippe II.
Il dirigeait par ses affidés les mouvements des
Pays-Bas, en même temps qu'il suscitait des
embarras journaliers à la cour de France. Ses
agents les plus actifs, les plus dévoués et les
plus adroits étaient dans cette célèbre compagnie, qui, fondée en 1540, condamnée dès sa
première apparition en France comme dangereuse, et plus propre à détruire qu'à édifier,
admise légalement en 1561, malgré les oppositions des parlements, de l'université et de la
Sorbonne, était déjà nombreuse et commençait
à figurer, comme elle n'a cessé de le faire, dans
tous les attentats dont le résultat devait être
utile à l'accroissement, non de la foi, mais
de sa puissance temporelle et de celle du Saint-

Siége. Les jésuites propageaient dans leurs livres
et leurs prédications, le funeste principe que
le pouvoir de lier et de délier donne au
pape le droit d'investiture de toute souveraineté, que tout souverain méconnu ou condamné par le successeur de Saint-Pierre, n'est
qu'un tyran.

La propagation de ces principes subversifs,
était éminemment utile aux intérêts et aux desseins
du duc de Guise, au moment où il venait de
faire publier une généalogie qui faisait descendre
la maison de Lorraine de la seconde race de
nos rois. En le portant au trône, le pape lui
restituait le bien de ses ancêtres (1).

---

(1) Il était occupé de ces intrigues, il entretenait les
rapports les plus assidus avec les coryphées de la compagnie de Jésus, quand il vint, pour la première fois,
à Eu, au mois de Juillet 1578. La tradition a conservé et
transmis le souvenir des émissaires de la ligue qui vinrent,
pendant ce séjour, auprès du duc de Guise. On voit
encore un tertre sur lequel se tenaient ces mystérieuses
conférences. Celui des conjurés qui y vint le plus souvent, fut le père Matthieu, provincial de la compagnie
en France, qui obtint du duc l'érection et la dotation
d'un collége à Eu, où furent établis, en 1582, vingt-cinq
pères jésuites. V. la note 6ᵐᵉ, à la fin de l'Ouvrage.

C'était ainsi que le duc de Guise tendait vers son but; le moment d'éclater ne lui semblait pas venu, mais cette lenteur n'était que l'effet de sa haute prudence; le peuple et le clergé étaient pour lui, mais une partie de la noblesse, au moment de l'exécution, eût hésité, eût reculé, tant par jalousie, que par horreur de l'attentat; les parlements qui, à cette funeste époque, s'illustrèrent par un courage égal à celui des sénateurs romains périssant sur leur chaise curule, eussent été inflexibles. Il fallait donc attendre; mais le moment ne tarda point à arriver : la mort du duc d'Anjou (1584) assurait le trône au roi de Navarre, chef des hérétiques; Guise rassemble les chefs des ligueurs, il échauffe, anime leur zèle pour la défense de la religion; il leur peint le danger qui la menace, si le roi de Navarre parvient à la couronne. Il leur montre le moyen d'échapper à ce péril, en appelant au trône le vieux cardinal de Bourbon. Mais sentant qu'il peut n'être pas sûr pour lui-même de fomenter ces conjurations, au sein de la capitale, et sachant qu'aucun forfait n'est dans le cas d'arrêter une cour, où tous les genres de crimes ont été commis, il trouve plus sûr de s'en éloigner. Affectant le mécontentement, il déclare qu'il se retire à Nanci, et il part avec dix princes, ses oncles, ses frères ou ses cousins. C'est-là qu'il appelle tous les chefs de la ligue qui se rendent en foule auprès de lui. Pouvant alors se déclarer ouvertement, le tableau qu'il fait de la France exalte ses auditeurs, qui, renouvellent leurs serments régicides, déclarent successeur de la couronne le cardinal de Bourbon, et prononcent l'exclusion de tous les princes hérétiques. Le duc de Guise est proclamé lieutenant-général du royaume, protecteur de la sainte union. Profitant de cet enthousiasme, il se trouve bientôt à la tête d'une armée avec laquelle il envahit un tiers du royaume. A chaque pas qu'il fait, tous ceux qui avaient souscrit à la ligue viennent se joindre à ses drapeaux. Le roi, pendant ce temps, confiné dans le Louvre, est épouvanté des cris menaçants des ligueurs; la reine-mère vole au-devant du danger, et va conférer avec le duc qu'elle rencontre à Epernay. Selon son usage, elle use des moyens de séduction de tous les genres, pour le succès de sa démarche; elle subit avec résignation tous les outrages, et parvient à obtenir de la faiblesse du cardinal de Bourbon, le traité le plus honteux que souverain ait jamais souscrit. Le roi avouait tout ce qu'avait fait la sainte union. Il révoquait tous les engagements pris et les pro-

messes faites aux protestants, et, pour garantie
de ce traité, chacun des chefs des ligueurs avait
plusieurs places en sa dépendance. Les dépenses
de l'armée devaient être acquittées par le roi ;
les princes Lorrains et le cardinal de Bourbon
étaient en droit d'entretenir, près de leurs personnes, des gardes : à ce prix, la ligue consentait à sa dissolution, mais ses chefs restaient
maîtres des gouvernements les plus importants,
et occupaient des places de sûreté dans la Champagne, les trois évêchés et la Bourgogne, qui,
par leur situation, leur fournissaient les moyens
de se réorganiser.

On conçoit difficilement que le duc de Guise,
ayant conduit les choses à ce point, ait consenti
à s'arrêter et à traiter avec une cour dont il connaissait mieux que tout autre la perfidie. Il avait
révélé la marche qu'il allait tenir en proférant
ces paroles : *quand on a tiré l'épée contre son
roi, il faut en jeter le fourreau.* Comment révo-
que-t-il cette résolution, et croit-il que si les
armes des deux partis sont en faisceau, la guerre
ne va pas continuer contre lui par le poison
et le poignard ? Les uns voient dans sa conduite plus d'orgueil que d'audace, les autres
en donnent une explication plus probable. Il
connaissait trop bien le parti qu'il pouvait tirer

du peuple, pour hésiter à se porter sur la capitale ; mais à ce moment même, il acquiert la
certitude que la politique de la cour de Rome est
changée, et qu'une parole proférée de la chaire
de Saint-Pierre peut à l'instant faire évanouir sa
puissance. Il sait que Philippe II, en fomen-
tant les troubles sous le prétexte de la religion,
ne veut que l'affaiblissement, que la ruine du
royaume, mais que, par cette même raison, il
refusera son appui à l'usurpateur qui tiendrait
d'une main ferme les rênes du gouvernement
tombées des mains du faible Valois. Le traité
de Nemours ne détruisait donc pas les espérances du duc de Guise ; il différait seulement
l'exécution de ses desseins ; il contenait tous les
éléments nécessaires pour entretenir et accroître
le feu de la ligue, et lui donnait les moyens
de rallumer l'incendie quand il le voudrait. Il
porte alors toute son activité vers l'intrigue ; il
anime d'un nouveau zèle tous les chefs du parti,
et au mépris de la clause du traité par laquelle
il s'était engagé à renoncer à toutes ligues et
associations, au-dedans comme au-dehors du
royaume, il forma cette monstrueuse union des
Seize, qui, agissant plus à découvert que celle
de Péronne, jurait l'anéantissement de l'hérésie, de l'hypocrisie et de la tyrannie, c'est-à-

dire, le renversement du monarque qu'ils ac-
cusaient à la fois d'hérésie, d'hypocrisie et de
tyrannie. Assuré de la puissance de son parti,
Guise exige et obtient que le roi déclare la guerre
au roi de Navarre, au moment où il venait de
négocier pour amener ce prince à s'unir avec lui.
Il va plus loin, et propose une croisade contre
les huguenots : mais le pape Sixte-Quint refuse
de reconnaître explicitement la ligue ; il consent à fulminer l'excommunication du roi de
Navarre et du prince de Condé, comme hérétiques relaps, et les déclare l'un et l'autre indignes de succéder à la couronne ; il sauve ainsi
les prétendus droits du Saint-Siége, mais il est
trop éclairé pour légitimer l'insurrection des
peuples contre leurs souverains.

Le duc de Guise soutient et excite le zèle des
Seize, qui, redoublant d'audace, publient un mémoire qu'ils envoient à tous les ligueurs. Ils
exposent la nécessité de se lever en masse contre
les hérétiques, pour les écraser et repousser les
alliés qu'ils attendent de l'Allemagne, de nommer le cardinal de Bourbon protecteur du parti
catholique, et *monseigneur* de Guise, et les
princes ses frères, défenseurs de la foi, enfin
d'employer tous les moyens d'empêcher que
le roi, porté par les gens malins qui le pos-

sèdent, n'établisse les hérétiques en ruinant les catholiques.

Le duc de Guise éprouva qu'il est plus difficile de diriger des factieux, qu'il ne l'est de les soulever ; il eut souvent de l'embarras pour modérer leur exaltation et leur projets irréfléchis. Obligé de s'en séparer, pour ouvrir la campagne contre le duc de Bouillon, il laisse à Paris le duc de Mayenne : cette campagne, dont l'histoire ne transmet aucune action, se termina bientôt par une trêve, après laquelle Guise vint trouver le roi à Meaux. Dans cette conférence, ses remontrances deviennent plus exigeantes; il se plaint des infractions du traité de Nemours, de la prévention avec laquelle étaient vus et traités les personnages connus pour être dans les intérêts de la ligue; il demande la réparation du tort fait au cardinal de Pellève par la saisie de son temporel, etc.

Malgré l'insolence de ces réclamations, il obtient tout ce qu'il exige; des dispositions sont prises pour l'expulsion immédiate des calvinistes qui, jusque-là, s'étaient confinés chez eux, sans prendre part aux troubles ; des troupes sont rassemblées pour se porter à la fois sur le roi de Navarre, et au-devant de quarante mille étrangers qui allaient entrer dans le royaume. Le roi

prend en personne le commandement de l'armée
qui allait se porter sur la Loire, pour en défendre le passage, pendant que le duc de Guise,
avec un corps peu nombreux, est chargé de soutenir le premier effort des Allemands, qui en-
traient par la Lorraine. Trop faible pour chercher à les combattre, il parvint, par l'habileté
de ses manœuvres, à les inquiéter, à les fati-
guer continuellement, et à leur faire éprouver
des dommages partiels, qui finirent par égaler
les avantages d'une victoire. Marchant sans cesse
sur leurs flancs, il les harcelait, leur coupait
les vivres, enlevait les fourrageurs. Ils faisaient
ainsi des pertes journalières, pendant que le
duc de Guise se renforçait. Ils arrivèrent enfin
devant la Charité, dans un état bien différent
de celui où ils étaient lors de leur entrée dans
le royaume; ils trouvèrent tous les passages in-
terceptés, tous les bateaux enlevés, et le roi en
personne, à la tête de son armée, rendait impraticable toute tentative pour forcer le passage.
Les ennemis se voyant alors avec une juste inquiétude au centre d'un royaume, dont la population se soulevait contre eux, ayant en tête
et sur leurs flancs, deux armées françaises qui
les pressaient, et dont les manœuvres les pla-
çaient dans un état de blocus, qui devait les

détruire partiellement, prirent le parti de gagner
la Beauce, pour y prendre des quartiers, y trouver des vivres et attendre le résultat des efforts
que ferait le roi de Navarre, pour les tirer de
cette position critique. Le duc de Guise calcu-
lant l'effet moral que devait produire la nécessité d'une telle retraite, jugea qu'il ne fallait
plus s'en tenir à une marche de flanc, et à une
guerre d'escarmouche, et que moins fort nu-
mériquement, il l'était bien plus par la confiance
dont étaient animés ses soldats; il redouble donc
d'activité, il les surprend et les attaque à Vimori,
contre l'avis du duc de Mayenne, à qui il dit,
en cette occasion, ce mot que l'histoire a retenu : .
*Ce que je ne résoudrai pas en un quart d'heure,
je ne le résoudrai pas en toute ma vie.* Il les
harcelle, les bat chaque jour dans des affaires
partielles; enfin il leur inspire un tel découragement, que la discorde les divise; les Suisses
traitent particulièrement avec le roi, qui les
prend à son service; cette armée, déjà si réduite,
est défaite au combat d'Aulneau; enfin, par un
traité signé à Marsigny, le 8 Décembre 1587,
ses débris obtiennent la faculté de retourner
en Allemagne.

Quoique le succès de cette campagne fût dû
aux bonnes dispositions prises par le roi, qui,

en cette occasion, montra un courage, une activité, une présence d'esprit dignes des plus
grands éloges, tout l'honneur en fut attribué au
duc de Guise, qui acquit sur le peuple un nouvel ascendant. *Saül, disaient en chaire les pré-
dicateurs de la ligue, en a tué mille, mais
David en a tué dix mille.*

Après la campagne, le duc de Guise se rend
à Nanci, où il a convoqué tous les principaux
chefs de la ligue; là, on outre encore les mesures prises dans les assemblées précédentes,
on rédige en onze articles les conditions qui
doivent être imposées au monarque. Plus elles
sont exagérées, plus on compte sur les difficultés
qu'il fera de les accueillir; plus elles sont ri-
goureuses envers les protestants, plus on espère
porter ceux-ci aux excès du désespoir. Guise se
dispose à revenir à Paris; les émissaires dont
il s'est fait précéder, ont publié les résolutions
prises par la sainte union, ont organisé des préparatifs militaires; les compagnies bourgeoises
sont prêtes à prendre les armes au premier signal.

L'on n'attend que sa présence pour agir, c'est-
à-dire, pour précipiter du trône le souverain.
Guise était à Soissons, quand le roi lui envoya
par Bellièvre l'ordre de ne point passer outre.
Il répond qu'il ne peut se dispenser de désobéir,

son honneur lui faisant un devoir de se disculper des accusations dont il est l'objet. Le 9 Mai 1588, n'ayant pour escorte que sept personnes, gentilshommes ou domestiques, il entre à Paris, par la porte Saint-Denis; la foule qui s'est portée à sa rencontre, s'augmente à chaque pas; c'est avec ce cortége qu'il va descendre à l'hôtel de Soissons. La reine-mère, surprise de cette arrivée inattendue, dissimule l'inquiétude que lui inspire la vue du cortége qui s'est formé autour de Guise. Elle le félicite sur son retour, et elle lui fait espérer, quoiqu'elle sache bien le contraire, que le roi le reverra avec autant de confiance que de satisfaction; elle veut l'accompagner elle-même, et pendant qu'elle prolonge les préparatifs de sa sortie, elle dépêche auprès de son fils, pour lui annoncer la visite du duc de Guise. Le roi, vivement blessé de l'audace du rebelle, qui vient l'affronter au sein de son palais, voudrait le punir d'une manière terrible; mais trop faible pour risquer un attentat qui pourrait avoir des suites funestes pour lui-même, il se résout à l'attendre.

Guise accompagne la reine, en suivant seul et à pied, la chaise de cette princesse. Le peuple, à sa vue, éclate aussitôt en acclamations tumultueuses; *vive Guise, vive le pilier de l'église,*

le défenseur de la religion catholique, le sau-
veur de Paris; les rues, les fenêtres, et jusque
sur les toits des maisons, tout était rempli d'une
foule immense; les plus proches de lui, non
contents de le saluer, fléchissaient les genoux,
lui baisaient les mains et les habits; et il n'y
eut point dans cette ivresse de la populace, de
démonstration et de témoignage d'amour, de
respect et de vénération, qu'elle ne s'empressât
de lui donner. Il y répondait, le chapeau à la
main, saluant à droite et à gauche, avec cet air
honnête et populaire qui lui était naturel, et
qui ne lui avait jusqu'alors que trop bien réussi,
à l'égard de tous ceux qu'il avait entrepris de
séduire. Il fut conduit de la sorte pendant tout
le chemin, et arriva au Louvre, jusqu'où ce
bruit et les applaudissements retentissaient.

Lorsqu'il eut franchi l'entrée du palais, l'accueil glacial qu'il reçut des gardes rangés sur
un double rang, lui fit sentir l'imminence du
péril où il s'était jeté, mais il ne lui était plus
possible de rétrograder. Certes, sans la crainte
de voir cent mille hommes se précipiter dans
le Louvre, pour y venger leur idole, le roi
eût profité de l'occasion qui lui était offerte,
et un coup de poignard renversait l'audacieux.
Guise, échappé à ce danger, appelle les Seize,

et leur dit que le moment d'agir avec la dernière vigueur est venu, que le roi paraît décidé,
de son côté, à s'entourer d'une force imposante;
qu'il ne faut pas attendre que le *tyran* ait réuni
des troupes, qu'il faut lui en opposer.

Alarmé des mouvements insurrectionnels qui
s'aggravent d'heure en heure, le roi fait dou-
bler sa garde, le duc de Guise en fait autant
à son hôtel, devenu le quartier-général du parti.
Les bourgeois s'arment et se réunissent dans leurs
quartiers, tout annonce une prochaine et terrible explosion. La reine-mère parlemente, le
duc de Guise consent à aller conférer avec elle,
mais cette fois, il se rend à l'hôtel de Soissons,
escorté de quatre cents gentilshommes cuirassés
et portant des pistolets sous leurs manteaux.
Le Jeudi 12 Mai, quatre mille Suisses et deux
mille hommes d'infanterie française, entrent dans
Paris, sous le commandement du maréchal de
Biron, et vont prendre poste aux points qui
leur sont indiqués. L'arrivée de cette troupe fait
éclater la fureur du peuple ; de toutes parts,
on entend le cri d'alarme ; chacun s'empresse
de barricader toutes les rues, en les fermant avec
des chaînes et en les encombrant de voitures, de
tonneaux remplis de terre, de fumier ; les femmes
placées aux croisées, tenaient des vases pleins

de matières inflammables, pour les jeter sur les assaillants; la fureur éclate par des cris, par des menaces effroyables. En un instant, les troupes auxquelles défense avait été faite d'agir, sont bloquées, barricadées dans leurs postes. Dans cette extrémité, la reine se rend à l'hôtel de Guise, pour supplier le duc d'user de son cré- dit sur le peuple, afin de le ramener au devoir; le duc lui répond qu'il est étranger à ce mou- vement, qu'il n'en faut accuser que les perfides conseillers qui ont dirigé le monarque dans une fausse route, en le rendant le persécuteur des bons catholiques; qu'il est résolu à ne point quitter Paris, mais qu'il va faire ce qui dépend de lui, pour arrêter l'effusion du sang.

Déjà néanmoins le sang avait coulé : soixante à quatre-vingts Suisses qui avaient franchi les barricades, venaient d'être massacrés, tous les autres sommés de se rendre. Le duc sort de son hôtel, sans armes, une canne à la main; à sa voix, toutes les barricades s'ouvrent; les Suisses mettent bas les armes, et il les envoie en cet état au Louvre. Les gardes françaises peuvent garder leurs mousquets, mais sont obli- gés de les tenir baissés, et le chapeau à la main. Ainsi se calme et se termine l'orage qui gron- dait sur le Louvre. Il était impossible d'accu-

muler plus d'outrages sur le souverain; menacé
par un peuple immense, qu'un mot pouvait
lancer dans le palais, devenu sa prison, il était
tout-à-fait dans la dépendance du chef audacieux
de l'insurrection. Qui empêcha donc, en ce
moment fatal, le duc d'accomplir son projet?
»Les prétendants à la couronne, dit Montaigne,
»trouvent les échelons jusqu'au marchepied du
»trône, petits et aisés, mais le dernier ne se
»peut franchir pour la hauteur.« C'est ce dernier échelon qu'il avait à atteindre; il hésita,
non par défaut de courage et d'audace, mais
parce qu'il aperçut toute la profondeur du pré-
cipice où il pouvait tomber. Tout le parti dont
il était le chef, l'aurait-il soutenu dans une usurpation, qui eût été le résultat du régicide? Non,
sans doute; la masse est enlevée par une poignée de fanatiques, elle en partage un instant
les excès, mais elle se désabuse bientôt, et
s'irrite d'avoir été trompée. Guise pouvait laisser la populace enfoncer les portes du palais, et
abandonner à sa fureur le sort du monarque,
mais il préférait, comptant sur sa faiblesse,
l'amener au point d'abdiquer en faveur du
cardinal de Bourbon; il eût alors effectivement régné, à l'ombre de ce mannequin, et il
ne se souillait pas d'un grand crime. Avec

de telles intentions, comment le duc de Guise
se laissa-t-il tromper par la reine ? Le roi prévoyant, par ce que les séditieux avaient fait,
ce qu'ils se disposaient à faire, trompe leur sur-
veillance et fuit de la capitale. Guise profite de
la fureur du peuple, pour s'emparer de la Bastille,
de l'Arsenal, et de toutes les villes et châteaux
de la banlieue de Paris, afin d'assurer à la fois
l'approvisionnement et la défense de la ville ;
mais couvrant toujours ses desseins d'un voile
de respect pour le trône, il continuait à négocier avec la reine, restée à Paris, et il in-
sinuait aux Parisiens l'idée de députer vers le roi,
pour le prier de rentrer dans sa capitale, et
de lui prouver qu'ils n'en avaient pas voulu à sa
personne. Le roi se refusa à revenir, mais par
l'édit de réunion, signé à Rouen, il se déclara
de nouveau chef de la ligue, approuva ou pardonna toutes les entreprises de cette *sainte asso-
ciation*, lui livra un grand nombre de villes,
de gouvernements, s'engagea à convoquer les
états-généraux à Blois, enfin, il nomma le duc
de Guise lieutenant-général du royaume.

Guise connaissait trop bien Henri III, pour
se fier à ses promesses et à ses engagements ;
il sentait que, pour se maintenir au pouvoir, il
fallait que les états-généraux ne fussent com-

posés que de ses partisans et de ses créatures :
des instructions secrètes sont envoyées de toute
part, et de toute part on n'élit que des ligueurs. Les états s'ouvrent le 16 Octobre. Le
duc, tout en affectant le respect pour le monarque, prouve assez que c'est lui qui va régir l'assemblée ; dès les premiers jours, il fomente des
rixes, des insultes, et il fait naître toutes les
occasions de braver le faible monarque, afin de
l'avilir en face des députés des trois ordres.
Henri, en renouvelant ses serments de fidélité
à la sainte union, obéissait à la puissance du
chef du parti ; tenant en main les preuves de
la complicité de Guise dans l'invasion faite par
le duc de Savoie, il demanda vainement à l'assemblée, la déclaration de guerre contre ce souverain ; Guise s'y opposa, disant qu'il fallait
d'abord exterminer les hérétiques, et qu'il se
chargeait après, d'aller faire rendre gorge au duc.
Dans les divers objets mis en délibération, Guise
exerça toujours la plus grande influence. Il combattit et fit rejeter les propositions du roi ; il
fit soutenir et prévaloir les maximes ultramon-
taines, contre les libertés de l'église gallicane,
en faisant admettre le concile de Trente ; enfin
il fit prononcer l'exclusion du roi de Navarre,
de la succession au trône, bien que Henri se

réservât de faire une nouvelle tentative vis-à-vis
de ce prince : la diminution des impôts fut un
autre levier qu'il fit agir, afin de s'attirer l'affection et la reconnaissance du peuple.

Ainsi le conspirateur marchait à son but, en
fortifiant de plus en plus ses adhérents ; les Seize,
dans Paris, entretenaient l'exaspération du peuple ; la ligue acquérait dans le reste du royaume
plus de consistance ; l'assemblée appelée pour
donner au souverain des avis, des conseils,
délibérait et prenait des résolutions ; déjà fer-
mentaient dans son sein des idées d'indépendance, et prévalait la prétention de ramener les
choses au point où elles furent, dans les premiers âges de la monarchie. Guise allait donc
arriver *légalement* au comble de ses espérances ;
le moment était prévu, calculé. Plus ce moment approchait, plus le duc de Guise exigeait
de soumission à ses volontés, de la part de sa
famille. Sa hauteur mécontenta ses parents, qui,
en cette occasion, cherchant à se venger des
torts qu'ils lui reprochaient, voulurent entraver
sa marche, en avertissant le roi des desseins alar-
mants du chef de leur maison ; en même temps
on rapporte au monarque que la duchesse de
Montpensier, sœur du duc, a déclaré hautement qu'elle espère bientôt faire usage de ses

ciseaux, pour couper les cheveux à l'indigne prince, qui occupe le trône de France, afin qu'après qu'on l'aurait enfermé dans un monastère, un autre plus digne que lui de gouverner le royaume soit mis en sa place, et répare le tort que la lâcheté de son prédécesseur a fait à l'état et à la religion.

Le roi, voyant l'imminence du danger, reconnut qu'il n'y avait plus à temporiser, et qu'il y allait bientôt de son trône et peut-être de sa vie, s'il ne prenait une résolution énergique ; il réunit donc ceux dans lesquels il place sa confiance, il les constitue en une sorte de tribunal secret, et leur demande si de tels griefs ne sont pas de nature à le déterminer à faire usage de la puissance qu'il a reçue de Dieu? L'avis est unanime, et la mort du duc de Guise est résolue. Des dispositions sont prises pour exécuter cet attentat; mais quelque mystérieux que soit ce projet, le duc de Guise est prévenu qu'il se trame un complot contre lui ; des avis positifs lui sont donnés, mais il ne peut croire que le roi ait la témérité de courir à une perte assurée. La veille même de l'exécution, il trouve à table un billet, qui l'avertit de prendre garde à lui : il se contente d'écrire au bas : *il n'oserait*. De toute part, il lui revient des avis si-

« nistres; le cardinal de Guise, son frère, la du-
» chesse de Nemours, sa mère, la marquise de
« Noirmoutiers, sa maîtresse déclarée, réunissent
« toute l'influence qu'ils ont sur son esprit, pour
« le déterminer à sauver sa tête des dangers qui
« leur paraissent imminents : »Les états, dit-il,
« »cesseraient de servir mes desseins, s'ils aperce-
« »vaient en moi ce que personne n'y a encore
« »trouvé, un sentiment de crainte.«

Rien ne put changer sa résolution; son arrêt est prononcé, mais les moyens de le frapper ne sont pas faciles. S'il n'a pas encore obtenu les gardes qu'il a demandés, les membres
des états et les nombreux partisans qui l'en-
tourent sans cesse, lui forment une cour assidue, beaucoup plus nombreuse que celle du
monarque délaissé, et relégué dans un coin de
son palais. La fidélité et le dévouement éprouvé
de serviteurs qui l'idolâtrent, le garantissent
de toute tentative sur sa personne. Vainement
cherche-t-on les moyens de l'isoler de sa suite
et de l'attirer dans un guet-à-pens; on prévoit
ce que son sang-froid, sa bravoure et son aspect imposant lui donneront de puissance pour
résister à de vils assassins. On n'*oserait*, comme
il l'a prévu, l'attaquer en face; mais est-il un
crime que n'*ose* l'élève de Médicis ? Il n'est qu'un

seul lieu où l'on puisse attirer, surprendre et
égorger la victime; ce lieu est le *sanctuaire* de
la royauté; c'est-là que la vengeance sera exer-
cée. Le 23 Décembre, le conseil est convoqué
plutôt que de coutume : tous les conseillers sont
présents : Guise seul n'a point encore paru; il
arrive; il a vu en entrant des dispositions militaires inaccoutumées, les vestibules et les esca-
liers du château garnis de troupes; les portes
se sont refermées sur lui. Le souvenir des avis
qu'il a reçus, se retrace alors à son imagination; il frissonne à la vue d'un péril devenu
inévitable; il dissimule néanmoins, en affectant
bonne contenance, mais les efforts qu'il fait sur
lui-même, sont au-dessus de ses forces; il pâ-
lit et tombe en défaillance. »J'ai froid, dit-il,
»en s'approchant du feu, le cœur me fait mal.«
Un moment après, se sentant ranimé, il se rend
à l'ordre du roi qui l'avait fait appeler dans son
cabinet. La porte se referme à l'instant, et
Loignac, avec ses quarante-cinq ordinaires, l'épée
ou la dague à la main, se précipitent sur lui :
Saint-Malines le premier lui enfonce son poignard dans la gorge; tous les autres le frap-
pent en même temps. »Je suis mort; mon Dieu,
»ayez pitié de moi, pardonnez-moi mes péchés. «
Tels sont les seuls mots que profère en tom-

bant le duc de Guise, percé de mille coups.
Dès que la victime eut rendu le dernier soupir, le roi qui n'avait osé assister à l'assassinat, vient repaître ses yeux de cet horrible
spectacle, quand il n'a plus à redouter ce coup
d'œil dont il ne pouvait supporter l'éclat. *Qu'il
est grand,* dit-il, en considérant le corps de
Guise étendu sur le parquet, tout fumant, tout
baigné de son sang! A l'instant il fait arrêter,
dans la salle du conseil, le cardinal de Guise
et l'archevêque de Lyon, et les fait enfermer
dans un grenier du château, en attendant ce
qu'il décidera sur leur sort. Il est effrayé au
premier abord, de l'effet que produira sur les
catholiques et sur la cour de Rome, l'assassinat
d'un prince de l'église ; mais s'il hésite à com-
mettre cet attentat, le fougueux prélat, par la
violence de son esprit, par l'influence de son
caractère sacré, va réunir tous ses partisans
et les appeler à la vengeance. Cette considération le décide, la mort du cardinal est or-
donnée. Mais telle est la puissance du préjugé
religieux, qu'aucun des assassins du duc de
Guise ne veut se charger du meurtre de son
frère ; ils ont cru pouvoir, en sûreté de conscience, tuer traîtreusement le premier, mais ils
se croiraient *damnés* en obéissant aux ordres

du roi contre un cardinal. Le féroce Duguast, capitaine des gardes, moins scrupuleux, se charge de l'exécution, et égorge froidement le prélat.

Telle fut la fin de Henri de Guise, et de son frère, au moment où il touchait au but où n'avait cessé de tendre sa vaste ambition. Les états-généraux, après avoir exclu les Bourbons de la couronne, n'avaient plus qu'à envoyer Valois terminer, dans un monastère, sa honteuse vie. Il s'agissait pour lui de la perte de sa couronne; mais n'était-ce que par un crime atroce qu'il pouvait la prévenir? Le royaume et le camp du roi de Navarre ne contenaient-ils plus des sujets fidelles, qu'indignerait une usurpation violente? La tête de l'orgueilleux étranger roulant sur l'échafaud, eût donné au monde un grand et salutaire exemple; sa fin tragique rendit odieux son assassin, et plongea la France dans de plus grands malheurs que ceux qu'elle venait d'éprouver, en portant au dernier degré l'indignation et la fureur de la ligue.

Les corps des deux frères furent brûlés dans la chaux vive, et leurs cendres jetées au vent, afin que les fanatiques, qui les honoraient déjà comme des martyrs, ne pussent recueillir et vénérer leurs restes comme des reliques. Le tombeau que la duchesse de Guise (Catherine de Clèves), a fait ériger en l'église des jésuites à Eu, n'a jamais contenu aucune parcelle du corps de son époux.

Aussitôt après l'assassinat du duc de Guise, le roi fit arrêter la duchesse de Nemours, sa mère, le marquis d'Elbeuf, le duc de Nemours, le cardinal de Bourbon et le prince de Joinville, devenu duc de Guise par la mort de son père. Il les fit conduire au château d'Amboise, sous la garde de Duguast, qui venait d'assassiner le cardinal de Guise. Ce misérable, prêtant l'oreille aux séductions des ligueurs, était prêt à leur livrer ses prisonniers, moyennant une somme convenue, lorsqu'on en eut connaissance ; on retira alors du château d'Amboise le jeune duc de Guise, et le marquis d'Elbeuf, son cousin, qui furent transférés à Tours.

Les habitants du comté d'Eu devaient partager l'horreur et l'indignation qu'inspira le meurtre du duc de Guise. Ce prince qui, par ses brillantes qualités, exerçait un si grand ascendant sur son parti, avait conquis les cœurs de ses vassaux par sa générosité et par ses bienfaits. Il venait de créer à Eu des établissements utiles, il en projetait de nouveaux, il continuait l'érection des vastes bâtiments du collége, il faisait

Charles
de Guise,
25e Comte

11

élever un château qui devait désormais devenir sa principale demeure : cette ville dut sentir
l'immensité de la perte qu'elle faisait, et déplorer
le sort fatal de son bienfaiteur. Sa reconnaissance était un sentiment très-naturel ; mais di-
rigeant à leur profit les regrets qu'elle devait
éprouver, les fauteurs de la ligue déterminèrent ses citoyens à se prononcer avec un zèle
et un dévouement qui faillirent leur devenir
funestes.

Henri IV s'était décidé à attendre le duc de
Mayenne sous les murs de Dieppe ; il avait quitté
Rouen, il était venu confier sa personne et
les destinées de la France, à la loyauté des
braves Dieppois, qui, n'ayant jamais connu de
bornes dans la manifestation de leur fidélité et
de leur dévouement à leur légitime souverain,
étaient déterminés à encourir, pour la même
cause, le sort funeste qu'avait fait éprouver à
leurs aïeux Philippe-Auguste (1). Le roi, en
prenant cette position, devait éclairer ses approches et prévenir l'ennemi, en s'emparant des
places qui pouvaient lui être utiles.

---

(1) Le noble dévouement que montra cette généreuse
ville, autorise Dieppe à prendre pour devise :

Victrix causa diis placuit, sed victa..... Catoni.

Les fortifications de la ville d'Eu, qui étaient à cette époque entretenues avec soin, mettaient cette place à l'abri d'un coup de main, et une garnison suffisante y eût pu soutenir un siége. Elle était alors occupée par le parti de la ligue; le roi se résolut à l'attaquer; et, pour cet effet, il se rend en personne, le 6 Septembre 1589, devant ses murs. Le sieur Delaunay qui y commandait, fit mine de vouloir tenir; il brûla quelques maisons du faubourg; il tira quelques coups de fauconneau, dont l'un tua le cheval du sieur de Lépinay, qui commandait la cornette blanche; mais sachant que le roi était là en personne, le commandant se rendit, à condition de vie et bagues saúves, recommandant les habitants à la clémence royale. Le sieur de Senarpont fut établi gouverneur par Sa Majesté : le roi n'entra point dans la place; il alla loger au Tréport, où six bourgeois d'Eu vinrent se jeter à ses pieds, pour implorer sa miséricorde, avec protestation qu'à l'avenir, ils seraient fidelles. La grâce leur fut accordée, moyennant vingt mille livres, et des blés pour la nourriture de l'armée, qui y séjourna le 7, et vint le 8 prendre position à Arques et dans les villages voisins.

Le duc de Mayenne, pendant ce temps,

s'avançait par Gamaches qu'il prit, et vint séjourner pendant deux jours à Eu, pour y attendre des troupes qui venaient d'Abbeville.
Le 15 Septembre, Mayenne marcha sur Dieppe,
en deux colonnes; celle de droite, qu'il commandait en personne, vint prendre position devant
le Pollet, celle de gauche se plaça sur le coteau qui domine Martin-Eglise.

Après la bataille d'Arques et ses infructueuses
attaques contre Dieppe, le duc de Mayenne se
décida à se retirer sur Amiens; il paraît que,
cette fois, le principal corps d'armée ne passa
point à Eu, et qu'il se rendit directement à
Gamaches, et de-là par Oisemont à Amiens : le
roi le suivit et le harcela dans sa retraite; le
monarque s'arrêta au château de Gamaches, où
le comte de Soissons vint se jeter à ses pieds,
et lui jurer fidélité.

Ces événements, qui eurent lieu pendant les
mois de Septembre et d'Octobre, occasionnè-
rent des malheurs et des pertes, que la duchesse
douairière de Guise s'empressa, autant qu'elle
en avait alors les moyens, de réparer ou
d'alléger.

Le duc de Guise, détenu dans le château de
Tours, fut tout-à-fait étranger aux grands événements des années 1589 et 1590 : ce ne fut

qu'en 1591, que, par l'adresse de son valet de
chambre, il parvint à recouvrer sa liberté; il
passa la Loire dans un petit bateau, et trouvant sur l'autre rive des chevaux qui lui avaient
été préparés, il gagna en toute hâte Paris, où
sa présence produisit le plus vif enthousiasme,
et ranima les espérances des ligueurs. Ces factieux, mécontents du duc de Mayenne, qui,
par des mesures énergiques, réprimait leur audace, et mettait un frein à leurs crimes, se
flattèrent de trouver plus de liberté pour se
livrer à leurs excès, avec le nouveau chef de
leur parti. Instruments de l'odieuse politique du
roi d'Espagne, ces misérables poussèrent l'audace jusqu'à proposer à ce monarque la couronne de France; et, au cas qu'il ne voulut pas
l'accepter pour lui-même, ils lui demandèrent
l'infante, sa fille, pour reine, et lui proposèrent
le duc de Guise pour époux. Mayenne ayant
eu connaissance de cet odieux projet, en conçut une juste défiance contre son neveu; il reconnut qu'il n'y avait plus un moment à perdre,
et qu'il fallait agir avec la plus grande vigueur
contre cette horde d'assassins, qui, encore dé-
gouttants du sang des vertueux magistrats qu'ils
viennent d'égorger, disposaient de la couronne
sans le consulter. Les Seize, pris au dépourvu,

sont tous arrêtés ou obligés de se dérober par
la fuite à la vengeance des lois; quatre des
plus féroces sont étranglés. Mayenne, en vengeant ainsi l'humanité, et se vengeant peut-être
lui-même, portait un coup fatal à son parti,
et vérifiait ce que Henri IV avait dit en apprenant l'évasion du duc de Guise, que la présence de ce jeune prince ruinait la ligue. En
effet, cette tourbe frénétique, privée de ses chefs,
n'eut plus d'ensemble, et, selon l'expression d'un
historien, on eût dit que c'était Henri IV qui
avait puni, par le bras de Mayenne, cette ligue
infernale.

Le duc de Mayenne, après en avoir imposé
aux factieux, marcha en avant pour se réunir
au duc de Parme, dont l'armée était postée sur
les rives de la Somme. Le duc de Guise accompagnait son oncle; il était chargé du commandement de l'avant-garde des forces combinées.
La première action où il combattit ne lui fut
point favorable; s'étant avancé jusqu'au bourg
de Bures, il faillit être enlevé par le roi, qui
tomba sur ce poste avec deux mille deux cents
chevaux. Sa cornette verte fut prise, et tout
le bagage pillé. Il ne fut pas plus heureux dans
la suite de cette campagne; car, à Fontaine-le-
Bourg, surpris par le roi, il fut forcé dans le

premier choc, et obligé de se reployer en désordre sur le gros de l'armée, ayant perdu beaucoup d'hommes et tout son bagage. Le prince
de Parme, pour réparer l'effet de cette déroute,
logea le corps du duc de Guise dans le bourg
d'Yvetot, qu'il couvrit par un fort détachement
placé en avant. Mais le roi, l'ayant fait débus-
quer, se porta en personne sur le bourg, à la
tête de quatre cents mousquetaires et mille fan-
tassins, et ne donnant pas au duc de Guise le
temps de se reconnaître, il le chargea et le mit
en déroute jusqu'au camp retranché, où il se
jeta. Le roi espérait bien profiter de ses avantages, et se disposait à attaquer le lendemain
le prince de Parme dans ses retranchements ;
mais cette nuit même, Farnèse lève son camp,
dans le plus grand silence, et se porte en toute
hâte vers Caudebec, où, par les sages précautions qu'il avait prises, il fait passer la Seine
à toute son armée, et échappe ainsi, par cette
habile manœuvre, à une destruction imminente.

Le prince de Parme, retiré sur Paris, regagna la Flandre avec son armée, et mourut quelque temps après, des suites d'une blessure grave
qu'il avait reçue à la prise de Caudebec.

Le duc de Guise, de retour à Paris, y devient de jour en jour d'autant plus cher au parti,

que le duc de Mayenne avait plus perdu de sa popularité. Ce jeune prince, par ses belles qualités, s'était attiré l'affection et l'estime de la noblesse et des troupes ; il était, sans pourtant le rechercher, l'unique objet des espérances de ceux qui voulaient un changement de dynastie : tous ces projets d'usurpation de la couronne n'avaient pas d'adversaire plus redoutable que le duc de Mayenne, qui, en toute occasion, s'opposait à l'élévation de son neveu, soit qu'il travaillât pour lui-même, soit qu'il pressentît déjà le moment de s'accommoder avec le souverain légitime.

L'abjuration du roi était le coup fatal de la ligue ; et la réconciliation du monarque avec le Saint-Siége, allait ôter tout prétexte à son existence ; mais les chefs sentirent que leur intérêt et leur propre sûreté exigeaient des garanties ; ils convinrent donc de ne pas se réconcilier avec le roi, sans que, préalablement, il ait juré de maintenir la ligue : le duc de Mayenne en dictant ce pacte, voulait-il, comme il l'a prétendu plus tard, empêcher les états de procéder à l'élection d'un nouveau souverain : c'est ce qui est probable. La rentrée du roi dans sa capitale, le 22 Mars 1594, dissipa les chefs et adhérents de la ligue : le parlement enjoignit

aux princes Lorrains et à tous autres de reconnaître Henri IV, sous peine du crime de
lèze-majesté.

Le duc de Guise éprouvait depuis long-temps
le désir de se réconcilier avec le roi; il avait
horreur des excès auxquels se portaient les factieux, et il l'avait témoigné d'une manière violente, à Rheims, en tuant d'un coup d'épée
Saint-Paul, son lieutenant-général en Champagne, ligueur fougueux, qui, oubliant ce qu'il
devait au fils de celui qui, du néant, l'avait élevé
au rang de maréchal de France, lui désobéissait
avec une brutale insolence.

La duchesse douairière de Guise (Catherine
de Clèves), mère du duc, cousine germaine du
roi, supplia le monarque d'agréer le repentir
de son fils, et de lui rendre ses bontés. Aucun
négociateur n'aurait eu plus de crédit sur l'esprit
du roi que cette princesse, dont Sully fait ainsi
le portrait : »Le roi ne fut pas long-temps, dit-il,
«»sans connaître parfaitement madame de Guise;
«»et, dès ce moment, non-seulement il oublia
«»tout son ressentiment, mais encore il agit à
«»son égard avec toute la familiarité et la fran-
«»chise d'un ami. Elle parlait, ajoute Sully,
«»avec une effusion de cœur si vive, que le prince,
«»touché lui-même jusqu'aux larmes, ne put

»s'empêcher de lui répondre : hé bien, ma cou-
»sine, que désirez vous de moi ? Je ne veux
»rien vous refuser. Rien autre chose, reprit-
»elle, sinon de nommer pour traiter avec mon
»fils, celui que Votre Majesté tient par la main.
»Quoi, répartit le roi, ce méchant huguenot?
»Vraiment, je vous l'accorde fort volontiers,
»quoique je sache qu'il est votre parent, et qu'il
»vous aime infiniment. «

Sully fut donc chargé de la négociation, qui,
traitée avec une loyauté et une franchise réciproques, eut bientôt la plus heureuse fin. Le
duc de Guise se démit de son gouvernement de
Champagne, de ses prétentions à la grande maî-
trise de la maison du roi, et obtint le gouvernement de Provence.

Le traité conclu, madame de Guise obtint
facilement du roi la permission que son fils
vint l'assurer de son obéissance. Le duc vint
donc se jeter aux genoux du roi, avec les marques d'un repentir si sincère, que le monarque,
qui lisait dans le fond de son cœur, l'embrassa
par trois fois, l'honora du nom de son neveu,
lui fit mille caresses, et sans éviter ni affecter
de rappeler le passé, il lui parla du feu duc
de Guise avec éloge. Un ami qui cherche à se
raccommoder avec son ami, après une légère

rorouillerie, ne pourrait rien faire de plus ; et
tous ceux, ajoute Sully, qui furent témoins de
cet accueil, ne pouvaient assez admirer qu'un
roi qui avait tant de qualités pour se faire craindre, n'employât jamais que celles qui font
aimer.

Le duc de Guise, pénétré de la plus profonde
reconnaissance, devint dès-lors, et ne cessa d'être
depuis, le sujet le plus dévoué, et l'ami le plus
sincère du monarque. Admis dans sa familiarité,
il en fut toujours traité avec la faveur la plus
signalée.

Il suivit, en 1595, le roi dans son expédition en Bourgogne et en Franche-Comté, et il
se rendit après dans son gouvernement de Provence. Cette province était alors dans le plus
grand désordre ; trois partis la divisaient, et
tout y était en feu, lorsque le duc y parut. Outre
la guerre avec le duc de Savoie, le duc d'Epernon
s'était mis à la tête des catholiques, qu'il détachait du service du roi, et que, suivant l'occurrence, il eût rattaché à la ligue et aux Espagnols, si ceux-ci eussent eu les succès qu'ils se
promettaient en Bourgogne et en Picardie ; enfin, Marseille s'était déclarée indépendante, et
était livrée à une épouvantable anarchie. C'est
sous ces auspices que le duc de Guise arriva

pour prendre les rênes de son gouvernement.
Son autorité, quoique reconnue par le parlement d'Aix, était ouvertement méconnue par
d'Epernon, qui refusa de rendre les places qu'il
occupait; il fallut combattre, il fallut attaquer
plusieurs villes qui furent emportées. Enfin, il
battit si bien en toute rencontre ce sujet orgueilleux et rebelle, qu'il l'obligea à se mettre
à la merci du roi. Si, dans toutes les occasions,
le duc de Guise montrait toujours cette valeur
héréditaire dans sa famille, il ne témoigna pas
une moins haute prudence, dans les moyens qu'il
mit en œuvre pour s'emparer de Marseille, et réduire les factieux qui l'opprimaient depuis plusieurs années, et étaient à la veille de la livrer
à l'Espagne. La réduction de Marseille, dit Sully,
qui a passé avec raison pour un coup des plus
habiles dans ce genre, fut son ouvrage. Henri IV,
apprenant la réduction de cette ville, dit : »C'est
»maintenant que je suis roi ! Vous voyez bien,
»ajouta-t-il, que la générosité apporte quelque
»fruit. « Le duc de Guise acquit par là de nouveaux
droits à la confiance du roi, qui ne cessa de
le combler de preuves de la plus tendre affection. Aidé de Lesdiguières, d'Ornano et du parti
de la comtesse de Sault, il chassa le duc de
Savoie, qui avait fait une incursion en Provence,

et l'obligea de repasser les montagnes dans une déroute complète.

Après avoir ainsi réduit tous les rebelles à l'obéissance, le duc de Guise s'occupa de faire jouir les peuples de son gouvernement des douceurs de la paix.

Il fut chargé de recevoir à son arrivée à Marseille, Marguerite d'Autriche, archiduchesse de Gratz, qui vint s'embarquer en ce port, pour passer en Espagne, et épouser le roi Philippe III.

Le duc de Guise suivit le roi dans son expédition de Savoie, et il en partagea les chevaleresques et périlleuses aventures. Après cette campagne, il se rendit dans son gouvernement, pour recevoir Marie de Médicis, qui séjourna à Marseille pendant treize jours.

Les bons sentiments dont il donnait tant de témoignages, n'étaient point également partagés par toute sa famille. Son frère, Claude de Lorraine, prince de Joinville, quatrième fils du balafré, ne lui ressemblait en rien. »Il n'y a »jamais eu rien de si léger, ni de si évaporé, »dit Sully; il se trouva engagé en mauvaise »compagnie, où, pour être à la mode, et se don- »ner l'air d'un homme d'importance, il fallait »paraître avoir des correspondances hors du

»royaume ; c'en fut assez pour le gâter.« Le roi
ayant connu les relations criminelles qu'il entretenait avec la cour d'Espagne , le fit arrêter :
amené devant le monarque , il convint de tout ,
et implora sa grâce. Le roi le connut bientôt
pour ce qu'il était, et, le traitant comme il le
méritait , il envoya chercher la duchesse de
Guise, sa mère, et le duc de Guise, son frère,
auxquels il dit dans son cabinet : »Voilà l'en-
»fant prodigue en personne ; il s'est mis dans
»la tête des folies. Je le traite en enfant, et
»je lui pardonne pour l'amour de vous et de
»monsieur de Rosny , qui m'en a prié à jointes
»mains ; mais c'est à condition que vous le chapi-
»trerez tous trois, et que vous, mon neveu ,
»dit-il, en se tournant vers le duc de Guise,
»vous en répondrez à l'avenir ; je vous le donne
»en garde, pour le rendre sage, s'il y a moyen.«

Il était impossible qu'au milieu des intrigues
de la cour , la maison de Lorraine n'y fût souvent
impliquée , et que tous ses membres y restassent
également étrangers. Le roi était souvent in-
quiété des rapports qui lui étaient faits sur les
intrigues et les complots qui se tramaient chaque
jour. L'on parvint à lui inspirer souvent de
la défiance contre ces princes. »Toutes les croix
»de Lorraine, écrivait-il à Sully, sont dissimu-

lolées, et j'ai peur que les fleurs de lis n'en ressentent la contagion. « Dans une autre occasion, » je vous dirai, écrivait-il, que le plus homme de bien de la race, n'en vaut guère, [Dieu veuille que j'y sois trompé. « Mais Sully, confiant dans la loyauté du chef de cette famille, s'efforçait de rassurer le monarque, et garantissait que les bruits répandus étaient calomnieux; que les inconséquences du prince de Joinville, et ses liaisons avec la marquise de Verneuil, étaient des fautes, et non des crimes d'état; que les turbulences des Sommerive et des d'Eguillon pouvaient provoquer des châtiments, mais ne pouvaient inspirer de craintes; que les refus de mademoiselle de Mercœur, d'épouser le duc de Vendôme, n'étaient ni inspirés, ni soutenus par les Guise, ce que l'événement justifia bientôt. Sans ce serviteur fidelle, il y a lieu de croire que le duc de Guise n'aurait pas échappé à la disgrâce : l'orgueil de cette maison, toujours puissante, rappelait trop souvent les torts qu'elle avait eus, le mal qu'elle avait fait. Le roi, sans doute, avait généreusement pardonné, mais il était impossible que tout souvenir d'un passé si prochain fût effacé, et que souvent il ne fût pas disposé à se défier de la sincérité des déférences qu'on lui témoignait. Le duc de Guise néanmoins ne cessa de persister dans la ligne de son devoir ; l'histoire ne transmet aucun fait qui puisse laisser d'équivoque sur la sincérité de son dévouement. Au moment de l'assassinat du roi, il se rend un des premiers au parlement assemblé aux Grands-Augustins, et il dit qu'il vient pour offrir ses services au roi, à l'état et au parlement ; que déjà il a expédié des officiers en Provence, chargés de pourvoir à son gouvernement, et d'y faire reconnaître l'autorité de la régente.

Le duc de Guise fit partie du conseil de régence, dans lequel fut également admis son oncle, le duc de Mayenne. Dans le tableau affligeant que trace Sully, des sentiments qui dominaient dans ce conseil, il est fâcheux de trouver le duc de Guise partageant l'esprit de cupidité qui animait tous les membres, et arrachant sa part des dépouilles opimes.

Un événement insignifiant en lui-même faillit mettre la cour en feu ; une querelle s'étant élevée entre le comte de Soissons et le prince de Conti, son frère, le duc de Guise, beau-frère de celui-ci, fut chargé par la reine de s'employer pour en prévenir les suites : le comte de Soissons vit dans les procédés du duc de Guise l'intention de l'insulter ; il s'en plaignit avec chaleur, et exigea une réparation à laquelle la fierté de la maison de Lorraine refusa de se prêter. Dès-lors, se formèrent deux partis qui pouvaient réveiller les anciennes haines des maisons de Bourbon et de Lorraine. On ne voit pas sans surprise, figurer au nombre des partisans du duc de Guise, les enfants de Coligny, opposés à ceux du prince de Condé. Après une négociation à laquelle présida le duc de Mayenne, la querelle fut assoupie ; mais cette circonstance fit encore apprécier le pouvoir et l'influence de cette maison dans l'état.

Le duc de Guise s'honora par les sentiments qu'il témoigna au duc de Sully, dans sa disgrâce ; il ne cessa de professer pour cet immortel ministre, la plus intime reconnaissance.

Peu de temps après la mort du duc de Mayenne, son oncle, arrivée le 3 Octobre 1611, le duc de Guise épousa Henriette Catherine de Joyeuse, veuve de Henri de Bourbon, duc de Montpensier.

Il paraît que la maison de Lorraine, au milieu des cabales qui agitèrent la cour, et qui finirent par la guerre civile, s'attacha au parti de la régente : le duc de Mayenne fut chargé de signer, à Madrid, le contrat de mariage de l'infante Anne d'Autriche, avec le roi Louis XIII,

12

pendant que l'envoyé d'Espagne signait celui de son souverain avec Elisabeth de France, sœur du roi. Ces mariages accrurent le mécontentement des princes. La régente et le roi son fils se rendant à Bordeaux, ayant à parcourir des provinces occupées par les mécontents, se firent escorter par un corps d'armée commandé par le duc de Guise. A la faveur de cette escorte, la cour arriva à Bordeaux sans avoir éprouvé d'événements dans sa marche. Le duc fut chargé de conduire avec son armée la nouvelle reine d'Espagne, et de recevoir la reine de France : l'échange des deux princesses se fit le 9 Novembre, sur les rives de la Bidassoa.

La cour revint à Paris, protégée dans sa marche par l'armée du duc de Guise, à qui le roi donna aussi le commandement de celle que le maréchal de Bois-Dauphin avait conduite en Poitou. Le duc n'eut d'autre engagement, dans cette campagne, qu'une escarmouche près de Saint-Maixant, où il paraît qu'il eût été facile de surprendre et d'enlever le prince de Condé, si ce prince n'en eût été officieusement prévenu ; ce que l'on attribua au duc de Guise. Peu de temps après, eut lieu le traité de Loudun, qui devait mettre un terme à cette guerre, et qui ne satisfit aucun des deux partis. Le duc de Guise, révolté de l'empire qu'exerçaient sur les affaires le maréchal d'Ancre et sa femme, et ne pouvant consentir à se trouver seul des princes, associé à de tels intrigants, témoigna hautement son mécontentement, et ne refusa point de s'entendre avec le prince de Condé, pour s'affranchir d'une supériorité aussi hon-teuse. Mais quand il reconnut que les projets du parti ne se bornaient pas à se défaire du maréchal ; mais qu'ils attentaient à la personne de la reine, et peut-être à une usurpation vio-lente, il déclara qu'il haïssait le maréchal, mais qu'il serait toujours très-humble serviteur de la reine-mère.

Malgré cette déclaration de ses sentiments, les princes Lorrains, redoutés par le maréchal d'Ancre et le Galigai, devaient être envelop-pés dans le piége qu'ils avaient tendu aux autres princes. Le duc de Guise appelé au Louvre, après l'arrestation du prince de Condé, refusa de s'y rendre, gagna en toute hâte la Champagne, avec le duc de Mayenne, son cousin : ne partageant pas les intentions du parti, et toujours consé-quent avec les principes qui le dirigeaient, le duc de Guise accepta les propositions d'accom-modement qui lui furent faites, et n'hésita pas à se rendre à la cour, où il reçut le meilleur accueil. Dès le mois de Février 1617, le roi lui confie le commandement de l'armée qu'il envoie en Champagne; il s'empare de la plupart des places, et pousse par-tout les rebelles que commandaient les ducs de Vendôme et de Mayenne. Cette guerre cessa par la mort du maréchal d'Ancre, objet du mécontentement qui l'avait provoquée, et par l'exil de la reine-mère, qui était conduite par cette honteuse cabale. Les troupes des princes se dispersèrent, et l'armée du roi, commandée par le duc de Guise, tint la campagne pour surveiller les troupes étrangères.

Lors du siége de la Rochelle, le duc de Guise fut chargé du commandement de la flotte royale, qui fut opposée à celle que les rebelles avaient équipée. Il y eut divers engagements, à la suite desquels les Rochellois furent forcés de se retirer dans la rade de Saint-Martin, où le duc de Guise fit connaître à Guiton, leur amiral, que la paix était signée. Celui-ci, refusant d'y croire, combattit jusqu'à ce que le maire de la Rochelle lui notifiât la publication de la paix.

Le duc de Guise exigea que la flotte des Rochellois se réunît sous son pavillon et sous son commandement, avec celle du roi; Guiton vint lui-même à bord du vaisseau amiral, et

remit au duc son pavillon : »Je le reçois volon-
»tiers, dit-il, mais je vous le rends, ne l'ayant
»point gagné au combat. Je ferai part au roi de
»votre courage; soyez-lui bon serviteur. « Cette
générosité toucha vivement le cœur des Rochellois, et les ramena à l'obéissance.

Malgré les témoignages évidents que le duc
de Guise donnait, chaque jour, de la loyauté
de ses sentiments, la puissance de la maison
de Lorraine portait toujours ombrage. On ne
laissait échapper aucune occasion de l'abaisser:
le duc sentit vivement l'injustice qui lui était
faite en enlevant à la duchesse de Chevreuse,
la charge de surintendante de la maison de la
reine, qu'elle avait possédée étant duchesse de
Luynes. Ainsi commençaient les vexations
contre les grands, que l'adroit évêque de Luçon
allait, un peu plus tard, convertir en persécutions sanglantes.

Le duc de Buckingham ayant débarqué sur
les côtes de la Saintonge, excita, par les ducs
de Rohan et de Soubise, la révolte des Rochellois, sous prétexte de l'inobservation du traité
de Montpellier. Le commandement de l'armée
navale fut en cette circonstance, comme dans
la campagne de 1622, confié au duc de Guise,
qui se rendit sur la rade de la Rochelle pour

en faire le blocus. Le 3 Octobre 1628, la flotte anglaise, composée de cent quarante bâtiments de diverses forces, fut en présence de la flotte française ; l'action consista en une vive cano-nade, qui dura pendant trois heures, et recommença le lendemain : le résultat de cette affaire fut d'empêcher le ravitaillement de la place, qui, épuisée de vivres et de munitions, était déjà en pourparlers avec le cardinal pour se rendre. L'éloignement de la flotte anglaise hâta la réduction des rebelles.

Après cette expédition, le duc de Guise ne figura plus dans celles que le roi dirigea en personne, de 1629 à 1630. Il dut rester dans son gouvernement pendant la campagne de Savoie et celle du Languedoc, mais il reparut à Lyon, au moment de la maladie du roi ; il fit partie de la cabale qui se forma contre le cardinal ; les réunions avaient lieu chez la reine-mère, et chez la princesse de Conti, sa sœur ; il ne s'agissait de rien moins, au cas de la mort du roi, que d'arrêter le cardinal. Le rétablissement de la santé du monarque fit repentir ceux qui avaient comploté contre son ministre, dont le premier soin, dès qu'il en trouva l'occasion favorable, fut d'exiler ou d'incarcérer ses ennemis. La princesse de Conti fut envoyée au château d'Eu, où elle mourut peu après son arrivée, des suites du saisissement qu'elle avait éprouvé à la réception d'une dépêche qui lui arriva de Paris.

Le duc de Guise, retourné dans son gouvernement de Provence, vit de bonne heure l'orage s'amonceler sur sa tête; des troupes furent envoyées sous le commandement de deux lieutenants-généraux, qui avaient ordre de le surveiller; le prince de Condé fut chargé de présider les états de la Provence.

Le duc de Guise témoigna son étonnement de telles humiliations, et prit ses mesures pour se faire craindre et respecter, si l'on cherchait à attenter à sa personne. Appelé en cour, pour y rendre compte de sa conduite, il jugea à propos de ne point s'y rendre; il demanda au contraire la permission au roi d'accomplir un vœu qu'il avait fait à Notre-Dame-de-Lorette; et sur la permission qui lui en fut donnée, il s'embarqua pour l'Italie. Il se retira en Toscane, où jugeant beaucoup plus sûr de se fixer bien au-delà du temps qui lui avait été prescrit, il se vit dépouiller de son gouvernement. Il ne crut pas devoir penser à retourner en France.

Pendant les neuf années de son exil, il éprouva des chagrins, domestiques. Il perdit, en 1637, son fils aîné, Charles de Lorraine, mort à Florence, le 7 Octobre; deux ans après, il perdit un autre fils, François de Lorraine, duc de Guise et de Joyeuse, prince de Joinville; enfin, lui-même mourut à Cuna, près de Sienne, le 30 Septembre 1640.

Henri II, de Lorraine, 26ᵉ Comte — Après la mort de Charles de Lorraine, Henri II, son fils, devenu chef de sa maison, par la mort de ses deux aînés, Charles et François, succéda aux biens, charges et honneurs attachés à la primogéniture.

Ce prince, né le 4 Avril 1614, était destiné à l'état ecclésiastique; quoiqu'il ne fût pas entré dans les ordres sacrés, il était déjà pourvu de l'archevêché de Rheims, devenu, pour ainsi dire, héréditaire dans sa famille, et il jouissait des plus riches abbayes du royaume. Sa mère, Catherine de Joyeuse, appréciant mieux que son fils les avantages qu'il y avait, pour la maison de Lorraine, à conserver ces immenses bénéfices, aurait voulu que Henri restât dans la carrière à laquelle il était voué, parce que son frère Louis serait devenu chef de sa maison.

Mais la vocation et les dispositions de Henri étaient tout opposées aux desseins de sa mère; déjà il avait eu l'intention d'abandonner tous

ses bénéfices, avant même qu'il fût héritier des
grands biens de sa maison, pour épouser la
princesse Anne de Gonzague, l'une des femmes
les plus distinguées par ses charmes, par son
esprit et par l'élévation de son caractère ; il
était devenu passionnément épris de cette princesse, qui, de son côté, déclare dans ses intéressants mémoires qu'*elle n'a pas été faible,*
mais passionnée à l'excès pour monsieur de
Guise, dont elle trace un portrait qu'un profond sentiment put seul lui inspirer. Les oppositions de Catherine de Joyeuse y mirent sans
doute obstacle, mais les plus puissantes, les plus
invincibles, furent celles qu'y mit le cardinal
de Richelieu, qui prévoyait l'effet qu'une telle
union pouvait produire. Cet habile ministre
voyait toujours avec inquiétude dans les Guise,
malgré les coups dont il avait voulu les accabler, une puissance dans l'état ; il calculait
prudemment ce que le chef actuel, l'homme
le plus remarquable de la cour par sa figure,
son air, ses manières, par son caractère et son
esprit entreprenant, aventureux, pourrait faire
avec une épouse dont le génie a été jugé, par
un de ses contemporains, à l'égal de celui d'Elisabeth, reine d'Angleterre.

Mécontent du ministre, le duc de Guise se

jeta dans le parti du comte de Soissons; il
quitta la cour et se retira d'abord à Besançon,
où Anne de Gonzague, s'échappant de Paris,
fut le rejoindre, pour s'en séparer bientôt; de
là il gagna Sédan, où il se ligua avec les ennemis du cardinal et les Espagnols; il s'employa avec ardeur à détacher le duc Charles
de Lorraine des intérêts de la France, et il
entra en campagne avec l'armée confédérée qui
attaqua et battit, le 6 Juillet 1641, le maréchal de Chatillon, sous Sédan. La mort du comte
de Soissons, tué sur le champ de bataille, fit
plus de tort à son parti que ne lui en eût
occasionné une défaite. Après cet événement, le
duc de Bouillon s'empressa de saisir l'occasion
de s'accommoder avec la cour. Il y parvint,
mais le duc de Guise fut formellement exclus
du pardon que le roi accorda au duc de Bouillon, et à tous les autres adhérents du comte
de Soissons. Le parlement eut ordre d'informer
contre le duc de Guise, qui fut condamné, comme
criminel de lèze-majesté, à avoir la tête tranchée : ce jugement fut exécuté en effigie, en place
de Grève, le 11 Septembre 1641.

Pendant son exil, le duc de Guise, persistant
dans sa révolte, accepta le commandement d'un
corps espagnol : au milieu des affaires et des

intrigues, il épousa la comtesse Honorée de
Berghes, veuve du comte de Bossut, dont il se
sépara, et qu'il laissa à Bruxelles, dès qu'il eût
obtenu, après la mort du cardinal et du roi,
la permission de rentrer en France.

Il s'empressa de donner à la reine régente
des témoignages d'un dévouement qu'il ne dé-
mentit jamais dans la suite; il se rendit à l'armée
commandée par Monsieur, qui assiégea et prit
Gravelines, en 1644.

La duchesse de Guise avait vu avec un vif mécontentement le mariage de son fils avec la comtesse de Bossut; elle trouvait cette union tout-
à-fait inconvenante et préjudiciable aux intérêts et à la fortune de sa maison. Elle s'occupait
de faire casser ce mariage, pour faire épouser à
son fils mademoiselle de Longueville; elle était
puissamment secondée dans ses démarches par
le duc lui-même; mais celui-ci agissait par un
motif tout-à-fait différent. Ce n'était point mademoiselle de Longueville qu'il recherchait, parce qu'il haïssait la maison de Condé, c'était
mademoiselle de Pons qu'il brûlait d'obtenir.
Vainement la duchesse de Guise faisait-elle tous
ses efforts pour montrer à son fils les funestes
conséquences d'une union qui ruinerait toutes
ses espérances et sa fortune : en cette circons-

tance, l'amour le plus extravagant prévalut sur l'ambition. Sa passion fut poussée à tel point, qu'elle donna des alarmes pour sa raison. Déterminé à obtenir la cassation de son mariage, il prit le parti d'aller lui-même la solliciter à Rome, où il se rendit à la fin de 1646, avec la permission de la reine régente. Innocent X occupait alors la chaire de Saint-Pierre. Le duc de Guise fut accueilli avec bonté et distinction par le Saint-Père, et parvint bientôt à gagner sa confiance, au point d'accommoder à l'insçu de l'ambassadeur de Sa Majesté, tous les différends qui s'étaient élevés entre cette cour et celle de France, et qu'il obtint en outre toutes les grâces et les faveurs les moins espérées. Celle qui lui fut la plus sensible, et dont il attendait le plus d'avantages, fut le chapeau pour l'archevêque d'Aix, frère du cardinal Mazarin. Le zèle qu'il mit au succès de cette négociation devait lui mériter la reconnaissance intime du ministre, il en attendait aussi les effets ; mais il éprouva que la reconnaissance n'est pas toujours une vertu d'état. Loin de l'objet qui avait déterminé son voyage à Rome, l'ambition succéda à l'amour dans l'âme du duc de Guise. Une circonstance tout-à-fait imprévue, lui inspira tout à coup pour la gloire de la France et les n.ntérêts de sa maison, une passion exclusive.

Une révolution venait d'éclater à Naples, sans qu'aucun symptôme précurseur eût donné lieu He s'y attendre. La perception d'un léger im- pôt, mis récemment sur les fruits, en fut la cause. Le 7 Juillet 1647, au matin, quelques paniers He figues sont apportés au marché : le magis- trat préposé à la police ordonne la perception He l'impôt, et en exige le paiement. Le paysan propriétaire le refuse, jette ses fruits à terre, se répandant en imprécations contre la tyrannie Hu vice-roi et de la nation espagnole; le peuple accourt; les têtes aussi incandescentes, aussi wolcanisées que le sol lui-même, s'électrisent à l'instant. Un simple marchand de poisson, Thomas Aniello, d'Amalfi, appelé par abrévia- tion Mas-Aniello, élève la voix, appelle le peuple à la vengeance, se met à la tête d'une foule qui s'accroît à chaque pas, au cri général *plus d'im- pôts, plus d'impôts* : les bureaux de la gabelle sont pillés, le magistrat est insulté, les fermiers des droits mis en fuite : de là les séditieux se portent au palais du vice-roi; ils en forcent la garde, et, tout en protestant de leur respect pour le roi, ils exigent du duc d'Arcos, l'abolition de tous les impôts. La faiblesse de celui-ci, loin d'apaiser, accroît la licence; il parvient à sortir de son palais, qui est à l'instant livré au pillage, ainsi que plusieurs autres maisons ; mais tous les meubles, l'or, les tableaux, les statues sont apportés au milieu du marché, sans qu'il soit permis d'en rien ravir. Le duc d'Arcos se retire au couvent de Saint-Louis, d'où il publie des édits qui satisfaisaient aux premières prétentions du peuple ; c'est en vain, qu'à l'aide du cardinal Filomarini, archevêque de Naples, il espère calmer la sédition. Mas-Aniello, marchant à la tête de cent cinquante mille hommes, devient de plus en plus exigeant ; il demande la remise des châteaux, qui lui est refusée ; il se dispose à les emporter de vive force ; mais il échoue dans son attaque. Furieux contre la noblesse, qu'ils croient opposée aux intérêts du peuple, les révoltés tuent plusieurs gentilshommes, saccagent et brûlent leurs maisons, en proscrivent un plus grand nombre. Enfin, tout était dans le plus horrible désordre, et la ville allait être mise à feu et à sang, si le vice-roi, qui avait laissé déborder son autorité, au moment où il pouvait la défendre, n'eût pris le parti, alors indispensable, de transiger avec les rebelles ; il consentit donc à remettre au peuple la charte de Charles-Quint, et à faire un traité solennel par lequel on abolissait toutes les gabelles ; le peuple était admis à partager avec la noblesse le gouvernement de la ville, et à rester armé jusqu'à ce que la ratification du traité fût arrivée de Madrid.

Toutes ces concessions calmèrent un peu l'effervescence des têtes; les excès s'arrêtèrent; mais, de ce moment, le pauvre Mas-Aniello vit s'évanouir une puissance, qu'il n'avait aucun moyen de soutenir hors des scènes de désordre et de brigandage; son incapacité et sa hauteur grotesque rendirent à la fois ridicule et odieux à ses semblables ce souverain improvisé. Pendant ce temps, le vice-roi semait la discorde parmi cette tourbe ignorante, et excitait le mécontentement contre son chef. Celui-ci, effrayé du sort qui le menace, en est tellement troublé, qu'il finit par perdre tout-à-fait la raison; il vient de donner le témoignage le moins équivoque de son aliénation, quand les assassins expédiés par le duc d'Arcos le trouvant dans le couvent des Carmes, l'abordent aux cris de vive l'Espagne, et faisant feu en même temps, font tomber à leurs pieds ce nouveau Marius, qui ne prononce que ces mots : *ingrati, traditori.*

La mort de Mas-Aniello sembla calmer pour un moment l'effervescence du peuple. Revenant à des idées plus saines, il cherche dans une autre classe que celle du chef qui venait de terminer son rôle, celui qu'il lui donnera pour successeur. Don Francesco Toralte, prince de Massa, lui était cher, à raison du généreux emploi que ce seigneur faisait de ses richesses; son affabilité, sa cordialité lui avaient gagné toute l'affection des Lazzaronis. Le prince de Massa est élu chef et capitaine-général du peuple *très-fidelle*; l'espoir d'arrêter les excès, de modérer et de diriger par son influence les séditieux, le détermina probablement à accepter cette périlleuse fonction. Malheureusement, il éprouva bientôt d'une manière funeste combien est fragile la faveur populaire. Don Juan d'Autriche, expédié par la cour d'Espagne, paraît devant Naples avec une flotte imposante, et déclare que non-seulement il n'apporte pas la ratification du traité conclu par le duc d'Arcos, mais qu'il vient sommer le peuple de déposer à l'instant les armes; en même temps il appuie cette sommation du feu de tous ses vaisseaux, répété par les batteries des châteaux, qui écrasent la ville d'une grêle de boulets. Au lieu de la terreur qu'il croit avoir inspirée, c'est la fureur, c'est la rage dont il anime cette populace féroce; dès-lors cette sédition, calmée un moment, prend un caractère plus hostile; c'est une insurrection effrayante;

l'infortuné prince de Massa cherche à la comprimer, une voix s'élève qui le signale comme
un traître : ce mot est son arrêt. Il est soudain
mis en pièces, aux cris de *meure le traître*,
proférés par ceux qui, un instant avant, le pro-
clamaient leur chef, leur ami, leur bienfaiteur.
Ce n'est plus à l'abolition des impôts que s'ar-
rètent les prétentions des insurgés : cette fois, c'est
à l'autorité royale qu'ils en veulent ; le pavillon
et les armes d'Espagne sont arrachés, mutilés,
les portraits des rois sont foulés aux pieds, la
république est proclamée. Gennaro Annèse qui
avait dirigé le mouvement, et qui, le premier,
avait élevé la voix contre l'infortuné Toralte,
est proclamé tumultuairement général du peuple
très-fidelle. Cet homme, né dans la plus basse
condition, était dépourvu de toute éducation ;
mais plus fourbe et plus adroit que Mas-Aniello,
il avait l'art de diriger, à son gré, l'esprit mo-
bile de ses semblables. Il sentit que le premier
usage qu'il devait faire de sa puissance, était de
gouverner, à son gré, les excès de la populace.
Ainsi, l'assassinat des gens de bien, le pillage des
palais, ne s'opéraient plus que par sa permission
ou par ses ordres. S'il livre quelques victimes,
il en préserve d'autres, et s'attire ainsi la reconnaissance de ceux qu'il a sauvés. Ainsi, il di-

vise et contient par la terreur, le parti qu'il a
le plus à redouter. Ce n'est pas assez de ces
moyens que lui inspire sa grossière politique,
il fait intervenir la religion dans toutes les mesures qu'il prend, au nom du bien public, et
San-Gennaro, patron de la *très-fidelle* cité de
Naples, protecteur *complaisant* de l'état, sous
les dynasties germaine, angevine ou espagnole,
San-Gennaro consacre aussi le gouvernement
d'Annèse. Il fait au peuple de gratuites et abondantes distributions de vivres; il excite et nourrit son enthousiasme, en lui jetant des pièces
de monnaies frappées au coin de la république.
Il forme une *consulta,* composée des députés
de chaque quartier : on y voit figurer des personnages de toutes les conditions. Enfin, cet
homme grossier parvint à dominer l'anarchie, en la soumettant à une forme de discipline. Mais reconnaissant l'insuffisance de ses
moyens pour captiver une population aussi agitée, et prévoyant avec inquiétude que, succom-
bant bientôt sous le fardeau qu'il ne peut supporter, il éprouvera un jour ou l'autre le même
sort que son prédécesseur, il conçoit le dessein, en renonçant à la première place de
l'état, de se donner un successeur qui puisse
maintenir et consolider son ouvrage, et devenir

son défenseur, en lui conservant le second rang.

De toutes les puissances dont la république pouvait espérer un secours, la France, par son état actuel de guerre avec l'Espagne, par les prétentions que la famille régnante pouvait faire valoir sur le trône de Naples, était celle sur laquelle il était naturel de compter. Les premières insinuations communiquées à cet égard à l'ambassadeur de France à Rome, ne purent être accueillies par celui-ci, avec l'empressement que les insurgés espéraient. Dans un cas aussi imprévu, il fallait à cet ambassadeur des instructions spéciales pour agir, et la prudence de Mazarin voulait être éclairée. C'est alors que le duc de Guise, ainsi qu'il le dit lui-même, crut trouver dans ces désordres un beau champ d'acquérir de la gloire, et de contribuer aux avantages de la France, » qui a toujours fait, dit-« » il, ma principale passion, étant naturellement « » ambitieux et zélé, comme je le dois, pour la « » couronne dont j'ai l'honneur d'être né sujet, et « » persuadé que l'on ne pourrait mieux employer « » sa vie que pour les intérêts de sa patrie, et « » l'abaissement de son ennemi. « Ainsi, dirigé par cette généreuse impulsion, il agit sans délai, il ne dédaigne pas de s'aboucher avec le capitaine *Perrone*, frère de *Domenico Perrone*,

chef de bandits, et principal confident de Mas-
Aniello; il le charge d'aller à Naples, d'exciter la haine du peuple contre les Espagnols, de
promettre en son nom la protection de la France,
enfin, de déclarer qu'il est prêt à se rendre à l'appel qui lui sera fait, afin de combattre pour une
aussi belle cause. Ses premiers émissaires sont
arrêtés et mis à la torture : ces malheureux com-
mencements, au lieu de le rebuter, ne font qu'exalter son désir; il réussit enfin à lier une correspondance avec *Cicio d'Arpaya*, élu du peuple,
qui communique à tous ses amis et aux chefs,
les propositions du duc de Guise. »Ils crurent,
»ainsi que le dit le duc lui-même, que Naples
»recouvrerait la liberté tant désirée, par l'as-
»surance qu'il lui donnait d'être secourue par
»la France, en recevant un ostage tel que lui,
»un chef à la naissance, et au nom duquel tout
»le monde se soumettrait sans jalousie, la no-
»blesse du pays estant si glorieuse, que cha-
»cun d'eux croyant mériter le commandement,
»ne voulait jamais obéir à un de leur nation,
»pour ne pas lui donner d'avantage sur les autres.
»Et comme il fallait leur faire perdre le res-
»pect, qu'au plus fort de la sédition ils avaient
»conservé toujours pour le roi d'Espagne, je
»crus que le moyen le plus assuré de les en-

« »gager à secouer le joug, et à faire des démarches
« »qui pussent les rendres irréconciliables, estait
« »la proposition de se mettre en république, qui
« »serait un leurre agréable, la noblesse par-là
« »espérant d'avoir la principale part au gouver-
« »nement, à l'exemple de Venise, et le peuple
« »se persuadant de l'en exclure, à l'imitation des
« »Suisses ; qu'ainsi, les deux partis se flattant dans
« »l'opinion de rencontrer ce qu'ils désiraient, tra-
« »vailleraient à chasser les Espagnols ; après quoi
« »il serait aisé de changer la forme du gouver-
« »nement. Pour reconnaître la passion que j'avais
« »de me sacrifier, et de tout hasarder pour leur
« »service, je ne prétendais d'eux que la même
« »autorité pour mes successeurs, et pour moi,
« »que les princes d'Orange avaient obtenue dans
« »les Provinces-Unies, et qu'ils ont conservée
« »avec tant d'éclat, d'honneur et de réputation. «

Cette idée de république produisit sur les têtes
exaltées des Napolitains, les effets que s'en était
promis le duc de Guise : tous les partis étaient
disposés à voir à la tête de l'état, un descendant de la dynastie Angevine, qui exercerait le
pouvoir moins d'un roi, que d'un protecteur ou
d'un chef tutélaire. Dès-lors, l'empressement à
le voir à la tête des affaires ne fit que s'accroître
de jour en jour. Le peuple, sous le titre bi-

sarre *du peuple de Naples et son royaume*, lui
écrivit, le 24 Octobre 1647, en ces termes :
» Le peuple *très-fidelle* de Naples et son royaume,
» ayant aux yeux des larmes de sang, supplie
» Votre Altesse de vouloir être son défenseur,
» comme l'est aujourd'hui en Hollande monsei-
» gneur le prince d'Orange. « A cette lettre en était
jointe une particulière de Gennaro Annèse, en
sa qualité de général du peuple. L'émissaire por-
teur de ces lettres, rapporta la réponse du duc,
qui annonçait son empressement à se rendre
à l'appel de la république, et faisait part des
promesses que lui avait données la cour de France,
de seconder la révolution, par un prochain
envoi de forces maritimes et de munitions. Cette
nouvelle maintint le peuple, dont les Espagnols,
par leurs intrigues, cherchaient à ébranler la
confiance, en répandant le bruit, dont l'événement confirma plus tard la vérité, que la
France ne seconderait pas l'insurrection. Les
obstacles que le duc de Guise rencontrait à
chaque pas, dans ses négociations avec l'ambassadeur de France, au lieu de diminuer,
ne faisaient qu'accroître son désir immodéré
d'accomplir son projet. Le cardinal de Sainte-
Cécile, aveuglé peut-être par sa reconnaissance,
lui promettait des merveilles de la part du

cardinal son frère. Flotte, troupes, munitions, argent, secours de toute espèce allaient lui arriver; mais l'époque où ces secours parviendraient était incertaine, et dans tous les cas trop reculée ; il était douteux que *la fidélité de la très-mobile république* ne succombât point pendant ces délais. Dans cette occurrence, le duc reconnut que tous ses projets allaient s'évanouir par la soumission des Napolitains, s'il tardait à se présenter en personne. Il n'hésite pas, et se résout à l'instant à se rendre, fut-ce seul, au milieu de ce peuple, qui l'appelle avec une si vive instance. Il ne reçoit des ministres de France que de vagues instructions, des promesses conditionnelles ; les cardinaux louent son généreux dévouement, son héroïque entreprise ; le pape seul lui parle franchement et avec une bonté toute paternelle ; il lui fait le tableau le plus vrai des dangers de tout genre auxquels il va s'exposer au milieu d'un peuple dont la légéreté et l'inconstance n'ont de comparable que la perfidie et la cruauté ; il lui dit de se défier des ministres de France, qui l'avaient vu avec inquiétude et jalousie se lancer dans cette carrière, qu'ils s'attribueraient les succès qu'il pourrait obtenir, et lui imputeraient comme fautes, les revers qu'il éprouverait ; qu'il ne pouvait compter sur l'appui, dont on le flattait, et que dussent toutes les promesses faites être remplies, il devait travailler pour lui-même, et non pour la France, les Napolitains n'en voulant supporter le joug plus volontiers que celui de l'Espagne. Le Saint-Père ajouta à ces bienveillantes observations, les plus sages conseils sur la conduite qu'il devait tenir pour s'attacher la noblesse, sans aliéner l'esprit du peuple, et pour opérer la réunion de ces deux partis, sans laquelle il lui serait impossible de se maintenir. Malgré l'incertitude des promesses, malgré les sages représentations du Saint-Père, le duc de Guise, impatient de se jeter dans sa périlleuse entreprise, part de Rome, dès le moment où le vent devient favorable; il se rend à *Fiumicino*, où l'attendaient plusieurs felouques, et le Jeudi 14 Novembre 1647, il met à la voile par un vent favorable et assez frais. Le bâtiment qu'il montait était si petit, qu'il ne put s'y faire accompagner que d'un seul valet de chambre. Sa suite, composée de vingt-deux personnes, fut répartie sur les autres bâtiments de son escadrille. Parvenu vis-à-vis l'île de *Ponza*, en face du cap *Circello*, il fut poursuivi par deux galères, dont les signaux, répétés le long de la côte, mirent en alerte tous les armements dans les ports de *Terra-cine* et de *Gaëte*, d'où sortirent tous les bâtiments de ces stations. Le duc se résout à l'instant à se séparer de son escorte, et recommande aux autres felouques de marcher de conserve, pour attirer l'attention de l'ennemi. Pour lui, il fait amener les voiles, fait force de rames, mettre le cap droit sur la tour de Roland; il passe si près du château, qu'hélé par la sentinelle, il répond qu'il est un courrier du vice-roi. Ayant dépassé l'entrée du port, il évite, grâce au vent impétueux qui s'élève de la baie du Garigliano, l'approche des galères qui s'étaient mises à sa poursuite; la mâture et le gouvernail de sa felouque sont brisés; il y pourvoit et continue sa marche; vainement son équipage lui propose, au point du jour, de se réfugier dans l'île d'*Ischia*, afin d'y attendre la nuit, pour entrer avec plus de sécurité dans le golfe de Naples; il ordonne de continuer la route, et, l'épée à la main, il se fait obéir. Bientôt il aperçoit la ville et l'armée navale d'Espagne mouillés en avant, depuis *Nisida* jusqu'à la pointe de *Santa-Lucia*; il cingle droit vers la capitane, afin d'éviter par cette manœuvre hardie que l'ennemi, le voyant passer au large, ne détache des felouques pour le visiter. Arrivé à trois portées de ca-

non de la capitane, il vire de bord, et au lieu
de se diriger vers le port, il cingle vent arrière vers *Torre di Greco*. En traversant la
ligne espagnole, il fait annoncer par son équipage qui il est, afin que le mouvement que cette
nouvelle va occasionner dans la flotte, fasse
connaître à la ville son arrivée. Ce qu'il a prévu se réalise; à cette nouvelle, les bâtiments
mettent à la voile, lancent à la mer leurs em-
barcations légères, et font feu sur lui; tous les
châteaux tirent en même temps : au milieu de
cette grêle de boulets, Guise debout, le châ-
peau à la main, fait signe aux troupes qui
s'avancent pour le protéger; il aborde terre à
une lieue au-dessous de la ville, mais au lieu
de débarquer, il longe la côte, protégé par le
feu des mousquetaires, qui écartent les embar-
cations qui l'approchent, cotoie ainsi *Resina*,
Portici, et ne débarque qu'à la Cavallerizza, à
l'extrémité du faubourg de Lorrette, »où sau-
»tant à terre, dit le duc, le Vendredi quinzième,
»sur les onze heures, je fus reçu avec un ap-
»plaudissement incroyable d'un nombre infini de
»peuple, qui, me portant en l'air quelque es-
»pace de temps, me mirent ensuite sur un beau
»coursier, qui m'avait été préparé, sur lequel
»je fis mon entrée dans la ville, et allai des-

» cendre à l'église de Notre-Dame des Carmes,
» pour la remercier du bon succès de mon pas-
» sage, et reçus de la main du prieur le sca-
» pulaire. «

Après avoir rempli ce devoir religieux, le
duc fut conduit au tourion des Carmes, où Gennaro s'était établi ; il faut lire dans ses mémoires
le tableau piquant qu'il donne de ce personnage, et de ses grotesques entours. Quelle ne
dut pas être la surprise qu'éprouva le plus brillant, le plus spirituel, le plus galant des princes,
d'être obligé de partager la table et jusqu'au
lit d'un tel collègue ! Son premier soin fut de
prendre connaissance de l'état des affaires, de
s'assurer des ressources que possédaient les insurgés. Tout autre qu'un homme, dont l'intrépidité s'augmentait en raison des obstacles, eût
reculé d'effroi en voyant l'état de dénuement où
Naples était au moment de se trouver ; les arsenaux
dépourvus de munitions, les magasins ne conte-
nant pas pour plus de quinze jours de vivres,
les approches de la ville bloquées par la cavalerie que la noblesse avait levée, pour lui in-
tercepter toute communication avec la campagne ;
le littoral surveillé par la flotte, tous les châteaux occupés par des garnisons espagnoles,
et la cité pleine de troubles, d'alarmes qu'en-

tretenaient les dispositions absurdes ou cruelles
que prenaient Gennaro et ses adhérents, moins
désintéressés que ne l'avait été Mas-Aniello, et
s'occupant alors de s'amasser des richesses. Il
reconnut que, s'il avait différé son arrivée de
quelques jours, les destins de la nouvelle république étaient accomplis ; une seule pensée
dominait exclusivement *l'intrépide* Gennaro,
c'était la conservation de sa vie, qu'il croyait
sans cesse menacée par ses ennemis, et ce brutal
tyran ne voyait que des ennemis dans tous ses
intimes : si le vice-roi eût alors assuré une am-
nistie, Gennaro eût à l'instant, comme il le fit
plus tard, trahi sa cause.

Dans une si épouvantable anarchie, le duc
de Guise voit d'un coup d'œil les moyens de
remédier à tout ; investi du titre de *généralissime des armes du peuple,* et défenseur de sa
liberté, la religion ayant consacré son pouvoir,
il donne à cette tourbe une organisation régulière ; il fait cesser le pillage, les assassinats,
et sait en imposer par des mesures vigoureuses
aux plus séditieux. »Naturellement, dit-il, je
»ne craignais point la canaille, et quand Dieu
»forme une personne de ma condition, il lui
»imprime je ne sais quoi, entre les deux yeux,
»qu'elle n'ose regarder sans trembler. « Il dis-

iscipline cette horde fanatique et cruelle, et la
conduit au point d'applaudir à la délivrance
des nobles qu'elle avait jetés dans les prisons,
où ils étaient retenus comme ôtages, et dont
ils ne devaient sortir que pour être livrés au
bourreau : son crédit va même jusqu'à avoir
de fréquentes relations avec la noblesse, sans
que le peuple en prenne d'ombrage ; enfin, en
peu de jours, la sécurité succéda aux alarmes
dans lesquelles vivaient tous ceux qui avaient
quelque chose ; les délateurs furent écartés, et
une espèce de justice succéda aux caprices sanguinaires de Gennaro. L'histoire n'a point assez loué la conduite du duc de Guise, dans une
position aussi difficile ; il fut obligé de créer
lui-même toutes ses ressources. » Il est surpre-
« » nant, sans doute, dit-il lui-même, et toutes
« » les histoires n'ont jamais rien fait voir de
« » semblable, qu'au milieu des assassinats, du
« » poison et des tumultes, sans avoir personne
« » en qui prendre confiance, pas même en mes
« » domestiques, qui ne m'ont pas pour la plu-
« » part servi, selon mes intentions, ni à ceux
« » qui s'étaient attachés à suivre ma fortune,
« » qui n'ont pas fait leur devoir, que j'aie fait
« » la guerre sans poudre, sans munitions et sans
« » argent, avec des milices nouvelles et mal

» armées, sans canons, ni bagage ; et qu'enfin,
» j'aie fait vivre une ville cinq mois entiers , dont
» les ennemis tenaient toutes les hauteurs forti-
» fiées. «

Après avoir, par des actions héroïques, repoussé les attaques des garnisons des châteaux,
il sut en imposer tellement aux Espagnols, qu'il
crut pouvoir se mettre à la tête d'une expédition dans la Campanie, dont l'objet était de
procurer des vivres à la ville de Naples : en
même temps, dans le dessein de faire déclarer
les provinces en sa faveur, et de multiplier les
embarras aux Espagnols, il organise des troupes de partisans, et délivre des commissions
à ceux qui offrent leurs services : le duc ne se
dissimulait point les inconvénients de cette mesure, dont le fatal usage s'est, pour le malheur de l'humanité, revouvelé jusqu'à nos jours,
d'une manière si funeste.

Ces chefs de bandits, aujourd'hui comme alors,
ne diffèrent des voleurs de grands chemins, que
par leurs commissions, qui autorisent et légiti-
ment leurs crimes. Si, politiquement, ils rendent
quelques services à la cause qu'ils servent, ils
font à la société un mal irréparable, en dépra-
vant les mœurs des peuples, et en augmentant
à la paix le nombre des brigands.

Bientôt tout le royaume est en feu ; les Espagnols, attaqués de toutes parts, sont obligés
de se retirer dans les forteresses ; la noblesse
tient encore la campagne avec ses troupes, mais
le duc emploie, avec une merveilleuse adresse,
tous les moyens de la ramener à lui. Ce n'était
point l'attachement pour les Espagnols, qui avait
uni les nobles à leur cause ; ceux-ci gémissaient
de l'asservissement de leur patrie, et ils n'étaient
pas moins disposés que le peuple lui-même, à l'en
affranchir ; mais les excès dont ils étaient victimes
leur faisaient préférer un joug sous lequel, du
moins, ils trouvaient la sûreté de leurs personnes
et de leurs propriétés. Pour les ramener à lui,
le duc de Guise sentit qu'il lui fallait exercer
sans partage la souveraineté, que jusqu'alors il
avait été forcé de partager avec le féroce Gennaro, qui tout dégouttant encore du sang de
l'infortuné prince de Massa, et gorgé des richesses
qu'il avait pillées dans les palais, ne consen-
tirait jamais à un rapprochement avec un parti
qu'il avait si cruellement traité. Pour parvenir
à cette fin, le duc qui, par ses exploits journaliers, acquérait de nouveaux droits à l'admiration et au respect du peuple, écartait de plus
en plus Gennaro et ses adhérents de la conduite des affaires, et en même temps, par des

actes nombreux de courtoisie chevaleresque, par sa fermeté à châtier exemplairement les excès de la populace, il s'attirait la reconnaissance des principales familles, qu'il protégeait souvent au péril de sa vie.

Sur ces entrefaites (vers la mi-Décembre) parut la flotte de France, dont le duc attendait de puissants secours; mais il fut bien trompé quand l'envoyé du gouvernement, vendu à la faction espagnole, et n'agissant peut-être que d'après les perfides instructions qui lui auraient été données, déclara qu'il avait ordre exprès de traiter avec Gennaro, seul reconnu, à la date de ses instructions, pour chef de la république; que néanmoins, si son autorité était abolie, ce serait avec son successeur qu'il traiterait. Le duc vit bien alors combien il lui importait de renverser Gennaro, ou de le réduire à la nullité : aussi, sans perdre un moment, il rassemble le peuple en armes, dans le marché (Piazza del Mercato); il expose que le salut de l'état ne permet plus le partage du pouvoir; qu'il lui est impossible de servir et de sauver la patrie, s'il ne peut prendre seul les mesures qu'il croit nécessaires; qu'il demande donc qui de lui, ou de Gennaro, doit conserver le commandement? Une voix unanime déclare qu'on ne veut plus

ouïr parler de Gennaro, homme brutal et incapable, et qu'on ne peut obtenir la liberté
que du duc seul : *vive le duc de Guise, notre
roi, nous n'en voulons et n'en aurons point
d'autre que lui.* Telle fut la réponse.

Assuré par-là des dispositions du peuple, le
duc de Guise signifie à Gennaro que s'il ne
consentait à remettre entre ses mains l'autorité
dont il était investi, il allait lui faire couper
la tête, et faire pendre son corps à une potence.
Gennaro se jette à ses genoux, lui demandant
pardon des intrigues qu'il avait ourdies; il fait,
par-devant des notaires, une renonciation de son
pouvoir, qui est signée sur le balustre de l'autel, et il lui jure fidélité. Au lieu de cette magnanimité, le duc de Guise aurait certainement
mieux fait de profiter des dispositions du peuple,
pour se défaire d'un misérable couvert de crimes,
qui venait d'attenter à sa vie, et qui, depuis ce
moment, ne cessa d'intriguer pour sa perte,
comme il y réussit plus tard.

La flotte de France, en paraissant inopinément sur la rade de Naples, y trouva la flotte
d'Espagne dans un désordre dont il parût incon-
cevable qu'elle ne profitât point : tous les bâtiments étaient à l'ancre, la plupart désarmés,
et n'ayant point à bord la moitié de leurs équi-

14

pages. Sa destruction était inévitable , et un seul combat eût suffi pour porter à l'Espagne un coup décisif dans cette contrée. Mais c'est ce que l'événement a bien prouvé, qu'on ne voulait pas. L'armée française laissa la flotte espagnole se retirer , et ce ne fut que deux jours plus tard qu'elle alla l'attaquer devant Castellamare ; le combat n'eut d'autre résultat pour la première , que d'éloigner l'ennemi de ces parages, et de rester maîtresse de la rade.

A la vue de cette belle armée navale , les Napolitains durent croire à l'accomplissement des promesses que le duc de Guise leur avait faites : lui-même, dans sa première conférence avec l'envoyé du gouvernement, crut pouvoir compter sur la plus grande partie des secours qu'il avait sollicités , et qu'il attendait ; mais dans celles qui suivirent, il vit clairement qu'on ne cherchait qu'à éluder tous les engagements : chaque jour on réduisait ce qu'on avait promis la veille ; enfin, l'on finit par refuser nettement l'argent, les munitions de guerre et de bouche , et au lieu des troupes qu'on devait faire débarquer, on permit à peine à quelques braves, de partager la fortune du duc : vainement celui-ci représenta-t-il qu'il ne travaillait que pour la cause de la France, qu'en l'abandonnant l'on servait les intérêts d'un ennemi, à qui l'on pouvait porter un coup fatal ; toutes ses observations échouèrent, et la flotte levant l'ancre, disparut de la vue de Naples. »Je laisse »à juger, dit le duc, si tout autre que moi se »voyant si malheureusement abandonné, n'eût »pas perdu le courage, aussi bien que l'espé- »rance, et si je n'eus pas besoin d'une extrême »résolution pour résister à une si mauvaise »fortune, et de beaucoup d'adresse pour me »parer des périls où j'étais exposé avec tant »d'apparence. Si je n'eusse établi une créance »extraordinaire parmi le peuple, je devais cent »fois être déchiré, se voyant privé de tous les »secours que je lui avais fait espérer, avec tant »d'apparence, dont j'étais le garant et la cau- »tion, et n'ayant que ma seule personne pour »l'assister. «

On ne saurait trop admirer la magnanimité du duc de Guise, dans une occurrence aussi critique ; non-seulement il est abandonné par le gouvernement qu'il avait voulu servir, mais il est trahi par les agents envoyés pour traiter avec lui au nom du roi : ce n'est pas assez de l'avoir trompé d'une manière aussi odieuse, la politique va plus loin ; c'est à la vie du duc de Guise qu'on attente : une conspiration dé-

couverte au moment où elle allait éclater, menaçait ses jours ; »le duc de Guise, avait dit
»l'agent du ministère français, était passé à
»Naples, malgré les ordres de son gouverne-
»ment, et sans sa participation ; par cette seule
»raison, l'armée navale n'avait débarqué ni
»troupes, ni munitions, ni artillerie ; le seul
»moyen d'obtenir des secours de la France,
»avait-il ajouté, était de se défaire d'un re-
»belle devenu le tyran de leur patrie.« On doit
croire que l'agent français outrepassa en cette
circonstance ses instructions, et que s'il lui
avait été défendu de l'assister, il ne lui avait
pas été ordonné de faire assassiner le duc. La
révolte des Napolitains était sans doute utile à
la France, puisqu'elle occupait les forces de
l'Espagne, et qu'elle augmentait les embarras
de cette puissance ; la France ne l'avait pas
excitée, elle l'avait entretenue sourdement par
ses ministres à Rome ; des envoyés du peuple
avaient été bien accueillis à Paris, mais ils n'en
avaient rapporté que de brillantes promesses ;
enfin, l'intention du ministère était de profiter
de l'occupation de *Piombino* et de *Porto-Lon-*
gone, pour de-là, fomenter et entretenir le
désordre, au préjudice des Espagnols, sauf à
profiter de l'occurrence, pour donner le trône

au prince Thomas de Savoie, ou au duc d'Orléans, frère puîné du roi. Au milieu de ces
intrigues de la politique, le cabinet français
voyait tous ses plans déconcertés par l'imprudente expédition du duc de Guise; malgré les
protestations de celui-ci d'une inébranlable fidélité, malgré sa ferme résolution de ne rien
faire sans l'aveu du roi, il était difficile de
croire qu'il renonçât aux prétentions qu'avait
toujours eues la maison de Lorraine, à l'héritage de la maison d'Anjou : d'un autre côté,
qu'il se fut contenté du protectorat de cette
nouvelle république, aux mêmes conditions que
le prince d'Orange exerçait celui des Provinces-
Unies, c'était donner au midi de l'Europe un
second et dangereux exemple d'émancipation,
qui pouvait devenir contagieux pour toutes les
monarchies. Mazarin paraît donc, en cette occasion, avoir agi comme le voulait, si non la
loyauté, au moins la prudence : le duc de Guise
ne fut plus aux yeux de la cour, que le fomen-
tateur de désordres, dont le résultat, quel qu'il
fût, tournerait au profit de la France. Assuré de
l'impossibilité où il était de conquérir le royaume
pour lui-même, convaincu de l'insuffisance des
moyens dont il pouvait disposer pour fonder
sa république, on l'abandonna à sa fortune,

ou plutôt on le sacrifia, en le voyant prochainement victime, soit de la vengeance du cabinet de Madrid, soit de la cruauté du peuple
le plus léger, le plus insconstant et le plus
ingrat.

Le duc de Guise, ainsi livré à lui seul, environné de périls de tout genre, parvint néanmoins à tenir les Espagnols étroitement bloqués
dans les châteaux; par l'insurrection qu'il avait
fait éclater dans les provinces, il faisait régner
l'abondance dans la capitale du royaume; de
jour en jour il détachait la plupart des nobles,
et s'il ne les ralliait pas tous à sa cause, il privait
du moins l'Espagne de leur appui; il avait ra-
mené par sa fermeté l'empire des lois au milieu de la tourbe qu'il dominait par son activité, sa présence d'esprit et son brillant courage.
Mais tandis qu'il gouvernait si bien, il ne veillait
pas aux embûches que lui tendaient ses ennemis. Le plus actif et le plus perfide de tous
était Gennaro, qui, humilié de la concession
qu'il avait été obligé de faire de son autorité,
furieux de se voir méprisé par un peuple dont
il avait été l'idole, nourrissait dans son âme
atroce la soif de la vengeance : par de sourdes
menées, il excitait le peuple à se défaire du chef
qui, se rapprochant de la noblesse, sacrifiait ses

intérêts ; en même temps, il traitait secrètement avec le nouveau vice-roi, pour lui livrer
la ville. Trop confiant dans des démonstrations
d'amour et de dévouement, dont ce peuple est
si prodigue, le duc méprisait ces intrigues qui
finirent par lui devenir fatales. Il n'avait plus
pour se soutenir, que sa loyauté si bien connue,
sa bravoure journellement éprouvée, et ce
prestige que produisait toujours sa présence.
Mais de semblables moyens ne pouvaient avoir
une puissance durable ; le peuple se lassait d'un
service militaire, pénible et périlleux ; les
soldats se plaignaient de rester sans solde ;
les Lazzaronis, incités par Gennaro, trouvaient incommode un chef qui punissait par
des supplices, les excès qu'ils voulaient com-
mettre ; la bourgeoisie qui s'était déclarée pour
le duc, quand elle espérait l'intervention de
la France, s'alarmait en prévoyant que pour
échapper au joug espagnol, il fallait s'exposer de nouveau aux fureurs de l'anarchie. La
noblesse, un moment incertaine quand elle vit
luire l'espoir de l'affranchissement de la patrie,
et la conservation de ses priviléges, se rappro-
chait des Espagnols ; le rappel du duc d'Arcos
qui avait, par sa mauvaise conduite des affaires,
occasionné la révolte, et l'arrivée du comte

d'Ognate, ruinèrent bientôt toute l'influence du
duc de Guise. Le comte d'Ognate s'annonçait
par les intentions les plus pacifiques ; il promettait l'oubli et le pardon de toutes les fautes,
et il appuyait ses promesses, par la présence
de la flotte de don Juan, à bord de laquelle il
s'était établi.

Si le duc de Guise voyait les dangers s'accumuler, son dévouement ne perdait rien de
son énergie, son activité s'accroissait avec les
obstacles et les fatigues. En même temps, administrateur, général, soldat, il pourvoyait à
l'approvisionnement de la cité, à sa défense,
à sa police ; il déconcertait, par sa présence, les
projets des conjurés ; il faisait tomber à ses pieds
les séditieux dont les vociférations factieuses
se changeaient à l'instant en acclamations d'admiration et d'amour. Tous ces succès lui inspiraient un excès de confiance, qui précipita sa
perte. Don Juan voulant armer le littoral pour
assurer le mouillage de sa flotte, avait armé
l'île de *Nisida* et le sommet du *Pausilippe* :
le duc de Guise voulut emporter les retranchements, et il s'y porta en personne : pendant cette expédition, qui avait un plein succès, Gennaro et ses complices ouvrent aux
ennemis les portes de la ville ; le peuple, à

leur apparition, reprend les couleurs d'Espagne, et le feu de la rébellion s'éteint aussi
promptement qu'il s'était allumé. »Un panier
« »de figues renversées avait excité la révolte,
« »la voix de quelques misérables, criant qu'il fal-
« »lait implorer la clémence du roi, fit rentrer tout
« »le monde dans l'obéissance. «

Ces étranges événements se passaient dans
la ville, pendant que le duc de Guise attendait devant Nisida que la garnison, aux termes
de sa capitulation, sortit du fort. Il ne peut
croire l'avis qu'un officier lui apporte en toute
hâte, de l'entrée des Espagnols; il veut s'assurer lui-même de la vérité : il n'est pas long-
temps à reconnaître que son règne est fini, et
que sa puissance, fondée sur la fidélité napoli-
taine, s'est, comme elle, évanouie comme un
songe. Il ne lui reste plus d'autre parti à prendre que de sauver sa tête, mais il ne veut la
sauver qu'avec son honneur. Il s'indigne de la
proposition qu'on lui fait de s'embarquer sur
des felouques, pour gagner Rome; il ne faut,
dit-il, aujourd'hui penser qu'à mourir les armes
à la main : suivi de quelques braves, il espère
rallier ses partisans, s'il entre dans la ville,
mais il acquiert la triste certitude qu'elle lui est
désormais irrévocablement fermée. L'ennemi

occupe déjà toutes les portes, et par-tout où il se présente, le duc est accueilli par une fusillade meurtrière, et n'entend, au lieu des *evviva*, que des hurlements féroces qui le dévouent à la mort. Il ne lui reste plus d'autre parti à prendre que de tenter de gagner l'Abruzze; il se porte sur *Santa Maria*, pour passer le *Volturno* vers *Caiazzo*; mais le bruit de sa fuite était déjà répandu : le tocsin avait rassemblé de toute part les paysans; la cavalerie ennemie battait la campagne, et interceptait tous les passages. Quoiqu'entouré de tous les côtés, et ne pouvant avancer, sans avoir à passer sur le ventre d'un nombre d'assaillants décuple de sa petite troupe, le duc de Guise, après des prodiges de la valeur la plus héroïque, ne se détermina à se rendre, que quand son cheval, grièvement blessé, tomba sous lui.

Le duc de Guise, conduit à Capoue, fut retenu dans cette place jusqu'à l'arrivée des ordres que le cabinet de Madrid devait donner sur son sort et sa destination ultérieure. Il n'eut qu'à se louer des déférences et de la distinction avec lesquelles le gouverneur le traita pendant son séjour. Il n'était pas privé de la consolation de se voir entouré des fidelles serviteurs qui avaient partagé avec lui ses périls, et qui partageaient alors sa captivité. Mais à ces loyaux procédés, succéda bientôt un traitement moins généreux. Transféré à Gaëte, il fut renfermé dans un véritable cachot, dont l'ameublement consistait en un misérable lit, avec des draps dans lesquels avait couché deux mois, un parent de Mas-Aniello, que l'on avait pendu il n'y avait que huit jours. Les livres qu'on lui donna pour charmer ses ennuis, furent la *préparation à bien mourir*, et l'histoire de Naples, où le premier objet qui le frappa, fut une gravure en taille-douce, représentant le supplice du jeune *Conradin*. Ses gardes l'informaient exactement de la mise en jugement et de la condamnation de ses partisans. Le duc de Guise devait voir dans ce raffinement de méchanceté, l'annonce ou la menace du sort qu'on lui réservait à lui-même. Il témoigna dans une circonstance aussi critique, combien son âme était supérieure à l'excès de son infortune ; loin de se laisser abattre, à la vue du sort qu'on lui destine, loin de fléchir devant l'autorité qui le retient dans les fers, jamais son caractère ne montra plus d'élévation. Ses nobles qualités, son brillant courage, lui avaient fait de nombreux et puissants protecteurs, dans tous les princes auxquels il tenait par les liens du sang. Mais de tous les souverains, celui à la sollicitude duquel il dut la conservation de sa vie, fut Innocent X, qui, le premier, instruit de sa catastrophe, usa immédiatement de toute son influence, pour prévenir un acte que la politique pouvait juger utile, et que la violation manifeste du droit des gens semblait autoriser. Quoique la France l'eût sacrifié, en l'abandonnant au milieu des périls de son entreprise, elle ne resta pas indifférente à son malheur. La reine-mère sollicita avec instance sa liberté. Elle fit même l'offre de remettre en échange quatre mille prisonniers espagnols; mais le cabinet de Madrid accorda gratuitement, à la demande du prince de Condé, ce qu'il avait refusé à la reine. Il est probable que l'Espagne se flattait que la reconnaissance attacherait Guise à son libérateur; mais il en fut autrement, et le sentiment du devoir d'un sujet fidelle, prévalut sur l'obligation du service individuel. De retour en France, il s'attacha à la reine-mère, et ne dévia jamais du dévouement qu'il lui jura.

Pendant que le duc de Guise était à Rome, Louis XIV (alors âgé de neuf ans), accompagné de la reine-mère, Anne d'Autriche, d'Anne-Marie-Louise d'Orléans, mademoiselle, ocousine germaine du roi, de Louis de Condé, d'Armand de Bourbon, prince de Conti, des cardinaux Jules Mazarin et François Barberini, séjourna au château d'Eu, le 31 Juillet 1647. La cour venait d'Abbeville et se rendit à Dieppe le lendemain, après avoir visité le Tréport.

Le duc de Guise trouvait la France encore agitée par les troubles de la Fronde; le prince de Condé, à qui il devait sa liberté, était à la tête de l'armée opposée à celle de la cour, et préludait à la haute trahison qui allait flétrir ses lauriers. Invariable dans la ligne que lui marquait l'honneur, le duc de Guise ne se sépara jamais des intérêts de la régente. Seul des princes, il siégea sur les bancs des ducs et pairs, au lit de justice, du 22 Octobre 1652, où le prince de Condé fut déclaré coupable du crime de lèze-majesté.

L'on a vu que la cause qui avait conduit le duc de Guise à Rome, en 1647, était son amour romanesque pour mademoiselle de Pons, dont il ne pouvait obtenir la main, qu'en faisant casser le mariage qu'il avait contracté avec la comtesse de Bossut. Il était probable que cinq années d'absence, passées au milieu d'événements si extraordinaires, auraient effacé l'empreinte

d'une passion qui résiste rarement à la puissance du temps ; la vue de cette dangereuse
beauté ranima tous ses feux, et redoubla son
désir d'obtenir au plutôt la rupture de son union
malencontreuse. Il était tout occupé de son amour
et de ses négociations auprès du Saint-Siége,
quand il vit tout à coup lui apparaître l'infortunée comtesse objet de ses soucis et de ses
pénibles embarras. Il fait cette rencontre inattendue, mais probablement préparée à l'avance,
chez la duchesse d'Orléans, sa parente. La comtesse tombe à ses pieds, mais il a la cruauté
de lui dire d'un ton railleur, *qu'il ne pouvait voir*
une si belle dame dans cette posture, et lui
tournant le dos, il se retire en ajoutant *que*
c'était une comédie qu'on représentait, et qu'il
ne souffrirait pas qu'on le jouât.

Il paraît que ses vœux ne furent point exaucés, et qu'il ne put obtenir la rupture de son
mariage, ni la main de celle qu'il adorait.

Il était difficile que dans une vie aussi agitée, au
milieu d'aventures aussi extraordinaires, la fortune du duc de Guise n'eût pas éprouvé de
violents échecs. La prudence et la maternelle
sollicitude de Catherine de Joyeuse n'avaient
pu pourvoir à l'énormité de ses dépenses, et
à ses profusions. Déjà, pendant son séjour en

Espagne, il avait fallu aliéner plusieurs baronnies du comté d'Eu, pour payer une partie de ses dettes. De retour en France, il vit l'urgente nécessité de consacrer à l'arrangement de ses affaires, le temps dont il pouvait disposer. Il se rendit à Eu, le 31 Octobre 1653; pendant les neuf jours qu'il séjourna dans son château, il prépara la cession qu'il fit peu après de son comté à son frère, le duc de Joyeuse.

Cette affaire ne fut néanmoins consommée que le 16 Juillet de l'année suivante, en l'absence des contractants, le duc de Joyeuse étant alors devant les lignes d'Arras, où il reçut, le 22 Août, la fatale blessure dont il mourut, à Péronne, le 27 Septembre, et le duc de Guise commandait la flotte et l'armée destinées à tenter une nouvelle entreprise sur Naples. Le duc avait sollicité et obtenu la conduite de cette expédition, dont il avait fait envisager l'infaillible succès. Il croyait que son souvenir vivait encore dans l'esprit des Napolitains; il comptait sur de nombreux et fidelles partisans. Il se flattait que sa présence à la tête d'une armée ne produirait pas un moindre enthousiasme que celui que lui témoigna l'immense population qui l'avait reçu et accueilli naguère comme son libérateur, quand seul, sur un frêle esquif, il

Le duc de
Joyeuse,
27e Comte

n'avait à lui offrir que son bras et son épée : bien grande fut son erreur. Le peuple le vit avec indifférence ; la noblesse, unie aux troupes espagnoles, se porta sur Castellamare, dont l'armée française venait de s'emparer ; bloqué dans cette place, le duc fut, peu de temps après, sans avoir pu rien tenter contre l'ennemi, obligé de se rembarquer, et de regagner les ports de la Provence, où sa flotte, battue par la tempête, eut peine à parvenir. Cette triste et vaine expédition, dont le caractère constraste tant avec les brillants débuts de son auteur, fut pour lui la clôture de la carrière des armes. De retour à Paris, il fut pourvu de la charge de grand chambellan de France ; et, depuis ce moment, il ne quitta plus la cour, dont il était l'un des personnages les plus brillants et les plus spirituels, et le plus célèbre par ses étranges aventures et ses amours romanesques. Le roi le chargea, comme le prince le plus galant et le mieux fait de la France, de complimenter de sa part la reine Christine, lorsqu'elle fit son entrée à Paris, le 6 Septembre 1656. Il parut avec éclat dans les carrousels donnés à cette époque, et dans celui de 1663. Il figurait dans le dernier à la tête du quadrille des sauvages américains, et le prince de Condé était à la tête de celui des

T Turcs ; en voyant ces deux hommes célèbres,
v voilà, disait-on avec vérité, les héros de l'histoire
et de la fable.

Au milieu des plaisirs de la brillante cour,
dont il était un des principaux lustres, le duc
de Guise, encore dans la force de l'âge, fut atteint d'une maladie, à laquelle il succomba,
le 2 Juin 1664.

Ce prince avait perdu, en 1656, sa mère
Henriette-Catherine de Joyeuse, morte à soixante-
onze ans.

Cette princesse, après la mort de son fils, Louis de Lorraine, duc de Joyeuse, à qui son aîné, comme il est dit plus haut, avait cédé le comté d'Eu, était devenue tutrice de son petit-fils, Joseph-Louis de Lorraine, duc de Joyeuse et d'Angoulême, prince de Joinville, né le 6 Août 1650. L'un des premiers actes de sa tutelle, fut l'accomplissement des volontés et des dispositions de sa belle-mère, Catherine de Clèves, relativement à un hôpital, pour les malades de la ville et du comté d'Eu, qu'elle fonda par lettres-patentes des 7 Janvier et Mai 1655 (1).

Le jeune duc Joseph-Louis de Lorraine n'était

(marginal note) Joseph-Louis de Lorraine, 28e Comte

(1) V. la note 7ᵉᵐᵉ, à la fin de l'Ouvrage.

15

âgé que de huit ans, lorsque le comté d'Eu fut saisi *réellement*, en 1658. Les poursuites de ce décret se firent au parlement de Paris, où il intervint arrêt, le 8 Mai 1660 ; il fut adjugé, par arrêts des 20 Août 1660, et 27 Mars 1662,

à Son Altesse Royale Anne-Marie-Louise d'Orléans, duchesse de Montpensier. Le prix de ce domaine, outre toutes les charges reconnues et approuvées en l'arrêt du 8 Mai 1660, fut de deux millions cinq cent cinquante mille livres. Ce fut ainsi que le comté d'Eu sortit de la maison de Lorraine, qui l'avait possédé pendant quatre-vingt-dix ans.

Le roi, par lettres-patentes du 18 Mai 1660, accorda à Mademoiselle, la continuation du titre ancien du comté-pairie d'Eu, pour en jouir aux mêmes honneurs et prérogatives dont les feu duc de Joyeuse, duc de Guise, et leurs prédécesseurs mâles et femelles, comtes et comtesses d'Eu, en avaient joui et avaient eu le droit d'en jouir.

Anne-Marie-Louise d'Orléans, née le 27 Mai 1627, était dans sa trente-troisième année, lorsqu'elle prit possession de ce domaine. Cette princesse était fille de Gaston de France, duc d'Orléans, fils de Henri IV, et de Marie de Bourbon, duchesse de Montpensier.

»La perte de ma mère, qui suivit de fort près ma naissance, dit Mademoiselle, fut pour moi un grand malheur, et les biens immenses dont je suis restée héritière, ne peuvent compenser les avantages immenses que j'aurais retirés de sa tendresse et de son crédit, lorsqu'il eût été question de mon établissement.

»La reine, ma grand'mère, m'aimait extrême- ment, et me témoignait, à ce que j'ai ouï dire, beaucoup plus de tendresse qu'elle n'avait ja- mais fait à ses propres enfants. Monsieur en avait toujours été le plus chéri, et elle avait une grande estime et une grande affection pour ma mère; ainsi, on ne doit pas s'éton- ner de l'amitié qu'elle avait pour moi; néan- moins, j'ai malheureusement été privée d'en recevoir les effets, par la disgrâce qui la fit sortir de France; j'étais encore si jeune alors, que je ne me souviens pas seulement de l'avoir vue. Ce fut une perte qui ne fut pas moins importante que celle que je fis à ma naissance, puisque je devais, selon toutes les apparences, retrouver en cette grande reine ce que j'avais perdu par la mort de ma mère. Madame de Saint-Georges (sa gouvernante), ne put y sup- pléer : malgré tout le bien que j'en ai dit, dans ma classe on craint si rarement celles qui

»sont au-dessous de nous, qu'il est comme néces-
»saire qu'une autorité supérieure seconde le soin
»de ceux qui nous gouvernent : ce qui me fait
»oser dire que s'il paraît en moi quelques bonnes
»qualités, elles y sont naturelles, et que l'on
»n'en doit rien attribuer à l'éducation, quoi-
»que très-bonne, car je n'ai jamais eu l'ap-
»préhension du moindre châtiment. Ajoutez à
»cela, qu'il est très-ordinaire de voir les enfants
»que l'on respecte, et à qui l'on ne parle que
»de leur grande naissance et de leurs grands
»biens, prendre les sentiments d'une mauvaise
»gloire. J'avais si souvent à mes oreilles des
»gens qui ne me parlaient que de l'un et de
»l'autre, que je n'eus pas de peine à me le
»persuader, et je demeurai dans un esprit de
»vanité fort incommode, jusqu'à ce que la rai-
»son m'en eût fait connaître le ridicule. La
»naïveté avec laquelle je veux parler de tout
»ce que je vais raconter, me fait remarquer
»ici un trait de mon enfance, quand on me par-
»lait de madame de Guise, ma grand'mère, je
»disais : *Elle est ma grand'maman de loin, elle*
»*n'est pas reine.*«

Ce sincère et naïf exposé doit être considéré
comme le texte de l'histoire de cette princesse,
parce qu'il développe parfaitement les causes

qui ont influé sur la formation d'un caractère,
dont elle peint souvent, avec une candeur remarquable, toute la bizarrerie. La mort de sa
mère, l'éloignement de son aïeule, le mariage
de son père, lorsqu'elle n'était encore âgée que
de cinq ans, toutes ces causes réunies la livrè-
rent aux soins d'une gouvernante, qui, d'après
l'opinion qu'avait déjà l'élève de sa propre supériorité, n'avait guère de moyens de dompter
un esprit dominé par l'orgueil, et gâté continuellement par la faiblesse du roi et de la reine,
dont elle charmait le triste intérieur. Plus tard,
l'expérience fit évanouir quelques prestiges, mais
ne détruisit point le mal qu'avait fait la vanité,
dont on avait enivré son jeune âge, et fasciné
sa raison. Delà cette ambition désordonnée qui
influa d'une manière si fâcheuse sur sa destinée,
en lui faisant négliger toujours de réels et solides avantages, pour de séduisantes chimères,
et en la privant ainsi du bonheur qu'elle ne trouva jamais.

Cette princesse avait onze ans, lorsque Louis
XIV naquit : dès cet instant, elle avoue elle-
même qu'elle se flatta de l'espoir de l'épouser
un jour. »La naissance de monsieur le Dauphin,
»dit-elle, me donna une occupation nouvelle. Je
»l'allais voir tous les jours, et je l'appelais *mon*

»*petit mari* : le roi s'en divertissait et trouvait
»bon tout ce que je faisais. Le cardinal de
»Richelieu, qui ne voulait pas que je m'y ac-
»coutumasse, ni qu'on s'accoutumât à moi,
»me fit ordonner de retourner à Paris. Il avait
»tellement à cœur que j'eusse appelé le Dau-
»phin mon petit mari, qu'il m'en fit une répri-
»mande ; il me dit si sérieusement tout ce qu'on
»aurait pu dire à une personne raisonnable, que
»je me mis à pleurer; je me retirai fort en colère
»de tout ce qu'il m'avait dit. Lorsque la reine
»sut le discours que le cardinal m'avait tenu,
»elle témoigna en être fâchée, et me dit avec
»bonté : Il est vrai que mon fils est trop pe-
»tit, tu épouseras mon frère. Elle voulait par-
»ler du cardinal infant qui était en Flandre,
»pour lors capitaine-général du pays, et qui
» y commandait les armées du roi d'Espagne. «

Il paraît que ce mariage était plus sérieux que
le premier, »car la reine, dit Mademoiselle, m'a
»dit qu'elle avait trouvé dans la cassette du roi,
»après sa mort, des mémoires où elle avait
»vu que mon mariage était résolu avec ce
»prince. Elle ne me dit que cela. « Ce projet
fut détruit par la mort inopinée du cardinal
infant.

Pendant que la reine songeait à ce mariage,

Monsieur avait déjà pris des engagements sérieux avec le comte de Soissons : »Malgré la
»disproportion de mon âge avec le sien, dit la
»princesse, mon mariage avec lui était infail-
»lible ; c'était un fort honnête homme, doué
»de grandes qualités : il avait été accordé avec
»la reine d'Angleterre, ma tante, quoiqu'il fut
»cadet de sa maison. Sa malheureuse destinée
»(il avait été tué à la bataille de la Marfée,
»1641), fait bien voir que nous n'étions pas
»nés l'un pour l'autre. Je ne laissai pas de bien
»pleurer sa mort.«

Mademoiselle avait dit-sept ans, lorsque la
reine d'Espagne mourut : »L'opinion générale,
»dit-elle, était que le roi d'Espagne était un parti
»convenable pour moi.« La reine et le cardinal Mazarin témoignaient à Monsieur qu'ils le
désiraient l'un et l'autre vivement; mais ils trom-
paient à la fois le père et la fille, et faisaient
agir sourdement à la cour de Madrid contre l'intention qu'avait énoncé Philippe IV, de demander la main de Mademoiselle. Un émissaire
de ce monarque, expédié pour traiter secrètement cette affaire, fut arrêté et mis à la Bastille,
avant d'avoir pu remplir sa mission. La princesse
ressentit vivement l'injure que lui faisait le premier ministre, et dès-lors elle conçut contre lui

une haine qu'elle trouva plus tard l'occasion de satisfaire.

Un événement imprévu pouvait faire espérer à Mademoiselle, un dédommagement de la perte de la couronne d'Espagne; l'impératrice venait de mourir subitement; aussitôt l'espoir de lui succéder s'empare de son esprit; le cardinal et l'abbé de la Rivière se plaisent à la bercer de cette brillante chimère; elle ne voit plus que le trône impérial, et quoique son père cherche à la dissuader, et à lui démontrer qu'on l'abuse en cette circonstance, comme on l'a trompée pour le roi d'Espagne, elle n'envisage, elle ne veut voir que le bonheur d'être impératrice. C'est dans ces dispositions qu'elle entendit la proposition plus sérieuse et plus raisonnable qui lui fut faite, de la main du prince de Galles. Mais, »la pensée de l'empire, dit-»elle, occupait si fort mon esprit, que je ne re-»gardais plus le prince de Galles *que comme* »*un objet de pitié.*« La reine et Monsieur qui désiraient l'un et l'autre la conclusion de cette affaire, ne cessaient d'agir pour déterminer la princesse à se rendre à leurs intentions. Ils redoublèrent leurs tentatives, lorsque, par la mort tragique de Charles Ier, la couronne d'Angleterre échut au prince de Galles. C'est

ur une créature qu'il faut gagner, avaient dit la
ɔr reine et Monsieur ; elle ne sait ce qu'elle
ıv veut, et nous n'avons pas de pouvoir sur elle.
ן«» Il est vrai, ajoute-t-elle, qu'ils avaient rai-
ɪ«» son sur le sujet du mariage, d'avoir cette pen-
ɪ«» sée : j'ai toujours cru que depuis qu'on avait
«» l'âge de raison, on devait l'employer en cette
«» rencontre comme la plus importante de la
«» vie, parce qu'il y va du repos de toute la
«» vie, et qu'ainsi, il fallait plutôt songer à
«» ses intérêts qu'à ceux de ses proches.« La
ɪ reine espérait, par tous les moyens de persua-
ɪɑ sion et d'adresse, parvenir à vaincre la résis-
ɪt tance que lui opposait sa nièce ; mais l'on voit,
b dans ce que celle-ci rapporte de l'entretien qui
q précéda son entrevue avec le roi d'Angleterre,
ɔ combien elle était piquée de l'obsession dont on
ʻl l'accablait. Cette entrevue fut loin d'être favo-
ɪ rable au monarque ; car à l'indifférence succéda
ɪ pour lui un dégoût absolu, dont il faut laisser
fl Mademoiselle exprimer la cause : » Lorsqu'il fut
«» dans le carrosse, le roi lui parla de chiens,
«» de chevaux, du prince d'Orange, et des chasses
«» de ce pays là ; il répondit en français. La
ɪ» reine voulut lui demander des nouvelles de
ɪ» ses affaires, il n'y répondit point ; il s'excusa
ɪ» de ne pouvoir parler notre langue. Je vous avoue

»que, dès ce moment, je résolus de ne point
»conclure le mariage ; je conçus de lui une
»fort mauvaise opinion, d'être roi à son âge,
»et de n'avoir aucune connaissance de ses af-
»faires. Après le dîner, la reine me laissa avec
»lui ; il y fut un quart d'heure, sans me dire
»un seul mot ; je veux croire que son silence
»venait plutôt de *respect*, que de manque de
»passion ; j'avoue franchement qu'en cette ren-
»contre, j'eusse souhaité qu'il m'en eût moins
»rendu. Monsieur de la Rivière me vint dire,
»il vous a regardé tout le temps du dîner,
»et vous regarde encore ; je lui dis : Il a le
»temps de me regarder avant de réussir à me
»plaire, tant qu'il ne dira mot.« Malgré la sévérité de ce jugement, il est probable que, s'il
n'eût pas été souverain sans états, le roi d'Angleterre eût obtenu un autre accueil ; mais l'éloignement qu'il venait d'inspirer fut augmenté par
la mort de l'impératrice Marie-Léopoldine,
deuxième femme de Ferdinand III. Cette fois
encore, l'espérance déjà trompée se ranima avec
une nouvelle ardeur, et n'eut pas plus de succès.

Parvenue à sa vingt-deuxième année, Mademoiselle n'avait encore été occupée que d'intrigues relatives à ses projets d'alliance, quand
les troubles de la Fronde éclatèrent. Alors s'ou-

vrit à son ambition une nouvelle carrière ; son imagination se développa, et s'étendit sur les intérêts politiques. Elle crut, sans manquer aux devoirs que lui imposaient son rang et la reconnaissance pour la reine, pouvoir partager les opinions du parti qui voulait le remplacement d'un ministre abhorré par la nation, et de la perfidie duquel, son amour-propre blessé avait tant à se plaindre. Quand la cour, le 6 Janvier 1649, quitta Paris, elle hésita à la suivre, et sans les ordres de la reine et de son père, elle eût dès-lors figuré, comme elle le fit plus tard, à la tête des mécontents. Cette conduite lui gagna l'affection des frondeurs, qui ne cessèrent, malgré son éloignement, de la compter dans leur parti. Cette princesse ne put développer toute la franchise et la fermeté de son caractère dans cette circonstance, parce qu'elle était comprimée par son père, *qui*, selon l'expression du cardinal de Retz, *entra dans toutes les affaires, parce qu'il n'avait pas la force de résister à ceux qui l'y entraînaient, et en sortit toujours avec honte, parce qu'il n'avait pas le courage de les soutenir.* Monsieur, qui, successivement, par jalousie contre le prince de Condé, s'était uni à Mazarin, puis par intérêt, ou par crainte, s'était allié au prince de Condé, et à

la nation, pour contraindre la régente à exiler
Mazarin, se rallia à la Fronde, quand l'adroit
ministre rentra en triomphateur dans le pays
dont il venait, depuis peu de temps, de sortir
en fugitif. Alors, obligé d'adopter une marche
décidée, Monsieur s'unit à la Fronde, provoqua
les arrêts du parlement qui mettaient à prix la
tête du ministre, et leva des troupes contre
l'armée royale. Dans cette circonstance, Mademoiselle pouvant donner un libre essor à son
courage et à son ambition, développa autant
d'activité que d'énergie. Envoyée par son père,
pour lui assurer la possession d'Orléans, elle n'hésita pas à entrer dans la place, quoiqu'elle fût
occupée par des troupes qui ne s'étaient pas
prononcées pour sa cause : se mettant à la
tête de la population, elle conserva cette ville,
et en écarta les partisans de la cour. Après un
séjour de six semaines, elle revint à Paris recueillir, au milieu des acclamations du peuple,
la récompense de son dévouement; on la pro-
clama l'héroïne du parti, auquel elle attacha,
par sa fermeté et son audace, ceux que la pusillanimité, souvent éprouvée de son père, en aurait détachés. La sédition s'augmentait par les
secours que le prince de Condé avait obtenus
de l'Espagne : retiré dans Paris, il en défen-

sbdait les approches avec des forces très-inférieures
à l'armée royale, que commandait le vicomte de
TTurenne. Cette armée, attaquée le 2 Juillet
11652, refoulée dans le faubourg Saint-Antoine,
allait être écrasée sous les murs de la capitale,
si Mademoiselle, sans attendre les ordres de son
père, qui n'osait secourir le prince en cette critique occasion, n'eût fait ouvrir les portes de
la ville, et, montant sur les tours de la Bastille,
n'eût elle-même eu la hardiesse de faire tirer
le canon sur les troupes du roi, dont elle arrêta
la poursuite. Mais, comme le remarque Voltaire, Mademoiselle se perdit pour jamais dans
l'esprit du roi, son cousin, par cette action violente, et le cardinal Mazarin, qui savait l'extrême
envie qu'avait Mademoiselle d'épouser une tête
couronnée, dit alors : ce canon vient de tuer
son mari.

Il ne paraît pas que Mademoiselle se soit jamais
repentie d'une action qui eut, sur le reste de
sa vie, une si grande influence, puisque dans
ses mémoires, écrits long-temps après, à un
âge plus que mûr, elle s'exprime ainsi : »Quand
« »je songeai le soir, et toutes les fois que j'y
« »songe encore, que j'avais sauvé cette armée,
« »j'avoue que ce m'était une grande satisfaction,
« »et en même temps un grand étonnement de

»penser que j'avais fait rouler les canons du roi
»d'Espagne dans Paris, et passer les drapeaux
»rouges avec la croix de Saint-André. La joie que
»je sentis d'avoir rendu un si grand service au
»parti, et de m'être comportée, en cette occa-
»sion, d'une manière si peu ordinaire, et qui
»n'est peut-être jamais arrivée à personne de ma
»condition, m'empêcha d'y faire les réflexions
»*qui pouvaient se faire.*«

Le combat de Saint-Antoine n'eut d'autre
résultat que l'effusion de beaucoup de sang
dans les deux partis; l'armée royale, postée
aux approches de la capitale, arrêtait ses ap-
provisionnements, et observait le corps de
troupes, dont le duc de Lorraine était disposé
à vendre les services à celui qui lui offrirait
le plus d'argent. Pendant ce temps, Mazarin,
à l'aide de nombreux et adroits agents, irritait
le mécontentement provoqué déjà par la rareté
et la cherté des vivres, et fomentait la discorde entre les chefs du parti. Le peuple, cet
aveugle instrument de qui sait s'en servir, et
toujours disposé à attribuer les maux qu'il souffre
à la trahison de ses magistrats, n'attendait que
le moment d'exercer contre eux de cruelles vengeances : ce moment arriva bientôt. Gaston,
nommé par le parlement lieutenant-général du

»royaume, et le prince de Condé, généralissime,
»voulaient que la ville de Paris les reconnût et
»confirmât en ces titres et autorités. »Pour cet
»effet, dit la duchesse de Nemours, on tint une
»grande assemblée dans la maison de ville, où
»non-seulement se trouvèrent les échevins et
»les conseillers de la ville, mais encore beau-
»coup d'officiers des cours souveraines, qui y
»étaient comme colonels de leurs quartiers, et
»le maréchal de Lhôpital, comme gouverneur
»de la ville. Aussitôt qu'ils furent assemblés,
»on vit toute la Grève remplie de gens qui ne
»paraissaient être que du peuple; mais, par ce
»qu'ils firent, ils prouvèrent bien qu'ils n'étaient
»rien moins que ce qu'ils paraissaient. Ils com-
»mencèrent donc par menacer tous ceux de cette
»assemblée de les tuer et de les brûler, s'ils ne
»consentaient à tout ce qu'on désirait d'eux;
»et sans savoir ce qui s'y passait, ils se mi-
»rent à tirer et à vouloir monter aux fenêtres
»de l'hôtel-de-ville, d'où, pour repousser l'in-
»jure, on voulait tirer aussi; et ce qui fit bien
»voir que ceux qui attaquaient étaient des gens
»de guerre, c'est que bien loin de s'effrayer des
»coups qu'on leur tirait, ils continuèrent à s'ap-
»procher. On dit même qu'on avait entendu
»qu'ils se disaient : à moi Bourgogne, à moi

»Condé, qui étaient les noms des régiments
»de monseigneur le prince. Le désordre alla
»encore plus loin ; et ceux qui le faisaient pous-
»sèrent leur insolence jusqu'à faire approcher
»auprès de la porte, des fagots où ils mirent
»le feu. Ceux qui étaient dans la maison de
»ville, qui voyaient qu'on allait les brûler, que
»la porte était déjà enflammée, et que la fu-
»mée les étouffait, se hasardèrent de sortir ; mais
»ils n'en rendirent pas leur condition meilleure.
»Il y en eut un très-grand nombre de tués ;
»et l'on remarque que le malheur tomba princi-
»palement sur les plus grands frondeurs, par-
»mi lesquels périrent Miron et Janvri.«

Cette émeute n'avait éclaté qu'après la sortie des princes ; ils étaient au Luxembourg,
quand la nouvelle leur en parvint ; Gaston épouvanté, ou, comme le dit Mademoiselle, *si sur-*
pris, que cela lui fit oublier qu'il n'était pas
habillé, vint tout en chemise devant toutes les
dames, et dit à monsieur le prince : *Mon cousin,*
allez à l'hôtel-de-ville, vous donnerez ordre à
tout. C'est ce à quoi le prince ne voulut pas consentir, soit qu'il se défiât avec raison de sa popularité, soit qu'il ne crut pas devoir paraître
en personne dans cette échauffourée, à laquelle
on eut quelque raison de soupçonner qu'il

« n'était pas lui-même étranger. » Alors, dit Ma-
« » demoiselle, j'entrai dans le cabinet de Mon-
« » sieur, et lui proposai, et à monsieur le prince,
« » que, s'ils voulaient, j'irais tout pacifier; que
« » ce serait faire un coup de parti si l'on
« » se servait de cette rencontre, pour obtenir
« » du maréchal de l'Hôpital et du prévôt des
« » marchands qu'ils donnassent leur démission;
« » que le peuple en serait fort content. Ils dirent
« » que, si je pouvais réussir, ce serait une af-
« » faire très-utile et très-avantageuse, et que j'y
« » allasse. « Elle part à l'instant même, mais elle
veut en vain parvenir à la Grève, dont elle reconnaît l'impossibilité d'approcher. Ce n'est que plus
tard qu'elle peut pénétrer dans l'hôtel-de-ville,
après avoir passé, dit-elle, par-dessus des poutres
encore fumantes; ayant atteint le but de sa
téméraire entreprise, elle sortit au point du
jour; elle raconte avec candeur que le peuple
la voyant passer, disait : *Dieu vous bénisse,*
tout ce que vous faites est bien fait.

Pendant que Mademoiselle bravait ainsi tous
les dangers, et donnait chaque jour au parti
de nouveaux témoignages de son loyal dévouement, le lâche Gaston, renfermé dans le Luxembourg, ne s'occupait que des moyens de faire
sa paix avec la cour, sans s'occuper de ce qui

16

adviendrait à ses proches et à ses partisans, qu'il trompait par d'insidieuses promesses, au moment qu'il les sacrifiait. Certain désormais de sa sûreté personnelle, et de la conservation de ses biens, peu lui importe ce que deviendra sa fille, quel sera le sort du prince de Condé, qui vient de verser son sang pour sa cause; il ira, dans un honteux exil, ensevelir sa honte, et justifier le jugement porté contre lui avant le traité, par un de ses serviteurs : »Gaston, »dit Montrésor, n'avait de crainte que pour »sa personne ; c'est la seule qui m'a paru qu'il »ait eue tout le temps que je l'ai servi, ne lui »en ayant jamais vu pour aucun des siens, en »quelques périls qu'ils se fussent exposés pour »lui. «

Le gouvernement du roi était sans doute en droit d'exercer de justes rigueurs contre les chefs d'un parti, dont les excès avaient été si funestes à la France ; mais au lieu de se montrer sévère, il fut indulgent. Mademoiselle reçut l'ordre de sortir de Paris, et la permission de se retirer dans une de ses terres. Elle préféra Saint-Fargeau, où elle s'établit avec toute sa maison.

L'issue des événements où elle venait de prendre une part si active, devait la dégoûter les intrigues; néanmoins, elle continuait d'entretenir, avec le prince de Condé, qui s'était joint aux Espagnols, des intelligences, dont l'objet pouvait bien avoir un autre but que les affaires politiques. Sans cesse occupée de ses projets d'établissement, ses espérances allaient au-delà même des probabilités. C'est ainsi que, croyant à mort la prochaine de la princesse de Condé, l'idée de lui succéder occupait sérieusement son imagination.

Obligée, par sa position, de se résigner à une vie tranquille, l'activité de son esprit se porta vers la culture des lettres, et la connaissance de ses nombreuses affaires, dont elle s'occupa dès-lors avec persévérance. Elle trouva encore, à cette occasion, matière à des discussions avec son père, qui, dans les intérêts privés, montra le misérable caractère dont il avait donné tant de preuves dans les affaires publiques. Après avoir inutilement fait valoir la justice de ses réclamations, Mademoiselle se vit forcée de consentir à tous les sacrifices pécuniaires qu'exigeait son père. Elle voyait que c'était à ce seul prix qu'elle pouvait obtenir sa réconciliation avec la cour, dont elle ne pouvait plus supporter davantage l'éloignement. Cette permission si désirée lui fut enfin don-

née dans le courant de l'été de 1657. Elle
partit aussitôt de Saint-Fargeau, et se rendit à
Sédan, où la cour était installée pendant que
le roi faisait en personne le siége de Montmédi.
La reine la reçut avec beaucoup de bonté, et
pour la rassurer complettement sur les souvenirs du passé, elle lui dit la première, qu'elle
ne lui avait pas su mauvais gré de l'affaire d'Orléans, mais que, pour celle de Saint-Antoine,
dit la princesse, si elle m'avait tenue, elle
m'aurait étranglée. »Je lui dis que je méritai
»bien de l'être, puisque je lui avais déplu; que
»c'était un effet de mon malheur de m'être trou-
»vée avec des gens qui m'avaient obligée à en
»user contre mon devoir. « Cette explication, dans
laquelle on ne trouve plus l'élévation de caractère que montrait naguère la libératrice de
Condé, fut suivie d'actes d'une obéissance plus
qu'obséquieuse, à l'égard du cardinal et de ses
nièces. Le roi témoigna avec grâce à sa cousine, le plaisir qu'il éprouvait à la revoir. »Voici
»une demoiselle, lui dit la reine, que je vous
»présente, et qui est bien fâchée d'avoir été mé-
»chante; elle sera plus sage à l'avenir. «

A la vue du monarque et de son frère, Mademoiselle conçut de nouvelles espérances de
mariage. A la candeur avec laquelle elle le

avoue, à la manière dont elle rapporte ce qu'on
disait à la cour de son hymen avec Monsieur,
aux détails qu'elle donne de son intimité avec
ce prince, on peut croire quelle se flattait de
l'obtenir pour époux. Mais la reine et le cardinal étaient bien éloignés d'un tel projet : ils
n'envisageaient pas sans alarmes pour l'avenir,
l'union d'une princesse âgée de trente ans, qui
avait donné tant de preuves de sa dangereuse
ambition et de son énergie, avec un jeune homme
de dix-sept ans, ayant beaucoup d'esprit, mais
sans aucune solidité, ni science, ni expérience,
dépourvu de caractère, et disposé à suivre aveuglément les mauvais conseils de ses entours.
C'eût été continuer sous le nouveau règne, tous les
embarras qu'avait suscités, dans le règne pré-
cédent, la faiblesse du frère du monarque :
cet espoir ne fut donc qu'une illusion qui
s'évanouit bientôt, et dont le temps effaça la
trace.

Les bontés de la reine, l'amitié que lui témoignait le roi, les assurances que lui donnait
le cardinal de son dévouement, les hommages
dont elle était l'objet, lui faisaient aimer le séjour de la cour. Elle ne se croyait pourtant
pas obligée de se soumettre aveuglément à la
tyrannie de tous les usages; elle répudiait ceux

qui l'eussent obligée de faire abnégation de son caractère, et qui répugnaient à la hauteur de ses sentiments. Elle donna un témoignage honorable de cette indépendance, en se refusant à l'affront de porter le deuil de Cromwell, que déguisa assez maladroitement celui que l'on prit dans le même temps, pour un fils du prince de Conti, mort neuf jours après sa naissance. »Pour moi, dit-elle, je n'aurais point porté »le deuil de ce destructeur de la monarchie »d'Angleterre, sans un ordre exprès du roi : »je devais ce respect à la reine d'Angleterre, »dont je suis si proche.«

La princesse accompagna le roi et la reine dans le voyage que la cour fit dans le midi de la France, pendant la durée des négociations qui se terminèrent par le mariage du roi avec l'infante d'Espagne. Elle reçut, pendant son séjour à Aix, la nouvelle de la mort de son »père. Je sentis dans ce moment là, dit-elle, »toute la tendresse que la nature inspire dans »de semblables occasions, et je n'eus de sen- »timents que ceux d'une violente douleur.« L'indifférence, souvent l'injustice avec laquelle elle avait été traitée, n'avaient point altéré en son cœur l'amour filial ; son plus grand chagrin était de songer que son père n'avait jamais pu con-

naître la véritable tendresse qu'elle avait toujours eue pour lui.

Ce fut dans ce voyage que Mademoiselle re-
marqua l'homme qui devait bientôt exercer une
si grande influence sur sa destinée : Péguillin,
cadet de la maison de Lauzun, débarqué à la
cour sans fortune, sans instruction, sans aucun ornement dans l'esprit, avait, grâce à la
grande considération dont jouissait le maréchal de Grammont, cousin germain de son
père, obtenu l'une des compagnies des Gentilshommes, qu'on appelait *au bec de corbin.*
C'était ainsi qu'il avait débuté dans les faveurs,
dont plus tard le roi devait le combler. Dès
lors, il montrait ce caractère d'*homme singulier,* dont Mademoiselle avoue qu'elle fut toujours touchée. »Il me souvient, dit-elle, à pro-
»pos d'une dispute entre sa compagnie et le
»capitaine des gardes du corps, pendant le
»voyage, qu'il soutint l'affaire avec une hauteur
»extraordinaire, et en quelque état qu'il ait été,
»il a toujours eu *un air de grandeur,* qui fai-
»sait assez comprendre qu'il n'était pas né pour
»une existence ordinaire, ainsi qu'il a paru dans
»les événements de sa vie. « Peu de temps après,
elle dit qu'elle fut frappée *de la hauteur de pensée* qui avait dicté à Péguillin la devise qu'il

avait adoptée au carousel qui eut lieu au retour de la cour. »C'était, dit-elle, une fusée
»qui montait dans les nues, et qui disait : Je vais
»le plus haut que je peux monter; elle me sembla
»singulière. Il a paru depuis ce temps-là qu'il se
»sentait lorsqu'il avait choisi cette devise, qui
»m'a plus fait souvenir du carousel, que le ca-
»rousel même, par le plaisir de trouver et de
»connaître tous les endroits où l'élévation du
»cœur de monsieur de Lauzun s'est montrée. «

Mademoiselle ne quitta point la cour pendant
l'hiver qui suivit le mariage du roi; les fêtes
pompeuses et les plaisirs de tout genre qui
s'étaient succédés pendant cette saison, furent
interrompus par la mort du cardinal Mazarin;
il n'y eut, dit Voltaire, que le roi qui sem-
blât le regretter, *car ce prince savait déjà dis-
simuler.* A la manière dont Mademoiselle parle
de cet événement, on peut juger qu'elle y fut
au moins indifférente : la bienséance néanmoins
suspendit les fêtes, que ranima le mariage de
Monsieur, avec Henriette d'Angleterre, et celui du grand duc de Toscane.

Aussitôt que Mademoiselle put s'absenter de
la cour, elle se rendit dans ses terres, et selon
l'usage qu'elle en avait depuis quelques années,
elle alla prendre les eaux à Forges. »Après

»«»que je les eus finies, dit-elle, je m'en allai
»«»à Eu, où je n'avais pas été depuis que je l'avais
»«»acheté; et comme les limites du comté font
»«»partie de Forges, le comte de Lanois, qui en
«»était gouverneur, vint au-devant de moi avec
«»quantité de gentilshommes qui en relèvent.
«»J'arrivai fort tard; j'allai descendre à l'église;
«»le château me parut assez beau; je ne l'avais
«»vu que lorsque j'y étais passé avec la cour,
«»il y avait déjà fort long-temps. On juge, par
«»ce que monsieur de Guise y a bâti, ce qu'il
«»avait envie d'y faire; il n'y a que la moitié
« »de la maison de faite, et une partie du vieux
« »logement des anciens comtes d'Eu, qui étaient
« »de la maison d'Artois. La situation en est très-
(»belle; on voit la mer de tous ses appartements;
(»il n'y avait pas de parc.«

La princesse tomba malade pendant son séjour, et après quatorze accès de fièvre tierce,
elle se hâta de retourner à Paris : »Ce n'était
»pas, dit-elle, que l'air d'Eu ne fut bon, c'était
»parce qu'il est toujours bon d'en changer lors-
»qu'on a été malade.«

La reine accoucha, le 1er Novembre 1661,
du Dauphin. La princesse exprime d'une manière touchante le plaisir que lui fit la naissance
de cet auguste enfant. Dès-lors commença l'at-

tachement qu'elle ne cessa depuis de témoigner à ce prince, qui, de son côté, avait beaucoup d'amitié et de reconnaissance pour sa cousine : on en peut juger par les hommages qu'il lui faisait de ses premiers essais dans la culture des arts (1).

Mademoiselle était parvenue à sa trente-cinquième année, et, jusque-là, tous les partis qui s'étaient présentés pour elle, ne lui avaient pas convenu, ou ceux qu'elle avait désirés, n'avaient pas convenu à la cour. Néanmoins, le seul dont le refus eût pu déplaire à la régente, était le roi d'Angleterre, mais beaucoup d'évéments en avaient effacé le regret. Quoiqu'elle crût, comme elle le dit elle-même, que dans le mariage il faut songer plutôt à ses intérêts qu'à ceux de ses proches, elle apprit de la bouche de Louis XIV, que cette liberté n'était pas à l'usage des femmes de son rang. *Je vous marierai*, lui avait dit le monarque, *où vous serez utile pour mon service.* En prononçant ce sévère et despotique arrêt, le roi destinait sa cousine

---

(1) Ces monuments d'amitié ont échappé au temps, et sont soigneusement conservés par Son Altesse Royale Monseigneur le duc d'Orléans.

à Alphonse VI, roi de Portugal, successeur de Jean IV, premier souverain de la maison de Bragance. Don Alphonse, dépourvu de tout esprit, de toute éducation, réduit à un état voisin de l'imbécillité, était de plus attaqué d'une espèce de paralysie, dont les effets légitimèrent plus tard l'annulation de son mariage. Il ne pouvait, qu'avec peine, faire usage d'un de ses bras, et il traînait péniblement une jambe en marchant. Enfin, sa triste situation justifiait pleinement l'exclamation de la princesse, au moment où Turenne, chargé de la négociation, le lui proposa : *Fi!* Je n'en veux point, dit-elle ; vainement Turenne revint plusieurs fois à la charge ; vainement lui représenta-t-il qu'avec ce simulacre de roi, ce serait elle qui gouvernerait en souveraine ; qu'elle servirait puissamment les intérêts de la France, en défendant, contre les Espagnols, l'indépendance du Portugal ; il l'assura qu'elle obtiendrait du roi des secours de tout genre ; qu'elle choisirait elle-même les officiers et les généraux dont elle voudrait s'entourer ; enfin, il lui dit ce qui pouvait éveiller et flatter son ambition. Ses raisonnements furent inutiles : tous les prestiges les plus séduisants s'évanouirent à l'idée du triste époux qu'on mettait en perspective. »J'aime

»mieux, répondit-elle, être Mademoiselle en
»France, avec cinq cent mille livres de rentes,
»faire honneur à la cour, ne lui rien deman-
»der, être considérée, autant par ma personne
»que par ma qualité : croyez-moi, mon cousin,
»lorsqu'on se trouve dans cet état, le bon sens
»veut qu'on y demeure. «

»Mais, lui répondit Turenne, vous avez oublié
»d'ajouter que, lorsqu'on est *Mademoiselle*, avec
»tous les biens et les qualités que vous avez dit,
»le roi peut vouloir ce qu'il veut; quand on
»ne veut pas, il chasse les gens, quand la fan-
»taisie lui en prend, il les ôte d'une maison pour
»les envoyer dans une autre, s'ils se plaisent
»trop dans celle où ils demeurent; souvent, il
»les fait promener, et, d'autres fois, il les met en
»prison dans leur propre maison; il les envoie
»dans un couvent; et, après toutes ces épreuves,
»il n'en faut pas moins obéir, et l'on fait par
»force ce qu'on n'a pas voulu faire de bonne
»grâce. «

»Je sais ce que j'ai à faire, lui dit Mademoi-
»selle : si le roi m'en avait dit autant que vous,
»je lui ferais une réponse; quant à vous, je
»n'ai rien à vous dire, ni aucune explication
»à vous faire.« Vivement blessée du ton de
cette négociation, elle fut plus que jamais

résolue à ne point revenir sur sa résolution ;
elle repoussa toutes les sollicitations qu'on re-
nouvelait de toutes parts : piquée de cette opiniâtreté, elle s'en vengea dans des lettres qu'elle
écrivit en Espagne, où elle ne ménageait pas
le ridicule époux qu'on mettait tant de peine
à lui faire agréer. Le roi, à qui le hasard avait
fait connaître cette correspondance indiscrète,
en fut irrité, et ordonna à Mademoiselle de se
rendre, sans délai, à Saint-Fargeau. La princesse était à Eu, quand le marquis de Gèvres,
capitaine des gardes du corps, vint inopinément
lui signifier cet ordre souverain, auquel il fallut
se résigner. Elle obéit aussitôt, s'achemina vers
la retraite qu'on lui imposait, sans lui faire
envisager le terme de cet exil. Elle ne fut pas
long-temps sans découvrir le dessein qu'on avait
conçu ; elle voyait se réaliser les rigueurs dont
naguère l'avait menacée Turenne. On espérait,
à force de persécutions, la contraindre à faire
par force, ce qu'elle avait refusé de faire de
bonne grâce. Des émissaires pénétrant à Saint-
Fargeau sous différents prétextes, venaient souvent renouveler les propositions, les sollicitations, les promesses ; ils cherchaient à détruire,
ou à diminuer, les préventions que la princesse avait conçues sur le roi de Portugal. L'un

d'eux alla jusqu'à lui présenter un portrait de ce prince; mais toutes ces tentatives furent inutiles; elle resta inébranlable dans sa résolution.

Au milieu des importunités auxquelles elle était livrée à l'occasion de ce mariage, deux projets d'établissement s'étaient offerts, et n'eurent pas plus de succès. Le premier fut monsieur de Longueville, qu'elle refusa en s'excusant sur la différence de l'âge du duc au sien; le second fut le fils du roi de Danemarck, auquel il paraît que la cour aurait consenti volontiers. »Mais, dit Mademoiselle, j'avais aussi »peu d'envie d'aller en Danemarck qu'en Por- »tugal, et je ne me souciai pas de recevoir la »visite du prince.«

Une indisposition, et l'insalubrité accidentelle de Saint-Fargeau, lui firent désirer d'en sortir; elle sollicita et obtint du roi la permission de retourner à Eu, où elle se disposa à se rendre aussitôt. Mais ayant été informée, en passant à Beauvais, que la petite vérole y faisait des ravages, elle s'arrêta, et, avec l'agrément du roi, elle se fixa pendant quelques semaines à Vernon. Elle fut delà prendre les eaux à Forges, d'où elle vint à la fin d'Août à Eu, résolue d'y passer l'hiver. »Quoique le pays »soit froid, à cause de la mer, l'hiver m'y parut moins rude qu'ailleurs; je n'avais point de jardin; je me promenais dans les dehors de la ville; j'allais souvent chez un gentilhomme nommé Mathomesnil, dont la maison est dans le faubourg; il y a un assez joli jardin et de belles allées, où je faisais beaucoup d'exercice par mes fréquentes promenades; il y avait beaucoup de gens de qualité dans ce pays; ainsi ma cour était nombreuse. Je m'occupais à lire, à travailler, je n'avais pas le loisir de m'ennuyer. Je fis établir un hôpital-général (1) pour y faire instruire les pauvres enfants de la ville, de manière que tout cela m'occupait, et je passais ma vie dans une tranquillité parfaite. «

Pendant ce séjour, Mademoiselle faisait continuer sous ses yeux les ouvrages importants qu'elle avait arrêtés dans ses voyages précédents; on est fondé à croire que ce fut à cette époque qu'elle fit entreprendre les plantations du parc, construire les murs de clôture, et édifier le petit château destiné au logement des équipages; elle ajouta ainsi à cette noble résidence une partie de ce que monsieur le duc

---

(1) V. la note 8ᵉᵐᵉ, à la fin de l'Ouvrage.

de Guise n'avait pas eu le temps d'y faire.

Il y avait un an et demi que la princesse était à Eu ; depuis long-temps elle n'avait pas écrit à la cour ; elle pensa que le roi ne trouverait pas mauvais qu'elle le priât une fois, en dix-huit mois, de se souvenir d'elle. Les félicitations qu'elle adressa à Sa Majesté, à cause de la grossesse de la reine, furent accueillies avec bienveillance, et lui obtinrent une réponse très-obligeante. Le roi lui mandait qu'il serait bien aise de la voir. Elle ne voulut pas différer à répondre à cette grâce. Elle se rendit aussitôt à Fontainebleau, où elle fut reçue de manière à la dédommager, s'il était possible, de la dureté avec laquelle on l'avait traitée. »Au »moment du retour, dit-elle, tout le monde »était de mes amis, quoique je fusse bien per- »suadée du contraire, parce que, dans mon exil, »on n'avait pas eu les mêmes empressements »pour moi ; mais c'est l'usage des gens de la »cour, et chacun doit savoir à quoi s'en tenir. « Le roi, dans une explication qu'elle rapporte, lui témoigna le désir que le passé fût oublié, l'assurant qu'à l'avenir elle ne recevrait de lui que de bons traitements, et qu'il voulait songer à son établissement. Il lui parla du duc de Savoie ; mais ce projet, comme tous les

autres, n'eut point de résultat. Elle lui répondit
qu'elle ne désirait rien au monde que ses bonnes
grâces, et que s'il voulait lui dire en quoi elle
avait eu le malheur de lui déplaire, il lui serait facile de se justifier : ne parlons plus de
cela, lui dit le roi, je vous dis que je suis
content de vous; et au même instant, s'approchant de la reine et du reste de la compagnie,
il dit tout haut : Ma cousine et moi nous ve-
nons de nous embrasser. »Il se mit ensuite à me
« »railler, et me dit : Avouez la vérité, vous vous
« »êtes bien ennuyée; je lui répondis que non,
« »et que souvent dans mes occupations, je me
« »disais : Ils sont bien attrapés à la cour; ils
« »pensent que je suis au désespoir, et je me trouve
« »plus heureuse et plus tranquille qu'eux. Tout
« »cela se passa en raillerie. «

Son séjour à Fontainebleau n'alla pas au-
delà du terme qu'elle avait fixé en arrivant. Elle
retourna à Eu, sans s'arrêter à Paris. »J'étais
« »si déshabituée de la cour, dit-elle, que lors-
« »que j'arrivai à Eu, après avoir seulement sé-
« »journé cinq jours à Fontainebleau, il me sem-
« »blait que je me trouvais soulagée d'un grand
« »fardeau : j'allai à Forges prendre les eaux;
« »après que je les eus finies, je m'en retournai
« »à Eu, goûter le repos de la campagne. Je

17

»mettais fort peu d'empressement pour retour-
»ner à la cour. Je m'occupais, ainsi que je l'ai
»déjà marqué, et prenais tous les jours plus
»de goût à être régulière au service de ma
»paroisse. Ce commencement d'inclination à
»faire mon devoir, me faisait espérer que Dieu
»me ferait la grâce d'y mettre tous les jours
»plus de zèle; les plaisirs qu'on goûte à la cam-
»pagne, lorsqu'on commence à se désabuser de
»ceux de la cour, me paraissaient plus agréa-
»bles que jamais.«

L'éloignement de la cour, le repos de la campagne, le souvenir d'espérances si souvent déçues,
et par-dessus tout, l'expérience, fruit des années, lui inspiraient ces graves et solides réflexions. Pourquoi ne put-elle, pour son bonheur, nourrir ces sages résolutions dans la retraite ! Il lui fallut reparaître à la cour, et c'est-
là qu'elle éprouva, pour la première fois, la
violence d'un sentiment que n'avait point connu jusque-là son âme altière. L'homme *singulier* qui avait fixé, en 1660, son attention,
se représentait à ses yeux; Lauzun, devenu capitaine des gardes, ne quittait plus la personne
du roi. Chaque jour elle le voyait, et elle se
sentait entraînée vers lui par un charme incon-
nu, dont chaque entretien augmentait la puis-

sance. »Je m'étais habituée à causer avec lui,
»et je cherchais à lui parler aux heures qu'il
»était chez la reine; je dis que je cherchais à
»l'entretenir, parce qu'il vivait avec moi avec
»un respect si soumis, qu'il ne m'aurait jamais
»approchée, si je ne lui étais allé parler.« Enfin, cette douce habitude d'entretien journalier
devint bientôt un besoin impérieux. Elle n'existait plus loin de celui qui avait captivé sa pensée.
Mais pour peindre la situation de son âme, il
faut la laisser parler elle-même. »Dieu est le
»maître de notre destinée; il avait permis que
»je regardasse, jusqu'au moment dont je parle,
»mon état comme le plus heureux que je pou-
»vais choisir..... Cependant, comme je l'ai déjà
»dit, sans en savoir la raison, je m'ennuyais dans
»les lieux où je m'étais plue autrefois; j'en affec-
»tionnais d'autres qui m'avaient été indifférents;
»j'aimais la conversation de monsieur de Lauzun,
»sans qu'il se passât rien de fixe dans ma pen-
»sée. Après avoir été long-temps dans cette agi-
»tation, je voulus rentrer en moi-même, et
»démêler ce qui me causait du plaisir et ce qui
»me donnait de la peine; je connus qu'une autre
»condition que celle dans laquelle j'avais vécu
»jusque-là, faisait toute mon occupation; que
»si je me mariais, j'en serais plus heureuse,

»et que si je faisais la fortune de quelqu'un,
»et lui donnais de grands établissements, il
»m'en saurait gré; il en serait touché, il au-
»rait de l'amitié pour moi, et s'étudierait à faire
»tout ce qui pourrait me plaire. Jusqu'ici, on
»m'avait proposé de grands partis qui m'au-
»raient élevée, et ne m'auraient pas rendue
»plus heureuse, et que je ne pouvais trouver
»de bonheur que par une personne qui eût pour
»moi une véritable tendresse; après avoir bien
»repassé dans ma tête ce qui pouvait faire mon
»bonheur, je vis, qu'entre tous les partis que je
»pouvais prendre, celui de me marier était le
»seul qui pouvait me donner du repos; quant
»au choix d'une personne à qui je pusse faire
»une assez grande fortune, pour qu'elle en pût
»être pénétrée de reconnaissance le reste de ma
»vie et de la sienne, et avec qui je pusse exister
»avec la tranquillité et l'union d'un parfait at-
»tachement, je reconnus bientôt que monsieur
»de Lauzun, par la distinction de sa conduite,
»par rapport à celle des autres gens, et l'élé-
»vation d'âme qu'il avait au-dessus du commun
»des mortels, l'agrément de sa conversation,
»et un million de qualités que je lui connaissais,
»était l'unique homme capable de soutenir la
»grandeur où je le porterais, la seule personne

« »digne de moi, et, enfin, celui qui ferait ma
« »félicité. Je n'avais jamais reçu de marque d'ami-
« »tié de qui que ce fût, et je sentais alors qu'il
« »y avait du plaisir à être aimée ; qu'il était très-
« »sensible, et qu'il s'attacherait sûrement à moi.
« »Je ne pus douter que je ressentais pour lui
« »une amitié que personne ne m'avait inspirée,
« »et je vis bien en moi-même que le sujet de ma
« »joie venait du plaisir que j'avais à lui parler ;
« »et le peu d'application que j'avais à toutes mes
« »autres affaires, le dégoût que je me sentais pour
« »tout le monde, et l'ennui dans lequel j'étais
« »lorsque je ne le trouvais pas chez la reine,
« »me firent connaître tout ce que j'avais ignoré
« »jusque-là. Je n'avais d'occupation, ni d'agita-
« »tion, que celles qui me venaient de ces ré-
« »flexions. Tantôt, je voulais qu'il devinât mon
« »état, et, d'autres fois, je désirais qu'il ne le
« »connût pas : je suis naturellement impatiente ;
« »j'avoue que mon état m'accablait ; je ne pou-
« »vais souffrir personne ; le monde me mettait
« »au désespoir ; je voulais être seule dans ma
« »chambre, ou le voir chez la reine, dans le
« »cours, par hasard, ou autrement. Pourvu que
« »je le visse, je me trouvais en repos. Je fai-
« »sais des réflexions sur les difficultés que je
« »pouvais trouver à l'exécution de mon projet ;

»j'étais en peine d'en parler au roi ; je voulais
»faire connaître à monsieur de Lauzun mes sen-
»timents, afin qu'il me dit lui-même de quelle
»manière je devais me conduire ; j'étais incon-
»solable lorsque je voyais, par ses manières
»respectueuses, qu'il ne connaissait pas tout ce
»que je sentais pour lui. Ainsi, l'affaire la plus
»embarrassante, était de lui faire entendre qu'il
»était plus heureux qu'il ne pensait.«

Elle éprouva que, dans sa situation, il n'était
pour elle qu'un seul moyen de se faire entendre, c'était de se déclarer, et de faire l'aveu
de ses projets. Le sentiment qui dominait son
âme, avait fait disparaître, à ses yeux, l'inéga-
lité des conditions. Mais Lauzun n'était pas
épris ; si l'on ne peut douter, d'après les détails qu'elle donne de ses entretiens, des avances
les plus étranges qu'elle ne cessait de lui faire,
qu'il n'ait connu l'ascendant qu'il exerçait sur
son esprit, et le but auquel elle voulait le conduire, on doit croire qu'il n'envisageait pas sans
crainte, l'idée de prétendre à la main de la
plus proche parente du monarque ; aussi la
princesse le peint-elle toujours retranché dans
les limites du profond respect, et se plaint-
elle naïvement de le trouver si sourd à ses déclarations les plus claires. »Le meilleur parti que

»vous puissiez prendre, lui disait Lauzun, est
»de rester comme vous êtes; *lorsqu'on a qua-*
»*rante ans*, on ne doit pas se livrer aux di-
»vertissements qui conviennent aux filles, de-
»puis quinze ans jusqu'à vingt-quatre : ainsi,
»je dois vous dire qu'il faut vous faire reli-
»gieuse, ou vous consacrer toute à la dévotion ;
»si vous prenez ce dernier parti, vous devez
»vous habiller modestement, renoncer à tous
»les plaisirs du monde, en connaître l'abus,
»et, tout au plus, à cause de votre qualité,
»vous pourriez, une fois l'année, aller à l'opéra,
»pour faire votre cour au roi; mais il faudrait
»qu'il vous l'eût ordonné, et ne point témoi-
»gner y avoir pris plaisir, ni louer rien, afin
»qu'on apprît que vous aviez été inappliquée;
»il faudrait ne manquer à aucune grand'messe,
»vêpres, salut, ni sermons; vous trouver aux
»assemblées des pauvres, aller aux hôpitaux,
»faire beaucoup de bien aux pauvres, assister
»les malades, ne sentir de plaisir des biens que
»Dieu vous a donnés, que pour celui que vous
»prendriez à en faire une distribution qui lui
»serait agréable : outre tous ces devoirs, il fau-
»drait encore remplir ce que vous devez à la
»reine, parce que votre qualité vous y oblige :
»voilà deux manières de vivre à choisir; la troi-

»sième est le mariage, dans lequel on peut être
»de tous les plaisirs, avoir tels habits qu'on
»veut, parce qu'une honnête femme doit vou-
»loir plaire à son mari ; mais c'est ce mari qui
»me paraît difficile à trouver ; quand même
»vous en auriez choisi un à votre goût, n'au-
»rait-il pas des défauts que vous n'aurez pas
»connus, et qui vous rendront malheureuse ?
»C'est pour cela même que je ne sais que vous
»conseiller là dessus, et vous voyez que j'ai
»raison de vous avertir qu'en ami sincère j'avais
»des discours désagréables à vous tenir. Cette
»manière de parler était embarrassante pour
»moi ; ainsi, lorsque nous fûmes interrompus,
»j'en eus moins de chagrin qu'à l'ordinaire :
»je ne laissai pas de démêler, dans tout ce
»qu'il me disait, qu'il y avait un fond de rai-
»son ; je voulais toujours qu'il m'eût entendue,
»et que la sincérité de ses réponses fut un effet
»de son discernement, et qu'il oubliât son in-
»térêt pour me conseiller en ami désintéressé ;
»qu'il se sentait obligé de le faire par la con-
»fiance que je lui avais témoignée.«

Tel était l'effet des observations graves et peu
obligeantes que la princesse venait d'entendre.
Sa raison les comprenait ; mais, comme on le
voit, l'amour les faisait vertir à son profit. Loin

elle diminuer, par sa froideur et la sévérité de ses réponses, le sentiment qu'il avait inspiré, Lauzun l'exaltait davantage.

»Je n'allai pas cette année là passer la semaine sainte à Eu, comme j'en avais l'usage, dit la princesse ; je ne pouvais vivre où monsieur de Lauzun n'était pas. « Dès-lors, elle s'arrangea de manière à n'en être jamais séparée ; elle accompagna la reine dans le voyage que la cour fit en Flandre, en 1670. Les événements militaires et politiques ne sont rien pour elle ; Lauzun figure seul dans sa narration ; Lauzun est l'unique objet de sa sollicitude. C'est lui seul qu'elle voit, qu'elle suit de ses regards pendant le jour, qu'elle entretient le soir à chaque halte ; ce sont toujours les mêmes discours qui deviennent de plus en plus clairs et significatifs. »J'eus une longue conversation avec monsieur de Lauzun ; je la commençai par lui dire que j'étais toute déterminée, que je voulais me marier, que j'avais examiné et surmonté toutes les observations qu'il m'avait faites, que j'avais même choisi cet homme qu'il m'avait dit que je ne pouvais trouver, qu'il ne me manquait plus que son approbation. Il me dit que je le faisais trembler d'aller si vite dans une affaire qui devait faire le bonheur, ou le malheur de ma

»vie ; qu'il me conseillait d'employer un siècle
»entier à la décision. Je lui dis que quand on
»avait *quarante ans*, et qu'on voulait faire une
»folie, il n'y fallait pas penser si long-temps ;
»et que j'étais si bien déterminée dans mon choix,
»que j'en voulais parler au roi, le premier sé-
»jour que nous ferions ; que je voulais me
»marier en Flandre.« Lauzun combattit cette
intention, et obtint, non sans peine, qu'elle n'en
parlât pas.

Pendant ce voyage, il fut question du divorce
du roi d'Angleterre, et du projet de lui faire épouser Mademoiselle. Le roi en entretint la princesse : l'on conçoit l'effet que cette proposition
dut produire sur son cœur ; elle n'y répondit que
par des larmes. »Plus on approuvait ce projet,
»plus je pleurais. Le roi me dit : Vous ne faites
»pas bien de pleurer sur un bruit ; je lui ré-
»pondis : La pensée de quitter Votre Majesté
»m'attendrit. Cela me donna une occasion de
»témoigner au roi toute mon amitié pour lui,
»et de faire connaître à monsieur de Lauzun que
»je l'estimais plus que tous les empereurs et
»les rois de la terre.« Ce bruit de mariage
n'eut aucune suite ; mais, peu de temps après,
la mort de Madame laissa une place vacante,
que le roi parut disposé à donner à sa cousine.

«Le roi, lui dit Lauzun, veut que vous épou-
siez Monsieur; il faut obéir. Vous m'avez fait
l'honneur d'avoir de la confiance en moi, vous
y en devez prendre maintenant plus que j'a-
mais. J'avoue, dit-elle, que j'étais au désespoir du sang froid qu'il y mettait : la seule
pensée qui me consola, était que sa sagesse
le forçait à paraître ce qu'il n'était pas.«

Les représentations de Lauzun furent infructueuses; la princesse, fermement résolue d'en
finir, supplia le roi de renoncer au projet qu'il
avait paru avoir de la marier à Monsieur : nous
sommes bien ensemble comme cousins germains,
dit-elle, mais nous ne vivrions pas de même
comme mari et femme. Le roi agréa son refus, et lui laissa sa liberté. Enchantée d'avoir
rompu ce mariage, elle crut devoir hâter l'explication définitive qu'elle provoquait en vain depuis si long-temps, et que la désespérante réserve de Lauzun différait toujours. »Je lui dis
«»que j'étais décidée à finir l'affaire dont je l'avais
«»entretenu; il me répondit qu'il fallait encore
«»réfléchir, et me quitta sans que je fusse plus
«»avancée que je ne l'étais auparavant. Nous
«»eûmes de nouvelles conversations, qui me lais-
«»saient toujours dans le même état; enfin, un
«»Jeudi soir, je le trouvai chez la reine; je lui

»dis : Je suis déterminée, malgré toutes vos
»raisons, à vous nommer l'homme que j'ai
»choisi; il me répondit sérieusement : Vous me
»ferez plaisir d'attendre à demain; je lui ré-
»pondis que je n'en ferais rien, parce que *les*
»*Vendredis* m'étaient malheureux. Dans le mo-
»ment que je voulus le nommer, la peine que
»je conçus que cela pourrait lui faire, augmenta
»mon embarras; je lui dis, si j'avais une écri-
»toire et du papier, je vous écrirais le nom :
»après nous être entretenus long-temps, lui,
»faisant toujours semblant de badiner, et moi,
»lui parlant bien sérieusement de l'envie que
»j'avais de lui dire, *c'est vous*, il se trouva
»qu'il était minuit; je lui dis : C'est aujourd'hui
»Vendredi, je ne vous dirai plus rien. Le len-
»demain, j'écrivis ces mots sur une feuille de
»papier, *c'est vous*. Je le cachetai et le mis
»dans ma poche; je le rencontrai chez la reine,
»et lui dis : J'ai le nom dont il est question
»écrit dans ma poche; mais je ne veux pas vous
»le donner un Vendredi. Ce billet ne put être
»remis que le Dimanche; voilà le papier, lui
»dit-elle, je vous le donne, à condition que vous
»me ferez réponse au bas; vous me le rendrez
»ce soir chez la reine, où nous causerons en-
»semble. Je n'eus pas achevé, que la reine sortit

pour aller aux Récollets, je la suivis ; j'y priai Dieu de tout mon cœur, pour lui demander l'accomplissement de mes desseins ; mes distractions y furent grandes.«

Sa surprise fut plus grande encore, quand, au lieu d'entendre des expressions de sensibilité et de reconnaissance, au lieu de recevoir la douce assurance que ses sentiments étaient partagés, Lauzun ne lui témoigna que de la déférence et de la froideur. Il se plaignait dans sa réponse que son zèle et sa fidélité étaient mal récompensés ; qu'en cherchant à abuser de sa crédulité, c'était lui interdire désormais tout accès auprès de sa personne, qu'il ne pouvait, sans avoir perdu le jugement, se flatter qu'elle lui eût parlé sérieusement. Pendant plusieurs jours, il s'écarta le plus qu'il put, soit qu'il feignit d'éviter, soit qu'il voulut effectivement fuir une explication. Cette conduite désolait la malheureuse princesse.

»Voyant, dit-elle, que monsieur de Lauzun ne me témoignait aucune envie de m'approcher, je lui dis chez la reine : Le peu d'empressement que vous mettez à me parler, me fait de la peine ; je ne suis pas de même, car je meurs d'envie de m'entendre avec vous de nos affaires ; je vous ai expliqué les raisons

»qui m'ont donné envie de me marier ; je suis
»persuadée que la plus véritable de toutes, c'est
»celle de l'estime que j'ai pour vous, et je
»vous ai dit souvent qu'on n'estime pas long-
»temps sans aimer ; vous pouvez imaginer là
»dessus tout ce qu'il vous plaira ; je veux de
»mon côté me persuader que vous avez les
»mêmes sentiments pour moi ; ainsi, je veux
»croire que nous serons heureux ensemble.«

Une déclaration aussi claire ne suffit pas :
Lauzun se refuse à croire à sa sincérité ; il se
retranche encore dans les observations qu'il a
faites, sur la disproportion des rangs, sur les
impossibilités de franchir les distances qui les
séparent ; il va plus loin, il fait de son caractère
le portrait le moins flatteur ; il se peint silen-
cieux, fantasque, impatient, incapable de complaisance ; enfin, il termine en disant : »Vous
»me parleriez dix ans de votre bonne volonté
»pour moi, que je ne vous répondrais rien ; je
»vous ai conté mes défauts pour vous divertir,
»vous voulez que je me flatte qu'ils ne vous bles-
»sent pas ; je vous réponds sur le même ton de
»raillerie, que je ne suis pas assez fou pour re-
»garder tout ceci autrement que comme une
»fable.« Ces incrédulités mettaient la malheureuse princesse au désespoir : plus elle cher-

chait à lui persuader sa sincérité, moins il fei-
gnait d'y croire.

Jamais un cœur sensible ne fut mis à de plus
rudes épreuves; mais la froideur et l'indifférence, au lieu de rappeler la raison, ne firent
qu'accroître et exalter le fol amour; enfin, cet
aveu si long-temps attendu, si singulièrement
provoqué, fut arraché plutôt qu'obtenu. »Nous
»passâmes bien des jours avant que je pusse le
»persuadér de la sincérité de mes sentiments,
»et lorsqu'il paraissait y croire, il me disait
»que je me repentirais peut-être de mon choix;
»enfin, j'obtins son aveu pour écrire au roi.«

Cette lettre, où elle s'efforce de faire valoir
les exemples qui peuvent autoriser son choix,
fut suivie d'une réponse, où, sous des formes
obligeantes, le monarque témoigne à sa cousine *sa surprise* de sa résolution; il l'engage à
ne rien faire légèrement, à y bien songer;
néanmoins, il l'assure qu'il l'aime trop pour la
gêner en rien. Cette lettre fut suivie d'une explication verbale, où le roi s'exprima de manière
à persuader la princesse qu'il n'improuvait pas
absolument le parti qu'elle prenait : »Vous êtes,
»lui dit-il, d'un âge à savoir ce qui vous con-
»vient; je serais très-fâché de vous contraindre
»à quoi que ce soit; en quelque condition que

»vous soyez, je vous estimerai et aimerai tou-
»jours; vous ne me trouverez jamais changé
»sur tout ce qui vous regardera; je ne vous con-
»seille, ni ne vous défends cette affaire, je
»vous prie d'y bien penser avant de la ter-
»miner.«

La princesse dut regarder cette réponse comme
un consentement formel. Pénétrée de joie, elle
ne s'occupa plus que de préparer le moment de
son bonheur; malheureusement, trop confiante
dans la parole du roi, elle ne sut prévoir ni
craindre les intrigues que l'orgueil des uns, que
la jalousie des autres allaient mettre en jeu pour
renverser ses projets. Cependant, des amis fidèles et prudents l'en prévenaient, et la solli-
citaient de ne pas différer d'un seul jour. »Savez-
»vous bien, lui disait madame de Sévigné, qu'un
»si grand retardement donne le temps à tout le
»royaume de parler, et que c'est tenter Dieu
»et le roi que de vouloir mener si loin une affaire
»si extraordinaire.« Elle partageait elle-même cet
avis; elle voulait que l'affaire ne fut divulguée
qu'après la conclusion du mariage, et qu'on
l'apprit en voyant paraître tout à coup *monsieur
et madame de Montpensier*. Mais Lauzun moins
pressé, retenu, dit-on, par la vaine gloire de
se montrer avec plus d'éclat et de splendeur,

tenant à ce que le roi signât le contrat, différa
de quelques jours, et donna ainsi au parti puissant et nombreux qu'indignait cet hymen, le
temps d'en obtenir la rupture. »Tout était prêt,
»dit Voltaire, lorsque le roi, affaibli par les re-
»présentations des princes, des ministres, des
»ennemis d'un homme trop heureux, retira sa
»parole et défendit cette alliance. Il avait écrit
»aux cours étrangères pour annoncer ce ma-
»riage; il écrivit la rupture. On le blâma de
»l'avoir permis; on le blâma de l'avoir défen-
»du. Il pleura de rendre Mademoiselle mal-
»heureuse. «

Pour se figurer le désespoir de la malheureuse princesse, au moment où le monarque
révoqua le consentement qu'il avait donné, il
faut lire les détails attendrissants qu'elle donne
elle-même de cette scène déchirante. Ce serait
en affaiblir l'effet que de les analyser. On s'étonne
que Louis XIV, qui n'était pas dépourvu de
sensibilité, et qui en donnait une preuve en
mêlant ses larmes à celles de sa victime, ait
fléchi sous le pouvoir du préjugé, au point
d'étouffer le sentiment de pitié qu'excitait sa
malheureuse situation. Fatal préjugé, selon la
remarque d'un grand écrivain, qui permettait
alors aux femmes mariées d'avoir des amants,

18

et qui défendait à la petite-fille d'Henri IV
d'avoir un mari !

Cet événement devait avoir sur l'existence de
Mademoiselle une influence bien puissante. C'en
était fait pour elle de tout établissement : âgée de
quarante-quatre ans, elle se voyait, avec une
vive douleur, vouée à un triste et éternel cé-
libat, objet des espérances d'avides collatéraux,
aspirant au partage de son immense fortune,
éveillant la cupidité du souverain lui-même,
qui calculait peut-être déjà sur ses dépouilles,
pour en enrichir les enfants de ses maîtresses.

Ce n'était point assez de l'avoir atterrée, de
l'avoir condamnée à une douleur éternelle, il
fallut qu'elle restât à la cour, qu'elle s'y vit
environnée de ceux qui l'avaient sacrifiée, qui
jouissaient du mal dont ils étaient les auteurs,
on lui refusa la permission qu'elle demandait
d'aller dans la solitude chercher un remède à
ses chagrins. Il est vrai qu'elle voyait encore
Lauzun, et le voir était le seul plaisir qu'elle
pût goûter : »Je n'en trouvais à rien où il n'était
»pas, j'étais bien aise lorsque je pouvais lui
»parler; et comme il me faisait la guerre sur
»mes larmes, et qu'il me menaçait de ne plus
»m'approcher si je pleurais davantage, l'envie
»que j'avais de le voir, et la crainte que j'avais

»de lui déplaire, avaient un si grand pouvoir
»sur moi, que je n'osais pleurer devant lui.«

Lauzun avait reçu l'ordre du roi, selon madame de Sévigné, avec tout le respect, toute
la soumission, toute la fermeté et tout le désespoir que méritait une si grande chute ; mais
cette résignation pouvait-elle être bien sincère,
et la blessure qui avait percé si profondément
son cœur, put-elle se cicatriser bientôt ? Le
gouvernement du Berry qui lui fut donné,
d'autres témoignages de faveur qu'il reçut, ne
pouvaient lui faire oublier la perte de plus de
vingt millions de biens et de tous les titres de
l'illustre maison de Montpensier. C'est alors
qu'il dut envisager ce qu'il avait à regretter ;
alors, peut-être, dans la juste indignation qu'il
ressentait de l'acte de tyrannie dont il était
victime, céda-t-il aux instances de son illustre
amante, en concluant secrètement une union
si injustement défendue, et si vivement désirée ; est-ce à cette seule cause, ou à la vengeance que voulut tirer d'une injure personnelle, la marquise de Montespan, qu'il faut
attribuer les nouveaux malheurs qui fondirent
bientôt sur Lauzun ? Voltaire, s'appuyant des
mémoires de la princesse, ne doute pas de ce
mariage secret, et attribue à cette violation et

au mépris de la défense royale, la disgrâce et l'arrestation du coupable. Mais il repousse le soupçon que Louis XIV ait eu la pusillanimité de sacrifier à la colère d'une femme, un brave homme qui n'avait fait d'autre faute que d'avoir dit à la maîtresse du roi ce que le monde entier pensait d'elle. L'équité veut, dit-il, que Louis XIV, n'ayant fait dans tout son règne aucune action de cette nature, qu'on ne l'accuse pas d'une injustice cruelle, c'est bien assez qu'il ait puni avec tant de sévérité un mariage clandestin, une union innocente, qu'il eût mieux fait d'ignorer. Retirer sa faveur était très-juste; la prison était trop dure.

On se figure aisément l'effet que produisit sur la princesse, la nouvelle inattendue de l'arrestation de Lauzun; elle venait de le quitter à Saint-Germain; le lendemain elle l'attendait à Paris; on prononce son nom en sa présence, elle croit qu'on le lui annonce, qu'il va paraître : Non, lui dit-on, il est arrêté. Ce fut un coup de foudre pour elle. »Je ne dirai pas »l'état dans lequel je me trouvai, dit-elle; il »n'y a que Dieu seul qui l'ait pu connaître, et »que lui seul qui m'en ait fait supporter les »suites; je dois louer Dieu de n'en être pas »morte, puisque ce n'est que par l'effet de sa

»grâce que je me suis soutenue.« Cette princesse, qui s'était plainte si amèrement au roi de
la rupture de son mariage, n'osa se plaindre
de la prison de son mari. En effet, peu de jours
après cet événement, on la voit assister aux
fêtes données à l'occasion de l'arrivée de Madame. »Je m'y trouvai, dit-elle, parce qu'on
»me conseilla d'y aller; je croyais que le roi
»devait compter le sacrifice que je lui faisais
»d'assister à un genre de divertissement, qui
»m'aurait mis au désespoir, si je n'avais cru
»que ma présence pouvait lui inspirer quelque
»pitié pour monsieur de Lauzun.« Elle résolut
par ce motif de s'attacher plus que jamais à
la cour, dans l'espérance qu'elle pourrait être
utile à son malheureux amant. Elle ne quitta
presque plus la reine, qu'elle accompagna, en
1672, dans son voyage dans les Pays-Bas, et
delà en Lorraine et en Alsace. Sans cesse, mais
seule, occupée de celui qui captivait toutes ses
pensées, on la voit cherchant les occasions
de rappeler vers lui le souvenir du maître. Mais
bien rarement elle a la consolation de voir dans
les réponses qu'elle entend, la moindre lueur
d'espérance. Sitôt qu'elle pouvait s'éloigner du
pays, *où s'oublient si facilement les malheu-*
reux, elle se rendait à Eu. Cette résidence lui

plaisait de plus en plus ; elle y jouissait des institutions qu'elle avait formées autour d'elle. Elle goûtait en paix cette liberté qui, pour les plus grands eux-mêmes, est inconnue dans le palais des rois. Dégoûtée des plaisirs et du prestige des grandeurs, sa mélancolie lui faisait trouver des charmes dans la solitude. La vue grave et imposante de la mer convenait à cette âme si long-temps et si étrangement agitée.

Combien de fois ces vieux hêtres, plantés par les Guise, durent être les témoins de ses soupirs et de ses larmes ; c'était sous leur ombrage qu'elle écrivait ses mémoires, qu'elle venait chercher ses inspirations, et s'entretenir avec un ami, que, dans son infortune, le ciel lui avait réservé. »Baraille m'aurait raccommodé »avec monsieur de Lauzun, dit-elle, si on eût »pu nous brouiller ; je n'ai jamais vu un si »fidèle ami que celui-là, et qui sût si bien mé-»nager une personne aussi difficile à gouverner »que moi ; mon cœur n'était soutenu de per-»sonne ; le seul Baraille venait à son secours.« Rollinde, qu'elle avait chargé du gouvernement de ses affaires, avait aussi, par son dévouement, acquis des droits à son intime confiance : c'était dans la société de ces fidèles serviteurs et de quelques dames, *dont elle ne loue pas également l'amabilité,* qu'elle passait à Eu le temps que lui laissaient les devoirs qu'elle s'était imposés.

Cependant, les années se succédaient, et rien n'annonçait la délivrance du captif. La résignation qu'elle témoignait et la conduite la plus soumise, ne produisaient aucun effet; le monarque se montrait inflexible. Elle sentit que s'il y avait quelque espoir à former, nulle autre personne n'aurait plus de crédit que madame de Montespan. Aussi, quoiqu'il lui dût coûter de lui faire la cour, elle allait chez elle tous les jours. »La voyant s'attendrir »pour monsieur de Lauzun, je crois, dit- »elle, qu'elle voulait venir au point où je suis »venue. Elle me disait souvent : Songez à ce »que vous pourriez faire pour plaire au roi, pour »qu'il vous accordât ce qui vous tient tant au »cœur; *ce qui me fit aviser qu'il pensait à mon* »*bien.*« Cette insinuation la fit souvenir que déjà on lui avait fait entendre qu'un moyen sûr de gagner le roi, serait de paraître disposée à assurer son bien au duc du Maine. Cette idée fut pour elle un trait de lumière, qui lui découvrit le motif de l'intérêt que lui témoignait de plus en plus la favorite. Elle vit que la liberté

de Lauzun dépendait *de la rançon* qu'on attendait de sa faiblesse; elle n'hésite pas, elle charge
le fidèle Baraille de déclarer à madame de
Montespan qu'elle est disposée à faire le duc
du Maine son héritier, pourvu que le roi veuille
faire revenir monsieur de Lauzun, et consentir à ce qu'elle l'épouse. Mais, ce n'est point
assez, il faut que la promesse soit dégagée de
toute condition, il faut un don pur et simple,
qui n'offre au roi d'autre clause que *le désir
de lui plaire*, et l'amitié qu'inspire son jeune
fils; du reste on s'en rapportera à ce que le
monarque décidera de faire, pour prouver sa
reconnaissance; enfin, ce n'est point assez qu'un
engagement verbal, un testament même ne suffit
pas, c'est une donation actuelle qu'on désire,
qu'on sollicite et qu'on obtient. L'adroite favorite, après avoir enveloppé la princesse dans
ses filets, n'usait envers elle que des séductions
de son esprit, pour la conduire à ses fins; mais
plus impérieuse à l'égard du dépositaire de sa
confiance, elle montrait à Baraille les murs de
la Bastille, si le succès ne couronnait sur-le-
champ l'entreprise.

Cette odieuse et lâche conduite qui devait
irriter un caractère indépendant et généreux,
produisit un effet contraire sur une âme flétrie

par les chagrins. La triste princesse avoue elle-
même que la menace faite à Baraille, l'alarma
beaucoup, et la détermina à consentir à la donation de la principauté de Dombes et du comté
d'Eu ; mais il fallut pour ce comté que la donation fut faite sous la forme d'un contrat de
vente, semblable à celui qui avait été fait à
monsieur de Lauzun. »Les biens de Normandie,
»ajoute la princesse, ne peuvent pas se don-
»ner comme ailleurs, et c'est pour cela qu'on
»avait pris la voie de la vente toutes les deux
»fois. Ces actes furent passés, le 2 Février 1681,
»chez madame de Montespan, qui y parla pour
»monsieur du Maine ; elle avait un pouvoir
»du roi.«

La favorite, comblée de joie de la conclusion
de cette importante affaire, enivre d'espérances
la généreuse donatrice ; elle lui montre tout
ce qu'elle est en droit d'attendre de la sensibilité d'un père reconnaissant ; le roi, lui-même,
lui confirme les sentiments dont il est pénétré,
et l'assure que cette affaire les unira plus que
jamais, *et fera entr'eux une amitié que rien ne
saurait rompre.* Malgré toutes ces promesses,
malgré toutes ces belles effusions de reconnaissance, le monarque n'avait pas proféré le nom
du prisonnier ; madame de Montespan témoi-

gnait beaucoup d'empressement pour sa liberté, mais rien n'avançait. La princesse voyait avec autant d'inquiétude que de peine tous ces délais. Enfin, elle apprend de la bouche même de madame de Montespan, ce qu'elle a désormais à attendre de ses immenses sacrifices. Lauzun sortira de Pignerol, mais il ne reviendra pas près d'elle ; il sera conduit à Bourbon, où il continuera à être gardé comme prisonnier d'état. Il faut renoncer à la pensée de l'épouser, parce que jamais le roi n'y consentira. Accablée par cette déclaration inattendue, la malheureuse princesse fond en larmes, et demande si ce sont-là les conditions auxquelles elle a fait ses donations ? *Je ne vous ai jamais rien promis*, dit l'audacieuse favorite. Qu'il dut être cruel pour la petite-fille d'Henri IV, de se voir ainsi la dupe d'une basse fourberie, et d'avoir à en rougir pour un roi, que, malgré tout le mal qu'il lui avait fait, elle n'avait cessé de respecter et de chérir !

Lauzun sortit de Pignerol, en 1681 ; il y avait dix ans qu'il était dans cette prison d'état, où tout porte à croire qu'il fut mort oublié, sans le dévouement de son auguste amie. Après la saison des eaux, il fut envoyé à la citadelle de Châlons-sur-Saône, »où, dit Mademoiselle, il se condui-

»sait aussi mal qu'il l'avait fait à Bourbon; il
»envoyait prier tout le monde de l'aller voir,
»et sur-tout les personnes qui passaient ou qui
»revenaient à Paris. J'apprenais tout cela avec
»beaucoup de peine.« Après l'hiver, il fut encore
reconduit à Bourbon, et delà il obtint d'aller
à Amboise; il paraît qu'il se dédommageait des
ennuis de son exil par un genre de distractions
fait pour affliger profondément un cœur trop
sensible. Malgré ses torts, la princesse n'était
occupée que d'une seule pensée, c'était d'assurer son bonheur. Elle lui donna le duché de
Saint-Fargeau, qui était alors affermé vingt-deux
mille livres, la ville et la baronnie de Thiers, en
Auvergne, l'une des plus belles terres de la
province, et la valeur de huit mille livres de
rentes sur les gabelles du Languedoc. »Au lieu
»d'être content, dit-elle, il se plaignait que je
»lui avais donné si peu, qu'il avait eu peine à
»l'accepter.« C'était ainsi qu'il préludait aux indignes procédés qu'il exerça envers sa protec-
trice, dès qu'il eut pu obtenir du roi la permission
tant désirée de reparaître à la cour. Il n'est pas
étonnant qu'à plus de cinquante-cinq ans, la
princesse ne fit pas éprouver un sentiment que
quinze ans plutôt elle n'avait pu lui inspirer;
mais on est indigné quand l'on voit récompen-

ser par la plus noire ingratitude tant de sacrifices faits, tant de douleurs éprouvées. Tous
les honnêtes gens étaient révoltés de l'insolence
avec laquelle Lauzun se comportait à l'égard
de sa bienfaitrice. »Je vous plains fort, Made-
»moiselle, dit un jour Colbert, d'avoir fait du
»bien à un homme qui est si peu reconnaissant,
»et qui ne vous donne que des chagrins : Dieu
»veuille qu'il change; je crains bien qu'il ne
»le fasse pas, et que vous ne soyez obligée
»de demander au roi avec autant d'empresse-
»ment qu'on le chasse, que vous en avez eu
»à le faire revenir; vous trouverez de la dif-
»férence; l'un s'obtiendra plus facilement que
»vous n'avez fait l'autre.«

Mais, quelques graves que fussent ses torts,
l'infortunée princesse l'aimait toujours. Elle se
plaignait quelquefois avec amertume, mais elle
punissait l'ingrat en le comblant chaque jour
de nouveaux bienfaits, en ne s'occupant que de
son bonheur, que de son élévation; parve-
nait-elle à le fixer un moment auprès d'elle,
tous les torts étaient oubliés, l'espoir renaissait
dans son âme, elle croyait encore au bonheur.
Mais ces illusions étaient bien rares; les lieux
qu'elle aimait le plus étaient ceux où il se plaisait le moins, et sur lesquels s'exerçait sa cri-

tique mordante ; le séjour de Choisy lui était
insupportable, parce que son voisinage de Paris
exigeait qu'il y vînt plus souvent ; le château
d'Eu lui déplaisait moins, parce que son éloignement légitimait les excuses qu'il donnait pour
n'y pas venir, ou pour n'y rester que le moins
de temps possible. »La première fois qu'il y
»vint, dit la princesse, il trouva le château joli,
»et qu'il avait un air de grandeur ; il est vrai
»que je l'avais fort bien fait arranger. Le len-
»demain, j'allai me promener à la chasse à la
»tirasse ; puis il galoppa, il se perdit dans la
»plaine, et ne revint qu'à neuf heures du soir ;
»j'étais prête à me retirer. Il ne venait qu'à
»onze heures lorsque j'allais à la messe, puis
»il allait dîner et se reposer après, et souvent
»il montait à cheval et ne revenait qu'à l'heure
»que j'ai dite. En dix-sept jours qu'il fut à Eu,
»on le vit très-peu.«

On peut juger par sa conduite en ce premier
voyage, de celle qu'il tint dans les rares et courtes
apparitions qu'il fit au château d'Eu, depuis 1684.
En voyant encore aujourd'hui son appartement
situé au-dessus de celui de Mademoiselle, l'on
ne peut s'empêcher de présumer qu'il fit bien
peu d'usage de ces communications secrètes,
qu'une ingénieuse prévoyance s'était plue à

former, pour faciliter la liberté des relations
intimes. Son indifférence alla au point que,
passant à Abbeville, *pour trouver*, selon l'expression de madame de Sévigné, *le chemin de
Versailles, en passant par Londres,* il se contenta d'envoyer à Eu, demander des nouvelles
de la princesse, sans prendre la peine d'y venir. Son ingratitude n'eut plus de bornes, du
moment où le roi lui rendit ses bonnes grâces.
Dès-lors, malheureuse à la cour, malheureuse
chez elle, l'infortunée princesse chercha dans
les pratiques d'une douce et indulgente piété,
dans l'exercice d'une charité active, des consolations que la cour et le monde ne pouvaient
lui procurer. Elle continua jusqu'à la dernière
année de sa vie, ses voyages à Eu : la mémoire
des bienfaits dont elle a comblé cette contrée
lui a survécu; les asiles ouverts aux malheureux dans les villes d'Eu, de Blangy, d'Aumale, dans les bourgs de Tréport et d'Ault,
sont son ouvrage. A Criel, elle acheta du fidèle Rollinde, le château de Briançon, dont
elle fit l'hôpital du lieu ; elle voulut que toutes
ces belles institutions lui survécussent, en assurant par son testament leur existence et leur
prospérité. C'est ainsi que cette digne fille
d'Henri IV réalisait, dans le comté d'Eu, les

intentions philantropiques du modèle des rois. On
ne peut exprimer, dit un contemporain, combien
Son Altesse fut sensible à tant de maux (en parlant
d'une disette, en 1680), et avec quelle compassion, quelle tendresse de cœur, elle fit distribuer
de la soupe et du pain à tous les pauvres de la ville
et de la campagne. Ce n'était pas à ces secours
matériels que s'arrêtait sa haute prévoyance,
elle croyait que le moyen d'améliorer la condition du peuple, c'est de l'éclairer. Aussi, par-
tout avait-elle fondé et encouragé l'établissement
d'écoles. Le séminaire des filles de Saint-Vincent de Paul, établi à Eu, devait fournir des
sujets pour toutes les paroisses du comté, afin
d'y soigner les malades et d'y instruire les enfants. On voit, par ce qu'elle dit souvent en ses
mémoires, avec quelle sollicitude elle s'occupait sans cesse de ces bonnes œuvres. Elle n'ad-
ministrait pas, elle gouvernait elle-même son
comté. Forte de la pureté et de la droiture de
ses intentions, elle ne souffrait pas toujours avec
patience les oppositions qu'elle rencontrait à ses
volontés; mais si, comme le dit un annaliste
contemporain, *certaines personnes considérables
ont essuyé de mauvais moments*, le bien qu'elle
voulait faire et qu'elle opérait, légitimerait l'abus
qu'elle eût fait de sa puissance.

Cette princesse sentant sa fin approcher, refusa de voir celui qui avait empoisonné le bonheur de sa vie ; Lauzun n'eut pas la consolation
de recevoir de la bouche de sa victime le pardon de sa criminelle ingratitude. Mademoiselle
expira le 5 Avril 1693, dans la soixante-
sixième année de son âge. Son corps fut porté
à Saint-Denis, et son cœur au Val-de-Grâce.

La mort de Mademoiselle mit le duc du
Maine en possession du comté d'Eu et du duché
d'Aumale, dont la donatrice, par la vente si-
mulée qu'elle avait faite, s'était réservé l'usu-
fruit.

Louis-
Auguste
de
Bourbon,
duc du
Maine,
30ᵉ Comte

Louis-Auguste de Bourbon, duc du Maine,
fils légitimé de Louis XIV, et de la marquise
de Montespan, naquit le 31 Mars 1670. »J'ai
»ouï conter à monsieur de Lauzun, dit Made-
»moiselle de Montpensier, que le jour que
»madame de Montespan accoucha du duc du
»Maine, c'était à minuit sonnant, le dernier
»jour de Mars, ou le premier jour d'Avril, si
»l'on veut. On n'eut pas le temps de l'emmail-
»loter, on l'entortilla dans des langes, et mon-
»sieur de Lauzun le prit dans son manteau, et
»le porta dans un carrosse qui l'attendait au petit
»parc de Saint-Germain ; il mourait de peur
»qu'il ne criât.« Singulière destinée qui réser-

(289)

vait au confident officieux, en récompense d'un tel service, d'être sacrifié, quelques mois après, par la femme coupable, dont il sauvait l'honneur, et d'être dépouillé des biens et des dignités que lui assurait une union légitime, par cet enfant dont il dérobait, avec tant de soin, la naissance.

Le duc du Maine fut porté à cette *mystérieuse* maison, près de Vaugirard, où la prude et discrète veuve de Scaron élevait, *sans scrupules*, les enfants du roi. Déjà, le duc du Maine y avait été précédé par un autre fils, né en 1669. Il y fut suivi par la nombreuse lignée, produit de l'alliance adultère. Cet enfant annonça de bonne heure les dispositions les plus heureuses; sa beauté, ses grâces enfantines, cultivées avec soin par l'adroite gouvernante, amusaient, intéressaient vivement le roi. Le cœur de Louis éprouvait pour la première fois, dans les visites secrètes que ses enfants faisaient à leur mère, ces douces émotions dont la tyrannique étiquette avait peut-être jusqu'alors fermé l'accès à son cœur. Plus il les aimait, plus il devait éprouver de sollicitude pour leur avenir. Aussi, l'astucieuse mère parvint-elle sans peine à faire goûter l'idée de *légitimation*. Le premier président de Harlay, dont Saint-Si-

19

mon a dit que, *dès qu'il apercevait un intérêt
ou une faveur à ménager, tout aussitôt il était
vendu*, fut consulté, et promit d'user sur sa compagnie de l'ascendant que lui donnaient l'émi-
nence de sa charge, et l'influence de ses talents.
Il commença par faire reconnaître un enfant
illégitime du duc de Longueville, et d'une femme
mariée, dont il imagina de faire nommer le
père dans les titres, sans aucune mention de
la mère. Cette forme, dont on ne prévoyait
pas les conséquences, une fois passée au parlement, il ne fut pas difficile d'en obtenir autant pour les enfants de madame de Montespan.
C'est ainsi que le duc du Maine fut légitimé,
par lettres enregistrées, le 29 Décembre 1673.
L'année suivante, il fut pourvu de la charge
de colonel-général des Suisses et Grisons.

La tendresse que le roi témoignait pour son
fils, donnait naturellement le ton à la cour;
aussi cet enfant, dès l'âge de huit ans, »est-il
»aux yeux de madame de Sévigné, incompa-
»rable, son esprit étonne, les choses qu'il dit
»ne peuvent s'imaginer, aucun ton, aucune
»finesse ne lui manque, et pour dernier coup
»de pinceau, *il en veut*, comme les autres.....,
»*au vertueux Montausier.*« Mademoiselle de
Montpensier elle-même lui trouvait, au même

âge, une belle figure et beaucoup d'esprit. Cet esprit qui étonne, cette finesse exquise, étaient le résultat du manége de l'adroite gouvernante, qui gâtait et perdait ainsi pour l'avenir, un heureux naturel. Plus tard, en effet, cet enfant incomparable, »est un homme qui a de »l'esprit comme un démon, dans toute la force »du terme, malin, dissimulé, artificieux; mais »plein d'agréments, supérieur dans l'art d'amu- »ser et de charmer, quand il veut plaire, en- »nemi d'autant plus dangereux que, quand il »veut réussir, il est capable des souplesses les »plus séduisantes (1).« Le roi ajoutait chaque jour de nouvelles faveurs à celles dont il comblait ce fils chéri. Ce n'était pas assez que Mademoiselle de Montpensier lui eût assuré la succession de ses biens, il voulut le faire jouir de toutes les prérogatives de la souveraineté, en rétablissant la principauté de Dombes dans les droits, honneurs et priviléges, dont avaient joui ses possesseurs, avant la confiscation qui en fut faite sur le connétable de Bourbon, en 1523. Une déclaration portée au parlement, en 1682, reconnaît et tient pour souveraineté la seigneu-

_____

(1) Saint-Simon.

rie de Dombes, ne se réservant (le roi), comme
ses prédécesseurs, *que la bouche et les mains,*
lequel devoir, dit cet acte, sera fait comme
d'un moindre souverain à un puissant protecteur, et non comme d'un sujet à son roi, ni
d'un vassal à son seigneur ; accorde aux seigneurs
de Dombes le pouvoir de juge en dernier ressort, et défend au parlement de Paris de plus
comprendre le pays de Dombes dans les rôles
des provinces du Lyonnais, et autres qui res-
sortissent au parlement.

Créé souverain dans sa douzième année, le
duc du Maine fut en même temps nommé gouverneur du Languedoc ; en 1688, il eut la charge
de colonel des galères, dont il se démit en 1694,
lorsqu'il fut pourvu de celle de grand-maître
de l'artillerie.

Il fit ses premières armes, en 1688, sous les
ordres de monseigneur ; il contribua, en 1690,
au gain de la bataille de Fleurus, par l'avantage qu'il obtint la veille, commandant une attaque que fit faire le maréchal de Luxembourg,
pour couvrir la jonction de monsieur de Bouflers.
Le roi jouissait des succès de son fils ; on les
lui exagérait souvent : la franchise d'un valet
de chambre dissipa l'illusion. Il apprit de ce
serviteur sincère que le duc était loin de pos-

séder les qualités d'un héros. Louis, désormais désenchanté, ne compta plus sur les lauriers que moissonnerait le duc du Maine ; mais si son amour-propre était privé de ce bonheur, son cœur était dédommagé par les jouissances toujours nouvelles, que lui procurait sa conversation solide et enjouée, son caractère égal, facile et complaisant, plus encore les témoignages continus qu'il recevait d'une tendresse infinie, et peut-être trop exclusive. Car, en chérissant, en vénérant son père, le cœur du duc du Maine ne devait pas être fermé à celle à qui il devait le jour. Malheureusement, en acceptant l'odieuse commission de décider sa mère à se retirer de la cour, il prouve que les traits un peu sévère sous lesquels le peint un de ses contemporains, ne sont pas sans vérité.

»Le roi, qui pensait toujours juste, dit madame de Caylus, aurait désiré que les princes »légitimés ne se fussent jamais mariés ; mais »monsieur le duc du Maine ayant voulu l'être, »cette même sagesse du roi l'aurait engagé à »choisir une fille dans une des grandes maisons »du royaume, sans les persécutions de monsieur le prince, qui regardait ces sortes d'alliances comme la fortune de la sienne.« Son intention fut comblée ; le roi lui demanda, pour le duc du Maine, la main de sa fille Anne-Louise-Bénédicte de Bourbon, mademoiselle de Charolois : cette alliance ne devait pas, suivant les règles de la bienséance, être faite sans la participation de mademoiselle, à qui le duc du Maine avait de si grandes obligations ; on lui demanda son agrément pour la forme, et nonobstant la répugnance qu'elle manifesta, on passa outre : »s'il l'épouse, avait-elle dit, je ne les verrai ni »l'un ni l'autre de ma vie.« Il l'épousa cependant, le 19 Mars 1692. Un mois avant, mademoiselle de Blois, sa sœur, avait été mariée avec le duc de Chartres.

Mademoiselle de Charolois était née le 8 Novembre 1676. Elle était donc âgée de seize ans.

Madame de Maintenon, qui avait désiré ce mariage, et qui avait puissamment contribué à sa conclusion, ne fut pas long-temps à revenir du jugement qu'elle avait porté sur la jeune princesse ; elle s'était flattée de la former et de la conduire comme son mari. »Si celle-là »m'échappe, avait-elle dit, je renonce aux prin-»cesses ; elle fut bientôt en effet obligée d'y re-»noncer. D'un caractère entièrement opposé à »celui de son mari, dit madame de Caylus, aussi »vive et entreprenante qu'il était doux et tran-»quille, cette princesse abusa de sa douceur. Elle

»secoua le joug qu'une éducation, peut-être trop
»sévère, lui avait imposé. Elle se dispensa de
»faire sa cour au roi, pour tenir la sienne à
»Sceaux, où, par ses dépenses, elle ruina son
»mari, lequel approuvait ses volontés, ou n'osait
»s'y opposer. Le roi lui reprocha souvent sa
»complaisance, mais inutilement; et voyant que
»ses représentations ne servaient qu'à faire souf-
»frir intérieurement un fils qu'il aimait, il prit
»le parti du silence.«

Le duc du Maine souffrait sans doute, mais
le fonds de son cœur ne se découvrait pas; dans
la vie agitée de la cour de Sceaux, au milieu des
plaisirs étrangers à ses goûts et à ses principes,
il cherchait le calme dans le silence de son cabinet; l'étude et les pratiques d'une piété sincère partageaient son temps; toujours aussi at-
tentif auprès du roi, pénétré du plus absolu
dévouement pour madame de Maintenon, il
passait rarement un jour sans venir charmer,
et animer par sa présence, la trop grande uniformité du tête-à-tête. C'était ainsi qu'il cultivait et augmentait de plus en plus la tendre
affection, dont il était l'objet. Le roi avait fait
beaucoup pour lui, »mais, dit Saint-Simon,
»un certain sentiment de compassion lui faisait
»regarder avec des yeux bien différents, les en-

»fants issus du trône par père et mère, et ceux
»qui n'y tenaient que par lui. Il regardait les
»premiers comme les enfants de l'état, grands
»par eux-mêmes, et sans secours; les autres,
»il les chérissait comme des infortunés qui, écar-
»tés du trône par lui, ne pouvaient être quel-
»que chose que par sa puissance. L'orgueil et
»la tendresse se réunirent en leur faveur. Les
»tirer, pour ainsi dire, du néant, était une
»espèce de création qui le flattait, et qui le
»détermina à faire une nouvelle faveur au duc
»du Maine.«

La mort de mademoiselle de Montpensier
ayant donné au duc du Maine la jouissance du
comté d'Eu, le roi, par sa déclaration du
2 Mai 1694, enregistrée au parlement de Paris,
le 8 du même mois, lui accorda confirmation du
titre ancien de comté-pairie, pour lui, ses hoirs
et ayant-cause, mâles et femelles; de plus, voulut que, nonobstant le droit d'ancienneté, le
duc du Maine et le comte de Toulouse, son frère,
eussent la préséance sur tous les pairs, même
sur le duc de Vendôme. Ces dignités, ces distinctions ne suffisaient point encore, la postérité de ces enfants chéris serait toujours flétrie de bâtardise, parce que leur légitimation
ne leur donnait pas tous les droits éventuels

d'hérédité; le roi, cédant plutôt à sa sensibilité, émue par les adroites insinuations de madame de Maintenon, qu'à sa raison, qui lui en
faisait calculer les graves inconvéniens, accorda, par son règlement de 1710, aux enfants
du duc du Maine, comme petits-fils de Sa Majesté, le même rang, les mêmes honneurs, et
les mêmes prérogatives dont jouit leur père;
par l'édit de 1714, enregistré au parlement,
le 2 Août, il appela à la couronne les princes
légitimés, et leurs descendants, au défaut
des princes du sang; par la déclaration du
25 Mai 1715, il les rendait en tout égaux à ceux-
ci. Le roi, en cédant ainsi aux obsessions de ses
entours, était lui-même effrayé de ce que les
mécontentements et les jalousies qu'il soulevait
par ces mesures, feraient éclater de haines et
de vengeances dans l'avenir. »Vous l'avez vou-
»lu, dit-il au duc du Maine; si après vous
»avoir fait grand pendant ma vie, vous n'êtes
»rien après ma mort, prenez-vous-en à vous-
»même, et faites valoir ce que j'ai fait, *si vous*
»*pouvez.*«

Le résultat prouva trop bien la justesse de
ces prévisions; l'on savait que le roi avait fait
un testament, dont il avait fait le parlement
dépositaire; aux manœuvres employées pour

obtenir cet acte, le duc d'Orléans, s'il n'en connaissait pas les dispositions, devait présumer qu'il attentait à ses droits, et qu'après avoir fait des fils de madame de Montespan ses égaux, on pouvait avoir conçu le dessein de les élever davantage. Tous les gens de bien qui avaient blâmé la déplorable faiblesse du monarque, les princes, les grands seigneurs que blessait la scandaleuse suprématie qui leur était imposée, les jansénistes, persécutés par l'ambitieuse corporation qui dominait les conseils du roi, devenu l'un de ses adeptes, formèrent un parti puissant et nombreux, déterminé à soutenir les droits légitimes du duc d'Orléans contre les projets de madame de Maintenon, tendant à continuer l'empire des jésuites. Ce parti se fortifiait d'autant plus que le monarque déclinait, et s'acheminait vers la tombe. Le duc du Maine semblait ne pas s'apercevoir de l'orage qui se formait contre lui, soit qu'il comptât que la mort même ne saurait atterrer cette puissance devant qui tout fléchissait encore, soit qu'il se confiât dans l'expression d'un dévouement, dont son rival recevait, en même temps et des mêmes gens, l'assurance; le roi dépérit, il se meurt; travaillons, disaient les courtisans, à faire ou à maintenir notre fortune sous une régence. Pen-

dant ce temps, madame de Maintenon, calcu-
lant les insurmontables difficultés, et effrayée
des périls qu'elle éprouverait à soutenir son
ouvrage, ne s'occupait désormais que de sa
retraite de Saint-Cyr. Le duc du Maine, abandonné dans une circonstance aussi critique par
la main qui l'a toujours protégé, ne sait quel
parti prendre; il voit l'intrigue s'agiter autour
de lui, il voit ses partisans se rapprocher de
son rival, il en gémit peut-être, mais il n'agit
pas; il ne change rien à ses habitudes, il continue paisiblement dans le silence de son cabinet
sa traduction de l'Anti-Lucrèce, et il laisse à
ses ennemis le champ parfaitement libre.

Ainsi, inactif et insouciant de l'avenir, le duc
du Maine attendait paisiblement la mort du roi,
comme si les lois les plus saintes eussent ga-
ranti son héritage. Louis expira le 1er Septembre 1715; le lendemain, le parlement s'assemble;
le palais est entouré des régiments de la garde,
dernière disposition qu'a prescrite le monarque,
croyant par-là assurer l'exécution de ses volontés; tous les ducs et pairs sont sur leur banc,
le duc d'Orléans est introduit avec un cérémo-
nial qui montre à son rival la supériorité que
les lois de la monarchie confèrent aux droits
de sa naissance. Le prince, avant l'ouverture

du testament, prononce un discours fort habile, dans lequel il appuie son droit imprescriptible à la régence, des dernières paroles
qu'il assure que le feu roi, sur son lit de mort,
lui a adressées; vous allez, dit-il, ouvrir le
testament dont le souverain vous a confié le
dépôt, vous aurez à délibérer sur le droit que
ma naissance m'a donné, et sur celui que le
testament pourra y ajouter. Le prince put juger, par l'effet qu'il avait produit, du résultat
qu'allait avoir la délibération. L'avocat-général,
Joly de Fleury, tout dévoué aux intérêts du
prince, développe les principes du gouvernement français sur la régence; il prouve qu'elle
doit toujours, en circonstance semblable, être
déférée à l'ascendant le plus proche du roi mi-
neur; après avoir établi que le régent est insti-
tué pour gouverner et administrer le royaume,
avec la même autorité que le roi qu'il représente, il démontre que toute solution, que tout
démembrement de cette autorité souveraine serait contraire au principe d'unité, fondement
du gouvernement monarchique. Après ces allo-
cutions qui avaient été habilement concertées,
le testament et les codiciles qui l'accompagnent
sont lus.

Au lieu d'être déclaré régent, le duc d'Orléans n'est que chef d'un conseil de régence en qui résidera l'autorité souveraine. Il n'aura que sa voix dans ce conseil, et aucune charge ni emploi ne sera à sa nomination : réduit à une supériorité nominale, il verra siéger près de lui le duc du Maine, qui, investi du commandement de toutes les troupes de la maison du roi, seul chargé de l'éducation, de la sûreté et de la conservation du jeune monarque, jouira seul de fait de toutes les prérogatives de la puissance.

La connaissance de dispositions aussi extraordinaires, loin d'affaiblir, accrut au contraire le nombre des partisans du duc d'Orléans; tous les gens de bien s'indignaient de voir les droits des princes légitimes, sacrifiés aux intérêts et à l'élévation d'un bâtard; le duc d'Orléans s'éleva avec dignité contre des dispositions tellement opposées aux déclarations verbales du feu roi, qu'on avait dû les arracher à sa faiblesse; il annonce avec énergie que jamais il ne se résignera à souffrir l'injure faite à son dévouement pour l'état; que la régence qui lui appartient par droit de naissance doit-être déclarée entière et indépendante, telle que les lois et usages de la monarchie l'avaient constituée; qu'il espère que le parlement usera du droit que le testateur avait lui-même accordé, de changer ce qui ne serait pas conforme au bien de l'état. Dès-lors, le sort du testament est décidé; le duc du Maine, abandonné par tous les magistrats et les grands seigneurs qui s'étaient déclarés pour sa cause, n'adresse que de faibles et timides observations, qu'il termine par une renonciation formelle au commandement des troupes et à la garde du roi, ne se réservant que la surintendance de l'éducation.

Le parlement rendit un arrêt, qui, sans égard pour les clauses du testament, déféra unanimement au duc d'Orléans lé titre de régent, avec droit de former le conseil de régence, ainsi qu'il aviserait pour le bien de l'état, de nommer à toutes les charges, emplois et bénéfices; enfin, le commandement de la maison militaire lui fut donné. Ainsi se vérifia ce que Louis XIV avait prévu lui-même; il en fut de ses dernières volontés, ce qu'il en avait été de celles de son prédécesseur.

Le duc du Maine, privé des dignités et du pouvoir, était encore un objet d'inquiétude et d'envie. Les princes avaient vu, avec un sentiment pénible, l'édit de 1714, et la déclaration de 1715, assurer aux légitimés les mêmes droits et priviléges que leur donnaient

leur naissance. Ils s'unirent pour en demander
la révocation ; ce n'était pas assez : les ducs et
pairs de leur côté réclamèrent l'abrogation de
l'édit de 1694, qui accordait au duc du Maine
et au comte de Toulouse, la préséance. Il advint
en cette circonstance, que cet excès de persécutions rendit intéressants ceux qui en étaient
les victimes ; la noblesse était révoltée des prétentions des ducs et pairs, qui tendaient à faire
revivre à leur profit les priviléges et prérogatives des grands vassaux de la couronne, et à
rétablir ainsi la grande distance qui séparait,
au premier temps de la monarchie, le vassal
de son suzerain. Le parlement, qui naguère avait
conquis une importance étrangère à son institution, était humilié de voir la toge soumise à
l'épée : ces deux corps s'unirent donc pour résister aux envahissements de la pairie. On vit
en cette occurence ce qui arrive souvent dans
les dissensions intestines, les mécontents des
divers partis, oubliant les sujets de divisions
récentes, se coaliser contre leur ennemi commun, chacun payer à la conjuration le tribut
de leurs haines. Ainsi, ce même parlement, qui
naguères avait annullé le testament de Louis XIV,
se déclara le défenseur des droits méconnus du
duc du Maine, autour de qui tous les mécontents

se rallièrent. Le rôle de chef de parti était au-
dessus des forces de ce faible prince, mais sa
femme suppléait à son incapacité, par l'activité
et l'énergie que l'orgueil irrité peut inspirer à
une âme élevée. Cette femme, qui, dans les
jours de sa prospérité, ne s'occupait dans sa
brillante cour que des plaisirs et des jouissances
de l'esprit, se lança dans le labyrinthe des intrigues ; aux madrigaux ont succédé de graves
recherches sur des points de droit; les jeux
du théâtre sont remplacés par des plaidoiries
et des consultations d'avocats. Sceaux n'entend
plus le doux langage des muses; devenu foyer
d'intrigues, l'on n'y parle plus que l'argot de
la chicane. La duchesse allume de toute part
les feux de la discorde; elle excite dans les
pays d'état la révolte de la noblesse ; elle anime
dans le parlement l'esprit d'opposition qui s'y
développe ; elle provoque contre la cour le dégoût et le mépris, en révélant la turpitude des
mœurs qui y règnent; elle réveille dans les
cœurs français l'honneur et le patriotisme, en
montrant le chef de l'état sacrifiant les intérêts
de la France et de l'Espagne à ceux de l'Angleterre.

Le régent connaissait ces intrigues, mais il
n'en voyait pas tout le danger; il avait cru

que quelques actes de sévérité suffiraient pour comprimer les mécontents ; il avait espéré que le parlement, naguères si obséquieux, redeviendrait aisément un docile instrument de ses volontés ; il s'aperçoit que le mal a déjà fait de grands progrès, que les remontrances du parlement aggraveraient encore ; que tout incapable et inoffensif que soit le duc du Maine, sa femme en a fait le chef d'un parti nombreux ; il voit que le moyen de sortir de cette situation embarrassante, est de frapper le parti dans la personne de son chef. Il fait rendre, le 2 Juillet 1717, par le conseil de régence, un arrêt en forme d'édit, qui révoque et annulle celui de 1714, et la déclaration de 1715, et déclare le duc du Maine et le comte de Toulouse inhabiles à succéder à la couronne, les privant de la qualité de princes du sang, leur conservant néanmoins les honneurs portés par l'édit de 1714, le roi *se réservant* sur l'entrée et séance au parlement, et sur les honneurs de la cour, par rapport aux prince de Dombes et comte d'Eu.

Le duc du Maine reçut ce coup accablant avec une résignation qui l'honora aux yeux de ses ennemis eux-mêmes ; mais il n'en fut pas ainsi de la duchesse, qui, fière du sang des Condé,

20

dont elle perdait les prérogatives, ne put contenir sa fureur; *il ne me reste donc plus,* dit-elle à son époux, *que la honte de vous avoir épousé!* Son indignation s'exhale en plaintes amères, en menaces qui augmentent le mécontentement du régent, et l'irritation des princes, qui lui préparent, en la personne de son malheureux époux, une nouvelle et plus sanglante humiliation. Il restait au moins au duc du Maine, la jouissance viagère des grandeurs dont il avait été investi, il avait conservé la surintendance de l'éducation du roi; en fléchissant et se soumettant par nécessité à la loi du plus fort, il lui restait les moyens et le droit toujours imprescriptible de se soustraire, en temps opportun, au joug de la tyrannie. Le duc perd tout à coup ce qu'on ne lui avait pas encore ravi. »Le 26 Août 1718, à six heures du matin, dit »le maréchal de Villars, les conseillers de ré- »gence furent avertis qu'il y avait un conseil de »régence extraordinaire, qui serait suivi d'un lit »de justice aux Tuileries. En entrant dans le »cabinet, je trouvai le régent qui se promenait »avec un air assez agité. Le duc du Maine vint »à moi et me dit: Il va se passer quelque chose »de violent contre mon frère et moi. J'ai peine »à le croire, lui répondis-je; il me répliqua seule-

»ment : Je le sais. Le comte de Toulouse ar-
»riva ; le régent le mena à une fenêtre, et lui
»dit peu de paroles, après lesquelles le comte
»de Toulouse alla trouver le duc du Maine, et
»ils sortirent tous deux. Là dessus, je dis au mar-
»quis d'Effiat : Ils s'en vont ; qui quitte la partie,
»la perd. « Ce pronostic fut justifié à l'heure même.
Le régent fait lecture de l'édit par lequel Sa
Majesté révoque, non-seulement celui de 1714,
et la déclaration de 1715, mais même l'édit
de 1694, sur la préséance. Néanmoins, le même
jour, le roi, par une déclaration spéciale, rétablit le comte de Toulouse, pour sa vie seulement, dans l'état où il était par l'édit de 1717.
Le duc de Bourbon, que ces dispositions violentes ne satisfaisaient point, demande et obtient que la surintendance de l'éducation du
roi soit retirée au duc du Maine, et lui soit
confiée à lui-même. Outre ces édits, rendus en
haine du malheureux prince, le régent voulait
aussi contraindre le parlement à recevoir et à
enregistrer ceux relatifs au systéme désastreux
qui bouleversait la fortune publique, pour
n'enrichir que les amis et les créatures d'un
pouvoir corrupteur. Le parlement assemblé
dans une pièce voisine pour le lit de justice,
entend la lecture des édits ; vainement il de-

mande à délibérer, *le roi veut être obéi, et sur-le-champ*, répond le garde des sceaux d'Argenson. Tout fut enregistré à l'instant.

Jamais le parlement n'avait dévoré un affront avec plus d'humilité; mais le souvenir de l'injure restait au fond des cœurs. Par ce dernier outrage à la mémoire du feu roi, le duc du Maine, successivement dépouillé du commandement de la maison militaire, des titres, prérogatives et honneurs de prince du sang, du droit de successibilité à la couronne, de la surintendance de la maison du jeune monarque, était réduit à la seule condition de pair. Si, en cette circonstance, au lieu de témoigner une aussi inexplicable faiblesse, le duc eût, comme il en avait le droit, assisté, malgré le régent, à la séance, sa présence eût encouragé les nombreux partisans qu'il avait dans le parlement, et cette compagnie n'eût pas reçu et enregistré des actes contre lesquels elle protesta plus tard.

Pendant que le malheureux duc épanchait ses chagrins dans le sein de sa sœur, épouse du prince qui le persécutait avec un si cruel acharnement, et demandait qu'on lui rendit du moins les insignifiants honneurs laissés au comte de Toulouse, la princesse ne pensait qu'à la vengeance; mais, cette fois, ses intrigues ont un

caractère plus élevé; elle ne se borne plus à
gagner des partisans à la cour et au palais; elle
n'a plus de droits à défendre, puisqu'on les
lui a enlevés si outrageusement; elle n'a plus
désormais qu'à les reconquérir, et à tirer de ses
ennemis une vengeance éclatante.

Parmi les ressorts que la princesse avait mis
en jeu pour soutenir les intérêts de sa famille
opprimée, elle avait cherché à faire intervenir la cour de Madrid; elle s'était flattée que
Philippe V aurait à cœur de faire respecter
les volontés de son aïeul, ou qu'il ferait valoir pour lui-même des prétentions à la régence.
Dès-lors s'étaient formées entre elle et le prince
de Cellamare, ambassadeur d'Espagne, des relations dont Albéroni crut pouvoir tirer parti
pour l'exécution de ses desseins. Au milieu des
bouleversements qu'il méditait pour établir la
prééminence de l'Espagne sur toutes les puissances de l'Europe, il entrait dans les vues de
l'ambitieux ministre de détacher la France des
intérêts de l'Angleterre, en y allumant les feux
de la guerre civile; il entretenait à cet effet
l'esprit de révolte qui se manifestait dans plusieurs provinces; il envoyait en Bretagne des
subsides, il y faisait passer quelques troupes dé-
guisées en faux sauniers, conduites par un nom-

mé Colinéri : ces troupes devaient former un
noyau pour les révoltés qui devaient s'y joindre.
Déjà, les gentilshommes parlaient de courir aux
armes; le Languedoc s'agitait, l'autorité du régent y était méconnue, celle de Philippe V y
était invoquée. La duchesse du Maine, par son
activité, par son dévouement, qu'aucun obstacle
ne pouvait altérer, donnait l'impulsion à cette
vaste conjuration, qui allait éclater simultanément à l'ouest et au midi de la France, pendant que dans l'intérieur, et particulièrement
dans la capitale, tous les mécontents auxquels
se joindraient tous ceux qui, ruinés par les dé-
sastreuses opérations financières, n'avaient rien
à risquer, et tout à espérer d'un changement,
se réuniraient à la bannière de l'insurrection.
Le renversement du pouvoir du duc d'Orléans,
la révocation de tous les édits enregistrés dans
le lit de justice, l'arrestation et l'enlèvement
du régent, qui serait envoyé en Espagne, la
convocation immédiate des états-généraux, qui
délibéreraient sur la régence, l'union et l'alliance de la France et de l'Espagne contre l'Angleterre, étaient l'ensemble et le but de la
conspiration.

La duchesse, impatiente d'éclater, presse Cellamare, dont Albéroni accuse de son côté la

lenteur ; *mettez le feu aux mines*, écrivait l'ambitieux ministre à l'ambassadeur, quand le complot, prêt à éclater, fut découvert par un de ces moyens, qui prouvent à quelles faibles causes tient souvent la destinée des états. Une confidence faite à une prostituée, par un secrétaire de l'ambassade d'Espagne, éveille l'attention, et suffit pour diriger des investigations qui ont le succès le plus complet. Le régent avait en main tous les secrets de la conjuration; il en connaissait tous les fauteurs et complices; il voyait le sort qui lui était destiné à lui-même. Il était en droit d'exercer de terribles vengeances, il fut généreux et clément; il se contenta d'envoyer à la Bastille les conjurés les plus marquants; il attendit, pour faire arrêter le duc et la duchesse du Maine, que le public, instruit de tous les détails de la conjuration, provoquât cet acte de rigueur.

Le 29 Décembre, le duc, la duchesse du Maine, et tous leurs enfants furent arrêtés simultanément. Le duc fut envoyé à la citadelle de Doulens, la duchesse à la citadelle de Dijon, le prince de Dombes et le comte d'Eu furent exilés au château d'Eu, mademoiselle du Maine, leur sœur, fut reléguée au couvent de la Visitation de Chaillot; plusieurs de leurs affidés, ou domestiques, furent mis à la Bastille.

L'instruction de l'affaire ne produisit pas contre le duc du Maine, les charges dont on avait espéré l'accabler; il résulta, au contraire, de toutes les informations, qu'on lui avait caché avec le plus grand soin, le secret de la conjuration; la duchesse confirma à cet égard les déclarations des autres accusés, dans l'aveu qu'elle fit dans le plus grand détail. Malheureusement, ses déclarations trop sincères comprirent d'une manière funeste ceux qui s'étaient dévoués pour elle. C'est ainsi qu'elle désigna ceux des nobles Bretons qui, témoignant le plus d'ardeur pour sa cause, avaient pris les armes pour s'unir aux troupes espagnoles qu'envoyait Albéroni; le régent excepta ceux-ci du pardon. Le 26 Mars 1720, quatre de leurs chefs eurent la tête tranchée, seize autres, qui parvinrent à se réfugier en Espagne, furent condamnés à la même peine en effigie; *grande leçon,* dit Marmontel, *pour les hommes privés qui ont la folie de se mêler des querelles des grands !* Ainsi, pendant que les infortunés Bretons payaient de leurs têtes, leur trahison, la princesse qui les avait séduits et dénoncés, obtenait à ce prix son pardon, et revenait dans les jardins de Sceaux, dont elle avait trop regretté

les délices. Le duc du Maine sortit en même
temps de la citadelle de Doulens; il refusa, dans
le premier moment, de se réunir à une épouse
qu'il accusait justement de tous ses malheurs.
Il se retira d'abord à son château de Clagny,
il annonça même l'intention d'obtenir une séparation de corps et de biens, mais le régent
ne voulut pas s'y prêter. Peu de temps après,
les époux se réconcilièrent, et, de ce moment,
leur union devint plus intime qu'elle n'avait
été de toute leur vie. La duchesse, dégoûtée
de tous les prestiges de l'ambition, renonça
franchement à toutes les intrigues; elle fit tout
ce qui dépendait d'elle pour consoler et rendre
heureux un mari, que ses vertus et sa bonté
lui rendaient cher. Le château de Sceaux re-
devint ce qu'il n'eût dû cesser d'être, le temple
des muses, le centre de l'esprit et du bon goût.
Le duc du Maine, fixé dans cette belle demeure, n'en partageait pourtant pas les agréments; les chagrins avaient altéré son caractère,
et influé sur les grâces de son esprit : il avait
toujours eu un penchant pour la retraite; elle
était alors pour lui un besoin; au milieu des
plaisirs que la duchesse avait rappelés autour
d'elle, il se livrait, dans son intérieur, aux
pratiques d'une piété austère. Il allait quelque-

fois à Paris, et plus rarement à Versailles ; mais après l'exil du duc de Bourbon, son plus cruel ennemi, il reparut plus souvent à la cour, et réussit à plaire au roi. Par une déclaration de 1723, le roi rendit au duc du Maine et au comte de Toulouse, et après la démission du duc du Maine, à ses enfants, leur vie durant seulement, les honneurs dont ils jouissaient au parlement, après les princes du sang, et avant les pairs, et ce en vertu de leurs pairies, quand même elles seraient moins anciennes que celles desdits ducs et pairs. La même année, tous les honneurs de la cour lui furent rendus. Par lettres-patentes du 16 Avril 1727, le roi fit expédier de pareils brevets aux prince de Dombes, comte d'Eu et duc de Penthièvre, leur conférant l'état et les honneurs des princes du sang, dont les avait dépouillés l'édit de 1718. Ces faveurs procurèrent quelques consolations au duc du Maine ; elles le dédommagèrent des peines cuisantes auxquelles il avait été en proie depuis la mort du feu roi ; le sort de sa postérité était moins incertain, et il pouvait espérer pour lui-même de conserver, jusqu'au tombeau, les distinctions et les honneurs auxquels il avait toujours attaché tant de prix. Ses dernières années n'eussent pas été sans quelque bonheur, si une

maladie, longue et cruelle, ne les eût empoi-
sonnées. Attaqué d'un cancer au visage, dont la
cure résista à toutes les ressources de l'art, sa vie
fut un véritable supplice, qui n'était soulagé que
par les soins touchants et affectueux qu'il reçut
de la princesse, son épouse. Enfin, après des souffrances inexprimables, il mourut dans les sentiments de la plus haute piété, le 14 Mai 1736 (1).

---

(1) On n'a point connu le motif que dut avoir le duc
du Maine, pour n'être jamais venu visiter le domaine
qu'affectionnait et qu'habita le plus souvent son auguste
bienfaitrice. On a cru que, partageant cette sorte de terreur que la vue des tours de Saint-Denis inspirait à son
illustre père, il craignait aussi le séjour du lieu qu'il
avait marqué pour la sépulture de sa famille. Quoiqu'il
en soit, ce prince ne vint jamais à Eu. La duchesse du
Maine y vint à la fin de Juillet 1726, accompagnée des
deux princes, ses fils, et de mademoiselle du Maine,
sa fille. Elle était passée par Rouen, où elle fut reçue
par le parlement, et les corps civils et militaires, avec
tous les honneurs dus à son rang. La ville de Dieppe
lui donna à son passage une fête très-brillante. Les hommages qu'elle recevait, la flattaient d'autant plus qu'ils
étaient le résultat de la réhabilitation de son époux et
de ses enfants, dans les prérogatives dont ils avaient
naguères été dépouillés. Elle séjourna à Eu jusqu'au 22
Août, et elle y marqua sa présence par des bienfaits
qu'elle accorda à cette ville.

Les biens du duc du Maine furent partagés entre ses deux fils, le prince de Dombes et le comte d'Eu. Le premier eut les domaines de Normandie, le comté d'Eu et le duché d'Aumale.

Louis-Auguste de Bourbon, prince de Dombes, né le 4 Mars 1700, était âgé de trente-six ans à la mort de son père.

La tradition, comme l'histoire, est muette sur les premières années de ce prince; on peut néanmoins conjecturer, d'après le caractère qu'il développa dans la suite, que l'éducation qu'il reçut, ne remplit qu'incomplettement le but qu'avaient dû se proposer des esprits aussi éclairés et aussi polis que le duc et la duchesse du Maine.

Quoiqu'âgé de quinze ans, à la mort du roi, son aïeul, le prince de Dombes n'avait pas encore fixé l'attention publique; on doit conjecturer que les beaux esprits qui formaient la cour de Sceaux, eussent chanté les qualités du fils aîné de la maison, comme les contemporains avaient si complaisamment exalté celles du père, à un âge beaucoup plus tendre, si la flatterie eût trouvé quelque chose à en dire; on sait seulement que sa mère avait une préférence marquée pour le duc d'Aumale, devenu depuis comte d'Eu, dont le caractère

expansif et aimable contrastait avec la violence
et la dureté que montrait son aîné. Les humiliations que recevait sa famille, la dépossession
sion d'un rang et d'honneurs, dont à quinze
ans on sent déjà le prix, durent aigrir un esprit
de cette trempe. Aussi, ce moment décida de
son avenir. Une sombre misanthropie s'empara
de son âme, la société lui devint insupportable;
l'âge ne fit que développer et accroître ces tristes
dispositions. Il ne paraissait à la cour que quand
les devoirs de la bienséance le commandaient;
il s'en éloignait le plutôt qu'il pouvait, pour
se rendre dans ses terres. Là, environné de
quelques serviteurs auxquels il faisait, dit-on,
éprouver les fréquents accès d'un orgueil cour-
roucé, il bornait ses occupations aux plaisirs
de la chasse. Il y sacrifiait tout son temps,
tous ses revenus. Mais ce n'était pas comme
ses semblables qu'il se livrait à cet exercice;
il n'était pas, comme eux, environné d'une
cour nombreuse et brillante, dont l'éclat et le
faste ajoutent d'autres agréments à cette distraction; mais seul, assisté de simples valets, il
partait dès-avant le jour, pour détourner l'animal qu'il allait poursuivre avec fureur; pendant ce temps, des gardes disposés aux allen-
tours, faisaient retirer tout indiscret, dont la

présence eût irrité le farouche chasseur, jaloux
de goûter sans partage, ses sauvages jouissances.
Les bêtes fauves dont ses forêts étaient peuplées,
ravageaient toutes les terres voisines ; malheur
au vassal qui eût eu la témérité d'user de quelque arme pour les écarter : tous les paysans
étaient désarmés ; celui chez qui, dans les fréquentes perquisitions qu'on faisait, l'on trouvait
une arme à feu, ou les débris d'une pièce de
gibier, était poursuivi selon toute la rigueur
du code barbare des chasses, et souvent envoyé aux galères. Le cultivateur ne pouvait
posséder un chien qui n'eût le jarret coupé ;
autrement, l'animal était mis à mort en sa présence. Mais du moins, dira-t-on, le prince
de Dombes dédommageait ses vassaux du tort
qu'il leur faisait ; il payait par de bonnes actions
les pertes qu'il leur occasionnait? Malheureusement, la tradition n'a transmis que le souvenir de ses actes tyranniques, et des excès
auxquels se porta une population poussée au
désespoir : des rassemblements armés eurent
lieu sur quelques points ; l'on fut obligé d'envoyer des troupes contre les braconniers qui,
organisés en bandes, avaient des chefs capables
d'inquiéter le pays ; il y eut, en quelque rencontre, du sang versé. L'indignation des habi-

tants se manifesta encore d'une manière moins funeste, mais non moins violente, par les procès que les villages coalisés intentèrent à leur seigneur, et qu'ils soutinrent avec opiniâtreté. Inattaquable en sa personne, l'indignation publique éclata, en plusieurs circonstances, contre ses officiers; il en résulta des violences, dont plusieurs familles notables de la contrée, ont conservé le souvenir. Le prince de Dombes, non content des condamnations qu'il avait obtenues, appela le despotisme à son aide. Des lettres de cachet furent obtenues contre les individus que la justice n'avait rendus que passibles d'amendes, et quelques particuliers furent envoyés en exil, ou dépouillés de leurs emplois. Tels sont les actes qui justifient les sentiments pénibles que fait encore éprouver la mémoire du prince de Dombes.

Les défauts de ce prince n'excluaient pas toutes qualités estimables; sa bravoure allait, dit-on, jusqu'à la témérité; il en donna de brillantes preuves dans les campagnes de 1742 à 1748.

Son éloignement du monde, et sa misanthropie, ne le préservèrent point de séductions, dont son caractère devait le garantir. Vivement épris de mademoiselle de Charolois, fille de Louis III de Bourbon, on prétend qu'il contracta avec

elle un mariage secret; on prétend encore que
la conduite, plus que légère, de mademoiselle
de Charolois, contribua à aigrir le caractère,
et à augmenter la morosité de son époux.

L'irascibilité du prince de Dombes, lui oc-
casionna souvent des affaires graves; incapable
de supporter la plaisanterie, il prenait toujours
comme une injure ce qu'un propos spirituel,
ou irréfléchi, contenait de piquant; c'est ainsi
qu'étant au jeu du roi, le 3 Mars 1748, et ga-
gnant beaucoup, le marquis de Coigny, ne réfléchissant pas où sa comparaison portait, lui
dit : *Vous êtes heureux comme un enfant légitime.* A ce mot, le prince, devenu furieux,
ne veut entendre à aucune explication ; vainement lui observe-t-on que cette expression n'est
pas nouvelle, qu'elle est vulgairement employée
tous les jours, il veut une explication complette,
que le marquis de Coigny n'était pas homme à
lui refuser. Ils se battent le lendemain, et le
prince tue son adversaire.

La marquise de Coigny, au désespoir de la
mort d'un époux chéri, prépare de loin une
éclatante vengeance ; c'est à son fils, alors âgé
de onze ans, à qui elle en réserve l'exécution.
Voilà, disait-elle souvent en montrant à son
fils la chemise ensanglantée de son père, voilà,

mon fils, ce qui vous trace votre premier devoir. Dès que le jeune Coigny eut atteint sa
dix-huitième année, il demanda, et obtint du
prince de Dombes, raison de la mort de son
père : le combat eut lieu, le 1ᵉʳ Octobre 1755,
dans la forêt de Fontainebleau; il fut fatal au
prince, dont le corps fut rapporté dans sa voiture et déposé au château, où l'on publia qu'il
était mort subitement. L'on ne fit aucune en-
quête, et ses restes envoyés à Eu, y arrivèrent
le 8, et furent inhumés dans le caveau de
l'église, auprès de ceux du duc d'Aumale, son
frère.

Louis-Charles de Bourbon, comte d'Eu, suc- **Louis-**
céda au prince de Dombes, son frère, et prit **Charles**
possession du comté d'Eu, dont il portait de- **Bourbon,**
puis long-temps le titre. **32ᵉ Comte**

Ce prince était né le 15 Octobre 1701. Il
annonça, dès sa jeunesse, l'heureux caractère
qui lui valut la préférence marquée qu'avait
pour lui la duchesse du Maine, sa mère. Aussi
doux, aussi communicatif que son frère était dur
et réservé, il attirait à lui la tendresse de ses parents, et l'attachement de ceux qui l'approchaient.
Malheureusement, les troubles qui agitèrent sa
famille, à l'âge où son éducation requérait les
soins les plus suivis, le détournèrent des études

21

qu'il avait entreprises avec succès. Si le comte
d'Eu n'avait pu, comme son père, ajouter aux
charmes *héréditaires* de l'esprit des Mortemart,
une instruction variée, il s'appliqua plus tard
à acquérir les connaissances solides, indispen-
sables à un prince appelé à remplir d'éminentes
fonctions.

Le comte d'Eu avait connu et déploré de trop
bonne heure les embarras de sa position, pour
n'avoir pas contracté, dès sa jeunesse, des habitudes et des distractions qui le dédomma-
geassent des ennuis et des désagréments qui
l'attendaient dans une cour, où il comptait encore un si grand nombre d'ennemis et d'en-
vieux. Aussi n'y paraissait-il que quand ses
devoirs, vis-à-vis du souverain, y rendaient
sa présence nécessaire. Il passait dans ses terres
tout le temps que lui laissaient les diverses
charges dont il était investi. Environné d'amis
(car c'était sur ce pied qu'il vivait avec de braves
officiers, ses compagnons d'armes, et les gentilshommes qu'il s'était attachés), il se livrait
aux occupations et aux plaisirs conformes à son
rang. Il allégeait ainsi le fardeau des grandeurs
par les charmes de la vie privée.

Le comte d'Eu avait été pourvu, en 1710,
de la survivance de son père, de la charge de

grand-maître de l'artillerie, et du gouvernement du Haut et Bas-Languedoc ; il était âgé de trente-cinq ans, lorsque la mort du duc du Maine le mit en possession de ces charges ; il les exerça avec distinction.

La manière dont il tint les états du Languedoc, lui mérita l'estime et la confiance de cette province, ainsi que les éloges du souverain.

Pendant qu'il exerça la charge de grand-maître, l'artillerie commença à éprouver des améliorations qui furent un acheminement aux immenses perfectionnements qu'a subis cette arme.

Le comte d'Eu était au nombre des princes qui combattirent à Dettingue ; il y fut blessé. Il commandait une partie de l'aile droite, à la bataille de Fontenoy, et il y fit, à la tête de la cavalerie, des charges multipliées, dans lesquelles il prouva toute sa valeur. Il combattit de même à Raucoux, et figura avec une même distinction dans d'autres affaires, pendant la guerre de sept ans.

Ce prince parcourait souvent ses divers domaines ; il affectionnait particulièrement Anet et Armainvilliers ; mais il ne vint jamais à Eu, depuis le voyage qu'il y fit à la fin de Juillet 1726, avec la duchesse du Maine, sa mère. Malgré son éloignement, il témoigna en plusieurs circonstances son intérêt pour cette contrée, et il y répara une partie des maux qu'y avait faits son prédécesseur. Il maintint les divers établissements, et leur continua généreusement les secours dont ils avaient besoin.

Les jésuites ayant été expulsés du collége d'Eu, le 11 Avril 1762, le prince pourvut aussitôt à l'exécution de l'édit, portant règlement pour leur remplacement immédiat, par des professeurs séculiers. L'on trouve à cette occasion, dans le journal manuscrit d'un curé de l'archidiaconé d'Eu, sous la date du mois d'Avril, ce passage : »Ce qui avait été prédit, il y a »deux cents ans, est arrivé; les parlements du »royaume ont trouvé dans les constitutions de »Saint-Ignace et de sa société, des principes »si peu conformes aux lois de la nature et de »l'humanité, aux lois de la subordination et de »l'indépendance; enfin, des régicides imputés »à cette société, ont tellement soulevé l'Eu-»rope contre elle, qu'on a été obligé de les »chasser. «

Le comte d'Eu, par une générosité, dont l'excès équivaut quelquefois au désordre, avait singulièrement accru la masse de ses dettes. Le

duc de Penthièvre, après avoir recueilli sa
succession, les éteignit successivement, et satisfit religieusement aux obligations qu'imposait
le testament du comte d'Eu, qui, outre des
dons considérables, laissa à chacun de ses officiers et serviteurs, en pension, l'intégralité de
leurs traitements et gages.

Le comte d'Eu mourut à soixante-quatorze
ans, et fut inhumé à Sceaux, en 1775.

Louis-Jean-Marie de Bourbon, duc de Pen- *Le duc*
thièvre, fils de Louis-Alexandre de Bourbon, *de Pen-*
thièvre,
comte de Toulouse, et de Marie-Victoire-So- *33ᵉ Comte*
phie de Noailles, naquit à Rambouillet, le 16 *et dernier.*
Novembre 1725.

Le comte de Toulouse, fils de Louis XIV,
et de madame de Montespan, est le prince de
son temps sur lequel toutes les opinions, tous
les jugements ont le plus de similitude. Una-
niment aimé et respecté, ce prince réunit tous
les suffrages. »Madame de Montespan, dit Saint-
»Simon, avait une prédilection marquée pour
»le comte de Toulouse, qui la payait de retour.
»Ce prince ne montrait pas, comme son frère,
»l'esprit délié et agréable des Mortemart; mais
»c'était l'honneur, la vertu, la droiture, l'équité
»même, avec un accueil aussi gracieux que le
»pouvait permettre un air naturellement froid,

»et même glacial. La dignité d'amiral l'avait en-
»gagé à étudier la marine, tant de guerre que
»de commerce, qu'il possédait à fond. Il fit plu-
»sieurs campagnes, et se trouva à plusieurs com-
»bats, dans lesquels il montra beaucoup de va-
»leur et de capacité. Les deux frères ne vivaient
»pas en grande intelligence. Le roi s'amusait
»plus avec le duc du Maine; mais il estimait le
»bon sens, la candeur et les autres qualités
»solides du comte de Toulouse, qui réunissait
»l'affection de ses deux sœurs, les duchesses
»d'Orléans et de Bourbon, à la tendresse de
»sa mère. «

Le comte de Toulouse connaissait et appréciait mieux que son frère, les difficultés et les
devoirs de sa position. Il sentit de bonne
heure qu'il ne pouvait légitimer toutes les faveurs dont il était comblé, que par la modération avec laquelle il en saurait user; qu'il
devait prouver par ses vertus, par sa valeur, par son dévouement au trône, qu'il était
digne du rang auquel le monarque l'avait élevé. Telle fut, à toutes les époques de sa vie,
la règle invariable de sa conduite. Pendant
qu'emporté par une aveugle et insatiable ambition, l'élève chéri de madame de Maintenon
soulevait imprudemment toutes les jalousies et

toutes les haines, le comte de Toulouse se con-
ciliait la considération de ses rivaux, et l'estime
de toute la France. Les honneurs dont il était
investi, ne semblaient pas des faveurs, mais
étaient jugés comme des récompenses méritées.
Grand amiral de France, cette charge n'était pas
pour lui une simple dignité nominale; il en
exerçait tous les devoirs avec la plus grande
distinction. Il commandait la flotte française
composée de cinquante vaisseaux, lorsqu'il fut
attaqué par la flotte anglaise devant Velez-Ma-
laga, le 24 Septembre 1704. Il fit preuve dans
ce combat, qui dura depuis dix heures du matin jusqu'à dix heures du soir, de la plus grande
intrépidité; l'un de ses pages fut tué à ses côtés;
il prouva en cette occasion non moins d'habileté que de courage. Si la fortune et les éléments lui furent contraires dans la campagne
suivante, il fit du moins respecter son pavillon
jusque dans sa retraite.

Le comte de Toulouse refusa toujours de
prendre part aux intrigues de son frère. Il avait
accepté avec regret sa part des honneurs exces-
sifs, que celui-ci avait arrachés à la faiblesse du
roi; il sut en prévoir et en redouter les funestes
résultats. Aussi, aux jours de l'infortune, ne
fut-il pas pris au dépourvu, et se montra-t-il

avec la sérénité du sage, supérieur aux coups dont on cherchait à l'accabler.

Le comte de Toulouse n'avait jamais témoigné l'intention de se marier, pendant la vie du roi. Les malheurs qui avaient fondu sur lui, après la mort du monarque, avaient dû le confirmer dans la sage résolution de ne point transmettre à sa postérité, les chagrins et les humiliations dont il se voyait abreuvé lui-même. Mais la persécution devait avoir un terme. A la veille de remettre au jeune roi les rênes du gouvernement, le régent avait à cœur de réparer, autant du moins qu'il dépendait de lui, une partie du mal qu'il avait fait aux princes légitimés. Déjà se préparaient les actes qui rendaient à ceux-ci, et assuraient à leurs descendants, les seules prérogatives auxquelles ils dussent raisonnablement prétendre. Assimilés aux princes du sang, ils en devaient conserver les honneurs, mais sans pouvoir, en aucun cas, avoir le droit de succéder à la couronne. Dès-lors, le comte de Toulouse, qui n'avait jugé les faveurs inouies dont il avait été comblé, que comme de dangereuses illusions, voyant son sort et celui de sa postérité désormais assurés, put songer au choix d'une compagne. Marie-Victoire-Sophie de Noailles, veuve de Louis de Pardaillan d'Antin, marquis de Gondrein, obtint son hommage. La marquise de Gondrein unissait à la figure, à l'amabilité et aux grâces les plus séduisantes, toutes les vertus dont ces qualités font la parure. Elle était âgée de trente-cinq ans, le comte de Toulouse en avait quarante-cinq. Leur mariage, qui se fit le 22 Février 1723, fut d'abord secret; mais, peu de temps après, il fut déclaré, et reçut l'approbation générale à la cour et dans tout le royaume.

Le comte de Toulouse, par cette alliance, prouvait que les illusions de la fortune et de la naissance, n'agissaient pas sur lui, et qu'en mêlant son sang à celui d'une des plus illustres familles de France, il se souvenait du preux monarque qui s'honorait d'être le premier gentilhomme de son royaume. Aucune union ne fut mieux assortie : la cour de Rambouillet, qui jusqu'alors n'avait été formée que d'amis fidèles et dévoués, qu'une estime réciproque avait unis au prince digne de les apprécier, s'embellit des grâces qu'y introduisit la nouvelle princesse. Cette cour n'était pas asservie au joug d'une inflexible étiquette; il y régnait de la dignité sans contrainte, de l'esprit sans affectation. Le plus heureux des princes, était aussi le meilleur des hommes.

Louis XV venait souvent à Rambouillet, goûter, dans une société intime, les charmes de
ces douces liaisons, de cette aimable liberté que
connaissent si peu les souverains. Que ne put-
il, pour son bonheur et celui de l'état, se borner à ces relations, où l'amitié et la confiance
suffisaient alors à la droiture de son cœur !

Deux ans après son mariage, la comtesse de
Toulouse donna le jour au duc de Penthièvre.

Ce fut avec regret que la comtesse de Toulouse se vit obligée de confier à une main étrangère, la première éducation de son fils. Mais
cette mère tendre et éclairée, ne pouvait se
reposer sur une gouvernante, digne à tous égards
de plus de confiance que la comtesse de Marcé,
dont les principes avaient une parfaite analogie avec les siens. Elle partagea avec cette femme
de mérite, les soins de cette éducation première,
sur laquelle devait s'élever le monument de
sagesse, de justice, de grandeur d'âme et de
bienfaisance, qu'elle préparait à l'âge futur.

Le comte de Toulouse rassembla auprès de
son fils, les hommes capables de lui inspirer
l'amour de la vertu, les principes de l'honneur,
le goût des lettres et des sciences. Il lui donna
pour gouverneur le marquis de Pardaillan, offi-
cier-général de la marine, son compagnon d'ar-

mes et son parent. Les sous-gouverneurs furent les sieurs de la Clue et de Lizardet, dont le mérite était éprouvé. Ce père vertueux faisait sentir à son jeune fils, combien il est essentiel à un prince de mériter l'estime et la confiance des hommes ; delà, la nécessité de maîtriser ses passions, et de savoir en régler les mouvements ; plus un prince est élevé au-dessus des autres hommes, lui disait ce tendre père, plus il se doit à lui-même de ne laisser apercevoir en lui aucun défaut ; plus il est élevé par son rang, plus il doit s'étudier à ne pas y être inférieur, par ses connaissances et ses lumières. Ce n'est point pour lui seul que vit un prince ; c'est un spectacle que le ciel offre aux hommes, pour leur servir d'exemples. De telles leçons avaient une grande valeur dans la bouche d'un père qui les avait si bien pratiquées lui-même. Aussi, le jeune prince les mettait-il à profit, et le comte de Toulouse, trop tôt ravi à sa tendresse, eut la consolation de voir briller en son ouvrage, l'aurore des vertus dont il devait honorer et consoler son siècle. Le duc de Penthièvre avait accompli sa douzième année, quand une maladie longue et cruelle lui enleva l'auteur de ses jours. Le roi, qui n'avait cessé de donner au comte de Toulouse des preuves de

son attachement, avait consolé ses derniers moments, en accordant la survivance de ses charges
de grand amiral et de gouverneur de Bretagne,
à son fils. Il ajouta à cette grâce, celle de donner au duc de Penthièvre la charge de grand
veneur, et les deux régiments de Toulouse, le
jour même de la mort de son père.

Parvenu à sa quinzième année, le jeune prince,
déjà décoré de la croix de Saint-Louis, en sa
qualité d'amiral, reçut les ordres du roi et celui
de la Toison-d'Or; l'on attacha à sa personne
deux officiers généraux, l'un de l'armée de terre,
l'autre de la marine, dont l'expérience et les
sages conseils le dirigeraient dans l'une et l'autre
carrière.

Le jeune prince se rendit, en 1742, à l'armée
réunie sous Dunkerque, pour défendre les approches de cette ville, menacée par les Anglais.
Cette armée était commandée par le maréchal
de Noailles. Le roi voulut que le duc de Chartres
et le duc de Penthièvre, tous deux du même
âge, fissent ensemble cette première campagne;
cette confraternité d'armes fortifia une liaison
que la similitude des qualités du cœur avait déjà
formée, et que le temps ne fit qu'entretenir.
Ces jeunes princes furent promus ensemble au
grade de brigadier, et furent l'un et l'autre em-

ployés en cette qualité dans la campagne de 1743.
Ils combattirent à la sanglante affaire de Dettingue, où, selon l'observation de Voltaire, les
Français souffrirent une grande perte, en faisant
avorter le fruit des plus belles dispositions,
par cette ardeur précipitée et cette indiscipline,
qui leur avait fait perdre autrefois les batailles
de Poitiers, de Crécy et d'Azincourt. La présence de cinq princes du sang qui donnèrent
tous l'exemple de la bravoure et de l'intrépidité, contribua sans doute au salut de l'armée
en cette rencontre. »Jamais, dit le maréchal
»de Noailles, dans son rapport au roi, l'on
»ne vit un feu si considérable, ni si suivi : Je
»ne puis me dispenser de dire à Votre Majesté
»combien les princes ont fait de prodiges de
»valeur. Monsieur le duc de Chartres s'est dis-
»tingué, s'étant toujours trouvé dans le plus
»fort de l'action, ralliant ses troupes et les
»ramenant au combat. Quoique je puisse être
»suspect sur ce qui regarde monsieur le duc de
»Penthièvre, je supplie Votre Majesté de croire
»que je n'ajouterai rien à la plus exacte vérité :
»Il s'est trouvé dans le feu le plus vif, et plu-
»sieurs fois dans la mêlée, avec le sang froid
»et la tranquillité que Votre Majesté lui con-
»naît.« Les deux princes reçurent après cette

affaire, les brevets de maréchaux-de-camp, et
avant l'ouverture de la campagne de 1744, ils
furent nommés lieutenants-généraux.

C'est en cette qualité que le duc de Penthièvre alla rejoindre en Flandre, l'armée que
le roi avait le projet de commander en personne. Mais l'entrée du prince Charles en Alsace ayant fait changer les dispositions, le roi
destina le duc de Penthièvre à servir sur le Rhin.
Ce fut sur ces entrefaites, et lors de son passage à Metz, que Louis XV se trouva arrêté
par la maladie qui le conduisit aux portes du
tombeau ; le duc de Penthièvre tomba malade
en même temps, et ne put suivre le roi au
siége de Fribourg.

Ce fut pendant l'hiver de 1744, que la comtesse de Toulouse, voulant assurer le bonheur
de son fils, l'unit à une épouse digne de son
cœur. Jamais peut-être on ne vit plus de qualités
réunies que dans Marie-Thérèse-Félicité d'Est,
princesse de Modène ; son esprit, ses goûts,
ses sentiments sympathisaient avec son époux.
Mêmes penchants, mêmes désirs, même volonté, tout devait contribuer à l'intimité d'une
union dont rien ne semblait devoir altérer les
douceurs. Leurs cœurs formés par la vertu,
et perfectionnés par la religion, goûtaient éga-

lement ce plaisir si pur d'essuyer les larmes
des malheureux, et de soulager la misère. Le
mariage se fit le 29 Décembre 1744. Quatre
mois après, le duc de Penthièvre fut obligé
de se séparer de cette épouse chérie, pour aller
de nouveau affronter, comme à Dettingue, les
périls des combats.

L'armée rassemblée en Flandre, investissait
Tournai ; la tranchée était ouverte ; les alliés
voulant à tout prix prévenir la prise de cette
place, manœuvrèrent de manière à forcer l'armée française à lever le siége. Telle fut la cause
de la bataille de Fontenoy, dans laquelle le duc
de Penthièvre, toujours en première ligne, à
la tête du corps de cavalerie qui était sous ses
ordres, fit preuve d'une rare intrépidité dans
les charges nombreuses qu'il exécuta en personne. Sa conduite en cette affaire, lui obtint
sur le champ de bataille les éloges du roi et
de toute l'armée. »Si monsieur le duc de Pen-
»thièvre veut, dit au roi le maréchal de Saxe,
»il peut devenir un jour un grand capitaine ;
»sans y mettre la moindre prétention, *il a bien*
»*voulu me donner un conseil, qui annonce du*
»*génie, et qui m'a parfaitement réussi. J'avoue*
»*que sans lui je n'y aurais jamais pensé : la*
»*modestie de ce prince cache en lui des talents*

»*bien précieux, ainsi que de grandes vertus,*
»*qui le rendront sur-tout cher aux français.* «

Les circonstances ne permirent pas que tous
les pronostics de l'illustre guerrier se réalissas-
sent : la providence avait d'autres desseins sur
le duc de Penthièvre ; elle le réservait à acquérir un autre genre de gloire que celle qu'il
eût recueillie aux champs d'honneur. A l'ouverture de la campagne de 1746, le roi, informé des préparatifs que les Anglais faisaient
dans leurs ports, et que déjà ils avaient opéré
un débarquement en Bretagne, ordonna au duc
de Penthièvre de se rendre en toute hâte dans
son gouvernement ; il lui donna plein pouvoir
dans les mesures qu'il jugerait à propos de
prendre, pour la défense des côtes de cette province, et même de celles de Normandie. A son
arrivée, le prince s'empresse de prendre, par
lui-même, connaissance exacte de l'état des
choses ; il parcourt le littoral, et trouve tout
dans le plus grand délabrement. Aucune diffi-
culté, aucun obstacle ne l'arrête ; par son dévouement, son activité, ses encouragements,
toutes les batteries sont bientôt en état de défense ; les régiments provinciaux, organisés et
instruits, sont en état de combattre ; toute la
population animée, électrisée par la présence

du prince, est prête à se lever contre l'ennemi, par-tout où il se présentera ; dès-lors la
sûreté de cette importante partie du royaume
est garantie.

C'est sur ces entrefaites que le duc de Penthièvre, dans sa vingt-deuxième année, reçoit
du roi commission de présider les états d'une
province, dont les délibérations furent si souvent accompagnées et suivies de graves désordres. Mais tel est l'empire de la vertu, telle
fut la sagesse et la haute prudence du prince,
qu'en aucun temps, cette tumultueuse assemblée ne présenta plus d'ordre, d'harmonie et
d'unanimité dans ses résolutions. Depuis cette
époque, les sentiments des Bretons n'ont jamais varié ; le nom du duc de Penthièvre est
encore, de nos jours, aussi vénéré dans cette
province, qu'il l'est dans toutes les terres où
il répandait tant de bienfaits.

A la paix de 1748, le prince put quitter le
poste que lui avait confié le souverain ; il revint auprès de l'épouse adorée qui l'avait déjà
rendu père de deux princes, le duc de Rambouillet, né le 21 Janvier 1746, et le prince
de Lamballe, né le 6 Septembre 1747. Sa famille s'augmenta encore par la naissance d'un
troisième fils, le duc de Château-Villain, né le

17 Novembre de cette année 1748. Mais, l'année suivante, l'impitoyable mort, qui préparait
les coups si sensibles qu'elle devait lui porter,
lui enleva son fils aîné, le duc de Rambouillet; la naissance du duc de Guingamp, né le
22 Juin 1750, celle de mademoiselle de Penthièvre, née le 18 Octobre 1751, semblaient l'in-
demniser de cette perte. Mais ces deux enfants
lui furent enlevés, le premier en 1752, la seconde en 1753. Peu de temps avant était née
une autre fille, que le ciel lui conserva pour
la consolation de sa vie, et pour perpétuer, par
elle, la succession de toutes ses vertus. Tel était
le mélange de jouissances et de peines qu'éprouvait le duc de Penthièvre; déjà quatre enfants
lui avaient été ravis; à peine écloses, ces tendres
fleurs sont moissonnées avant le temps. Ce n'était
encore que le prélude d'un sacrifice plus douloureux. Cette épouse chérie, et si digne de
l'être, victime de sa fécondité, succomba, le
30 Avril 1754, en donnant le jour à un sixième
enfant! Dieu seul connaît la douleur profonde
dont fut pénétrée l'âme sensible de son époux;
tout ce qui l'environnait lui rappelait la perte
fatale qu'il avait faite. Quelque force qu'il
trouvât dans sa résignation religieuse, son cœur
brisé n'eût pas résisté à un combat continuel

entre sa sensibilité et sa vertu ; il se résolut à quitter la France, et à chercher dans les distractions d'un long voyage, un auxiliaire à sa raison.

Il partit pour l'Italie à la fin de l'automne ; il se rendit à Rome ; Benoît XIV occupait alors la chaire de Saint-Pierre ; le comte de Stainville, depuis duc de Choiseul, était ambassadeur de France. Ce fut au palais de celui-ci, que le duc de Penthièvre descendit et logea ; ce prince fut accueilli et traité d'une manière aussi affectueuse que distinguée par le souverain pontife, l'un des hommes les meilleurs et les plus éclairés de la chrétienté. Le père commun des fidèles versait dans ce cœur ulcéré le baume de la consolation ; il entretenait, il fortifiait par la puissance de ses exhortations, cette pieuse résignation que le christianisme seul peut inspirer.

L'état de l'âme de monsieur le duc de Penthièvre ne lui permettait pas de prendre part aux fêtes somptueuses, dont, en d'autres circonstances, sa présence à Rome eût été la cause et l'objet. Il employa le temps de son séjour à visiter les grands débris de la ville éternelle, monuments de tant de grandeurs et de tant de calamités ; il ajoutait ainsi aux vastes connais-

sances qu'il avait puisées dans l'étude de l'histoire et de l'antiquité. Ce séjour lui avait laissé
de précieux souvenirs, qui étaient souvent l'objet de ses intéressants entretiens.

De Rome, le duc de Penthièvre se rendit à
Naples. Charles III régnait alors. Ce souverain,
par l'étendue de ses vues, par son amour pour
la gloire et la prospérité de ses sujets, retraçait le souvenir du plus illustre de ses aïeux;
comme celui-ci, il avait rencontré un grand
homme d'état dans son ami, et Tannucci était
pour Charles ce que Sully avait été pour Henri IV. Combien dût captiver l'intérêt du duc
de Penthièvre, le spectacle de tous les prodiges opérés dans cette belle contrée, depuis
moins de quinze ans ! Les tombes illustres
d'Herculanum et de Pompéïa, qu'engloutit le
Vésuve, en l'an 79 de notre ère, venaient de se
rouvrir et prodiguaient leurs trésors au monde
savant; le château de *Capo di Monte*, le magni-
fique théâtre de *San Carlo*, le délicieux palais
de *Portici*, l'aqueduc de *Caserte*, qui efface tous
les ouvrages qu'exécutèrent les Romains en ce
genre, venaient de s'achever. *Vanvitelli* élevait le
somptueux palais de Caserte ; des magasins de
prévoyance étaient destinés aux besoins d'une
nombreuse population; de beaux établissements

maritimes se formaient, et, ce qui n'est pas moins admirable, c'est que, malgré ces nombreuses dépenses, les peuples n'étaient point écrasés d'impôts; ils étaient heureux et chérissaient leur souverain. L'âme du duc de Penthièvre était faite pour jouir d'un tableau qui réalisait, à ses yeux, les séduisantes utopies que son imagination se plaisait à créer pour le bonheur des hommes.

En quittant le royaume de Naples, le duc de Penthièvre se rendit, par la marche d'Ancone et les légations, à Modène, où il s'arrêta pendant peu de jours. Il revint ensuite rejoindre les deux êtres, gages précieux de son hymen, qui réunissaient dès-lors, avec la comtesse de Toulouse, sa mère, tous ses soins et toute sa tendresse.

Agé de trente ans, possesseur d'une grande fortune, qui devait s'accroître par de riches héritages, on pouvait croire que le duc de Penthièvre se remarierait; mais le souvenir toujours présent d'une épouse si tendrement aimée, et le sort de ses enfans, déterminèrent la résolution qu'il prit de renoncer à l'hymen.

Il se forma, dès ce moment, un plan de vie et de conduite, qu'il suivit jusqu'au dernier de ses jours. Il mit en première ligne,

l'accomplissement des devoirs que lui imposaient ses différentes charges, pour le service
du roi ; il les remplit toujours avec la plus
scrupuleuse exactitude ; quelque multipliés
qu'ils fussent, il avait fait une si judicieuse
distribution de son temps, qu'il trouvait toujours celui qu'il avait consacré à ses pieuses
méditations, source intarissable où il pui-
sait des consolations ; il trouvait encore celui
de se livrer à l'examen et à la décision des
nombreuses affaires que nécessitait une immense
fortune ; enfin, il lui restait des heures à accorder à la société, dont la grâce et l'intérêt
de ses entretiens, dont la variété de ses connaissances faisaient les charmes ; ses voyages
périodiques dans ses nombreux domaines, ceux
qu'il faisait accidentellement chez des personnes
qu'il honorait de son estime, ou dans des
monastères, tels que Clairveaux, la Trappe,
Sept-Fonds, où sa tendre et pieuse mélancolie
trouvait l'élément qui convenait le mieux aux
dispositions de son âme, n'intervertirent jamais
les devoirs qu'il s'était imposés envers Dieu,
par la prière, envers le roi, par l'expédition
des affaires de l'état ; des courriers, qu'il entretenait à ses frais, lui apportaient journellement,
en quelque lieu qu'il fût, les correspondances

des ministres, et les porte-feuilles des secrétaires
de ses commandements. Il n'eut jamais de lendemain pour les affaires ; elles étaient toutes
mises au courant, à moins d'obstacles invincibles. On avait peine à concevoir comment le
prince pouvait suffire à une correspondance
aussi étendue. C'est que personne n'avait le
travail plus facile, l'expression plus exacte et
plus juste, et que nul n'a plus que lui justifié
l'axiôme que le style est tout l'homme. Le sien
était parfait, aussi pur que clair et méthodique,
toujours approprié à l'objet qu'il traitait, et
modèle de toutes les convenances. Il connaissait si bien et tellement à fond toutes les matières qui étaient de son ressort, qu'il dictait
toujours le travail qu'il avait élaboré par la
méditation. Il était pourtant, malgré cette merveilleuse facilité, des fatigues qu'il s'imposait.
Outre sa correspondance de chaque jour avec
sa mère, il écrivait de sa main, quand il avait
de salutaires avis, ou des consolations à donner, et du bonheur à procurer.

A la tête de son conseil, composé d'hommes
éclairés et vertueux, il voulait, il exigeait même,
que les dépositaires, non moins de son équité
que de sa confiance, parlassent librement, qu'ils
le combattissent même, s'ils ne partageaient pas

son opinion, et sur-tout si ses droits paraissaient douteux, ou incertains. S'il fit quelquefois prévaloir sa volonté sur celle de ses
conseillers, ce fut dans des circonstances où
son cœur trahissait sa justice contre lui-même,
si un excès de bonté pouvait en ce cas là léser
la justice.

Sa qualité de grand veneur l'obligeait quelquefois à remplir cette charge auprès du roi;
ses goûts étaient étrangers à ce genre de plaisir, mais son dévouement pour le monarque
lui donnait les moyens de remplir ses fonctions
avec l'ordre, le zèle et l'activité qu'elles exigent.
Cette partie de la maison du roi, confiée à son
gouvernement, se distinguait par sa bonne administration, par son économie et par l'excellent esprit qu'il y avait introduit et maintenu.
Louis XV témoignait toujours au duc de Penthièvre, la satisfaction que lui faisait éprouver
sa présence; il voyait en lui le sujet le plus
fidèle, l'ami le plus dévoué et le plus honnête
homme de son royaume. La mort du Dauphin,
celle de la Dauphine, dont les perfections avaient
tant d'analogie avec l'objet de ses éternels regrets, l'affectèrent beaucoup. Il pleura avec la
reine, la mort de son vertueux père, le roi
Stanislas. La famille royale partagea bientôt avec

lui la profonde douleur que lui fit éprouver la perte de la comtesse de Toulouse, morte le 30 Septembre 1766, à l'âge de soixante-dix-huit ans. Le duc de Penthièvre n'avait cessé de donner à sa mère, les témoignages de soumission, de respect et de tendresse du meilleur des fils.

Ce fut quelques mois après ce triste événement, qu'eut lieu le mariage du prince de Lamballe : ce prince était dans sa dix-neuvième année; le roi lui avait accordé la charge de grand veneur, que son père avait résignée en sa faveur, en 1765. Sa Majesté avait ajouté à cette grâce, la promesse de la survivance des charges de grand amiral et de gouverneur de Bretagne.

Le prince de Lamballe était, comme son vertueux père, bienfaisant et généreux. Aucun soin n'avait été négligé pour son instruction; mais de tous les objets de ses études, son goût l'avait porté vers l'art militaire. Malheureusement, l'étendue de son esprit et la faiblesse de son caractère ne répondaient pas aux qualités de son cœur. Ses imperfections étaient le résultat d'un mode d'éducation qui l'avait toujours isolé, et complettement éloigné du monde. Dénué d'expérience, n'ayant pu connaître les

hommes, n'ayant pu avoir qu'un vague pres-
sentiment des séductions auxquelles il allait être
exposé, il était sorti de la solitaire et paisible
retraite de Lucienne, où s'étaient écoulées les
premières années de sa jeunesse, pour être
tout à coup lancé sur une scène si remplie
d'écueils. Le duc de Penthièvre crut devoir
prémunir l'innocence de son fils, en se hâtant
de le marier. Le choix d'une épouse fut l'objet
de sa sollicitude. Il le fixa sur Marie-Thérèse-
Louise de Savoie-Carignan, deuxième fille de
Victor-Amédée, prince de Carignan, et de
Christine de Hesse-Rhinfelds. Cette princesse,
âgée de dix-huit ans, réunissait aux charmes
les plus séduisants, aux grâces les plus at-
trayantes, un esprit aimable, dont le naturel
n'était gâté par aucune prétention; mais dans
cette candeur, et cette naïveté de l'innocence,
on découvrait déjà cette fermeté de principes,
cette élévation de caractère, qui devaient être
sa sauve-garde dans la corruption du siècle, et
aux jours de calamité, la conduire à l'héroïsme
du dévouement.

Ce mariage, déclaré le 17 Janvier 1767, fut
consacré, le 31 du même mois, à Nangis, par
le cardinal de Luynes, archevêque de Sens.
Tous les princes du sang, et les personnes les

plus distinguées de la cour, s'empressant d'unir
les témoignages de leur satisfaction à celle
qu'éprouvait le duc de Penthièvre, se trouvèrent à l'hôtel Toulouse, au moment de l'arrivée
des jeunes époux. Le roi et la reine accueil-
lirent madame de Lamballe avec le plus tendre
intérêt. Dès-lors naquit ce sentiment d'amour,
de respect et de dévouement à toute épreuve,
dont cette princesse devait donner de si grands
exemples.

Le bonheur actuel semblait dédommager le
duc de Penthièvre, des peines du passé. Il pouvait concevoir l'espoir de voir renaître autour
de lui cette postérité, qui fut sitôt ravie à sa
tendresse; vaine et trompeuse illusion! C'est
au moment où l'avenir s'offre à ses regards sous
un aspect si consolant, que l'infortuné prince
de Lamballe, âgé de moins de vingt et un ans,
marié depuis quinze mois, mourut, le 6 Mai 1768,
victime des funestes résultats du dérèglement
des passions!

Quelle dut être l'horrible situation du malheureux père! Accablé de la plus vive, de la
plus profonde douleur, il ne peut même s'y
livrer tout entier; il faut qu'il en contienne
l'explosion, pour empêcher son infortunée belle-
fille de succomber elle-même sous le poids de

son affliction. Dès que Louis XV est informé de ce funeste événement, il vole à Rambouillet, devenu le séjour du deuil et de la consternation ; il partage les regrets de cette famille éplorée : »Voilà, dit-il, en se tournant vers les sei-»gneurs de sa suite, le plus honnête homme »de mon royaume et le plus malheureux des »pères ! «

La providence, en privant le duc de Penthièvre de tant d'êtres si chers, lui avait conservé sa fille unique, qui, par la douceur, l'aménité de son esprit, l'élévation et la noblesse de son âme, et sur-tout par ses sentiments innés d'humanité et de bienfaisance, lui retraçait à la fois les traits de son épouse bienaimée, et les propres sentiments de son cœur.

Tant de qualités réunies dans mademoiselle de Penthièvre, devaient lui attirer les hommages les plus illustres. Les riches espérances de cette princesse, étaient les avantages que considéraient le moins les princes qui aspiraient au bonheur d'obtenir sa main. Les agréments qui étaient répandus sur toute sa personne, les grâces qui l'environnaient, une modestie sans exemple, qui ajoutait encore à l'enchantement, inspiraient tout à la fois le respect et l'amour. Il n'y avait qu'une voix sur le choix de l'époux

qu'on désirait pour cette aimable princesse; ce
vœu fut exaucé : une amitié fondée sur une
estime réciproque, unissait, depuis leur enfance,
les ducs d'Orléans et de Penthièvre. Jamais le
moindre nuage n'avait altéré ce sentiment; ils
étaient du même âge, ils avaient couru les mêmes
périls et cueilli les mêmes lauriers. Une bienfaisance aussi expansive, aussi généreuse, les
rendait également chers à la nation. Les deux
princes s'entendirent bientôt; la demande que
fit le duc d'Orléans de la main de mademoiselle de Penthièvre pour le duc de Chartres,
son fils, fut acceptée avec reconnaissance par
son vertueux ami, et agréée avec une douce
sensibilité par la jeune princesse, à qui plai-
saient l'esprit et les agréments de l'époux qu'on
lui destinait. Le mariage, déclaré le 1er Janvier 1769, fut célébré à Versailles, le 15 Avril
suivant.

L'effet de cette alliance fut d'assurer et de
rendre à la maison d'Orléans tous les biens qui
avaient été distraits de l'immense héritage de
mademoiselle de Montpensier, pour la dotation
des *enfants* de Louis XIV. On peut supposer
que cette considération influa sur le parti que
prit, en cette circonstance, le religieux duc de
Penthièvre. Toutes ses affections, tout son ave-

nir passèrent avec sa fille dans l'illustre maison
dont elle était l'espérance.

En se séparant de cette fille chérie, dans le
moment où, parvenue au terme de son éducation, elle eût pu lui faire goûter pendant quelque temps, par sa présence assidue, un bonheur
qu'il ne connaissait plus, le duc de Penthièvre
bénissait le ciel de lui avoir laissé dans la princesse de Lamballe, le plus précieux dédommagement. »Ma fille, disait-il, en suivant sa desti-
»née, a passé dans une autre maison et m'a
»quitté ; mais ma pauvre belle-fille est venue
»la remplacer dans la maison paternelle, en
»épousant mon fils ; elle l'a perdu, c'est moi
»maintenant qui dois lui tenir lieu de tout.«
Aussi fut-il pour elle le meilleur et le plus tendre
des pères. Austère pour lui seul, mais rempli
d'indulgences pour les autres, il savait que la
gravité de son intérieur ne pourrait rendre heureuse son intéressante compagne, et c'était le
bonheur des autres qu'il préférait toujours au
sien. Agée de vingt et un ans, dans tout l'éclat
de la beauté, objet de l'admiration de la cour,
dont elle était un des principaux ornements,
il eût fallu que la princesse de Lamballe renonçât à ses avantages, aux plaisirs et aux agréments que lui offrait le présent, et que lui pro-

mettait l'avenir, en se confinant auprès de son
beau-père. C'est ce que le duc de Penthièvre
ne voulut point. Il maintint la maison qu'il
lui avait formée; il ajouta à son douaire tout
ce qu'il lui fallait, pour soutenir l'éclat de son
rang : le temps que madame de Lamballe ne
passait point à la cour, était consacré à son
beau-père; elle était reçue et accueillie avec
un plaisir égal à celui qu'elle éprouvait elle-
même, et sa présence embellissait de ses charmes
l'asile de la vertu.

Des troubles avaient éclaté en Bretagne, en 1764
et 1765; ils prirent un caractère plus grave
dans les années suivantes. Tous les parlements
du royaume, animés du même esprit qui avait
attiré à celui de Bretagne l'exil, et bientôt après
sa suppression, eurent le même sort. Tous les
princes du sang, à l'exception du comte de la
Marche, s'étant prononcés contre cette mesure
souveraine, furent éloignés de la cour. Le duc
de Penthièvre, en cette occurrence difficile, développa le caractère et la conduite qui, en des
circonstances analogues, distinguèrent Atticus.
Impassible comme ce modèle de sagesse-prati-
que, il sut, dans les débats animés de ces
dissidences politiques, conserver en même temps
la considération et l'amitié des princes, qu'il

ne cessa de visiter dans leur exil, et la confiance du roi, qui était bien sûr de son dévouement à sa personne. On doit peut-être à cet ange de paix, d'avoir arrêté les progrès de divisions qui pouvaient devenir funestes.

L'avénement de Louis XVI dissipa les principales causes des dissensions, par le rappel des parlements; mais il y avait à craindre les effets d'une réaction en Bretagne, où l'agitation avait été plus prononcée qu'ailleurs. Il fallait les prévenir : le roi jugea prudemment que personne n'aurait plus d'influence que monsieur de Penthièvre; il chargea ce prince de la tenue des états, à la fin de 1774.

La présence du duc de Penthièvre produisit sur les Bretons une révolution subite. Devant lui, les haines s'apaisèrent, la concorde se rétablit, et l'on vit renaître cette unanimité de sentiments qu'avait produit, vingt-huit ans avant, le même prince, dans des circonstances également difficiles. Il était bien secondé, dans cette occasion, par son aimable belle-fille, dont la vue rappelait aux Bretons la duchesse qui avait laissé parmi eux des souvenirs si chers. La princesse de Lamballe charmait tous les cœurs par sa bonté, par ses grâces touchantes, par sa bienfaisance, tandis que son père les conquérait par

(353)

l'ascendant de sa vertu, et persuadait ses nombreux auditeurs par la puissance du raisonnement.

Le duc de Penthièvre, en cette circonstance, rendit un grand service à l'état; il manifesta cette grandeur d'âme et cette générosité qu'il mettait à tout ce qui intéressait le bien public. Il prodiguait alors ses richesses, convaincu qu'il n'en pouvait faire un meilleur usage. Pendant les deux mois de son séjour à Rennes, il tint à ses frais la cour la plus splendide et la plus somptueuse. Ses bienfaits furent immenses; il accueillit toutes les réclamations qui lui furent faites, et se chargea de faire valoir auprès du roi, toutes celles qui furent reconnues justes. C'est ainsi qu'il fit parvenir jusqu'au fond de la Basse-Bretagne, des grâces et des faveurs, que méritaient des services rendus, mais que l'indigence de leurs auteurs, ne leur permettait pas de solliciter à la cour; c'est ainsi qu'il tira de l'oubli, des familles et des hommes distingués, que sa protection remit au rang que leur assignaient la naissance et les talents. Le roi témoigna au duc de Penthièvre toute sa reconnaissance des services qu'il venait de lui rendre; la reine, partageant les sentiments de son auguste époux, et suivant d'ailleurs l'affection

23

qu'elle éprouvait pour la princesse de Lamballe, la nomma surintendante de sa maison.

La satisfaction qu'avait éprouvée le duc de Penthièvre du mariage de sa fille, avait été comblée par la naissance d'un fils, le 6 Octobre 1773. Le duc de Penthièvre ne pouvait éprouver une plus douce consolation ; son cœur fut vivement ému, et, jusqu'à la fin de sa vie, le premier-né de sa fille chérie, fut l'objet de ses prédilections. Il pressentait alors les desseins admirables de la providence sur cet auguste enfant. En 1775 naquit, le 3 Juillet, monsieur le duc de Montpensier : ainsi se multipliaient ces astres brillants qui se levaient sur l'horison de la France.

En cette même année, mourut le comte d'Eu, dont la riche succession échut au duc de Penthièvre : ce prince réunit ainsi, dans ses mains, tous les biens dont s'était dessaisie mademoiselle de Montpensier, et ceux dont la munificence de Louis XIV avait doté ses enfants naturels. Cet accroissement de domaines fut pour le duc de Penthièvre, un nouveau motif de multiplier ses voyages, et d'augmenter ses bienfaits.

Ce fut en 1776 qu'il vint visiter le comté d'Eu. Sa réputation l'avait précédé dans cette contrée ; il y était vénéré avant d'y paraître.

Le duc de Penthièvre reconnut, au premier coup
d'œil, la vaste carrière qui s'ouvrait à sa bienfaisance éclairée; il vit que le bien qu'il voulait faire à ses vassaux, concordait avec celui de
l'état. Cette considération le détermine à l'instant. La ville d'Eu possédait des établissements
publics, des hôpitaux, un collège; il subvient
aussitôt à l'insuffisance des ressources; là où
il s'aperçoit qu'il reste du bien à faire, il détermine, par de sages observations, les améliorations qu'il convient d'opérer, mais il fixe
toute son attention sur le port du Tréport :
dégradé, et presque entièrement bouché, ce port
ne pouvait plus servir qu'à quelques barques
de pêcheurs : le duc de Penthièvre ne put voir
sans attendrissement la misère où la population était réduite; son œil exercé lui fait juger
que la suppression de ce refuge est un grand
malheur pour le commerce, dont les navires
sont perdus sans ressource, sur les bas-fonds
de la Somme, si, dans une tempête, ils ont
manqué l'entrée du port de Dieppe. Le souvenir de l'ancienne splendeur de ce port si
important, si pratiqué aux douzième et treizième
siècles, la vue de tant de braves marins qui,
jadis, avaient honoré la nation, tout se présente à l'esprit du prince. Le projet de con-

tribuer au rétablissement de ce port, est aussitôt arrêté ; l'exécution suit de près. Un ingénieur
distingué (Lamblardie) est chargé de construire
une écluse de chasse, de rétablir, ou de prolonger les jetées ; enfin, de tout faire pour
changer en un état de prospérité, l'état désastreux qui afflige l'âme du prince. Deux cents
mille francs versés par son trésor, subviendront
à l'insuffisance des ressources qu'accordera le
gouvernement. Un canal d'Eu à Tréport ren-
dra au chef-lieu du comté, les relations maritimes qu'il eut jusqu'au quatorzième siècle, y
ramènera le commerce et l'industrie, sources
réelles du bonheur des peuples. Prévoyant tout
ce qui doit completter ses desseins, c'est-à-
dire, ce qui doit faire concorder l'intérêt de cette
contrée avec l'intérêt général, il considère que
le Tréport est le point du rivage de la Manche,
le plus rapproché de la capitale, dont il n'est
séparé que par une distance de trente-six lieues;
que la nature à tout fait, du Tréport à Aumale,
pour faciliter les communications, au moyen
d'une belle vallée de dix lieues; qu'il ne s'agit
que de créer une route dans l'espace de quinze
lieues, pour rejoindre celle qu'on exécute d'Abbeville à Beauvais; que, par ce moyen, les produits de la pêche maritime pourront être ren-

dus sur les marchés de Paris, en quinze heures; de plus, et ce n'est pas la moindre considération, cette route réduira à soixante-douze lieues la distance de Paris à Londres.

C'est ainsi que le duc de Penthièvre découvrait, d'un premier coup d'œil, toute l'importance des améliorations que comportait, que nécessitait une localité. On peut dire que son génie bienfaisant est le créateur de tout ce qui a été fait d'utile dans l'étendue du comté d'Eu, et qu'on ne peut concevoir aujourd'hui un projet avantageux à ce pays, que ce prince ne l'ait prévu lui-même. C'est ainsi que s'est vérifié ce qu'avait annoncé le maréchal de Saxe : *La modestie de monsieur le duc de Penthièvre cache en lui des talents précieux.* Les circonstances n'ont pas permis que ce prince devînt un grand capitaine, mais le génie détourné d'une première direction, s'en crée une nouvelle, et celle que prit le duc de Penthièvre, fut de concevoir tout ce qui peut améliorer le sort de l'humanité. Lorsque Titus quitta ses légions pour monter au trône, le grand homme de guerre devint les délices du genre humain.

Parmi les actes nombreux de son inépuisable charité, il est un chef-d'œuvre de son génie bienfaisant, qui sera à jamais l'objet de l'ad-

miration de tous les amis des hommes. Le duc
de Penthièvre avait voué sa vie, il avait consacré ses richesses à secourir l'infortune; mais
l'expérience lui avait prouvé que, de la hauteur de sa situation, il lui était impossible de
bien voir, de pénétrer à fond, tous les maux
de l'humanité, et sur-tout ceux de la vieillesse
indigente. Il voulut faire cette étude, et, pour
cet effet, il conçut, et exécuta à l'instant, le
plan d'un hôpital expérimental. C'est à côté
de son château de Crécy, qu'il fonda son établissement; quarante-huit vieillards des deux
sexes y sont établis; il rédige lui-même le règlement de la maison; il en suit les résultats,
il corrige, il améliore ce que l'expérience lui
a fait voir de défectueux; il voit, il étudie les
moindres détails, il acquiert bientôt la connaissance la plus approfondie de la science de
la charité, dont l'étude révèle bien des secrets du cœur humain. Des dispositions le déterminèrent à vendre, quelque temps après,
la terre de Crécy; mais il ne vendra pas son
hôpital, c'est un riche mobilier qui ne suivra
pas le sort du fonds. Le prince a acquis près
de Vernon, le joli château de Saint-Just, voisin du château de Bizy, dont il peut accroître
les agrémens. En effet, Saint-Just remplira cet

objet au gré du vertueux propriétaire, qui y
fait transporter et établir ses chers vieillards ;
il va les visiter, les consoler, et même les soigner de ses augustes mains. Telle était la charité du duc de Penthièvre.

L'on a vu quel était l'attachement du duc de
Penthièvre à la personne du roi ; mais il prouva, par la cession qu'il fit à Sa Majesté, de sa
terre de Rambouillet, qu'il n'est aucune sorte
de sacrifice, même celui de ses plus chères affections, qui soit au-dessus du dévouement d'un
loyal sujet. Rambouillet était le lieu de sa naissance ; c'était-là que son père avait passé les
plus beaux jours de sa vie ; c'était-là qu'était
inhumé ce père vénéré ; c'était-là que repo-
saient sa mère, son épouse et ses cinq enfants, et qu'il avait marqué lui-même la place
qu'il devait occuper auprès de sa famille. Que
de motifs pour tenir à ce précieux domaine !
Louis XV avait toujours eu le désir de l'ache-
ter, mais il avait hésité, en réfléchissant à l'immensité du sacrifice que lui eût fait le vertueux
propriétaire. Il se borna à demander le sol où
il édifia le château de Saint-Hubert. Louis XVI
manifesta plus explicitement la même intention ;
il dit au duc de Penthièvre que Rambouillet
tient au bonheur de sa vie. Ah ! Sire, dit le

prince, Votre Majesté a prononcé, Rambouillet
n'est plus à moi! Certes, si le monarque eût
senti, comme son aïeul, qu'une manifestation
aussi claire de ses intentions, produirait tout le
mal qu'aurait pu faire un abus du pouvoir, s'il
eût connu le cruel déchirement qu'il opérait dans
un cœur si profondément sensible, il eût réprimé un désir indiscret, il eût reculé devant
le tableau douloureux qu'offriraient les tristes et
pieux devoirs qu'allait rendre le duc de Penthièvre aux objets de ses éternels regrets. Qu'on
se peigne ce malheureux prince, suivant le convoi d'un père, d'une mère, d'une épouse et
de cinq enfants, ravis à son amour, et dont,
malgré les années, le souvenir est toujours vivant dans son cœur! Toutes les plaies de ce
cœur si sensible se rouvrirent en cet instant,
et l'on crut qu'il ne pourrait contenir et supporter le poids de son affliction. Il ne se sépara de ces tombes si chères, que quand elles
furent déposées dans le caveau de la collégiale
de Dreux, où, quelques années après, le crime
vint en violer la sainteté.

Le duc de Penthièvre était venu à Eu avant
cette douloureuse cérémonie (1783). Il y avait
passé deux mois, environné d'une cour très-
nombreuse, dont ses deux augustes filles fai-

saient tous les charmes. La plus grande partie des dispositions qu'il avait ordonnées, étaient
exécutées. Le port du Tréport était ouvert,
l'écluse de chasse, dont ce prince avait payé
les dépenses, avait rempli l'objet qu'on en avait
attendu; ce port, où naguères il ne pouvait plus
entrer que de frêles barques, contenait un grand
nombre de bateaux; une compagnie y armait
des navires pour la pêche de la morue, des
bâtiments étrangers y abordaient, on construi-
sait des navires d'un assez fort tonnage; on
édifiait des maisons sur la plage qui s'était formée par l'accumulation des galets, depuis le
règne de François Ier. Tel était le tableau intéressant dont le duc de Penthièvre jouissait
avec délices. Dès-lors, il ne se passa point
une année, jusqu'en 1791, qu'il ne soit venu
donner par sa présence, une nouvelle impulsion aux améliorations qu'il avait projetées.

Si la cour du duc de Penthièvre était souvent le séjour des grâces, elle n'était pas le
rendez-vous des distractions variées, dont le
monde fait ses plaisirs. Pourtant on ne s'expli-
quait pas comment l'absence de ces plaisirs,
et une inviolable uniformité d'habitudes ne produisaient pas leur effet ordinaire. C'est que le
bien-être qu'on éprouvait auprès du sage, était

comme un avant-goût du bonheur le plus parfait. Tel était le charme qu'exerçait le duc de
Penthièvre, qu'une femme d'esprit a dit : »Il
»vous oblige en vous regardant, et lorsqu'il
»vous a parlé, vous vous sentez attiré à l'ai-
»mer autant qu'à le respecter.« Les Athéniens
quittaient souvent le théâtre et les jeux du
gymnase, pour jouir de la présence et des entretiens de Platon.

Mais l'étiquette dont le duc de Penthièvre
s'était fait rigoureux observateur, devait, dira-
t-on, refroidir les agréments de sa société.
C'est ici le cas de discuter un fait qui, peu
important en lui-même, l'est pour les conséquences que des esprits inconsidérés en ont tiré
trop légèrement. Oui, le duc de Penthièvre
observait exactement toutes les règles et les
formalités de l'étiquette, parce que sa position
lui en imposait le devoir plus qu'à tout autre.
Assimilé, pour la considération personnelle, aux
princes du sang, il ne pouvait, sans encourir
le blâme et la critique de ceux-ci, rien faire,
et se permettre aucune violation des règles que
l'usage leur avait imposé à eux-mêmes. En agir
autrement, c'eût été prononcer lui-même sa
dérogation, c'eût été descendre, par sa propre
volonté, du rang éminent auquel la faveur royale

l'avait porté; il faut se souvenir qu'il était seul dans cette situation. Certes, le duc de Penthièvre était trop éclairé, trop supérieur aux préjugés, pour ne pas gémir de la triste nécessité d'écarter de son intimité des hommes dont il aimait, dont il estimait les talents et les vertus. »Si j'étais monsieur le duc d'Orléans, »disait-il à un homme respectable, dont il con-»naissait tout le dévouement à sa personne, »j'en agirais avec vous comme mon cœur m'y »dispose si bien.«

Le duc de Penthièvre appelé par le roi à la présidence du septième bureau, dans l'assemblée des notables, en 1787, y montra, comme il l'avait fait aux états de Bretagne, la pureté de ses intentions, et l'élévation de ses vues éminemment patriotiques. Personne plus que lui ne fit mieux connaître la profondeur du mal, et l'insuffisance des palliatifs employés pour sa cure. Il prouvait qu'une sévère économie pouvait combler le déficit; que des sacrifices commandés par la raison et l'équité, et consentis de bonne foi, préserveraient la France du déluge de maux dont il la voyait menacée. Sa voix fut entendue, et ses sentiments applaudis; mais le temps était venu où les destins de la France allaient s'accomplir. Il se retira, *après cette*

première assemblée, pour ne plus reparaître
sur la scène politique. Il partit immédiatement
de la cour; il alla visiter ses domaines. Il se
tenait ainsi éloigné du foyer où l'intrigue et
les\ passions préparaient l'incendie qu'elles allaient bientôt allumer. Personne n'en calculait
mieux que le duc de Penthièvre les sinistres
et prochains résultats : ses sombres prévisions
augmentèrent sa mélancolie, et influèrent sur
sa santé, qui commençait alors à s'altérer. La
révolution pesait déjà sur son âme; qui mieux
que ce prince éclairé, calculait ce qu'on avait
à attendre de l'esprit de vertige, qui s'était
emparé de toutes les têtes, de la faiblesse et
de l'aveuglement de l'infortuné monarque, qui,
voulant et voyant toujours le bien, était entraîné, par la fatalité, dans les voies contraires?
qui, juste appréciateur des vues saines, mais
austères, du ministre créateur du crédit, et
restaurateur de l'ordre dans les finances, lui
avait substitué l'intrigant, spirituel et brillant, dont les profusions ont ouvert le gouffre,
que viennent de montrer à la nation ses
premiers représentants; qui remplace un ministre prodigue, mais dont la capacité n'était
pas douteuse, par un brouillon, d'un esprit
faux, d'un caractère lâche et cupide, dont les

plans mesquins et désordonnés, ont soulevé, contre le gouvernement, le mépris de l'Europe, et l'indignation de toute la France. Enfin, que ne dut pas annoncer au duc de Penthièvre, cette voix qui, éclatant comme un coup de tonnerre au milieu d'un parlement en délire, appelle les états-généraux ? L'exil du parlement le fait trembler, non qu'il ne croie les imprudents qui le dominent dignes de châtiment, mais parce qu'il prévoit que ce coup d'état ne produira qu'une réaction, et que bientôt, rappelés par une cour aveugle, en proie aux intrigues qui se succèdent en tous sens, les factieux rentreront en triomphe, au milieu d'un peuple qui les proclamera ses défenseurs. Aussi, en apprenant cet événement, le duc de Penthièvre s'écria-t-il : O mon Dieu, ayez pitié de la France !

La santé de ce prince, qui déclinait de jour en jour, ne lui permit pas d'assister à la deuxième assemblée des notables. L'on n'a point su si le roi qui avait éprouvé au commencement de son règne, l'influence que le duc de Penthièvre exerçait en Bretagne, avait eu l'heureuse idée d'en faire encore l'essai, au moment où les troubles les plus sérieux éclatèrent de nouveau dans cette province; on en peut douter. La sagesse de ce prince n'eût peut-être pas étouffé

tous les germes de la sédition, mais elle eût
du moins arrêté leurs développements, par l'ascendant qu'il exerçait sur tous les esprits. Mais,
à cette époque, la sagesse ne prévalait plus dans
les conseils du monarque; s'il y restait de la
loyauté, s'il y avait encore des lumières, l'inex-
périence et la présomption y dominaient; à
des mesures violentes, qu'on ne savait soutenir, se succédaient des actes d'une lâche con-
descendance. L'impunité encourageait les factieux; le nombre des mécontents s'augmentait
chaque jour, par l'irritation que provoquaient les
prétentions révoltantes de l'orgueil d'un parti;
enfin, on attisait de toutes parts les feux de
la discorde; l'explosion était imminente et inévitable.

Le duc de Penthièvre la prévoyait; il en
calculait tous les résultats. Le tableau de l'avenir
empoisonnait pour lui le présent : privé de tout
moyen de prévenir, ou de réparer le mal, il
chercha des consolations et des adoucissements
à ses peines, en faisant encore plus de bien.
Jamais il ne voyagea davantage que dans cette
première année de la révolution; chacun de
ses pas fut comme ceux de son divin modèle,
transiebat benefaciendo. Un orage épouvantable avait anéanti les récoltes, en 1788. Il s'en

était suivi une disette générale; le duc de Penthièvre indemnisa ses fermiers, par la remise de leurs redevances; il nourrit à ses frais de nombreuses populations. Il n'a pas attendu la révocation prochaine des droits vexatoires, contre lesquels les cahiers de doléance élevaient avec justice des réclamations. Depuis long-temps il avait prévenu ces vœux du peuple; il était trop pénétré de la morale évangélique, pour regarder comme licites, comme légitimes, des abus si opposés aux devoirs qu'elle impose envers le prochain. Aussi ses vassaux n'avaient déjà plus à se plaindre que leurs récoltes fussent impitoyablement ravagées; jamais leur seigneur n'avait exigé d'eux aucuns des actes de servage, restes des institutions de la barbarie féodale. Il était pour eux un véritable père, dont ils ne connaissaient la puissance que par les bienfaits dont il les comblait. Il n'était donc pour rien dans les plaintes du peuple; aussi recevait-il à chaque pas des témoignages de la gratitude et de la vénération, dans les villes et les campagnes qu'il traversait. *Ah!* *disait-il,* en entendant les acclamations et les bénédictions dont il était l'objet, *qu'il est consolant de n'avoir point d'ennemis!*

Plus éloigné que jamais de la scène poli-

tique, le duc de Penthièvre était à Anet, le
jour de l'ouverture des états-généraux; il se
trouvait à Château-Villain, le 14 Juillet 1789,
ignorant les événements de cette journée, qui
lui furent annoncés le lendemain, par le prince
de Conti, accouru en toute hâte, fuyant les
événements dont il venait d'être témoin, et
les vengeances dont il redoutait d'être victime.
»Il n'y a plus que vous, lui disait ce prince,
»qui puissiez être assuré de l'affection des Fran-
»çais; il n'y a plus que votre belle âme qui
»puisse se promettre quelque calme.« En retour-
nant à Paris, le duc de Penthièvre éprouva que
les idées nouvelles n'avaient point changé les
sentiments que naguères on lui témoignait, et
que c'était la reconnaissance qui, dans les honneurs qu'on lui rendait encore, payait un hommage à ses vertus.

Il se rendit à Eu, au commencement de Septembre. Il était accompagné par madame la princesse de Lamballe. La garde nationale d'Eu, dès
son organisation, l'avait nommé son commandant
en chef; il avait accepté ce titre. Toute cette
garde, dans une excellente tenue, s'était rangée
en bataille dans la cour du château. Le prince,
l'épée au côté, le chapeau à la main, éleva la
voix, et d'un ton noble et touchant, dit avec

assurance : »Français, la religion du serment
»est le lien le plus sacré et le plus indissoluble,
»pour réunir les hommes en corps de nation.
»Des circonstances ont amené un renouvelle-
»ment du pacte qui doit nous unir les uns aux
»autres, et ne former qu'une seule et grande
»famille, attachée à un monarque qui doit en
»être le seul et unique chef, et dont la per-
»sonne a été déclarée inviolable, ainsi que la
»monarchie indivisible et héréditaire; nous al-
»lons jurer en face du ciel, et sur nos armes,
»d'être fidèles à la nation française, à la loi et
»au roi.« Le prince, à cet instant, se couvre,
tire son épée, et prononce le serment qui est
juré d'une voix unanime. L'on ne peut se peindre l'effet que produisit sur les nombreux spec-
tateurs, ce serment prononcé par une bouche
qui ne s'était jamais ouverte qu'à la vérité;
l'émotion fut profonde; dès-lors fut fixée dans
tous les bons esprits, l'opinion que devait désormais professer tout bon Français; dès-lors
fut assurée, dans cette contrée, la tranquillité
parfaite, qui ne fut altérée que quand l'anarchie eut succédé au renversement du trône.

Le duc de Penthièvre crut devoir prouver,
par des actes patents, sa soumission aux institutions qu'il avait promis de maintenir; il exi-

24

gea, pendant son sejour à Eu, que chacun oubliât, comme lui, les anciennes qualifications et les devoirs seigneuriaux abrogés par les lois. Il fut des premiers à répondre à l'appel fait au patriotisme, en envoyant, du château d'Eu, son argenterie à la monnaie. De ce moment, il ne fit plus usage que de simple faïence. Il fit évaluer tous ses bijoux en or et en argent, pour en verser la valeur au trésor public; aussitôt qu'il eut connaissance du décret du 18 Septembre, il s'empressa de faire un don patriotique du quart de tous ses revenus. C'est ainsi que les actions du duc de Penthièvre étaient en harmonie avec ses déclarations et ses promesses.

Le duc de Penthièvre, jouissant de la tranquillité la plus parfaite, au sein d'une population qui avait tant de raison de le vénérer et de le chérir, avait le projet de prolonger son séjour à Eu jusqu'à l'hiver; mais les événements des 5 et 6 Octobre, dont un courrier lui apporta la nouvelle le 7, à neuf heures du soir, le déterminèrent à partir dès le lendemain, pour se rendre auprès du roi. La princesse de Lamballe ne put se décider à différer d'un moment à voler auprès de la reine. Son beau-père n'arrêta pas un si généreux élan;

deux heures après la princesse était sur la route de Paris.

Après avoir payé au monarque le tribut de sa sensibilité et de son dévouement, le duc de Penthièvre resta peu de jours dans la capitale. Il se rendit dans ses terres, situées sur les bords de la Loire. Il y fut souvent visité pendant son séjour, par ses filles bien-aimées ; c'était de ces anges de vertu qu'il recevait quelque consolation, mais il était souvent privé de leur présence. Il resta en Tourraine jusqu'à la fin de 1790.

Ce fut le 3 Décembre que le duc de Penthièvre vit, pour la dernière fois, le monarque. Le lendemain, il se dirigea vers la ville d'Eu ; c'était l'asile qu'il avait choisi pour y passer le temps de la tourmente ; l'excellent esprit des habitants lui était connu, il venait avec confiance se livrer à leur loyauté. Madame la duchesse d'Orléans vint y rejoindre son père, le 10 Février 1791 ; depuis ce moment, elle ne le quitta plus jusqu'à l'heure de sa mort. Pendant ce séjour, monseigneur le duc de Chartres et son frère, le duc de Montpensier, vinrent à Eu, et procurèrent, par leur présence, à leur aïeul et à leur tendre mère, le seul bonheur qu'ils pussent alors éprouver.

D'après les événements qui se succédaient et qui en faisaient présager de plus funestes, l'on se figure aisément que l'anxiété et le chagrin avaient remplacé, au château d'Eu, les aimables entretiens et le bonheur préférable au plaisir, que répandait naguères autour de lui cet excellent prince. L'extrême délicatesse de sa santé, qui, chaque jour, s'altérait davantage, exigeait les plus grands ménagements : son auguste fille était aussi fort souffrante. Ces puissantes considérations le déterminèrent à recevoir moins de monde, et à borner, la plupart du temps, sa société à celle de son intérieur. A cette société peu nombreuse, composée des gentilshommes et des dames attachés à son service et à celui de son auguste fille, venait souvent se joindre monsieur de Miromesnil, ancien garde des sceaux, qui habitait sa terre, située près de Dieppe. Les entretiens de ce vieillard, en qui les années n'avaient point altéré les grâces d'un esprit aimable et enjoué, ni diminué les richesses d'une mémoire pleine de souvenirs intéressants, furent une distraction précieuse aux peines que chaque courrier venait aggraver. Monsieur de Miromesnil se dévoua dèslors à monsieur de Penthièvre, et il ne s'en sépara plus qu'au moment de sa mort. La tran-

quillité dont il jouissait à Eu, les témoignages
de dévouement qu'il recevait des habitants, donnaient au prince, lieu de s'applaudir du choix
qu'il avait fait de cette résidence. Il ne pensa
à la quitter, que pour aller à Aumale. Il s'y
rendit au commencement de Juin ; il avait annoncé l'intention de rester en cette ville, jusqu'à la fin du mois. Le 21, à six heures du soir,
arrive une voiture en poste ; madame de Lamballe en descend ; cette arrivée inattendue étonne
tout le monde. Le prince et madame la duchesse
d'Orléans, extrêmement surpris, accourent au-
devant de la princesse, avec qui ils se retirent
pour s'entretenir en particulier ; un quart d'heure
après, madame la princesse de Lamballe presse
son départ ; on la voit suivre en hâte la route
d'Abbeville. Un instant après, le prince annonce qu'il retourne le lendemain à Eu. Un
départ aussi précipité, un tel changement dans
des habitudes, d'ordinaire si méthodiquement
réglées, inspirent non moins d'inquiétude que
de curiosité. On cherche en vain la cause de
ce voyage mystérieux, qui occasionne un tel
bouleversement ; rien n'a transpiré. L'on n'attendait point à Eu monsieur de Penthièvre,
quand il y paraît le 22 dans l'après-midi. Son
arrivée ne produisit pas en cette ville moins

de surprise que son départ précipité n'en avait
occasionné à Aumale. Ce n'est qu'à dix heures
du soir que tout ce mystère est révélé. Un
courrier, dépêché par l'administration du district de Dieppe, apporte aux autorités d'Eu,
la nouvelle que le roi et la reine, accompa-
gnés de leur famille, sont partis de Paris dans
la nuit du 20 au 21, et ordonne de s'opposer
au départ de monsieur de Penthièvre, si ce
prince a l'intention de s'éloigner.

Le maire et le procureur de la commune se
rendent aussitôt au château, et remplissent auprès du prince, avec tout le respect et les procédés les plus délicats, leur désagréable et pénible
mission. »Approchez, monsieur le maire, ap-
»prochez, je vous en prie, dit le prince; je
»suis résigné à tout ce qu'il plaît à Dieu d'or-
»donner. Parlez, qu'avez-vous à m'annoncer?
»Monseigneur, la plus affligeante nouvelle; le
»roi a quitté Paris, et cette capitale est dans
»la consternation : Le district de Dieppe, par
»ordre du département de la Seine-Inférieure,
»nous ordonne de rendre à Vos Altesses tous
»les honneurs et les égards qui leur sont dus,
»et de nous charger de la conservation de leurs
»personnes. Eh bien, monsieur le Maire, nous
»devons, ma fille et moi, nous en féliciter,

»nous ne pouvons être en de meilleures mains :
»Il est juste, en pareilles circonstances, de main-
»tenir le plus grand ordre. Maintenant, mes-
»sieurs, que vous avez rempli votre commis-
»sion, vous allez, s'il vous plaît, vous mettre
»à table avec nous. Non, monseigneur. — Je
»vous en prie, messieurs, faites-moi cette ami-
»tié. — Monseigneur, notre devoir nous a été
»trop pénible, envers Vos Altesses; nous al-
»lons retourner à la maison commune, pour
»y mettre ordre à tout.«

Ces magistrats retirés, le commandant en second de la garde nationale se présente dans la
salle à manger. Monsieur de Penthièvre, l'ac-
cueillant avec bonté, lui dit : »Mon cher com-
»mandant, vous venez me garder. — Monsei-
»gneur, lui répond avec bonne grâce celui-ci,
»dans les circonstances actuelles, je viens me
»ranger auprès de mon commandant en chef. —
»Ah, vous êtes bien honnête, lui dit le prince,
»mais je n'en suis pas moins votre prisonnier.
»Je me flatte, ajouta-t-il, avec un sourire gra-
»cieux, que vous me connaissez assez pour
»ne pas craindre que je vous échappe. — Mon-
»seigneur, les bontés et l'amitié que Votre Al-
»tesse a toujours témoignés aux habitants de la
»ville d'Eu, nous sont le plus sûr garant que,

»dans cette fâcheuse occurrence, vous ne l'aban-
»donnerez point.«

Il paraît que la garde nationale de la ville
d'Eu, n'inspirait pas à l'administration départementale, qui ordonnait la détention du prince,
une confiance suffisante, puisque cette administration ordonna à celle du district, d'envoyer
un bataillon de la garde nationale de Dieppe,
et un détachement de cavalerie du régiment
royal Bourgogne, pour faire le service au château. Monsieur le duc de Penthièvre fut justement offensé de cette défiance, de la part *d'une
autorité qui le connaissait*, et qui *devait* savoir
que sa parole de ne point sortir de France, eût
été une barrière plus forte que toutes celles
que la violence eût élevées autour de lui; il
n'accusa pourtant ni les habitants d'Eu, ni ceux
de Dieppe, d'une mesure dont ils n'étaient que
les instruments passifs. Il le prouva bien, en
faisant l'accueil le plus obligeant et le plus gracieux à messieurs les officiers de la garde nationale de Dieppe, dont les sentiments de dévouement pour sa personne étaient les mêmes
que ceux de leurs camarades d'Eu. Il savait ce
qu'il devait attendre des descendants de ces
braves et loyaux Dieppois, qui avaient défendu et conservé leur noble cité à Henri IV, et

qui avaient versé leur sang aux champs d'Arques, pour la maison de Bourbon. A la manière dont on agissait à son égard, le prince vit qu'on le considérait désormais comme un ôtage ; mais, plein de résignation, il était résolu de se laisser conduire où l'on eût voulu le mener. L'on apprit bientôt l'arrestation du roi à Varennes, et son retour à Paris. Dès-lors cessèrent les prétextes qu'on avait eus pour détenir ce vertueux prince ; l'administration du département lui annonça qu'il était libre de se retirer où il le jugerait à propos.

Deux jours après son arrivée à Eu, le prince avait appris que sa belle-fille était parvenue à s'embarquer dès son arrivée à Boulogne.

Monsieur le duc de Penthièvre voulant éviter que la malveillance continuât à lui prêter l'intention, *qu'il n'eut jamais*, de quitter le sol de la patrie, où le fixait la présence de l'infortuné monarque, crut à propos de s'éloigner du bord de la mer. Il partit d'Eu, le 12 Juillet, et il se rendit au château de Radepont, dont la propriétaire, avec la grâce la plus obligeante, l'avait prié de disposer. Il resta dans cette paisible et délicieuse demeure, jusqu'à la fin de la belle saison. Il se rendit delà à Anet, le 17 Octobre, et il s'y installa pour y passer tout l'hiver.

(378)

Madame de Lamballe se disposait alors à revenir en France; elle aurait voulu y rentrer à l'instant où elle apprit l'arrestation de Leurs Majestés. Mais l'intention de les servir, si leur volonté était d'employer son dévouement, la détermina à attendre leurs ordres. »Vous avez »trouvé, Madame, lui écrivait le monarque, »une terre hospitalière, un peuple tranquille »et fier des lois qui le protègent, un monarque »cher à la nation anglaise, et digne, par ses »vertus, de son amour. Vous devez être heu- »reuse, et vous voulez nous sacrifier votre bon- »heur; vous voulez revenir près de nous, »partager nos peines et celles de la reine : ce »dévouement est trop noble et trop généreux, »pour que je ne vous engage pas à en suspendre »l'exécution encore quelque temps. Ce sera nous »prouver que vous nous aimez, que de vous »conserver pour des jours plus heureux, si nous »pouvons encore les espérer. Le présent est »affreux; quel sera notre avenir? Dieu seul et »les méchants le savent. Nous désirons sans »doute beaucoup vous voir; mais nous ne vous »aimerions que pour nous, si nous ne balan- »cions vos tendres sentiments, par la prière la »plus instante de ne pas vous exposer, dans »un moment où tous les crimes ont leur im-

»punité, et tous les excès leurs approbateurs. «

Cette lettre décide à l'instant madame de Lamballe; les raisons qu'on lui donne pour ne pas
rentrer, les périls trop réels dont on lui fait
le tableau, sont pour elle des motifs de n'écou-
ter que la voix de son cœur. Elle connaît tout
ce qu'elle va braver; elle ne se fait pas illusion sur le sort qui l'attend, elle en a le pres-
sentiment; elle ne diffère, pour partir, que le
temps qu'il lui faut pour tracer, de sa main,
l'expression de ses dernières volontés : son testament, en date du 15 Octobre 1791, fut fait
à Aix-la-Chapelle, où la princesse s'était rendue à son retour d'Angleterre.

Aussitôt que Madame de Lamballe crut pouvoir s'absenter, pour quelques jours, d'auprès de
la reine, elle vint à Anet recevoir de la bouche
de son beau-père, les expressions de sa tendresse et de l'admiration que lui causait sa généreuse conduite. L'âme de monsieur de Penthièvre goûtait cette satisfaction intime, que
procure le tableau d'un sacrifice qu'il regrettait
de ne pouvoir faire lui-même; mais combien
ce noble sacrifice ne devait-il pas lui coûter
d'alarmes et de cruelles douleurs!

L'horison politique s'obscurcissait de plus en
plus; dès les premiers mois de 1792, l'on ne

pouvait plus se faire illusion sur les événements
qui allaient éclater ; la perte de la monarchie
paraissait inévitable. Les événements ne justi-
fièrent que trop ces affreux pronostics. L'attentat du 20 Juin ne fut que le prélude des crimes
du 10 Août. Si, jusqu'alors, les forces physiques
de monsieur le duc de Penthièvre n'avaient
point succombé sous le poids des douleurs, dont
son âme était oppressée, elles s'anéantirent sous
le coup fatal qui frappa la monarchie. En effet,
dit l'estimable Fortaire, auteur des mémoires
sur la vie du prince, »le lendemain matin,
»son visage était décomposé, ses jambes chan-
»celaient sous son corps ; cette seule nuit pa-
»rut l'avoir fait passer à la caducité la plus
»avancée ; mais il semblait aussi qu'il n'y eût
»que la physique en souffrance, et que son âme
»acquérait des forces par des élans vers le ciel,
»et par des mouvements de résignation, s'oc-
»cupant sans cesse de Dieu : son état est tel
»qu'il m'est impossible de le décrire. C'est un
»corps défaillant qui sert d'enveloppe à quel-
»que chose d'incompréhensible, de surnaturel ;
»on n'aperçoit en lui aucune passion, aucun
»mouvement d'impatience ; il ne se répand en
»reproches, ni en plaintes contre personne. Il
»ne voit que Dieu qui lui semble abandonner

»les hommes à leur propre fureur, et nous
»lui entendons souvent répéter : Mon Dieu,
»que vos jugements sont terribles! Usez, je
»vous prie, de miséricorde envers ma mal-
»heureuse patrie! Sauvez le roi; ayez pitié de
»sa famille!«

Ce n'est point par des plaintes, par les ac-
cents du désespoir, c'est par d'humbles et fer-
ventes prières pour sa malheureuse patrie, que
cette âme céleste exhale ses inexprimables douleurs! Les ravages qu'opèrent, dans ce corps si
affaibli, les angoisses du cœur, ne seront pas
assez rapides, pour qu'il échappe aux nouveaux
supplices qui lui sont réservés. Il vivra pour
voir sa généreuse belle-fille martyre du plus
héroïque dévouement, déchirée par des tigres,
qui raviront à son malheureux père, jusqu'à la
triste consolation de rassembler dans la tombe,
les membres dispersés de cette noble victime.
Il vivra pour voir se consommer le crime, à
jamais déplorable, du 21 Janvier!!!

Depuis ce funeste jour, la vie du duc de Penthièvre ne fut plus qu'une triste agonie, dans
laquelle, conservant toutes ses facultés, ne per-
dant pas même celle de souffrir, son âme, prête
à s'élancer au ciel, était accablée par l'image
du sort qu'il avait tant de raison de redouter

pour cette tendre et vertueuse fille, condamnée
au malheur de lui survivre! Ainsi, la providence,
dont les voies sont impénétrables, avait voulu
que, pendant un espace de trente-huit années,
le plus sensible et le plus vertueux des hommes,
fut éprouvé par tout ce que la douleur a de
plus déchirant, et présentât ainsi au monde,
jusqu'au dernier moment de sa vie, le spectacle du sage luttant avec l'adversité.

Son œil, avant de se fermer à la lumière,
aperçut autour de lui ces serviteurs fidèles et
dévoués, qui le chérissaient et le vénéraient
tous comme le meilleur des pères. Sa main dé-
faillante, qui venait de les bénir, pressait celle
de son vertueux ami, monsieur le vicomte du
Authier (1), son premier gentilhomme, qui,
depuis plus de vingt-cinq ans, ne l'avait pas
quitté un seul jour, quand il rendit son dernier soupir, le 4 Mars 1793, à quatre heures du
matin, âgé de soixante-sept ans et trois mois.

Lorsque les habitants de Vernon apprirent
l'inévitable danger où était monsieur le duc de
Penthièvre, ils s'assemblèrent, et décidèrent

_____

(1) Attaché aujourd'hui à Son Altesse Royale mademoiselle d'Orléans.

d'une voix unanime, que le maire irait, le lendemain 4, supplier le prince de donner à la
cité sa bénédiction. Il était trop tard; mais
ce vœu touchant était exaucé. Cette ville intéressante, qui, dans ces temps d'impiété et
de désordre, n'avait pas craint de donner tant
de marques de son respect et de sa vénération
à ses augustes hôtes, avait été bénie par ce cœur
si reconnaissant, si généreux, qui ne cessa d'aimer ses semblables, et de pardonner, qu'en ces-
sant de vivre.

L'autopsie prouva que les chagrins et les
peines du cœur, avaient seuls tué ce cher et
vertueux prince. Son corps fut transporté sans
pompe, comme le requéraient les circonstances, dans les caveaux de la collégiale de
Dreux, où il fut déposé auprès des êtres qu'il
avait tant aimés, tant regrettés!

Ainsi finit en Louis-Jean-Marie de Bourbon,
duc de Penthièvre, la succession des trente-trois
princes, qui, dans le cours de huit siècles accomplis, ont possédé le comté-pairie d'Eu.

Nous avons vu que, dans ces temps de si-
nistre mémoire, la violence n'avait point encore
troublé la paix qui régnait dans le château de
Bizy; la reconnaissance du peuple en gardait
les approches; attaquer le duc de Penthièvre,

c'eût été frapper la vertu même, dans celui qui en était l'image vivante sur la terre. Tant de malheureux secourus, tant de bienfaits prodigués, et, pendant plus de soixante années, pas un homme qui pût se plaindre de lui, voilà ce qui formait la sauve-garde de cet excellent prince.

Sous l'égide d'un tel père, à qui elle rendait tous les soins de la pitié filiale, madame la duchesse d'Orléans échappait aux persécutions. Mais, dès que le duc de Penthièvre eut été ravi à sa tendresse, la reconnaissance, la vénération des habitants de Vernon, qui se dévouaient pour elle, ne purent la garantir des mesures révolutionnaires dont elle fut l'objet, et dont elle devait être victime. Un décret, du 8 Avril, prononce que madame la duchesse d'Orléans sera gardée à vue dans son château de Bizy, jusqu'au parfait rétablissement de sa santé ; un autre décret, du 4 Octobre 1793, ordonne l'apposition du séquestre sur tous ses biens : mais ce n'est pas assez ; il faut arracher cette infortunée princesse à des lieux où l'affection et la reconnaissance des pauvres qu'elle soulage, de ses ennemis même qu'elle secourt, peuvent la préserver du sort qu'on lui destine, et dont la providence la préserve si

miraculeusement. Un décret, du 24 Brumaire
an II (24 Octobre 1793), prononce que madame d'Orléans sera amenée à Paris, pour y
recevoir l'application de la loi des suspects, en
la maison d'arrêt du Luxembourg.

Le séquestre apposé sur les biens de la succession Penthièvre, fut immédiatement suivi
des effets de la confiscation. Tous les biens,
meubles et immeubles du ci-devant comté d'Eu,
furent saisis; les meubles du château d'Eu, qui
avaient été mis sous le scellé, dès l'instant
du séquestre, furent mis en vente à l'encan; la
nombreuse et intéressante collection de tableaux
qui le décorait, fut enlevée, et mise en dépôt
dans les garde-meubles du district de Dieppe.

Le château, ainsi dépouillé, semblait n'avoir
d'autre destination que celle qu'on donnait, à
cette époque, à tous les établissements qui em-
bellissaient et honoraient le sol de la France.
Sa destruction paraissait imminente et prochaine;
déjà les spéculateurs en démolitions, aussi
funestes à la patrie que le furent jadis les Van-
dales, convoitaient la destruction de cet important édifice : heureusement que, dans ces temps
d'anarchie, quelques bons citoyens, ne déses-
pérant pas du salut de la France, s'étaient dévoués pour comprimer les excès de la fougue

25

révolutionnaire : surmontant la répugnance que leur inspiraient les fonctions publiques à cette époque, ils étaient là pour temporiser et déjouer ainsi les projets des méchants. C'est, il n'en faut pas douter, au courage et à la prudence de ces hommes généreux, que l'on doit la conservation du château d'Eu, qui fut soumissionné en plusieurs circonstances. Cet édifice restant debout, ne pouvait rester sans usage. Les échecs éprouvés en Flandre par nos armées, les ayant fait rétrograder sur la deuxième ligne de nos places du nord, on jugea à propos d'établir dans l'intérieur des hôpitaux militaires, dans lesquels seraient évacués les malades. Le château d'Eu fut destiné à cet usage, et l'on y fit, à grands frais, l'établissement d'un hôpital de premier ordre. Cet hôpital n'était pas encore achevé, que le succès de nos armes le rendirent complettement inutile. On le supprima donc, sans qu'il y fut jamais entré de malades.

Le château d'Eu, dès-lors attribué à un service militaire, entra dans les attributions du corps du génie, ce qui le préserva de la rapacité des spéculateurs. Enfin, lorsque l'empereur institua des sénatoreries, cet édifice fut affecté à l'habitation du titulaire de la sénatorerie de Rouen. Le général comte Rampon, sénateur, en vint prendre possession, et y résida pendant quelques jours, en 1805. Témoignant le plus profond respect pour la mémoire de monsieur le duc de Penthièvre, ce brave général ordonna la conservation des appartements qui avaient été habités par ce prince. Ce fut avec un véritable regret que, considérant l'étendue des bâtiments qui étaient hors de toute proportion avec ses moyens de représentation, il vit l'administration du sénat ordonner la suppression de tout le corps de logis qui contenait le grand escalier, la salle des gardes, les cuisines, et une multitude de logements formés dans la partie du vieux château, qui avait échappé à la destruction exécutée par ordre de Louis XI. Les mêmes motifs de réduction déterminèrent aussi la démolition du petit château, que mademoiselle de Montpensier avait fait bâtir dans le parc, pour le logement des équipages.

Lorsque ces destructions furent opérées, l'on aperçut ce que l'on aurait dû savoir, que les monuments de l'architecture du seizième siècle, se réduisent difficilement aux dimensions et aux formes du goût moderne. Mais la faute était faite, quand l'administration du sénat fit cette réflexion. Napoléon qui, deux fois à son pas-

sage, avait vu ce château, conçut le projet de
le réunir au domaine de la couronne; en conséquence, il transféra le chef-lieu de la sénatorerie
à Rouen, et il prit possession du château d'Eu.
Sans présumer quel était le dessein ultérieur
qu'aurait eu l'empereur, en faisant cette acquisition, on est porté à croire qu'il était question d'en faire un des palais impériaux. Il avait
le projet d'y réunir les belles forêts d'Eu et
d'Aumale, dont il fit faire une estimation con-
tradictoire, entre l'administration de la couronne et celle de l'état, en 1812. Les événements politiques et militaires de 1813, firent
ajourner l'exécution de tout projet à cet égard.

Le château, comme tous les domaines et forêts non aliénés pendant le cours de la révolution, furent rendus, en 1814, à leur légitime propriétaire, madame la duchesse d'Orléans : cette princesse ordonna, sur-le-champ, les
réparations que nécessitaient les bâtiments, parce qu'elle avait annoncé, à son retour en France,
son intention de venir prochainement revoir
les lieux qui avaient si pieusement conservé sa
mémoire, et celle de son vénérable père. L'ac-
cident funeste qu'elle éprouva au mois de Janvier 1815, et les événements de cette année,
l'empêchèrent d'exécuter son projet. Mais si

cette contrée fut privée de sa présence jusqu'au mois d'Août 1818, les habitants éprouvèrent que leur souvenir était toujours présent à l'esprit et au cœur de la princesse. L'excessive chèreté du pain, en 1816 et en 1817, occasionnait de toutes parts des plaintes et même des séditions; le nombre des malheureux s'était singulièrement accru : Madame la duchesse d'Orléans fit, en cette circonstance, tout ce qu'eût fait son vertueux père. Elle avait voulu, dès 1814, que les prémices de ses revenus fussent affectés au soulagement des pauvres. Dès cette époque, aucune infortune, dans l'étendue de son domaine, ne resta sans soulagement, ou si un malheureux ne fut pas secouru, c'est qu'on ne le fit pas connaître aux dépositaires de la confiance de Son Altesse. Mais ce n'était point assez : au moment où le nombre des pauvres s'accroissait, la princesse ordonna que nul individu valide, habitant une commune où sont situées ses propriétés, ne restât sans ouvrage. De nombreux ateliers, répartis dans une étendue de dix lieues, furent occupés à des travaux qui, en améliorant le domaine, influèrent sur la prospérité future du pays. Dix lieues de chaussées, entreprises, en 1809, par l'administration publique, quand les forêts étaient sous la main

de l'état, furent achevées et portées à un état
de perfectionnement qui rivalise avec les meilleurs ouvrages de ce genre. Les chaussées, faites
avec une solidité qui leur assure une longue
existence, ont formé des communications toujours faciles avec Aumale et Neufchâtel, qui,
jusque-là, n'avaient eu de relations avec Eu et
le Tréport, que par des chemins impraticables,
pendant la plus grande partie de l'année. Les
communes populeuses, situées sur les rives de
la forêt, ont vu la valeur de leurs propriétés
s'augmenter considérablement, par l'ouverture
de ces utiles débouchés, dont elles avaient toujours été privées jusque-là; le commerce du
Tréport y a trouvé la facilité d'expédier, par cette
voie, le produit de ses pêches, en peu d'heures,
dans le département de l'Oise, et delà à Paris.
L'âme généreuse de cette excellente princesse,
avait prévu le résultat de cet immense bienfait.
Elle jouissait du bien actuel qu'elle faisait à une
nombreuse population qu'elle occupait, et qu'elle
empêchait ainsi de prendre part aux désordres;
elle voyait, avec une satisfaction intime, le tableau de la prospérité qu'elle assurait au pays.
C'était à ses yeux un monument qui la ferait bénir
dans l'âge futur, et qui associait désormais son
nom à celui du restaurateur du Tréport.

Ce fut à la fin de Septembre 1818, que madame la duchesse d'Orléans vint à Eu. Précédée par-tout d'actes d'une bienfaisance si éclairée, il est aisé de concevoir quel effet produisit sa présence, sur une population reconnaissante, dont l'esprit et les mœurs se distinguent par la douceur et l'urbanité. La réception qui lui fut faite, ne peut être comparée qu'à celle d'une mère que revoient, après une longue absence, des enfants qui la chérissent. Ces sentiments furent appréciés ; la vertueuse princesse a daigné en témoigner sa sensibilité dans son testament ; les habitants de cette contrée, par la sincérité de leurs regrets, lorsqu'ils apprirent sa mort, par la vénération qu'ils auront toujours pour sa mémoire, ont témoigné qu'ils méritaient l'affection dont elle les honora.

Monseigneur le duc, madame la duchesse, mademoiselle d'Orléans, et monseigneur le duc de Chartres, vinrent à Eu, à la fin du mois d'Août 1821. Leurs Altesses Royales reconnurent dès-lors ce que le temps n'a fait que confirmer davantage, que l'amour et la reconnaissance dont ce pays était pénétré pour leurs vénérables auteurs, faisaient partie de leur héritage.

Dans ce premier voyage, monseigneur le duc

d'Orléans conçut les projets auxquels il a donné
depuis les plus grands développements. Il ordonna
immédiatement dans le château les réparations les
plus urgentes. Les distributions des appartements
furent tracées sur un vaste plan. Ayant retrouvé
la plus grande partie des tableaux de la collection formée par mademoiselle de Montpensier (1), il conçut l'heureuse idée de créer un
musée historique, composé des portraits de tous
les princes des maisons de Bourbon et de Lorraine, dont le souvenir trouve si souvent place
dans l'histoire d'Eu. Les intentions de Son Altesse Royale ont été parfaitement remplies. Tous
les tableaux ont été admirablement restaurés (2).
Ceux qui avaient été détruits pendant la révolution, ont été remplacés ; nulle part, il n'existe
une collection aussi complette et aussi curieuse ;
des notices biographiques, dues à la plume bril-

---

(1) Ces tableaux déposés, en 1793, au district de Dieppe,
avaient été rendus à madame la duchesse d'Orléans, en
vertu de la loi du 21 Prairial an V. Ils furent déposés
alors à Eu, chez monsieur de Vadicourt, fondé des pou-
voirs de la princesse ; madame de Vadicourt, sa veuve ,
les conserva , et les remit, en 1814, à Son Altesse Royale.

(2) Cette restauration a été faite par monsieur Belot,
conservateur des tableaux de Son Altesse Royale.

lante de monsieur Vatout, donnent la vie à ces
muets personnages, et retracent tout l'intérêt
qu'ils méritent. Les étrangers qui veulent visiter la galerie, sont toujours accueillis, d'après
la volonté expresse de l'auguste propriétaire,
avec tous les égards qu'il a formellement re-
commandés. Les artistes sont admis à copier
les tableaux, et trouvent toutes les facilités dé-
sirables.

Les mausolées des comtes d'Eu, de la branche
royale d'Artois, érigés dans l'église, avaient été
renversés dès 1792; les monuments et les statues en marbre, mutilés, précipités pêle-mêle,
gissaient épars dans le caveau; Leurs Altesses
Royales, touchées de cet affligeant désordre,
que la pénurie des fonds n'avait pas permis à
la ville de réparer jusque-là, fournirent la
somme nécessaire pour effacer ces tristes souvenirs de la révolution; le caveau est devenu
une vaste chapelle, dans laquelle toutes les effigies des comtes d'Eu, de la maison d'Artois,
sont placées sur des pierres tumulaires, portant leurs épitaphes. C'est ainsi que Leurs Altesses Royales ont associé leurs noms à celui
des fondateurs et des bienfaiteurs de cette église.

Le prince fit négocier l'acquisition de plusieurs
terrains voisins de sa demeure, ou enclavés

dans son parc. D'accord avec la ville, et en
vertu d'une ordonnance royale, autorisant ce
changement, il a donné à ses frais une nouvelle direction à la route d'Eu à Tréport; cette
route a été exécutée dans les dimensions des
routes départementales, parce qu'elle doit s'unir
à celles de Neufchâtel et d'Aumale, à Tréport,
arrêtées par les départements de la Seine-Inférieure et de la Somme. Des digues, pour arrêter
l'épanchement des eaux de la rivière dans les
hautes marées, furent élevées; des pièces d'eau,
pour l'assainissement des parties basses du parc,
furent creusées; des plantations d'arbres indi-
gènes et exotiques, dont la culture était encore inconnue dans cette contrée, furent mêlées aux vieux hêtres des Guise, et aux ormes
plantés par mademoiselle de Montpensier; en
quatre ans, le parc, plus que doublé en étendue, a procuré au château d'Eu, des agréments
que ne connurent jamais ses anciens propriétaires. De vastes écuries, de nombreux com-
muns ont été édifiés, ou sont en construction.
A tout ce qui est fait, à tout ce qui s'opère encore, on peut juger l'intérêt qu'attache, à cette
belle et noble résidence, monseigneur le duc
d'Orléans.

Mais ce n'est pas assez pour ce prince d'aug-

menter et d'embellir sa demeure, il ne lui suffit
pas de procurer, par ses immenses travaux,
un pain quotidien à la classe laborieuse, sa sollicitude va plus loin ; il veut que le commerce
et l'industrie vivifient une contrée si bien faite
pour recueillir les avantages qu'ils procurent.
C'est dans ce généreux dessein que Son Altesse
Royale a formé, sous les murs de son château,
des établissements industriels (1), qui ont déjà
rempli le principal objet que se proposait leur
créateur. Ces établissements ont inspiré l'heureuse idée d'en faire ailleurs de semblables, ou
d'analogues. Ils sont, pour les ouvriers du pays,
des écoles, où leur intelligence et leur adresse
trouvent des modèles, qu'ils ne pourraient avoir
que loin de leurs foyers. C'est ainsi que l'auguste héritier des princes qui possédèrent le

---

(1) Ces établissements industriels sont : 1° Un moulin
à blé, dont le travail est admirable, et rivalise avec les
meilleures mécaniques de ce genre ; 2° un moulin à scie,
qui peut débiter plus de cinquante mille stères de bois
par an ; 3° un atelier de mécanique, dans lequel monsieur Packham, constructeur et directeur de ces usines,
exécute des machines hydrauliques, des instruments perfectionnés pour l'agriculture, des ouvrages de tous les
genres, en bois et en fonte. Monsieur Packham est in-
génieur-mécanicien de Son Altesse Royale.

ci-devant comté d'Eu, en protégeant, en encourageant la véritable source du bonheur du peuple, de la richesse et de la prospérité de l'état, retrouve aujourd'hui la plus noble prérogative que le rang seul assurait à ses prédécesseurs. La reconnaissance publique, en rendant hommage à cette même prééminence, y ajoute celle que lui assure le sentiment:

Cæteris major quò melior.

NOTES

DE L'OUVRAGE.

1ʳᵉ NOTE.

ANTIQUITÉS D'EU.

Il y a quelques années que, parcourant le Bois-l'Abbé, je vis, en beaucoup d'endroits, des monticules plus ou moins élevés dont je fus curieux d'examiner l'origine. Je remarquai que le bois qui croissait sur ces petites élévations ne prospérait point et s'élevait peu ; examinant la nature du sol, je fus étrangement surpris d'apercevoir à la surface, dans la terre remuée par les taupes, des fragments de divers matériaux, parmi lesquels se trouvaient des morceaux de marbre poli ; je ne doutai point dès-lors que ces monticules ne continssent des débris d'édifices ; je pris des informations, et j'appris qu'il y a environ quarante ans, en traçant une route à travers le Bois-l'Abbé, des ouvriers trouvèrent un mur épais au-dessus duquel était une large pierre, couverte de caractères que ces mêmes ouvriers mutilèrent : c'en était assez pour m'inspirer le désir de fouiller ce terrain.

Dès l'ouverture de la première tranchée, on ramena des fragments de tuiles, de briques et de ciment ; on atteignit, à deux pieds de profondeur, une muraille solidement construite, ayant quatre pieds d'épaisseur ; on déchaussa cette muraille jusqu'à sa fondation, qu'on ne trouva qu'à neuf pieds sous terre ; elle est formée de chaînes successives de briques de onze à douze pouces de longueur, sur six à sept de largeur, et d'un pouce et demi à deux pouces d'épaisseur, et d'assises de pierres dont le parement est régulièrement de cinq pouces en quarré : le mortier est composé de gravier de mer et de chaux ; il est si dur que le pic l'entame avec peine.

Je me déterminai à suivre cette muraille pour connaître son prolongement et le dessein de l'édifice. On mit entièrement à jour la face de l'ouest, qui, de ce point, à l'angle nord, est de quarante pieds de longueur et construite d'une manière semblable. De l'angle nord à celui de l'est, la muraille ne nous présenta plus le même genre de construction : nous trouvâmes une assise d'énormes pierres de taille, formant le soubassement des constructions supérieures ; à dix pieds de distance régnait un autre mur, dont il ne subsiste plus que des parties de fondations ; ces parties, situées à des distances irrégulières, pourraient faire penser que le péristyle de l'édifice était de ce côté, et que les portions de mur ne sont que les fondements des colonnes ou piliers qui soutenaient un entablement. J'ai donc considéré cette partie comme un péristyle, et c'est ainsi que je la dénommerai. L'intérieur et les approches de ce péristyle se sont trouvés encombrés d'énormes fragments de pierres qui formaient probablement la corniche de l'entablement ; plusieurs de ces fragments ont trois et quatre pieds de largeur. Les sculptures en sont d'un bon goût et présentent des ornements assez variés, tels que palmettes, rosaces, feuilles d'acanthe ; sur les métopes sont des boucliers et des épées en sautoir ; sur l'un d'eux est le bâton augural.

Vis-à-vis cette façade, du nord à l'est, règne un autre mur parallèle ; je l'ai suivi, il m'a présenté le même système de construction. Mes moyens ne m'ayant pas permis de tenter de déblayer le tertre pour mettre à jour le pavé de l'édifice, je me suis borné à faire çà et là, dans l'intérieur, des fouilles verticales plus ou moins larges, elles m'ont donné les résultats suivants :

1° Des débris amoncelés dans le plus grand désordre, composés de fragments de briques, de pavés et de tuiles de diverses espèces, *imbrices tegulæ cum marginibus*.

2° Une grande quantité de morceaux de marbres de toutes couleurs, de porphyre, de granit, débités en petites lames minces. J'ai remarqué plusieurs espèces de marbres rares et précieux, tels que le vert et le jaune antique, le marbre de Carrare, plusieurs brèches, des morceaux de stuc avec des moulures. Tous ces fragments, de grandeur et de forme irrégulières, paraissent avoir été incrustés contre des murs ou sur des pavés, et avoir formé ce que les anciens appelaient *opus reticulatum*. Les compartiments en étaient probablement partagés par des bordures ou encadrements en marbre noir de deux à trois lignes de largeur.

3° Des fragments de poterie en terre plus ou moins fine, rouge et grise, de diverses nuances; ils portent quelques ornements moulés, parmi lesquels on distingue des aigles éployées. Je n'ai trouvé que deux petites urnes en *terra campana* à peu près entières, mais sans dessins, sans inscriptions et sans couvercles; une lampe en terre, formée par un canal ou tuyau circulaire qui a trois ouvertures pour les mèches.

4° Des morceaux de verre en lames assez épaisses, qui paraissent avoir été plutôt coulées que soufflées.

5° Des morceaux solides d'un placage de ciment épais de deux à trois pouces, sur lequel on a appliqué une couleur rouge ou verte, dont on ranime aisément l'éclat en la

26

frottant. Cette couleur paraît avoir été appliquée sur une couche blanche qui avait été polie.

6° Des morceaux de fer et de cuivre très-oxidés.

7° Une petite lionne en bronze, d'un fort bon travail : cette lionne était couchée ; elle était attachée à une branche de fer qui doit avoir été scellée dans un mur ; c'était probablement un ornement intérieur.

8° Quelques médailles en petit bronze, dont deux de Constantin et une de Valentinien II : la dernière a été trouvée dans la couche supérieure des débris.

Ces fouilles verticales ont fait connaître le pavé de l'édifice ; il est fait exactement comme le prescrit Vitruve. Sur un blocage de matériaux qui paraissent avoir été écrasés à la masse, est une aire composée de trois couches distinctes, formant ensemble une croute épaisse de quatre à cinq pouces. La première couche est composée de pierres et de tuiles concassées en petits fragments anguleux (c'est le *ruderatio*). Sur cette couche en est une autre qui paraît avoir été formée d'un ciment un peu grossier (c'est le *stratumen*) ; et par-dessus ce second lit, en est un troisième formé d'un ciment beaucoup plus fin, dans lequel paraissent de petites pierres incrustées qui ont été polies (c'est le *pavimentum*). Cette aire devait être impénétrable à l'humidité, puisqu'après tant de siècles elle est saine et ne se détache que par larges morceaux. Pour bien connaître le plan de l'édifice et découvrir ce que renferme le monticule formé par les débris, il faudrait en faire l'enlèvement complet, entreprise dont les frais seraient très-considérables, si l'on en juge par ceux que j'ai faits pour en explorer un tiers.

Les travaux les plus fructueux ont été faits dans le péristyle ; nous y trouvâmes, au milieu d'une terre noire, grasse et fétide, un assez grand nombre de médailles, d'ornements en bronze, des débris d'instruments en fer, dont plusieurs, quoique rongés par la rouille, représentent encore des portions de lames d'épées romaines ; des tessons provenant d'urnes de différentes formes ; des ossements humains, dont quelques-uns semblaient avoir passé par le feu ; le tout était confondu pêle-mêle dans la terre, à une profondeur de deux à trois pieds au-dessous du sol de l'édifice. Il semblerait que cette accumulation de médailles, de vases, d'armes, de meubles à différents usages, au milieu des ossements humains, aurait eu pour origine une inhumation spontanée de tous les objets dont nous allons donner la description.

Les médailles sont romaines et gauloises ; parmi les médailles romaines, il y en a plusieurs d'Auguste, ayant pour revers un autel, avec l'exergue : *Pater patriæ Rom. et Aug.* Cette médaille a été parfaitement décrite il y a peu d'années par M. Artaud, de Lyon. Il en a été trouvé plusieurs exemplaires en grand et en moyen bronze, d'une conservation parfaite ; une seule de Nismes, *Col. Nem.;* plusieurs de Tibère et de Caligula ; huit ou dix de Néron, avec différents revers ; une de Domitien, deux ou trois de Vespasien, de Titus, de Trajan, d'Adrien, dont une, très-belle, a sur le revers une allocution militaire, avec l'exergue : *Exercitus Rhæticus;* et une multitude des trois Antonin et de femmes de cette famille ; il n'a été trouvé que deux médailles en argent, une de Tibère et une de Trajan.

Les médailles gauloises sont en grande quantité; mais pour la plupart indéchiffrables ; l'empreinte de plusieurs montre un cheval très-mal dessiné ; sur d'autres on voit un bœuf la tête basse, assez bien fait, avec le mot *Cirmanus*, et sur le revers la tête d'un jeune homme à cheveux bouclés.

J'ai recueilli plusieurs lames droites qui paraissent avoir été tranchantes des deux côtés, un bout de fourreau en cuivre, un reste de poignée d'épée, et des ustensiles qui consistent en agraffes, épingles à cheveux, en cuivre et en argent, anneaux de toute espèce. On a trouvé aussi un patère en cuivre, de dix pouces de diamètre, et des clefs en bronze.

Telle est la description abrégée des différents objets trouvés dans la fouille du principal monument, assis sur le point culminant du coteau ; il dominait de nombreux édifices dont on retrouve par-tout les fondations sur le plateau de la coline ; tous les tertres qui s'y trouvent recouvrent d'anciennes murailles. Les fouilles imparfaites que j'y ait fait exécuter m'ont procuré des médailles et des tessons de poterie, mais aucun fragment de marbre.

2ᵉ NOTE.

ÉGLISE D'EU.

Guillaume, premier comte d'Eu, fondateur de l'abbaye, le fut aussi de l'église. Cent quatre-vingt-cinq ans après l'érection du premier édifice, Henri II, comte d'Eu, fit jeter, en 1187, les fondations du vaisseau actuel, le premier étant devenu insuffisant pour les nombreux fidèles que les miracles qui s'opéraient sur le tombeau de Saint-Laurent y attiraient. Ce prince, de concert avec les chanoines réguliers, voulut honorer ainsi la mémoire du saint archevêque, inhumé depuis quatre ans dans cette église. Il paraît que l'édifice fut continué par les princes qui succédèrent à Henri II, mais l'époque précise où il fut achevé n'est pas connue. En 1426, l'église, frappée de la foudre, fut incendiée, et sa toiture fut reconstruite en 1460.

En examinant ce vaisseau, on reconnaît des constructions de différents âges; on peut attribuer aux douzième et treizième siècles, le rond point et le caveau où était la sépulture de Saint-Laurent. Cette église, l'une des plus importantes du département, pèche par un défaut de largeur que l'on doit attribuer à ce que, ayant été faite en deux fois, on a voulu et l'on a dû raccorder ce que l'on avait fait avec ce que l'on ajoutait. De plus, le terrain où elle est bâtie, ne permettait guère de s'étendre, étant resserré entre les anciennes fortifications qui l'entouraient, ainsi que l'abbaye.

L'édifice avait été couvert en plomb; mais les chanoines réguliers jugèrent à propos d'alléger la charpente, en vendant à leur profit le métal auquel ils substituèrent l'ardoise. Le clocher était beaucoup plus élevé qu'il ne l'est aujourd'hui; il est même indiqué sur d'anciennes cartes marines, parce qu'on le découvrait à une grande distance en mer. Comme il menaçait ruine, on démonta la flèche en 1767, et l'on a, sur sa base, construit un *campanille* de très-mauvais goût, qui, probablement, restera toujours tel qu'il est.

Cette église a servi de sépulture à plusieurs des princes qui ont possédé le comté d'Eu, Guillaume Ier y fut inhumé; tous les princes de la branche d'Artois y sont déposés. Leurs tombes et leurs effigies, renversées pendant la révolution, et précipitées pêle-mêle dans le caveau, sont relevées par la munificence de monseigneur le duc d'Orléans, et placées dans la chapelle souterraine.

On lit sur les pierres tumulaires les épitaphes suivantes.

ÉPITAPHES DE L'ÉGLISE.

1re.

Cy gist très-noble et puissant prince, monsieur Jehan d'Artois, comte de Eu, fils de deffunt monsieur Robert d'Artois, jadis comte de Beaumont-le-Rogier, et madame Jehanne de Valois sa fame, qui fut fille de monsieur Charles de Valois, fils du roi de France et père du roi Philippe, et de madame Katerine, qui fut emperière de Constantinople, jadis fame dudit monsieur Charles, lequel trépassa l'an de grâce 1386, le 6e jour du mois d'Avril. — Priez pour lui.

Nota. Cette épitaphe et la suivante sont gravées sur une table de marbre noir, dessus et à l'entour. Sur cette table étaient deux statues de marbre blanc, l'une représentant Jean d'Artois, et l'autre Isabelle de Melun, sa femme. Ce mausolée était à côté du grand autel du chœur de l'abbaye, du côté de l'évangile. Les deux figures étaient couvertes d'une arcade entre deux pilliers.

La table existe à l'endroit où elle était, mais les statues sont dans le caveau.

2ᵉ.

Cy gist très-noble et puissante dame, madame Isabelle de Melun, jadis fame de très-haut et puissant Seigneur, monsieur Pierre, comte de Dreux, et depuis fame de très-noble et puissant seigneur, monsieur Jehan d'Artois, comte d'Eu, laquelle trépassa l'an de grâce 1389, le 19ᵉ jour de Décembre. Priez Dieu pour son âme.

3ᵉ.

Cy gist très-noble et haut prince, monsieur Philippe d'Artois, jadis comte de Eu, connestable de France, lequel trépassa en la ville de *Micalitz*, en Turquie, le 16ᵉ jour de Juing, l'an de grâce 1397. Priez Dieu pour l'âme de lui. *Amen.*

Nota. Philippe d'Artois avait été envoyé par Charles VI, au secours de Sigismond, roi de Hongrie, dont les états étaient menacés et en partie envahis par Bajazet; il avait pour frère d'armes dans cette expédition, le brave et galant Boucicaut, le comte de la Marche, Guillaume de la Trémouille, Jean de Vienne, *etc.* L'armée, ayant passé

le Danube, assiégait *Nicopolis;* le connétable, malgré la
défense du roi de Hongrie, se précipita au milieu de
l'armée de Bajazet; les Français firent des prodiges de
valeur, mais, accablés par le nombre, ils furent tués ou
faits prisonniers. Philippe d'Artois, au nombre de ces
derniers, fut envoyé à *Micaliza,* en Anatolie, où il mourut; son corps fut embaumé et transporté à Eu.

L'effigie de Philippe d'Artois, en marbre blanc, est
couchée sur une table de marbre noir. Une grille de fer
enveloppe et joint le corps. Il est vêtu d'une cuirasse, ses
gantelets à côté de lui, et il a deux petits chiens à ses
pieds.

4e.

Cy gist très-noble et très-puissant seigneur, monseigneur
Charles d'Artois, comte de Eu, seigneur de Saint-Wallery-
sur-la-Mer et de Houdeing en Artois, et premier pair de
France des comte de Eu, en son vivant connestable de
France, et de madame Marie de Berri, fille de monseigneur Jehan, fils du roi de France, premier duc de Berri,
lequel trépassa l'an de grâce 1471.

Nota. Le comté d'Eu, qui était la première pairie laïque,
fut érigé en pairie par lettres-patentes du mois d'Août 1458,
enregistrées au parlement de Paris, le 18 Décembre de la
même année.

Charles d'Artois mourut à Blangy, le 21 Juillet 1471.

L'effigie de Charles d'Artois, en habit de pair, et celle
de sa première femme, sont en marbre, couchées sur une
table de marbre noir. Elles sont d'un style très-gothique
et grossièrement sculptées : ce mausolée était du côté de
l'épître, opposé à celui de Philippe d'Artois.

5ᵉ.

Cy gist noble et puissante dame, madame Hélène de Melun, fille de haut et puissant seigneur, messire Jehan de Melun, chevalier, et de madame Jehanne d'Abbeville, seigneur et dame d'Antraing, d'Epinoy, vicomte de Gand et connétable de Flandre, en son vivant, fame de haut et puissant prince messire Charles d'Artois, comte d'Eu et pair de France, laquelle trespassa le 20 Juillet, l'an de grâce 1472. Priez Dieu pour son âme.

Nota. Cette épitaphe est gravée sur une table de marbre qui portait l'effigie de ladite Hélène, dans la chapelle d'Artois, autrement dite de Saint-Crêpin, à l'opposite de la porte du chœur, du côté de l'épître.

Lors de l'exhumation de cette princesse, son corps fut trouvé parfaitement conservé; ses traits mêmes étaient faciles à distinguer. Plusieurs personnes prirent de ses cheveux.

6ᵉ.

Cy gist très-noble et puissante dame, madame Jehanne de Saveuse, femme de très-noble et puissant seigneur, monseigneur Charles d'Artois, comte de Eu, seigneur de Saint-Wallery-sur-la-Mer et de Houdeing en Artois, laquelle trespassa au chastel de Sancerre, le second jour du mois de Janvier, l'an de grâce 1440. Priez Dieu pour son âme.

Nota. L'effigie de cette princesse, première femme de Charles d'Artois, a été placée à côté de celle de son mari.

7ᶜ.

Cy gist Philippe d'Artois, fils de monsieur Philippe d'Artois, jadis comte d'Eu et connestable de France, et de madame Marie de Berry, comtesse dudit lieu, qui trespassa à Eu, le Dimanche 23ᵉ jour de Décembre l'an 1397.

Nota. Cette épitaphe est sur une petite table de marbre noir, sur laquelle était l'effigie d'un jeune prince. Elle était placée à l'opposite de la porte du clocher.

8ᶜ.

Cy gist Charles d'Artois, fils de monsieur Jehan d'Artois, comte de Eu, et de madame Isabeau de Melun, lequel trespassa l'an de grâce 1378, le 15ᵉ jour d'Avril. Priez pour lui.

Nota. Cette épitaphe est sur une table de marbre qui sert d'autel dans la chapelle de Saint-Laurent, derrière le grand autel. L'effigie qui y était anciennement avait été placée dans une arcade vis-à-vis la porte du cloître de l'abbaye.

9ᶜ.

Cy gist noble et puissant Simon de Thouars, jadis comte de Dreux, et fils de monsieur Louis, vicomte de Thouars, et de madame Jehanne, comtesse de Dreux, le-

---

Nota benè. Simon de Thouars venait d'épouser Hélène d'Artois, fille de Charles d'Artois. Cette princesse, veuve du jour de sa noce, porta le nom de mademoiselle de Dreux; elle vécut jusqu'à soixante-quatre ans. Elle a été inhumée auprès de son mari.

quel trespassa l'an de grâce 1365, le 18 Août. — Priez Dieu pour lui.

Nota. Cette épitaphe, qui ne se retrouve plus, était sur une table de marbre noir qui était près de l'escalier de l'abbaye : il y avait deux effigies en pierre, l'une de Simon de Thouars, l'autre de son épouse, qui fut veuve dès le jour de sa noce, Simon de Thouars ayant été tué dans le tournoi qui se donnait en réjouissance.

Les statues ayant été précipitées par les soupiraux dans le caveau qui règne sous le chœur, elles y ont été brisées et mutilées. Il en a été retrouvé au milieu des décombres, six, au nombre desquelles on retrouve aisément celles de Jehan, d'Isabelle de Melun, de Philippe d'Artois, de Charles d'Artois et d'Hélène de Melun.

Dans le chœur de l'église, il y a, dans le sanctuaire, deux colonnes en marbre noir, dont l'une supporte une urne en bronze dans laquelle était le cœur de Catherine de Clèves, et l'autre était érigée à monsieur le prince de Dombes.

Sur la base de la colonne de Catherine de Clèves, était cette inscription qui a été effacée pendant la révolution.

Illustrissima princeps Catharina de Cleves, hujus nominis postrema, comes Augi, Franciæ par, Henrici ducis Guisiæ principis incomparabilis conjux, et 45. annorum spatio vidua ; quæ Germanici principatus nobilitati, Gallicanam matris et aularum Celsitudinem conjungens, per Artesiæ, Burgundiæ, Bituricensis, Alenconiæ, bisque per Borboniæ gentis propagines ortam à stirpe sanci Ludovici Francorum regis deducebat ; singulari erga Deum pietate,

largitionibus erga pauperes, captivos et ordines mendican-
tium, comitate et officiis erga omnes, fundationibusque et
dotationibus Ecclesiarum, quantùm potuit tanti sanguinis
sanctitatis auctorem imitata, versicolori peristomatum tex-
turâ, et plusquam ducentarum planctarum quas depinxit
et templis affixit, donariis ornata, innumerisque Sacerdo-
tum et Religiosorum quos fovit, votis et suffragiis innixa
ad cœlos evolavit anno ætatis 84°. Hìc cum majoribus cor
suum requiescere et ad quotidianam et perpetuam corporis
et sanguinis Christi Domini oblationem, hanc basilicam à
Guillelmo Augi primo comite conditam, et à successoribus
auctam, annuâ trecentarum librarum redditâ dotare vo-
luit, anno m° 6°. 33°.

La colonne de monsieur le prince de Dombes, ne portait que ses titres. Elle fut érigée en 1758.

Dans le caveau est encore une large pierre tumulaire,
sur laquelle est l'épitaphe suivante.

Cy gissent très-haut et puissant prince, monseigneur
N.... de Bourbon, duc d'Aumale, fils de très-haut et puissant prince, monseigneur Louis-Auguste de Bourbon,
par la grâce de Dieu, prince souverain de Dombes, duc
du Maine et d'Aumale, comte d'Eu, commandeur des
ordres du Roi, colonel-général des Suisses et Grisons,
gouverneur du Languedoc, grand-maître et capitaine-général de l'artillerie de France, et de très-haute et très-
puissante princesse Louise-Bénédicte de Bourbon, princesse du sang, lequel naquit au château de Versailles, le
dernier jour de Mars 1704, et décédé au château de Sceaux,
le 3 Septembre 1708.

Et très-haut et très-puissant, et très-excellent prince,

monseigneur Louis-Auguste de Bourbon, prince légitimé
de France, par la grâce de Dieu, prince souverain de
Dombes, comte d'Eu, commandeur des ordres du Roi,
lieutenant-général de ses armées, colonel-général des
Suisses et Grisons, gouverneur et lieutenant-général pour
Sa Majesté dans ses provinces du Haut et Bas-Languedoc,
décédé au château de Fontainebleau, le 1ᵉʳ Octobre 1755,
âgé de 55 ans 6 mois 26 jours. — Priez Dieu pour eux.

Le Conseil Municipal, de concert avec l'Administration
de la Fabrique, a fait ériger, en 1828, dans le chœur
de l'église, deux colonnes en marbre, à la mémoire de
Mgʳ le duc de Penthièvre, et de madame la duchesse douairière d'Orléans.

Sur le piédestal de celle du prince, on lit cette simple
et touchante inscription :

*Quotidiè vixit, quasi quotidiè moriturus, Deo, Regi,
pauperibusque carissimus.*

Sur le piédestal de celle de la princesse, on lit :

*Virtus olli fuit decus in re prosperâ, in adversâ, so-
lamen, in morte præsidium.*

3ᵉ NOTE.

LE TRÉPORT.

Les opinions des savants varient beaucoup sur l'étymologie du nom du Tréport; quant à l'époque de sa fondation, elle est tout-à-fait incertaine.

Ce lieu, nommé en latin *Ulterior Portus*, ne peut être le port où César fit embarquer sa cavalerie lors de son expédition en Grande-Bretagne, parce que partant d'*Ictius Portus* (Wissant), il n'aurait pas choisi le Tréport, situé à vingt-quatre lieues de distance, pour y embarquer sa cavalerie. Nous croyons, avec Adrien de Valois, que le Tréport a été appelé port au-delà ou port avancé, pour distinguer son port de celui de la ville d'Eu, lequel est plus avant dans les terres, et qui, par conséquent, est en deçà de l'autre. Une autre opinion sur l'origine du mot Tréport, a été soutenue par d'autres érudits qui ont prétendu que sa dénomination vient du mot celtique *traez*, *treiz* ou *tréaz*, usité encore aujourd'hui en Basse-Bretagne, et qui signifie le sable, la grève, le rivage qui se découvre quand la mer se retire. *Treiz* signifie aussi passage de bras de mer ou de rivière; cette étymologie serait applicable à tous les lieux nommés Tréport, que l'on trouve en effet situés sur le bord de la mer ou des rivières.

L'on ignore l'état où était le Tréport sous la domination romaine; l'histoire ne commence à en faire mention que vers le onzième siècle. On ne peut néanmoins douter que sa rade, une des meilleures de toute la côte, ne fut connue et appréciée par les plus anciens navigateurs.

Les archives de l'abbaye du Tréport contiennent un acte de 1101, duquel il résulte que Henri Ier, comte d'Eu, détourna le cours de la Bresle qui rasait alors le village de Mers, et qu'il la fit couler le long du Tréport, vers l'occident. Cette dérivation de la Bresle dut être la cause de l'établissement du port dans le lieu qu'il occupe actuellement. On est par là fondé à croire qu'indépendamment de ce détour des eaux de la Bresle, le comte d'Eu fit creuser le port où, dans le courant du même siècle, furent armées, où se rendirent d'importantes expéditions. Robert Courteheuse en partit avec la flotte qu'il y avait armée, pour aller disputer à son frère le trône que celui-ci avait usurpé à son préjudice, pendant qu'il était à la croisade. Guillaume-le-Roux, à la tête d'une nombreuse armée qu'il amena d'Angleterre, y débarqua lorsqu'il vint tenir sa cour au château d'Eu.

Les relations entre la Normandie et l'Angleterre, pendant les onzième et douzième siècles, avaient fait de ce lieu l'un des ports les plus florissants de la Manche; mais cette prospérité cessa quand Philippe-Auguste eut réuni cette province à la couronne. Dès-lors le Tréport perdit les avantages qu'il avait eus jusques-là. La ville de Dieppe, qui se releva en peu d'années de sa ruine complette, opérée par Philippe-Auguste, attira à elle tout le commerce. Il est probable que cette prospérité, à laquelle parvint sitôt cette ville, est due à l'absence de la cause qui détermina la ruine du Tréport. Dieppe n'avait pour seigneur que l'archevêque de Rouen, depuis la donation faite en 1196 par Richard Cœur-de-Lion. La domination cléricale ne s'opposait point au développement de l'industrie et du commerce, parce qu'elle en connaissait et appréciait pour elle-même les avantages. Un évêque éclairé sentait que, pour recueillir les fruits de cette possession, il fallait donner au commerce la liberté sans laquelle il lui est impossible d'exister. De telles considérations ne pouvaient être appréciées par les preux du douzième siècle. La liberté qui régnait à Dieppe, dut attirer beaucoup d'habitants du Tréport. Depuis le quatorzième siècle jusqu'au dix-septième, on voit, à quelques époques, les comtes d'Eu faire des tentatives pour tirer ce lieu de l'état de ruine où deux causes principales continuaient à le plonger. L'une de ces causes était l'encombrement des galets dont l'immense quantité obstruait son chenal. On n'y pouvait pourvoir que par des travaux que leurs auteurs laissaient toujours incomplets; de plus, des débarquements fréquents, toujours suivis du meurtre des habitants et de l'incendie des maisons, contribuèrent à la décadence de ce malheureux bourg. En 1339, les Anglais y abordèrent avec cent vingt voiles, et y mirent tout à feu et à sang. En 1367, ils brûlèrent l'abbaye, ils en égorgèrent tous les moines, ils pillèrent l'église et réduisirent le bourg en cendres. En 1413, ils passèrent tout au fil de l'épée et mirent encore le feu, non-seulement dans le bourg, mais à plusieurs lieux des environs.

Charles d'Artois entreprit, en 1475, un ouvrage qui devait avoir le résultat le plus avantageux pour le commerce, qu'il voulait faire revivre dans la ville d'Eu; il fit commencer un canal d'Eu à Tréport, qui eût été alimenté par la Bresle et qui se fût grossi, à chaque marée, par le flux, et eût permis aux navires de remonter jusque sous le château d'Eu. Ce canal, dont il subsiste encore quelques

vestiges , ne fut creusé que depuis l'embouchure de la rivière jusqu'au prieuré de Sainte-Croix. Il ne fut jamais
achevé, et les successeurs de Charles d'Artois ne reprirent
pas l'exécution de son projet.

François de Clèves fut le premier des comtes d'Eu qui
s'occupa des moyens d'arrêter les incursions des anglais. Il
fit à cet effet édifier, en 1545, une tour en grès qui subsiste encore, dont l'artillerie protégeait l'entrée du port et
couvrait les maisons du bourg. Cette tour se trouve au-
d'hui, par les atterrissements qui n'ont cessé de s'accroître, à
plus d'une portée de canon de la ligne du flot de haute mer.

L'on voit, dans l'évaluation du comté d'Eu, faite
en 1508, que l'encombrement des galets nécessitait déjà
un travail très-considérable pour désobstruer le chenal. Il
est question de jetées et d'estacades devenues indispen-
sables, dont l'évaluation est donnée en cet acte. En 1554,
François de Clèves fit creuser au pied de la tour qu'il avait
édifiée, un bassin capable de contenir des navires de
deux et trois cents tonneaux ; il fit construire des jetées
pour arrêter l'entrée des galets qui, sans cet ouvrage,
eussent bloqué le port. Les successeurs de François de
Clèves ne s'occupèrent point de maintenir ces utiles travaux, qui disparurent successivement, et finirent par être
ensevelis sous les galets qui forment actuellement la vaste
plage qui sépare le bourg du bord de la mer.

Mademoiselle de Montpensier ne paraît pas avoir entrepris d'importants travaux pour tirer ce lieu de l'état désastreux où il se trouvait déjà de son temps ; on voit qu'il ne
fixa son attention que pour lui procurer des aumônes,
qu'à cette époque requérait sa misérable population. Elle
y fonda des secours pour les pauvres, et une école pour l'ins-

truction des enfants ; mais cette princesse n'envisageait point les avantages qu'elle eût procurés à son comté, en rendant au port une existence qu'il n'avait réellement plus. Ses trois successeurs n'en firent pas plus qu'elle. C'était à monseigneur le duc de Penthièvre qu'il était réservé de tirer ce malheureux port du néant, et sa population de l'excès de misère où elle était plongée. Nous avons dit, dans la vie de ce prince, quel était l'état du Tréport en 1776 ; l'écluse de chasse qui fut construite à cette époque, produisit les meilleurs effets, le port fut désencombré, le chenal parfaitement désobstrué ; des navires d'un assez fort tonnage entrèrent avec facilité et sécurité, là où, peu de temps avant, ne pouvaient aborder, avec peine, que de frêles bateaux pêcheurs. D'année en année, le chenal, resserré entre des jetées qu'on avait prolongées, se creusait de plus en plus, par l'action de l'écluse, et empêchaient les galets de s'accumuler. Tout présageait un accroissement de prospérité, quand la révolution advint : dès-lors les entretiens furent négligés ; l'écluse, par défaut de réparations, devint hors de service ; les galets n'étant plus repoussés, s'amassèrent au point de former un banc qui ferme complettement l'entrée du port. Enfin, le gouvernement ayant entendu les plaintes des habitants et les réclamations du commerce, accorda les fonds nécessaires pour la restauration de l'écluse, sans laquelle l'expérience prouvait qu'il ne pouvait exister de port.

Pour entreprendre cette restauration, il fallut détourner la rivière qui passait au travers de la retenue et sur le radier ; on ne pouvait, sans ce préalable, travailler à la maçonnerie et à la charpente. On creusa donc un lit provisoire à la rivière, que l'on empêcha, par un barrage,

d'entrer dans la retenue. Les réparations faites, on croyait
que l'on rendrait à la rivière le cours qu'elle avait toujours
eu jusques-là, c'est-à-dire qu'elle passerait dans la retenue,
comme avait jugé à propos de la faire passer l'habile ingénieur qui avait édifié l'écluse. Il en fut autrement; ce que
le savant *Lamblardie*, qui, aux connaissances les plus éten-
dues, joignait une longue expérience, avait jugé bon, fut
blâmé par ses successeurs. Ils prétendirent que la rivière,
se brisant continuellement contre les piles de l'écluse, et
passant sur le radier, nuisait à ces ouvrages. Cet inconvénient, s'il est réel, leur observa-t-on, n'a pu échapper à
Lamblardie, qui pouvait laisser la rivière dans le canal
qu'il lui avait ouvert pendant la durée des ouvrages, s'il
eût partagé cette opinion. Si, au lieu de prendre ce parti,
il a fait passer la rivière dans la retenue et sur le radier, c'est qu'il a reconnu que la retenue, déjà peu étendue et peu profonde, ne contiendrait un certain volume
d'eau qu'aux jours de grandes marées; que cette eau dé-
poserait un sédiment abondant, qui, n'étant pas expulsé,
comblerait de plus en plus le bassin; que par cet exhaus-
sement journalier et inévitable, il arriverait que les chasses
de l'écluse deviendraient nulles ou du moins insignifiantes;
au lieu qu'en faisant passer la rivière dans la retenue, son
cours balayerait tous les sédiments et alluvions, et con-
serverait au bassin sa profondeur; que, de plus, le volume
des eaux qu'elle charie, augmenterait considérablement
celui du tribut de la marée; enfin, qu'au moyen de la rivière, on peut, aussi souvent qu'on le veut, se procurer
des chasses, que, dans le cas contraire, on ne peut obtenir
qu'en nouvelle et pleine lune. Enfin, Lamblardie avait jugé
que, quels que fussent les dommages que la rivière pour-

rait occasionner à l'écluse, ils ne sauraient être comparés aux inconvénients qu'il y aurait à paralyser l'effet qu'elle était destinée à produire. L'écluse, dut-il dire, est faite pour le port, et le port ne doit pas être sacrifié à la conservation de l'écluse.

Les résultats que prévoyaient les habitants du Tréport, sont justifiés aujourd'hui. La retenue, comblée, ne contient plus qu'une nappe d'eau sans profondeur, qui s'écoule en deux fois moins de temps qu'autrefois, et qui n'exerce qu'une action incomplette. La vase, amoncelée dans une épaisseur de plusieurs pieds, et qui, en morte-eau, n'est pas couverte, est devenue un foyer d'infection, d'où s'exhalent les miasmes les plus dangereux; tous les ans la fièvre fait des ravages dans le quartier populeux qui en est voisin. Que serait-ce s'il fallait curer cette retenue, et il le faudrait bien si le déplorable système dont on se plaint, prévalait sur les réclamations que ne cessent d'élever tous les habitants du Tréport et de la ville d'Eu ?

La dérivation de la Bresle a encore un inconvénient non moins grave : le canal qu'on lui a ouvert longe le banc de galets qui arrête les eaux de la mer; la rivière ronge continuellement un lit de terre glaise qui servait de base et de soutien au galet ; ce galet s'éboule actuellement de jour en jour. D'après les ravages sensibles qu'opère cette destruction constante, l'on peut prévoir que le moment est prochain, où la mer, renversant la digue qui ne pourra plus soutenir le poids de ses eaux, les épanchera sur la vallée, et frappera de stérilité cinq ou six cents hectares de terres ou de pâtures, en couvrant subitement toute la vallée jusqu'à Eu.

Les ingénieurs et les administrateurs qui ne contestent

pas la réalité de ces dangers, sont toujours d'avis d'y ob-
vier quand ils les voient, mais ils les oublient quand ils
s'éloignent. Réitère-t-on plaintes et réclamations, on répond que les fonds accordés pour l'entretien des ports sont
insuffisants (c'est ce qu'il faut croire sur parole), qu'il
faut attendre, qu'il faut espérer un moment plus favorable ; on est bien forcé d'obtempérer à cette nécessité,
on attend donc, et le mal qui, dans sa marche, ne connaît pas de stase, fait toujours des progrès. Si le chenal
n'est pas obstrué, il perd de sa profondeur, la retenue
s'envase, la rivière ronge la digue qui soutient les eaux de
la mer, et toutes les calamités qu'on a prévues deviennent
plus imminentes. Quand l'événement justifiera ces tristes
prévisions, où sera le recours pour les propriétaires ruinés? pourront-ils l'exercer contre ces autorités insou-
ciantes, qui, ayant entendu mille fois leurs doléances et
leurs réclamations, n'auront pas daigné s'en occuper?
Non, sans doute, l'on essayera de réparer aux frais de
l'état, c'est-à-dire aux dépens des contribuables, les immenses dommages qu'on n'aura pas voulu prévenir.

On se demande, en signalant ces abus et ces fautes, par
quelle déplorable fatalité, ce port est de tous ceux du département, le seul qui soit dans un si triste état; il est
pourtant l'un des plus utiles, et celui dont l'entrée offre
le moins de difficultés, et l'un des plus avantageusement
situés pour le commerce et pour la pêche.

Il est des plus utiles, parce que le bâtiment qui aura
manqué l'entrée de Dieppe, en mauvais temps, serait jeté
et perdu corps et biens, sur les bancs de la baie de Somme,
sans la retraite que lui offre le Tréport.

Il est des plus avantageusement situé, parce qu'il est,

de tous les ports de la Manche, le plus rapproché de Paris, dont il n'est distant que de trente-six lieues. Au moyen de la grande route qui, parcourant la vallée de Bresle dans une étendue de dix lieues, ira joindre la route départementale d'Aumale à Grandvilliers, et celle de Calais à Paris, les produits de la pêche pourront parvenir en quinze heures sur les marchés de la capitale. La route du Tréport à Aumale est en confection, et peut être achevée en une campagne. L'utilité de cette communication sera appréciée, mais en attendant que l'on en ait goûté les avantages, il est à désirer que ceux qui sont préposés à l'entretien du port, s'en occupent et répondent enfin aux vœux de tout le pays (1).

La population du Tréport qui, en 1814, n'était que de mille six cents âmes, s'élève, en 1828, au-delà de deux mille cinq cents. Un accroissement aussi considérable, dû à l'établissement de beaucoup de marins, habitants du littoral de la Somme, s'augmentera encore dès que les armements deviendront plus nombreux ; ils le deviendront nécessairement dès que la route de Paris sera ouverte. L'assurance de trouver du travail, la perspective de bénéfices importants, l'exemple de beaucoup de maisons esti-

_____

(1) On peut aujourd'hui concevoir l'espérance que ces vœux seront exaucés, en voyant à la tête de cette partie du service public, dans ce département, l'ingénieur distingué (M. Frissart) a qui le port de Fécamp et la ville de Dieppe doivent les plus utiles travaux et des monuments recommandables, non moins par le mérite de l'exécution parfaite, que par l'excellent goût de leur conception. Puisse cet esprit d'ordre, uni à l'activité avec laquelle il a, dans toutes ses entreprises, atteint sitôt le but qu'il se proposait, être partagé par ses estimables collaborateurs !

mables, dont les fondateurs sont arrivés à une honnête
aisance, par l'intelligence, l'ordre et l'économie, la facilité que procure le collége d'Eu, pour l'éducation des enfants, toutes ces causes concourront à appeler et à fixer
ces familles de marins répandues dans les villages situés
sur la côte, et détermineront des maisons de commerce à
y établir des correspondances et des commissionnaires.

Le pays offre en abondance les matériaux nécessaires
aux armements; les forêts d'Eu et d'Aumale procurent
leurs bois; les campagnes voisines fournissent en abondance le chanvre d'une excellente qualité. Les bâtiments
de diverses espèces que l'on construit sur les chantiers du
Tréport, témoignent de l'habileté de ses charpentiers.

Tous les éléments de prospérité sont réunis en ce lieu,
il ne s'agit que de les bien employer.

La révolution a détruit le plus important édifice que
possédait le Tréport; c'était son abbaye fondée en 1056,
par Robert, deuxième comte d'Eu. Elle fut d'abord un
monastère de bénédictins sous le nom de Saint-Michel,
qui ne fut érigé en titre d'abbaye, que cent ans après. Ses
bâtiments, reconstruits à neuf au commencement du dix-
huitième siècle, étaient vastes, d'une bonne architecture,
et leur situation des plus belles et des plus heureuses de la
contrée. Ils ont été rasés complettement, et l'on ne voit
plus que la place qu'ils occupaient.

L'église paroissiale, bâtie vers l'an 1370, est située sur
le point le plus élevé, et domine la baie de la Bresle. Cet
édifice, dans le style gothique, n'est pas recommandable
par son architecture, et n'offre rien d'intéressant sous le
rapport de l'art.

La ville d'Eu a toujours prétendu que le Tréport faisait

avec elle corps de communauté. Le maire de la ville d'Eu considérait celui du Tréport comme son lieutenant ; il se fondait sur ce que c'était lui qui présidait à l'élection de ce fonctionnaire, qui recevait les suffrages, et était le dépositaire des votes ; de plus, que les échevins du Tréport ayant droit à l'élection du maire de la ville d'Eu, prouvaient par-là que leur mairie n'était qu'une succursale du chef-lieu de la communauté. Le maire du Tréport opposait des lettres de François Ier, qui donnent absolument à sa magistrature, le titre de maire, sans mentionner aucune dépendance. La révolution a éteint ces prétentions respectives, en isolant et rendant complettement indépendantes l'une de l'autre les deux communes.

Les templiers eurent un de leurs premiers établissements dans ce lieu ; ils y vinrent en 1141 ; mais l'on est fondé à présumer que leur maison n'était pas des plus riches, puisqu'il n'existe dans le voisinage aucune propriété qui leur ait appartenu.

~~~~~~

4ᵉ NOTE.

CHARTE DE JEAN, COMTE D'EU.

CHARTE de la communauté d'Eu, faite l'an de Notre-Seigneur, onze cent cinquante et un, donnée à Eu, en présence des témoins soussignés.

Jean, comte d'Eu, à ses barons, à ses chevaliers, à ses bourgeois, et tous ses autres sujets, salut et continuation de fidélité.

Nous faisons savoir à tous présents et à venir, riches et pauvres, que nous avons donné en perpétuel héritage, aux bourgeois d'Eu, une communauté conforme aux statuts de Saint-Quentin, sous la réserve de notre autorité et de nos droits; jurant cet acte et le scellant de notre sceau, afin que nos héritiers ne puissent, par la suite, changer une résolution par nous prise de l'as-

INCIPIT cartha de communione Augensi facta anno incarnationis Dominicæ millesimo centesimo quinquagesimo primo, data Augi testibus iis qui subscribuntur.

Joannes comes Augi, baronibus suis, et equitibus, et burgensibus, et omnibus suis subditis, salutem, et debitæ fidei stabilitatem.

Notum sit omnibus præsentibus et futuris, et pauperibus et divitibus, quod ego dedi in perpetuam hæreditatem burgensibus Augi communionem secundùm scripta sancti Quintini, salvo meo dominio, et salvis meis rectis. Sic juravi meoque sigillo confirmavi, ne liceat in posterum hæredibus meis id mutare quod ego communi amicorum meorum assensu et consilio corum tes-

sentiment unanime de nos amis, d'après leur conseil et en leur présence, signé de notre main.

Notre père leur octroya la permission de ne pas plaider hors de la ville d'Eu, nous leur accordons le même droit et la même permission, et voulons qu'ils en jouissent, eux et leurs hoirs, sous toutes les garanties ci-dessus énoncées, tant qu'ils voudront poursuivre leurs droits par-devant notre cour à Eu.

Si quelqu'un d'entr'eux se refuse à cette clause, il perdra tous ses droits jusqu'à ce qu'il les conforme au nôtre, sans que pour cela les autres perdent rien des leurs.

De plus, nous voulons (et ils jouiront de la faveur ci-dessus énoncée, eux et leurs hoirs) que tout contrat passé en présence de deux échevins, soit regardé comme valable et stable à toujours, sans qu'il soit besoin d'autre juridiction que l'affirmation des échevins encore en fonc-

timonio sigilli mei auctoritate sancivi.

Pater meus dedit eis quandam libertatem scilicet ne extra villam Augi placitarent ego eandem consuetudinem et libertatem eis concedo et in hæreditatem dono et omnibus supra dictis confirmationibus stabiliter confirmo quandiù in mea curia apud Augum rectum inexequi voluerint.

Si vero quis eorum ibi ad rectum esse noluerit provide amittet omnes suas consuetudines quousque eas ad meam rediget; aliis nihil indè de suis consuetudinibus amittentibus. Prætereà jure hæreditario possidendum eis dono et præfatis modis confirmo, quatenus quodcunque pactum inter eos coram duobus scabinis factum fuerit pro ratâ et firmâ stabilitate tenebitur sine alio placito ex quo ipsi scabini obtestabuntur, sive ipsi scabini

tion, ou en étant déjà sortis, ou leur serment au cas que leur témoignage ne fut point agréé.

Les témoins sont Robert de Saint-Pierre, Roger des Martyrs, Henri de Cuverville, Guide d'Avesne, Geoffroi de Saint-Martin, Hugues, abbé d'Eu, et plusieurs autres.

~~~~~~~~~~~~~

JEAN, comte d'Eu, à tous ses barons et autres sujets, salut :

Faisons savoir à tous présents et à venir, que nous Jean, comte ci-dessus nommé, avons cédé et donné, à perpétuité, en propriété et héritage, aux bourgeois d'Eu et à leurs hoirs, cette communauté qu'ils tiendront de nous et de nos héritiers, à l'instar de celle de Saint-Quentin, et conforme aux statuts qu'Herbert, comte dudit lieu, a institués dans

in proferendo testimonium adhuc in sua scabinitate manserint sive ab ea remoti fuerint quod si fortè de testimonio non credantur, eis jure jurando illud confirmabitur, testes sunt, Robertus de sancto Petro, Rogenus de Martiriis, Henricus de Cuvervilla, Guido de Avenis, Gauffridus de sancto Martino, Hugo tunc abbas de Augo, et pluribus aliis.

~~~~~~~~~~~~~

JOANNES comes Augi omnibus baronibus suis atque omnibus suis subditis, salutem :

Sciant tam posteri quam presentes, quod Joannes comes prædictus, concessi atque donavi in feudum et hæreditatem burgensibus Augi et eorum hæredibus hanc communionem quam habent in perpetuum de me et de meis hæredibus, ipsi et sui hæredes tenendam et habendam ad formam et ad exemplar communionis sancti Quintini, et ad easdem

sa commune, prétendant qu'ils en jouissent, sauf notre autorité et nos droits, sans que rien puisse jamais y porter atteinte, et pour ce, nous, comte ci-dessus nommé, avons fait cet acte et scellé de notre sceau; et voulons aussi que vous sachiez bien, vous et vos descendants, qu'en accordant cette communauté aux prières de nos vassaux, nous accordons une faveur à nos bourgeois.

Sur les instantes prières à nous faites par Hugues, fils de Robert, fils de Hugues, vicomte, de recevoir dans notre commune ses vassaux de la chaussée, acquiesçant plus encore aux prières de ses amis qu'aux siennes, nous les avons admis aux ·mêmes us et règlements, sauf notre droit, que nos bourgeois et autres vassaux.

consuetudines quas Herbertus comes Quintiniensis in sua communione prædicta instituit. Hanc inquam constitutionem volo et firmiter præcipio salvo meo jure et salvis meis rectis, stabili jure in perpetuum permanendam quam etiam ego Joannes comes præfatus tam scriptis quam meo sigillo signatam confirmavi. Volo etiam ne vos et posteros vestros lateat quod quando concedo hanc communionem precibus meorum hominum burgensibus meis donans concessi. Hugo filius Roberti, filii Hugonis vice comitis sæpissime ad me veniens, quod suos homines de calcera in meam communionem reciperem exoravit. Ego vero non tam precibus ejus quam amicorum suorum acquiescens eos ad easdem consuetudines atque ad easdem institutiones quas meos burgenses et alios meos homines susceperant salvo jure meo accessi.

~~~~~~~~~~~~~~~~~~~~~~~~~~

CHARTE DE SAINT-QUENTIN.

Les hommes de cette commune demeureront entièrement libres de leurs personnes et de leurs biens ; ni nous,
ni aucun autre, ne pourra réclamer d'eux quoique ce
soit, si ce n'est par jugement des échevins ; ni nous, ni
aucun autre, ne réclameront le droit de main-morte sur
aucun, d'entre eux.

Quiconque sera entré dans cette commune, demeurera
sauf de son corps, de son argent et de ses autres biens.

Si quelqu'un a occupé en paix quelque tenure pendant
l'an et jour, il la conservera en paix, à moins que récla-
mation ne soit faite par quelqu'un qui aura été hors du
pays ou en tutelle.

Si quelqu'un a commis un délit dont plainte soit faite
en présence du majeur et des jurés, la maison du malfaiteur sera démolie, s'il en a une, ou il payera pour rache-
ter sa maison, à la volonté du maire et des jurés. La
rançon des maisons à démolir servira à la réparation des
murs et des fortifications de la ville. Si le malfaiteur n'a
pas de maison, il sera banni de la ville, ou payera de
son argent pour l'entretien des fortifications.

Quiconque aura forfait à la commune, le majeur pourra
le sommer de paraître en justice ; et s'il ne se rend pas à
la sommation, le majeur pourra le bannir ; il ne rentrera
dans la ville que par la volonté du majeur et des jurés ; si
le malfaiteur a une maison dans la ban-lieue, le majeur et
les gens de la ville pourront l'abattre, et si elle est forti-

fiée de manière à ne pouvoir être abattue par eux, nous leur prêteront secours et main-forte.

Tout bourgeois pourra être cité en justice, par-tout où il sera rencontré, soit en jardin, soit en chambre, soit ailleurs, à toute heure du jour; mais il ne pourra être cité de nuit.

Si quelqu'un meurt possédant quelque tenure, le majeur et les jurés doivent en mettre aussitôt ses héritiers en possession; en suite, s'il y a lieu à procès, la cause sera débattue.

Si un homme étranger vient dans cette ville, afin d'entrer dans la commune, de quelque seigneurie qu'il soit, tout ce qu'il aura apporté sera sauf, et tout ce qu'il aura laissé sur la terre de son seigneur, sera à son seigneur, excepté son héritage, pourvu qu'il en ait disposé comme il le doit à son seigneur.

Si nous faisons citer quelque bourgeois de la commune, le jugement sera terminé par le jugement des échevins, dans l'enceinte des murs de Saint-Quentin.

Si un vavasseur ou un sergent d'armes doit quelque somme à un bourgeois, et qu'il ne veuille pas se soumettre au jugement des échevins, le majeur doit lui commander d'avoir, dans le délai de quinze jours, un seigneur capable de faire droit au bourgeois pour la somme qui lui est due; que si, après ce délai, il n'en présente point, justice sera faite par les échevins.

Par-tout où le majeur et les jurés voudront fortifier la ville, ils pourront le faire sur quelque seigneurie que ce soit.

Nous ne pourrons refondre la monnaie, ni en faire de neuve, sans le consentement du majeur et des jurés.

Nous ne pourrons mettre ni ban ni assise de deniers sur les propriétés des bourgeois.

Les hommes de la ville pourront moudre leur blé, et faire cuire leur pain par-tout où ils voudront.

Si le majeur, les jurés et la commune ont besoin d'argent pour les affaires de la ville, et qu'ils lèvent un impôt, ils pourront asseoir cet impôt sur les héritages et l'avoir des bourgeois, et sur toutes les ventes et profits qui se font dans la ville.

Nous avons octroyé tout cela sauf notre droit et notre honneur, sauf les droits de l'église de Saint-Quentin et des autres églises, sauf le droit de nos hommes libres, et aussi sauf les libertés par nous octroyées à ladite commune.

5ᵉ NOTE.

GENTILSHOMMES VERRIERS.

Il paraît constant, quoique l'on n'ait pas à cet égard de preuves matérielles, que l'art de la verrerie fut introduit en Normandie par les ancêtres des quatre familles nobles qui, depuis le commencement du quatorzième siècle, jusqu'au-delà de 1800, furent les seules qui, dûment autorisées, et sans risque de déroger, aient constamment et exclusivement fourni tous les ouvriers pour la fabrication du verre à vitre, désigné sous le nom de verre plat ou verre à férule. Ces quatre familles sont les Caqueray, Bongars, Brossard et Levaillant.

Ne sachant pourquoi cette branche d'industrie n'était exploitée que par ces quatre familles, qui ne souffrirent jamais qu'aucun autre noble quel qu'il fût, se réunît à eux et partageât leurs pénibles travaux, on a fait sur leur origine des fables trop absurdes pour les rappeler ici. Ce qu'il y a de constant, c'est qu'en 1331, Philippe de Caqueray, considéré comme inventeur des verres à férules, obtint de Philippe de Valois, le privilége d'établir une verrerie près de Bezu, dans la forêt de Lyons, que, vers le même temps, Adrien Levaillant et un Bongars en fondèrent aussi dans la province, et que vers 1450, Charles d'Artois octroya un privilége à Antoine de Brossard, son écuyer, pour la création d'une verrerie dans la forêt d'Eu. En 1488, un Caqueray en fonda une autre dans la même forêt, et successivement les deux autres familles s'y établirent aussi.

Des lettres-patentes de François Ier (1523), rappelant celles des rois Charles VII, Louis XI, Charles VIII et Louis XII, ses prédécesseurs, reconnaissent les quatre familles verrières comme nobles, et leur accordent la permission de se livrer à leur industrie, sans déroger. Ces conditions exceptionnelles sont confirmées par un arrêt du 11 Août 1603, intervenu sur des lettres-patentes de Henri III, portant expressément que les gentilshommes verriers doivent conserver et jouir de tous les priviléges accordés à leur noblesse. Ces priviléges leur furent également confirmés par Louis XIV et par Louis XV.

En voyant accorder à une profession rangée dans la classe des métiers, des honneurs et des immunités que l'on refusait alors aux arts et au commerce, on est curieux de trouver la cause de cette singulière anomalie. Nous ne l'expliquerons pas comme l'a fait madame de Genlis dans son dictionnaire des usages du monde, en l'attribuant *au respect que l'on avait en France, pour tout ce qui avait quelque rapport au vin;* respect que l'on veut, suivant elle, pousser au point de donner une espèce de noblesse à ceux qui faisaient des *bouteilles.* Ce serait répéter une absurdité, peut-être même une petite méchanceté. Madame la comtesse, qui avait habité quelque temps cette contrée, avait été à portée de connaître, même ailleurs qu'au château de la Motte, des individus de ces familles verrières qui pouvaient prétendre *à plus qu'une espèce de noblesse,* puisqu'elle en a vu et connu qui, même observant l'espèce de réserve qu'elle recommande, avaient *des souliers à talons rouges* (1).

_____

(1) Voir le dictionnaire des étiquettes.

Il est présumable que ce singulier privilége a pour origine une cause très-naturelle. L'art de la verrerie était certainement connu et pratiqué avant Philippe de Valois, mais la France était encore tributaire des Vénitiens pour cette branche d'industrie, comme pour bien d'autres. On dut nécessairement accueillir et encourager l'inventeur ou l'importateur d'un procédé qui dispensait de recourir désormais aux étrangers. Ainsi, qu'un Caqueray, un Brossard, un Bongars ou un Vaillant, ou tous quatre ensemble, aient introduit le procédé pour la fabrication de ces disques de quatre pieds de diamètre, dans lesquels on trouvait des vitres d'une large dimension, il rendait un éminent service au pays. Il a dû nécessairement, pour éviter la concurrence, et conserver à son profit le bénéfice de sa découverte, ou de son importation, n'employer pour ouvriers que des individus de sa famille, ou ses alliés, et il aura sollicité et obtenu en leur faveur, le privilége de ne pas déroger, en se livrant à cette industrie. Cette conjecture n'a rien que de très-probable, quand, dès le quatorzième siècle, on voit que les individus de ces quatre familles, auxquels furent accordés des permissions de fonder des établissements, étaient déjà nobles. Mais ce privilége, qui assurait à ces familles le monopole de ce genre d'industrie, s'opposait à tout perfectionnement; il fallait conserver religieusement les procédés primitifs; autrement toute innovation, toute amélioration eût été une dérogation à la concession originaire qui eût dû en détruire les effets. Cette condition résolutoire devait être de rigueur, autrement si les gentilshommes verriers eussent eu exclusivement le droit de fabriquer toute sorte d'ouvrages en verre, ils eussent envahi à leur seul profit le domainc de celle industrie. C'est ce qui eût été contraire aux intérêts de l'état, et ce que, malgré la prétendue grossiéreté du temps, l'on n'eût pas consacré. Il était donc juste que s'ils avaient le droit exclusif de fabriquer le verre à vitre, il leur fut expressément défendu d'en fabriquer d'autres, sous peine de perdre les priviléges et immunités qui leur avaient été accordés. La conservation de leur noblesse était un acte rémunératoire, le bénéfice était alors ce que sont de nos jours les avantages des brevets d'invention.

Pendant que les gentilshommes verriers, scrupuleux observateurs des conditions de leurs priviléges, conservaient, sans y rien changer, les procédés de travail tels qu'ils furent pratiqués par leurs auteurs, l'art faisait des progrès, et le moment approchait où les verres à manchons allaient faire disparaître l'usage des verres à férules : c'est ce qui arriva pendant la révolution. Il semble qu'alors les gentilshommes verriers, n'ayant plus d'intérêt à rester dans les strictes limites où, jusqu'alors, ils avaient dû se renfermer, auraient dû marcher avec le siècle, et souffler les matières vitrifiées en manchons au lieu de les souffler en bosse. Mais ils ont cru devoir en agir différemment, et depuis la destruction de leur branche d'industrie, ils ont tous, sans exception, abandonné les verreries.

6ᵉ NOTE.

COLLÉGE.

HENRI, duc de Guise, en fondant le château d'Eu, pour en faire une de ses principales résidences, jugea qu'il importait à l'accomplissement de ses desseins, d'établir et de cultiver, dans cette contrée, les doctrines utiles à sa cause. Il lui importait d'arrêter la propagation du protestantisme, qui, malgré les persécutions dont il avait été constamment l'objet, malgré l'expulsion effectuée en la ville d'Eu, de toutes les familles qu'on soupçonnait de partager les idées de réforme, comptait encore beaucoup d'adhérents dans le voisinage. Le duc de Guise voulait former, selon ses intérêts, les opinions de ses nombreux vassaux, afin de s'en faire des sujets dévoués, et d'accroître ainsi le nombre des partisans qu'il comptait dans la province limitrophe où la ligue avait pris naissance.

Mu par ces considérations, le duc de Guise résolut d'établir dans son comté d'Eu, cette société déjà célèbre, dont les principes s'accordaient si bien avec les intérêts et le but de son ambition. Il appela donc les jésuites, et par un acte passé avec le père Claude-Matthieu, provincial de la compagnie en France, le Mardi 9 Janvier 1582, le duc, et Catherine de Clèves, son épouse, fondèrent et dotèrent le collége d'Eu qui devait être confié à la direction de vingt-cinq pères de la compagnie; »Considérant, dit cet »acte, qu'en leur comté d'Eu, qui est de belle et grande »étendue, n'y a encore jusqu'à présent eu collége où la »jeunesse ait pu être enseignée et instruite en bonnes

»mœurs, lettres et sciences, pour au défaut pourvoir et
»remédier à l'avenir, ont délibéré, proposé et conclu fon-
»der, etc., et promettent, par ces présentes, à M. Claude-
»Matthieu, provincial de ladite compagnie du nom de Jé-
»sus, en France, tant en son nom *que du révérend père
»général, auquel il fera ratifier le contenu dans huit mois
»prochains*, etc., etc.

Le collége fut construit dans un terrain où avait anciennement existé un hôpital, *dit hôpital Normand*. Il paraît
que tous les bâtiments qui existent aujourd'hui furent édifiés à cette époque.

L'église fut bâtie beaucoup plus tard, et ce n'est
qu'en 1622, que Catherine de Clèves la fit commencer;
elle fut achevée en 1624. On employa, pour cet édifice,
les matériaux provenant de l'ancien château du bois du
Parc, qui avait été destiné à une léproserie, que Philippe-
Auguste avait abolie.

Catherine de Clèves choisit pour patron de cette église,
Saint-Ignace, ainsi qu'on le voit dans l'inscription suivante, gravée en lettres d'or sur une table de marbre noir,
placée au frontispice :

Illustrissima D^{na} Cath^a Clevensis Henrici
à Guisiá bellicá laude immortalitatem adepti
conjux, hanc œdem suis sumptibus extruc-
tam vidit.

Pridiè calen. Aug. 1624.

Hoc suœ pietatis monum. in memoriam
S. Ignatii Soc. Jesu fundatoris dedicari præ-
sens curavit anno suœ œtatis 74.

Catherine de Clèves avait choisi cette église pour le lieu

de sa sépulture et de celle de sa famille. Elle y fit déposer le corps de sa fille, la princesse de Conti, morte au château d'Eu, le 30 Avril 1631.

Elle fit faire à Gênes les deux mausolées en marbre qui décorent le chœur, l'un érigé à la mémoire de son mari, et l'autre pour elle. Ces deux mausolées furent placés après la mort de cette princesse.

Le duc de Guise est représenté couché sur un lit de repos posé sur une tombe de marbre noir; il est en habit de guerre, la tête appuyée sur la main droite; au-dessus d'une arcade en brèche sanguine, il est représenté à genoux, en prière, revêtu du manteau ducal, sur les côtés du prie-dieu sont ses armoiries. Sa tombe est ornée de bas-reliefs sur marbre blanc, représentant des actions de guerre et une allégorie funèbre.

Le mausolée de la duchesse, placé du côté de l'épître, vis-à-vis de celui du duc son mari, est traité dans le même genre. La duchesse est couchée sur la tombe, la tête posant sur la main; elle est vêtue d'une robe très-riche. Au-dessus de la voûte, elle est représentée à genoux, en prière, couverte du manteau ducal.

Il y avait au pied des deux mausolées des ornements et quatre génies en bronze; ces statues étaient estimées pour la pureté du dessin et la vérité de l'expression. Tous ces accessoires ont été arrachés et brisés en 1793; la matière en fut envoyée à la fonderie de canons.

Le corps de Catherine de Clèves, morte à Paris, dans sa quatre-vingt-quatrième année, le 11 Mai 1633, fut apporté à Eu, et inhumé dans le caveau au-dessous de son mausolée; il était déposé auprès de celui de la princesse de Conti, sa fille.

Le duc et la duchesse de Guise, en fondant ce collége, lui firent une dotation suffisante, que la sagacité des révérends pères de la compagnie de Jésus, parvint bientôt à accroître. Peu d'années après leur établissement, ils obtinrent du souverain Pontife, la réunion à leur bénéfice de tous les biens du prieuré de Saint-Martin-au-Bosc, qui avait été fondé, en 1106, par Henri, comte d'Eu, qui y avait joint son domaine de How, situé dans le comté de Sussex, en Angleterre. Ce prieuré dépendait de l'abbaye du Bec-Helluin; toute cette dotation a été aliénée par l'effet de la révolution.

Les jésuites avaient fondé une bibliothèque nombreuse et bien choisie ; on en peut juger par ce qui en reste encore aujourd'hui. Il serait à désirer qu'un bibliographe éclairé s'occupât du classement de ces livres, et non moins que l'administration s'occupât d'utiliser ces richesses littéraires étrangement négligées.

Ce collége remplissait parfaitement le but que s'étaient proposé ses fondateurs; l'instruction, qui y était gratuite, formait, chaque année, un grand nombre d'élèves, dont la plupart se destinaient à l'état ecclésiastique : ce fut pour cette raison que, plus tard, M. le duc du Maine jugea à propos de fonder une chaire de théologie.

Après l'expulsion des jésuites, cet établissement fut confié à des prêtres séculiers, qui, sous la direction d'un principal et d'une commission administrative, y continuèrent l'enseignement des humanités, de la philosophie et de la théologie. Les cours étaient faits par neuf professeurs.

L'heureuse situation de la ville, l'étendue et la commodité des bâtiments avaient, depuis long-temps, inspiré l'idée d'y créer un pensionnat. Aucun projet utile ne res-

tait sans succès quand il était connu de monseigneur le
duc de Penthièvre. Ce prince en permit et facilita l'exécution. M. l'abbé Aubert, alors principal, en fut le créateur : pour que cet établissement eût tout le succès espéré,
l'on jugea à propos d'ajouter à l'instruction littéraire, celle
des sciences mathématiques, qui jusqu'alors n'avait pas
trouvé place dans les cours. Le succès qu'on obtint sur-
passa les espérances. Le pensionnat fut bientôt peuplé
des jeunes gens des meilleures familles des villes voisines,
qui y vinrent cultiver des connaissances qui leur suffirent,
en sortant des bancs, pour se présenter et être reçus dans
la marine, et dans les écoles d'artillerie et du génie. Le
collége d'Eu était dans la situation la plus prospère quand
la révolution éclata. Dès 1792, les classes dont les professeurs avaient été contraints de s'exiler, furent fermées ;
toutes les autres ne tardèrent pas à avoir le même sort.
Les biens ruraux, confisqués et vendus, laissèrent l'établissement sans aucune ressource. Dans ce désastre, le professeur de mathématiques, auquel le collége avait dû,
depuis douze ans, sa splendeur, restait seul, parce que
seul il n'était point ecclésiastique ; des offres avantageuses
lui étaient faites de différents côtés ; on lui montrait des
emplois lucratifs et honorables, étrangers à la pénible
carrière de l'enseignement. M. Lebert ferme l'oreille à
toute proposition, et déclare qu'il se dévoue au bien de
sa patrie adoptive ; vainement on lui observe qu'il peut
être évincé par un acquéreur, vainement on lui fait observer qu'il sacrifie son avenir au hasard, vainement on
lui représente que l'entretien des bâtiments va être à sa
charge, rien ne l'arrête ; il continue ses cours de mathématiques et d'hydrographie ; il s'adjoint des maîtres de

langues ; il forme de nombreux élèves, en instruit un
grand nombre gratuitement, pendant qu'ailleurs toutes
les écoles étaient fermées ; enfin, grâces à ses efforts, le
feu sacré n'est point étouffé, et brille encore quand la loi
rend à la ville les bâtiments du collége. La reconnaissance
qu'on lui devait, non moins que son mérite personnel,
décernait à M. Lebert la fonction de principal ; elle lui
fut dévolue à la satisfaction de tous les honnêtes gens ; il
y fut maintenu par l'université, dont les principaux officiers, témoins de sa belle conduite, ne cessèrent de le
féliciter et de l'honorer de leur estime. Il venait d'en
recevoir de nouveaux témoignages, quand lui arriva,
en 1817, l'avis de son remplacement, dont on se crut
dispensé de lui faire connaître la cause. Tous les cœurs
sur lesquels la reconnaissance a de l'empire, ont ressenti
ce coup de l'arbitraire.

L'honorable successeur de M. Lebert, enlevé par le
même pouvoir à un établissement qu'il venait de former,
et obligé de prendre la direction du collége d'Eu, a justifié ce qu'on attendait de son zèle, et de celui de ses
collaborateurs. Le collége compte aujourd'hui cinq professeurs et quatre-vingts élèves, dont cinquante pension-
naires.

7ᶜ NOTE.

HÔTEL-DIEU.

Dès le treizième siècle il y avait, dans l'intérieur de la ville, un hôpital pour les malades; il était gouverné par *un maître* en 1276. Il s'appelait hôpital Picard, parce qu'il était situé sur le territoire du diocèse d'Amiens. Plus tard on y réunit un hôpital qui existait avant la fin du quinzième siècle, qui se nommait hôpital Normand. Mais ces deux établissements, réunis depuis en un seul, étaient détruits au commencement du dix-septième siècle, puisque, dès 1631, Catherine de Clèves avait reconnu la nécessité d'affecter de nouveaux fonds pour, avec les biens des deux anciens hôpitaux, ériger un Hôtel-Dieu. L'exécution du projet de Catherine de Clèves fut différée par l'exil et la mort de son fils, Charles de Guise, et la minorité du duc de Joyeuse, son petit-fils, et ne put avoir lieu qu'en 1655.

Les religieuses hospitalières établies à Dieppe, avaient demandé déjà la permission de fonder, à Eu, un monastère de leur ordre, pour y prendre soin des malades et y vivre en communauté avec leur propre revenu, sans recevoir aucun salaire ni rétribution de la ville, ni du seigneur comte d'Eu. Henriette-Catherine de Joyeuse, par lettres-patentes du 7 Janvier 1655, leur permit de faire construire à leurs frais, près et joignant l'Hôtel-Dieu, ce monastère aux conditions proposées. Les religieuses édifièrent aussitôt les bâtiments, et se dévouèrent

aux pénibles fonctions qu'elles avaient sollicitées comme
une faveur. Ce pieux établissement se maintint sans
changement ni altération, jusqu'à l'époque où furent
confisqués les biens des communautés. Dès-lors, celle des
religieuses hospitalières se trouva privée de toute ressource, néanmoins ces respectables femmes n'hésitèrent
pas à rester au poste où leurs vœux les avaient fixées ; elles
suppléèrent, par le travail de leurs mains, à la perte de
leur revenu, et contribuèrent à rendre gratuitement aux
malades les soins dont elles avaient contracté la charge.
Plus dépourvues que les pauvres eux-mêmes, elles hési-
taient à participer aux secours alimentaires qu'elles dis-
tribuaient à ceux-ci, parce que leur règlement constitutif
s'y opposait ; il fallait que l'administration les autorisât à
partager la subsistance des infortunés qu'elles soulageaient ;
la nécessité n'eût pas suffi pour leur faire transgresser leur
engagement.

Cette communauté se maintint ainsi pendant le cours
de la révolution, et les pieux services qu'elle rendait
trouvèrent, dans la reconnaissance du peuple, une reconnaissance bien rare à cette époque. Son institut fut ap-
prouvé par le gouvernement impérial, et aujourd'hui,
comme au dix-septième siècle, les religieuses, fidelles ob-
servatrices de leurs statuts, desservent l'hospice avec le
dévouement le plus noble et le plus désintéressé.

La révolution, qui avait ruiné la communauté, n'avait
pas respecté la dotation de l'Hôtel-Dieu. Quelques-unes
de ses propriétés avaient été aliénées ; le gouvernement
l'en a indemnisé par d'autres biens qu'il lui a donnés
en remplacement de ceux vendus. Le revenu annuel de
cet établissement s'élevait, dès 1809, à la somme

de 8368 francs, il avait de plus, et a joui jusqu'à présent, de son chauffage fourni gratuitement par la forêt d'Eu.

Cet hôpital, fondé pour les pauvres malades, *tant de la ville que du comté d'Eu*, ne reçoit ni les incurables, ni les femmes enceintes pour y faire leurs couches. Il est seulement affecté au traitement des maladies accidentelles. Il consiste en une seule salle, dont une partie est destinée aux hommes, et l'autre partie est attribuée aux femmes. Cette salle ne contient que dix-sept lits; on peut évaluer à douze le nombre moyen des malades pendant toute l'année. On peut calculer, d'après cela, qu'il est suffisamment doté.

On doit regretter de n'avoir pu, depuis la fondation, procurer aux convalescents le moyen de respirer ailleurs que dans la salle, où gissent, sous leurs yeux, les malades et les mourants. Il n'y a ni cour, ni jardin où les infortunés puissent aller prendre l'air.

Depuis la réunion temporaire de l'hôpital Sainte-Anne avec l'Hôtel-Dieu, les filles orphelines seules, ont été reçues dans l'intérieur du monastère.

~~~~~~

8ᵉ NOTE.

HÔPITAL SAINTE-ANNE.

MADEMOISELLE , en parlant du dessein qu'on lui prêtait de se faire carmélite, d'après les conseils de l'abbé de la Trape, s'énonce ainsi : »L'abbé de la Trape avait trop »d'esprit pour ne pas connaître que les personnes de ma »qualité peuvent faire plus de bien dans le monde que »dans la retraite, et que le bon exemple et les secours »qu'ils donnent à ceux qui en ont besoin, sont beaucoup »plus méritoires devant Dieu et plus profitables au prochain. »Dans cet esprit, je fis bâtir un hôpital à Eu, pour l'ins-»truction des enfants, que j'ai fondé, et y ai mis des »sœurs de la charité, qu'on appelle hôpital Sainte-Anne : »quand j'y suis, je vais souvent les voir travailler, et »je m'informe avec soin s'il est bien administré. J'ai fait »bâtir aussi un séminaire des mêmes sœurs de la charité, »où elles sont douze qui portent la soupe aux malades »comme à Paris, et instruisent les enfants pauvres.«

Telle est l'origine et tels sont les sentiments qui ont inspiré la fondation de l'hôpital Sainte-Anne. Cet établissement fut une des premières entreprises de Mademoiselle, après l'acquisition du comté d'Eu, puisque l'acte primitif est du 9 Juin 1644.

Cette princesse rédigea elle-même les règlements de cette maison; ils sont remarquables par l'étendue et la nature des détails dans lesquels elle entre. On regrette cependant de trouver mêlées, aux actes de la charité la plus prévoyante et la plus expansive, des dispositions contre la mendicité, dont le caractère contraste avec l'esprit de la fondation. Mais il faut se reporter au temps et reconnaître qu'alors le vagabondage n'était pas, comme de nos jours, réprimé par la détention, mais qu'il était puni, comme beaucoup d'autres délits, par des châtiments corporels.

Tous les bâtiments de l'hôpital-général furent érigés simultanément, de sorte qu'ils ne tardèrent pas à recevoir les sœurs de charité, appelées, par l'auguste fondatrice, à *traiter tout homme infirme, comme une mère tendre qui soigne son fils unique, et à devenir les mères des enfants que la Providence aura privés de celles qui leur auront donné le jour.*

Ces anges visibles de la Providence, ainsi que les nomme un orateur sacré, surpassèrent tout ce qu'on attendait de leur zèle. N'ayant, selon l'expression de Saint-Vincent de Paul, d'autre monastère que la maison des pauvres, d'autre cloître que les rues de la ville, d'autre clôture que l'obéissance, et d'autre voile que la modestie, les sœurs de la charité prêchaient la morale par leurs actions. Le fléau de la mendicité diminua, toutes les infortunes furent secourues, les orphelins ne furent plus abandonnés, et les enfants naturels eurent eux-mêmes un asile.

La grande âme de Mademoiselle trouvait ses plus pures jouissances dans l'exercice de ces bienfaits ; elle ne cessa de perfectionner ses premières institutions, et ses successeurs les maintinrent avec une religieuse exactitude.

Monseigneur le duc de Penthièvre, dont le nom, devenu synonyme de la bienfaisance, est et sera toujours l'objet de la vénération de cette contrée, venait souvent, comme

son auguste prédécesseur , *voir travailler* ceux qu'il appelait ses enfants , ceux pour qui il était une providence vi-
sible ; il venait aussi , comme le faisait Mademoiselle ,
*s'informer avec soin si cette intéressante maison était bien
administrée ;* il s'en assurait par ses yeux. L'on se souvient
encore avec attendrissement combien , dans ses fréquentes
visites , sa sollicitude pour ces nombreux orphelins , était
partagée par sa fille chérie , et par son intéressante et infortunée belle-fille. Ainsi , à Eu comme à Vernon , les
lieux de plaisance de ce vertueux prince , étaient les asiles
de la charité.

La révolution a été plus fatale à l'hôpital Sainte-Anne ,
qu'elle ne le fut à l'Hôtel-Dieu. Les sœurs de la charité ,
dont on voulait exiger des serments contraires à leur conscience , bravèrent les persécutions et furent chassées de
leur maison. Dès-lors l'établissement , confié à un écono-
mat séculier , déchut de plus en plus ; il était , en 1803 ,
grevé d'une dette considérable , qu'une sévère économie
pouvait seule éteindre ; le préfet de la Seine-Inférieure ,
pour atteindre ce but , jugea à propos de transférer provi-
soirement , et jusqu'à ce que le déficit fut comblé , les orphelins de l'hôpital Sainte-Anne , dans les bâtiments de
l'Hôtel-Dieu. Les religieuses hospitalières consentirent à
admettre les filles , mais refusèrent de recevoir les garçons ,
que l'on fut obligé de mettre en pension , moyennant une
faible rétribution , chez divers particuliers. Cette dérogation
aux statuts de l'établissement était déplorable , mais la nécessité semblait la légitimer. Le moment prescrit par le
préfet ne tarda point à arriver ; peu d'années suffirent pour
faire disparaître le déficit , et placer les deux hospices dans
la situation la plus prospère.

L'administration, dans le compte qu'elle rendit, en 1809, annonça, à cette époque, que toutes les dettes de l'hospice Sainte-Anne étaient payées, que tous les bâtiments ruraux et usines étaient réparés et dans le meilleur état, enfin qu'il y avait en caisse une économie considérable.

Le revenu annuel était alors de 10,782 fr. 29 cent., de plus il était, et il est encore délivré gratuitement un chauffage de cent seize stères de bois tous les ans. Il y avait alors quatorze filles dans l'intérieur de l'hospice et quatorze garçons à nourrice.

Les habitants de la ville espérèrent que l'hôpital Sainte-Anne allait être rétabli, puisque la cause de son union temporaire à l'Hôtel-Dieu avait cessé, et que le terme prescrit par le préfet était atteint. La demande en fut formellement faite, ainsi que celle du rappel des sœurs de la charité, rappel désiré par l'immense majorité des citoyens qui se voyaient, avec peine, privés des secours et des bienfaits de cette touchante et respectable institution : ce vœu ne fut point exaucé ; l'on prétendit que l'état des finances de l'hôpital Sainte-Anne, n'était pas encore assez prospère pour le rétablir, et qu'il fallait attendre... Puisqu'on attend encore en 1828, il faut croire que le revenu annuel de 10 à 11,000 fr. n'a pu accroître les économies qu'on avait faites dès 1809. Ainsi, depuis vingt-cinq ans, la ville d'Eu est privée du bienfait de la philantropique institution de mademoiselle de Montpensier ; ainsi, beaucoup d'infortunés, en descendant dans la tombe, n'ont pas eu la consolation que leur avait réservée l'auguste fondatrice; ils ont, à leur dernier soupir, pu prévoir, avec angoisse, le sort de leurs malheureux enfants.

Le respect dû aux intentions des fondateurs, et l'intérêt

de l'humanité, sentiment qu'éprouvent vivement les habitants de cette ville, réclament le rétablissement de l'hôpital Sainte-Anne. Les services qu'a rendu et que ne cesse
de rendre par-tout l'institution des sœurs de la charité,
réclame leur rappel dans un lieu où elles firent autrefois
tant de bien, par les secours qu'elles portaient à domi-
cile, et par l'instruction gratuite qu'elles donnaient aux
pauvres.

FIN DES NOTES.

LISTE DES SOUSCRIPTEURS.

Par M. ADAM, *Instituteur à Criel,*

MM. DUBUC (A.), Vicaire à Criel.
HOCHARD (Stanislas), Marchand à Criel.
HOCHARD (Victor), Marchand à Criel.
HOUSSOIS, ancien Maire à Criel.
LEVASSEUR (L.-J.-N.) Propriétaire à Criel.
DERNY (Noel), Propriétaire à Criel.
MAGNIER (François), Artiste à Criel.
MARIETTE (Jacques), Propriétaire à Criel.
HERMET (Nicolas), Propriétaire à Criel.
MOREL (Laurent), Maréchal à Criel.
DELATRE (J.-F.), Propriétaire à Criel.
FRECHON (A.-L.), Propriétaire à Flocques.
FERRAND (F.), Maire à Tocqueville.
DEHORNOIS (François), Maire à Touffreville.
CASTELOT (Alex.), Cultivateur à Criel.
DELAITTRE (François), Propriétaire à Criel.
POLLET (J.-François), Propriétaire à Criel.
LAVOINE (Ant.), Propriétaire à Flocques.
LAMEILLE (Ch.), Cultivateur à Flocques.
VACANDARE (Michel), Maire à Flocques.
LEFÊVRE (Julien), Adjoint à Flocques.
BEAUVISAGE (J.-F.-A.), Propriétaire et Meû-
nier à Criel.
COLLIER (L.), Propriétaire à Assigny.
CAUCHOIS (P.-S.), Maître de Poste à Tocqueville.

MM. OBRY (C.-P.), Propriétaire à Criel.

LEGRAIN (A.), Lieutenant des Douanes à Criel.

DUBUC (B.), Propriétaire à Criel.

HEURTEL (R.), Propriétaire à Criel.

POLLET (Jacques), Propriétaire à Criel.

Les Dames Religieuses de l'Hospice, à Criel.

NICOLE (Mademoiselle Stéphanie), Marchande à Criel.

LEFORT (Aimé), Propriétaire à Cannehan.

LEFÊVRE (Florentin), Propriétaire à Saint-Remy-en-Campagne.

ADAM (A.), Instituteur à Criel.

AUBERVILLE (Le Comte D'), à Amiens,   1

AUBIN, Régent au Collége, à Dieppe,   1

BAKER (John), à Brighton,   1

BALLIN, Chef de Division de la Préfecture,   1

BATAILLE, Fabricant de produits Chimiques, à Blangy,   1

BAUDOUIN Frères, Libraires à Paris,   2

BAUDRIBOS, Menuisier à Dieppe,   1

BAUDRY, Libraire à Paris,   2

BÉCHET (Charles), Libraire à Paris,   4

Bibliothèque de la ville de Dieppe,   2

BLANQUET (Félix), à Dieppe,   1

BLOSSEVILLE (Le Marquis DE), à Amfreville,   1

BOMY (Madame veuve DE), à Blangy,   1

BORAIN DE MOISMONT, Officier de la Légion d'Honneur, Chef de Bataillon en retraite, à Formerie,   1

BOUBROIS (Mademoiselle), propriétaire à Blangy,   1

BOULEN, Notaire à Envermeu,   1

MM. BOUVET , Libraire à Neufchâtel ,   6
     BRISSOT-THIVARS , Libraire à Paris ,   4
     BRUZEN aîné , Négociant à Dieppe ,   1

     CALONNE (DE) , Bailli de l'Ordre de Malthe , à
        Blangy ,   1
     CALVINHAC , Inspecteur de l'Enregistrement et des
        Domaines , à Dieppe ,   1
     CARPENTIER , à Eu ,   1
     CAVELIER , Maire de la ville de Dieppe , Chevalier
        de la Légion d'Honneur ,   1
     CHALOT-ACCARD , Commerçant à Dieppe ,   1
     CHAPELLE , Libraire au Hâvre ,   2
     CHARLET , Employé des Postes , à Dieppe ,   1
     CHOISEUL (Le Comte Raoul DE) , à Paris ,   1
     CLERCY (DE) , à Derchigny , près Dieppe ,   1
     COCU , Médecin à Dieppe ,   1
     COFFARD , Régisseur de la terre de Monpinçon , près
        Tôtes ,   1
     CONSEIL , Commerçant à Longueville ,   1
     COUSSIN , Commerçant à Rouen ,   1
     CROSNIER , Commerçant à Dieppe ,   1

     DAILLIER , Fabricant de papiers , à Blangy ,   1
     DAMAY , à Nantes ,   1
     DEBAILLARD DU LYS (Le Chevalier) , au château
        de Calleville ,   1
     DELACROIX , Praticien à Envermeu ,   1
     DELAMARE , Propriétaire à Dieppe ,   1
     DELAMOTTE , Avoué à Dieppe ,   1
     DELARUE (J.-M.) , à Dieppe ,   1

MM. DELAUNAY, Libraire à Paris,   52

DONALSON, Libraire à Brighton,   13

DUNOGENT, Aubergiste aux Grandes-Ventes,   1

DURAND, Propriétaire à Fécamp,   1

DUVIVIER, Marchand drapier à Dieppe,   1

FERET (P.-J.), Bibliothécaire à Dieppe,   1

FLEURY, Libraire à Rouen,   1

FONDRIÈRE, Inspecteur des Forêts de Monseigneur
  le Duc d'Orléans, pour le duché d'Aumale,   1

FRÈRE (ED.), Libraire à Rouen,   13

FRÈRE Père, ancien Libraire à Rouen,   1

GAILLON, Notaire à Dieppe,   1

GALIGNANY, (A. et W.), Libraires à Paris,   4

GAUDIN, Libraire à Rouen,   6

GAYAND, Ingénieur des Ponts et Chaussées, à Dieppe, 1

GRISET, Libraire à Boulogne,   4

HÉBERT-HUE (Madame), Libraire à Aumale,   2

HÉCAN Fils, à Dieppe,   1

HESNARD, Propriétaire à Bailly-en-Rivière, près
  Eu,   1

HOLDER, Chef des Douanes à Brighton,   1

HUBARD, Avocat à Neufchâtel,   1

JEAN, Juge d'Instruction à Dieppe,   1

JOBAL (ALFRED DE), Juge-Auditeur à Mantes,   1

LADVOCAT, Libraire à Paris,   2

LA HOUSSAYE (DE), à Penly, près Dieppe,   1

LEBON Frères, Négociants à Paris,   1

(454)

Suite de M. MATHOREL.

MM. Le Baron DE VILLERS, à Eu.

PACKHAM, Mécanicien anglais à Eu.

HAUCOURT, Notaire honoraire à Eu.

CRETON, Propriétaire à Eu.

DE FAUTEREAU, Chevalier de Saint-Louis, à Eu.

BLOT, Notaire à Aumale.

FREMONT, à Abbeville.

ROWLAND, anglais, à Eu.

DUFRESNE (Madame), Propriétaire à Eu.

ROMAIN, Propriétaire à Tréport.

FROMENT, Directeur des Jardins de S. A. R. Monseigneur le Duc d'Orléans.

MOREL-LIEGDUX, Propriétaire et Greffier à Eu.

FLOUEST, Négociant à Tréport.

LECONTE, Notaire à Eu.

JUVE Fils, Propriétaire à Eu.

SEVIN, Notaire à Eu.

CIDE, Géomètre à Eu.

VAUCOULEURS Fils, Négociant à Eu.

LEVAILLANT D'AMONVILLE, Propriétaire à Rieux.

LOUVET Fils, ex-Notaire à Eu.

DELAHUPPE, Propriétaire à Eu.

DERAMBURE, Huissier à Eu.

LEROI-LAVIGNE, Marchand et Propriétaire à Eu.

SAUGNIER, Notaire à Gamaches.

LIÉTOU, Administrateur de la Marine, à Tréport.

TUABALC, Constructeur à Tréport.

FIZELIER, Chevalier de Saint-Louis, à Eu.

MÉQUIGNON, Propriétaire à Chelleville.

Suite de M. MATHOREL.

MM. BOUCHER, Propriétaire à Eu.

FÉLIX aîné (Auguste), Propriétaire à Eu.

LEVEAU, Receveur des Finances de l'arrondisse-
ment d'Abbeville.

BORAIN, Chevalier de la Légion d'Honneur, à Eu.

DEVILLEPOIX, Propriétaire à Eu.

SABOT, Commerçant en meubles, rue Ganterie, à
Rouen.

RIOLLÉ aîné, Commerçant à Eu.

BEAUVISAGE, Huissier à Eu.

MANUEL (Ch.-Eloi), Propriétaire à Tréport.

POULAIN-HECQUET, Pharmacien à Abbeville.

LELIÈVRE, Professeur de Rhétorique à Eu, pour
deux exemplaires.

MÉGARD Fils, Libraire à Rouen,   4
MÉLIOT Fils (Ad.), à Paris,   1
MICHAU, Banquier à Dieppe,   1
MICHAU, Employé des Contributions Directes, à
Dieppe,   1
MONCOMBLE, Propriétaire à Bully,   1
MOREL Fils, Docteur en Médecine, à Dieppe,   1
MOTTET, Huissier à Guilmécourt,   2

NAVET, Médecin à Saint-Nicolas-d'Alihermont,   1
NÉE, Commerçant à Dieppe,   1
NICOLE, Pharmacien à Dieppe,   1

PANKOUCKE, Libraire à Paris,   2
PLÉMONT (DE), à Eu,   1

MM. PRESTAUX, Grenadier de la 88ᵐᵉ, Garde des Forêts
de Monseigneur le Duc d'Orléans,   1
PURKIS, anglais, à Dieppe,   1

RENARD, Greffier du Tribunal de Commerce, à
Dieppe,   1
RESSENROY (Mademoiselle de), à Blangy,   1
RÉVILLE, Ministre protestant à Dieppe,   1
RIAUX, de la commission des Antiquités, à Rouen, 1
RICHARDSON-DUNBURY, à Dieppe,   1
RIGHTON (Madame), à Dieppe,   1
ROSE, Receveur des Hospices, à Neufchâtel,   1
ROSSEY, à Dieppe,   1
ROULLAND, Avocat à Dieppe,   1
ROY, Chevalier de la Légion d'Honneur, Receveur
particulier des Finances, à Dieppe,   1

SALVANDY (DE), à Paris,   1
SAVARY, Propriétaire à Dieppe,   1
SHOUFF, Médecin à Tréport,   1
SIMPSON (Mademoiselle), place du Boulingrin, à
Rouen,   1
SLÉE (Madame), à Neuville,   4
STEVENS, anglais, à Eu,   1

TANNACHIE-TULLOCH, à Gueures, près Dieppe, 1
TANSORIER, Maire à Tréport,   1
TAYLOR, hôtel Taylor, à Dieppe,   1
TOMEREEG, Négociant à Dieppe,   1
TROUARD-RIOLLE, Docteur en Médecine, à
Dieppe,   1
TUPPEN, Libraire à Brighton,   13

MM. VANDEUIL (DE), Membre de la Chambre des
     Députés, à Paris,   1

VARANGUE, Avocat à Neufchâtel,   1

VASSE (BENJAMIN), Négociant à Dieppe,   1

VERET , Chevalier de la Légion d'Honneur, em-
     ployé au Secrétariat de Monseigneur le Duc
     d'Orléans , à Paris,   1

VINCENT , Garde des Forêts de Monseigneur le
     Duc d'Orléans ,   1

WADE, anglais, à Dieppe,   1

WEALTHY, anglais, à Dieppe,   1

WIOTTE-OLIVIER Fils , de Dieppe, à Narbonne , 1

WRIGHT , Libraire à Brighton,   13

EXTRAIT DU CATALOGUE

DE MARAIS FILS,

Libraire, Grande-Rue, à Dieppe.

FÉRET. (P.-J.)   Notice sur Dieppe, Arques et quelques Monuments circonvoisins, in-8°, fig.; Dieppe, Marais fils, *rare*,   5 fr.

Dieppe en 1826, in-12; Dieppe, Marais fils,   3 fr.

Du Camp de César, ou Cité de Limes, monument voisin de la ville de Dieppe; in-8°, *plan*,   2 fr.

DESMARQUET.   Mémoires chronologiques pour servir à l'histoire de Dieppe, 2 vol. in-12, *rares*,   15 fr.

ESTANCELIN. (L.)   Histoire des Comtes d'Eu, 1 volume in-8°, fig.; Dieppe, Marais fils, 1828,   6 fr.

Idem.   Dissertation sur les Découvertes faites par les Navigateurs Dieppois, in-8°,   1 fr. 25 c.

Indicateur de Dieppe, précédé d'une Notice historique et statistique sur cette ville et les nouveaux Bains de mer; suivi de Tableaux et Instructions sur le service de la Poste, à l'usage des étrangers, in-8°,   2 fr.

Plan de Dieppe et de ses environs, avec texte explicatif, à l'usage des étrangers, in-8°,   2 fr.

FRISSARD.   Théâtre de Dieppe, 20 planches in-f°, avec texte explicatif,   18 fr.

Idem.   Résumé des Événements les plus remarquables de l'Histoire de France, de 1788 à 1818; précédé d'un coup-d'œil rapide sur l'origine des impôts, la création des rentes sur l'État, et la fondation du crédit public, avec trois tableaux graphiques pour la valeur des papiers-monnaies, etc., in-8°,   9 fr.

MORLENT.   Le Hâvre ancien et moderne, et ses environs, 2 vol. in-12,
                fig.,   7 fr. 50 c.
                Guide du Voyageur au Hâvre, in-12, fig.,   3 fr. 50 c.
                Voyage historique et pittoresque sur la Seine, du Hâvre à
                Rouen, par les bateaux à vapeur, in-8°, avec une *carte*,
                                                                    1 f. 50 c.

DEVILLE. (ACH.) Essai sur l'Église et l'Abbaye de Saint-Georges-de-Bocher-
                ville, près Rouen; Frère, in-4°, fig.,   15 fr.
                Papier vélin,   30 fr.

DIBDIN.   Voyage bibliographique, archéologique et pittoresque, en
                Normandie, traduit de l'anglais par Th. Licquet, 2 v. in-8°,
                fig.; Caen, Mancel,   20 fr.

DUCAREL.   Antiquités anglo-normandes, trad. de l'anglais par Lechaudé
                d'Anisy, 6 parties in-8°, fig.; Caen, Mancel,   30 fr.

GOUBE.   Histoire du Duché de Normandie, 3 vol. in-8°, fig., 18 fr.

LANGLOIS. (E.-H.) Mémoire sur la Peinture sur verre et sur quelques vitraux
                remarquables des Églises de Rouen, in-8°, fig.,   4 fr.

LECARPENTIER.   Itinéraire de Rouen, ou Guide des Voyageurs dans cette
                ville et ses environs, in-12,   3 fr.

LICQUET.   Rouen; précis de son histoire, son commerce, son in-
                dustrie, ses monuments, *etc.*; suivi de Notices sur les
                endroits les plus remarquables de ses environs; in-12,
                avec un plan,   3 fr. 50 c.
                Idem, in-8°,   7 fr.
                Mémoires de la Société des Antiquaires de Normandie,
                2 vol. in-8° et atlas, 1824,   15 fr.
                Idem, années 1825 et 1826,   18 fr.

ORDERIC VITAL. Histoire de Normandie, publiée pour la première fois en
                français, par Guizot, 4 vol. in-8°,   24 fr.

THIERRY.   Histoire de la Conquête de l'Angleterre, par les Normands,
                4 vol. in-8°,   24 fr.

THIESSÉ (L.)   Résumé de l'Histoire de Normandie, in-18,   2 fr. 50 c.

WACE (ROBERT.) Le Roman de Rou et des Ducs de Normandie, publié pour
                la première fois d'après les manuscrits de France et d'An-
                gleterre, avec des notes pour l'intelligence du texte, par
                Pluquet, 2 vol. in-8°, fig.,   20 fr.

BLOT.	Manuel des Bains de mer, leurs avantages et leurs inconvénients, in-18,	2 fr.
ASSEGOND.	Manuel higiénique et thérapeutique des bains de mer, in-18,	5 fr.
MOURGUÉ. (Ch.-L.)	Considérations générales sur l'utilité des Bains de Mer dans le traitement des difformités du tronc et des membres, in-8°,	2 fr.
DURAND.	Soirées Littéraires, ou Cours de Littérature à l'usage des gens du monde, 2 vol. in-8°,	10 fr.
DELAUNAY.	Rouen, le Hâvre, Dieppe; promenade historique, descriptive et statistique dans ces trois villes et le pays intermédiaire; 1 vol. in-18, avec cartes,	4 fr. 50 c.
	A Sketch of the history of Dieppe, dédicated by permission to H. R. H. the Duchess of Berry; ornamented with plans and Engravings, in-12, Dieppe, 1828,	4 fr.
	Portrait en pied d'Abraham Duquesne, lieutenant-général des armées navales de France, dessiné sur la belle statue de Monnot, placée dans les salles du Louvre; lithographié par Grévedon : ce portrait en pied a quatorze pouces de hauteur,	
	sur papier Jésus entier,	8 fr.
	sur papier de Chine,	15 fr.
FÉRET. (A.)	Costumes anciens et modernes de Dieppe et de ses environs; 1re Livraison, polletais et polletaises,	5 fr.
	Idem, 2e Livraison, cauchoises, épuisée, sous presse,	5 fr.
JAIME.	Dieppe, ses environs et ses habitants, ou Choix de Vues, Monuments et Costumes lithographiés,	
	La livraison, en couleur,	12 fr.
	Chaque feuille séparément,	3 fr.
GARNERAY.	Deux vues des Bains de Dieppe, prises du côté de la mer,	
	en noir,	7 fr.
	en couleur,	14 fr.
	Les deux tableaux originaux, peints sur les lieux par Garneray,	600 fr.

LIBRAIRIE ANCIENNE,

ENTR'AUTRES ÉDITIONS REMARQUABLES,

Pausanias des Aldes, in-f°, Grec,   200 fr.

Cicero, *Elzevir*, 10 vol.,   3oo fr.

Scapulæ Lexicon, *Elzevir*, in-f°,   175 fr.

R. Stephani thesaurus linguæ latinæ, in-f°,   200 fr.

Manuscrits sur vélin, de dates et valeurs diverses, *etc.*

Catalogue manuscrit des livres de Madame, 1768, grand in-f°, maroquin rouge, doré sur tranche, reliûre riche, doublée en tabis,   100 fr.

Idem   *idem* de Madame Victoire, in-f°, maroquin vert, doré sur tranche, *etc., etc.*   100 fr.